Andrea Micus
Himmelblaue Sommerträume

AF177940

Montlake

Das Buch

Seit Monaten freut sich Sabine auf ihre Silberhochzeitsreise nach Afrika. Doch dann muss ihr Ehemann Frank spontan auf eine Fortbildung. Der Traum von der Safari? Erstmal ausgeträumt … Kurzentschlossen fliegt Sabine zu ihrer besten Freundin Lisa nach Teneriffa. In der atemberaubenden Landschaft Teneriffas genießt sie die Sonne, ein bezauberndes Hotel und freut sich über einen süßen Hund, der ihr zugelaufen ist. Bis sie durch einen Zufall hinter das Geheimnis von Franks Fortbildungen kommt …

Als sie einem attraktiven Mann begegnet, dessen Charme sie sich kaum entziehen kann, stellt sie überrascht fest, dass fünfzig das perfekte Alter ist, das Leben und die Liebe neu zu spüren.

Die Autorin

Andrea Micus ist überzeugt, dass fünfzig das Alter ist, in dem es erst richtig spannend wird. Man kennt das Leben mit allen Aufs und Abs, hat erfolgreich gelernt, Krisen ins Glück zu drehen und besitzt ausreichend Mut, sich ganz neu auszuprobieren. Sie selbst hat in diesem Alter das Schreiben von Liebesromanen entdeckt, als Ergänzung zu ihren Biografien und informativen Ratgebern rund um Gefühle und Partnersuche.

Die Autorin ist in dritter Ehe verheiratet, hat zwei wunderbare, mittlerweile erwachsene Kinder, ist leidenschaftliche Neu-Oma und kümmert sich um einen Beagle aus dem Tierschutz. Sie lebt in Deutschland und Spanien, was sie dazu inspiriert hat, das Urlaubsparadies Teneriffa zum Schauplatz ihrer Romane zu machen.

ANDREA MICUS

Himmelblaue Sommerträume

ROMAN

Deutsche Erstveröffentlichung bei
Montlake, Amazon Media EU S.à r.l.
38, avenue John F. Kennedy, L-1855 Luxembourg
Juni 2022
Copyright © der deutschsprachigen Ausgabe 2022
By Andrea Micus

Umschlaggestaltung: bürosüd⁰ München, www.buerosued.de
Umschlagmotiv: © Lost Mountain Studio © Didecs © xpixel
© osoznanie.jizni © SmLyubov / Shutterstock
1. Lektorat: Ute Köhler
2. Lektorat und Korrektorat: Media-Agentur Gaby Hoffmann,
www.profi-lektorat.com
Gedruckt durch:
Amazon Distribution GmbH, Amazonstraße 1, 04347 Leipzig /
Canon Deutschland Business Services GmbH, Ferdinand-Jühlke-Straße 7,
99095 Erfurt /
CPI books GmbH, Birkstraße 10, 25917 Leck

ISBN: 978-2-49671-132-5

www.montlake.de

KAPITEL 1

Noch vierundzwanzig Kornblumen, achtzehn Löwenmäulchen und zwölf Margeriten, dann war es geschafft. Wenn die in der Erde waren, hatte Sabine ihren Garten wie jedes Jahr im Frühling in eine herrlich blühende und duftende Innenstadt-Oase verwandelt. Alle üppigen Kübelpflanzen waren längst gesetzt, gedüngt und bestens in Schuss. Jetzt kamen noch die letzten Beete dran und zum Schluss wurde der Rasen gemäht. Aber vorher brauchte Sabine erst einmal eine Pause. Sie streifte sich die Gartenhandschuhe ab, setzte sich auf die Teakholzbank und nahm einen kräftigen Schluck aus dem Wasserglas.

»Hallo, Sabine! Hast du noch Muße, im Garten zu arbeiten? Es geht doch bald los.«

Ihre Nachbarin Ingrid stand schwer bepackt mit zwei riesengroßen Einkaufstüten am Gartenzaun und strahlte sie an.

»Ich hoffe, du hast vor deiner Abreise noch Zeit für einen Kaffee?«, wollte sie wissen.

»Mit Sicherheit«, antwortete Sabine. »Es ist ja erst Samstag so weit. Die Koffer sind schon so gut wie gepackt und für einen Abschiedsdrink reicht die Zeit allemal. Am besten sehen wir uns am Freitag.«

»Passt perfekt. Ich beneide dich, meine Liebe«, rief die Nachbarin, während sie ihre Haustür aufschloss. »So eine Traumreise. Aber ich kann mich später wenigstens an deinen Fotos erfreuen. Bis Freitag!«

Eine Traumreise, ja, das stimmte. In wenigen Tagen würde sie um diese Zeit bereits in einer luxuriösen Lodge im südafrikanischen Hluhluwe-iMfolozi-Park sein. Sabine blickte auf die Uhr. In drei Stunden wäre es halb sieben, Dinnertime! Frank und sie würden dann bei flackerndem Kerzenschein auf der Terrasse sitzen, vermutlich noch ein Glas südafrikanischen Kap-Wein mit den anderen Gästen trinken und bald, begleitet vom Zirpen der Grillen und dem Trompeten der Elefanten, in ihrem auf Holzpfählen aufgebauten Luxuszelt komfortabel entspannen. Vor ihr lag ein unvergessliches Erlebnis. Sabine konnte kaum erwarten, dass es losging. Endlich wollte sie mit ihrer Profikamera, die seit einiger Zeit ein eher stiefmütterliches Dasein fristete, so richtig loslegen. Viele Gelegenheiten für außergewöhnliche Fotos gab es in Hameln nicht. Wobei? Mit den Fingern der beiden Hände formte sie ein Rechteck und nahm einen Schmetterling, der sich auf eine Margerite gesetzt hatte, ins Visier. Vielleicht musste sie einfach nur wieder ihren Blick schärfen, um das Außergewöhnliche im Einfachen zu entdecken.

Gleich nach dem Abitur hatte Sabine eigentlich Fotografin werden wollen. Aber da sie damals keinen Ausbildungsplatz bei einem Fotografen gefunden hatte, hatte Plan B gegriffen und sie sich für den Buchhandel entschieden. Seitdem sich die Kinder zu Hause rarmachten, hatte sie sich wieder intensiver mit dem Thema beschäftigt. Inzwischen hingen im Haus schon Zertifikate von drei erfolgreich absolvierten Fotokursen an der Wand, und im Wohnzimmerschrank stand ihre erstklassige Fotoausrüstung – perfekt für Afrika. Doch nun musste sie sich erst mal um den Garten kümmern.

Sie gönnte sich noch einen kräftigen Schluck Wasser, zog sich wieder die Handschuhe an und schnappte sich die Schaufel. Während sie die Pflanzen in gleichmäßigem Abstand setzte, spann sie in ihrem Kopf die Abenteuerreise weiter.

Im Reisekatalog stand, die Lodge läge direkt an einer spektakulären Flusslandschaft. Man warb damit, dass die Gäste abends in der auch im Mai angenehm milden afrikanischen Luft in einem Whirlpool sitzen, Champagner trinken und Wildtiere beobachten konnten. Gut, das hatte seinen Preis. Aber wie oft feierte man in seinem Leben Silberhochzeit? Viele übrigens nie.

Sabine sah alles genau vor sich: friedlich am Wasserloch schlürfende Elefanten, die sich zur Abkühlung mit dem Rüssel das Wasser auf den Rücken spritzten, unbeschwert umhertrottende Zebras und flinke Gnus. Stand da drüben nicht auch ein Nilpferd? Und weiter rechts, lugte dort eben eine Giraffe aus der Baumkrone? Sabine stupste in Gedanken Frank an und reichte ihm das Fernglas. »Hier, sieh mal, Liebling. Ich glaube, da sind Wasserbüffel.«

Plopp! Der letzte Sack Erde war umgefallen und riss Sabine aus ihren Gedanken. Sie seufzte leise auf, ruckelte den schweren Beutel zurecht und versank gleich wieder in ihrer Reisewelt. Es würde so unvergleichlich schön sein, Frank und sie allein in dieser faszinierenden Wildnis. Ein Traum!

Sie lehnte sich mit dem Rücken an die Hauswand, schloss die Augen und genoss für einen Moment nichts als ihre Vorfreude. Die Reise, da war sie sich sicher, würde der krönende Höhepunkt nach einem Vierteljahrhundert Eheglück sein.

Mit einem Lächeln träumte sie sich zurück in die Zeit, als ihre Liebe begonnen hatte.

Sabine war gelernte Buchhändlerin und hatte damals in einer kleinen, aber angesehenen Buchhandlung im Herzen ihrer Heimatstadt Hameln gearbeitet. Frank war aus der Nähe von Hamburg zu einem Firmenseminar ins Weserstädtchen gekommen. Für einen Vorgesetzten hatte er ganz dringend ein Geschenk gebraucht und war in der Mittagspause ziemlich hektisch im Geschäft aufgetaucht. Eigentlich war ihm egal, was zwischen den Buchdeckeln stand, es sollte nur einen guten Eindruck machen. Sabine empfahl ihm ein politisches Sachbuch. Frank griff sofort zu, schmachtete sie dabei unverhohlen an und säuselte etwas von herrlich blauen Augen, in denen er versinken könne. Sabine genoss dieses und auch viele weitere Komplimente, mit denen er sie unentwegt umgarnte, und zwischen Regal und Kasse verliebten sie sich bis über beide Ohren ineinander. In den kommenden Tagen entwickelte sich Frank zum Vielleser, denn er stand täglich in der Buchhandlung und suchte bei Sabine immer länger dauernde Beratungsgespräche, um sie anzuhimmeln.

Dann ging alles rasend schnell. Ein gutes Jahr später feierten sie Hochzeit und im Eiltempo kamen zwei Kinder auf die Welt: Chrissi und Laurenz. Sie zogen die süße Brut auf, kauften sich irgendwann ein Haus mit Garten, machten Familienferien an der Nordsee, ergänzten sich mal mehr, mal weniger intensiv im Alltag. Sabine arbeitete anfangs gar nicht und später halbtags. Frank dagegen umso mehr. Eine 50-Stunden-Woche war viele Jahre lang die Regel. Er machte aber auch Karriere, wurde schnell Regional- und später Bezirksleiter einer großen Versicherungsgesellschaft. Als Führungskraft musste er zwar immer häufiger unterwegs sein, aber Sabine kam gut damit zurecht, wenn sie sich auch mehr gemeinsame Zeit wünschte.

Doch sie hatte ja die Kinder, und jede Menge Turbulenzen zwischen Schule, Pubertät und Liebeskummer hielten sie auf Trab. Dazu kümmerte sie sich einige Jahre verstärkt um ihre Mutter, die nach dem plötzlichen Unfalltod des Vaters lange brauchte, um wieder auf die Beine zu kommen. Doch vor sechs Jahren änderte sich Sabines Alltag. Zuerst verliebte sich ihre Mutter in einen Mann, den sie im Internet entdeckt hatte, und zog kurz entschlossen zu ihm nach Passau in den letzten Zipfel Deutschlands. Im selben Jahr machte Chrissi das Abitur und wechselte nach Berlin, um Psychologie zu studieren. Zwei Abschiede, die Sabine aufzeigten, eigentlich auch mal an sich denken zu müssen. Doch noch hatte sie Laurenz. Bis der drei Jahre später ebenfalls flügge wurde und ein Wirtschaftsstudium in der Nähe seiner Schwester begann. Plötzlich war sie allein! Beide Kinder lebten mittlerweile in Berlin und kamen nur noch in den Semesterferien zu Besuch, in der Regel, um sich dann nach einem Abend mit der Familie durchgehend mit den ehemaligen Schulfreunden zu treffen.

Anfänglich machte ihr die veränderte Situation zu schaffen, aber allmählich bekam sie Übung im Loslassen und konnte schließlich auch ihrem neuen Lebensabschnitt etwas abgewinnen. Sie sah die Zeit ohne Kinder nicht rabenschwarz, sondern als Chance, sich wieder auf sich zu besinnen. Natürlich hatte man auf sie eingeredet, besonders ihre Mutter, die dauernd von Loslassen und Neubeginn predigte, was Sabine aber gar nicht hören wollte. Doch es gab keinen anderen Weg, als es so zu sehen. Das hatte sie irgendwann begriffen.

Inzwischen arbeitete Sabine wieder Vollzeit und machte darüber hinaus alles, was angeblich gut für Frauen in ihrem Alter sein sollte: Sie besuchte einen Yogakurs, um ihre innere Mitte zu entdecken, ging zum Pilates, um gelenkig zu bleiben, schuftete im Garten, um sich auch in der Natur zu finden, und traf sich mit ihren Freundinnen zum Joggen, einfach nur so. Aber alles zusammen hatte bloß so lala geholfen. Seit ein paar Monaten hatte sie aber eine weitere Beschäftigung: die Planung der schönsten Reise ihres Lebens.

Im Haus türmten sich deshalb Infobücher über Südafrika. Sie handelten von der Geschichte des Kontinents, den besten Weingütern, den wilden Tieren, der Situation der

Einheimischen. Dazu kamen stapelweise Unterlagen mit Reisetipps und Tourenangeboten. Ihr Wohnzimmer glich einer Fachbuchhandlung.

Sabine freute sich einfach unfassbar auf die Reise, nicht nur wegen des Anlasses. Auch, weil sie so endlich mal wieder Zeit mit Frank verbringen konnte, Zeit jenseits von Alltagsthemen. Seit Jahren betrafen die wichtigsten Themen, die sie miteinander besprachen, so banalen Kleinkram wie die Kalkulation des besten Stromtarifs, die Auswahl der Steine in der Garageneinfahrt und die Terminabsprache für die Gegeneinladung der Schuberts oder Meiers zum Grillen. Das würde sich bald ändern. Für Sabine war die Reise auch der Start in einen neuen Lebensabschnitt, in dem es mal wieder mehr um sie beide gehen sollte, nicht um Franks nächste Beförderung und alles andere rund um Haus, Kinder und Alltag.

Sie stand auf und holte die letzte Kiste mit den Pflanzen aus der Garage, um sie einzeln in die ausgehobenen Löcher zu stecken und das Wurzelwerk mit Erde zu bedecken.

Sabine arbeitete schnell, gekonnt und effizient. Und genauso arbeitete gerade auch ihr Kopf. Die Erinnerungen ratterten darin so gleichmäßig wie der dumpfe Motor eines Schiffes und angesichts der bevorstehenden Reise drehten sie sich fast ausnahmslos um Frank und ihre Ehe, bei der dringend eine Generalüberholung fällig war.

»Ihr lebt in zwei Welten«, hatte ihr bereits Paula, eine ihrer Joggingpartnerinnen, kürzlich gesagt. Sabine war total entsetzt über diese Wahrnehmung gewesen und hatte auch sofort protestiert. »Das ist doch Quatsch, ich kenne mich bestens aus in Franks Umfeld. Ich könnte sogar selber Versicherungen verkaufen, so gut bin ich im Thema«, hatte sie entrüstet geantwortet. Aber Paula hatte das nicht unkommentiert stehen lassen. »Was weiß denn Frank von deinem Umfeld? Kennt er überhaupt eine deiner Freundinnen?«, hatte sie weitergebohrt.

Sabine schüttelte den Kopf bei der Erinnerung an das Gespräch. Sie mochte ihr Leben so, wie es war. Und die kleinen Stolperfallen, die sich im Laufe der Jahre in ihre Ehe eingeschlichen hatten, ja, die würde sie energisch aus dem Weg räumen.

In Afrika wollte sie damit beginnen. Es sollte künftig auch wieder andere Themen als Versicherungsabschlüsse und Mitarbeitermeetings in ihrem zeitlich knappen gemeinsamen Leben geben – zum Beispiel Erotik. Denn in letzter Zeit war die Begierde versiegt, bei beiden. Warum? Sabine wusste es nicht. Vermutlich hatte sich auch hier einfach nur zu viel Alltag angesammelt und sie hatten vergessen, sich wertvollen Raum für sorglose Zweisamkeit und lustvolle Intimitäten zu schaffen.

Mit der Reise wollte Sabine deshalb auch wieder das Feuer zwischen ihnen neu entfachen. Statt nur noch schwach zu flackern, sollte die Flamme endlich mal wieder lichterloh brennen. Sabine liebte ihren Mann noch immer von ganzem Herzen. Gut, es war nicht mehr das riesengroße Kribbeln wie am Anfang ihrer Liebe. Damals hätte sie ihren Frank Tag und Nacht fressen können, so aufregend hatte sie diesen tollen Mann gefunden. Er war mit seinen eins achtzig recht groß, durchtrainiert, mit damals üppig gelockten Haaren, die ihm ständig spielerisch in die Stirn gefallen waren. Einfach hinreißend! Meine Güte, sie war so unfassbar verliebt gewesen, und da er sowieso nie die Finger von ihr hatte lassen können, hatten sie ein mehr als erfülltes Sexleben gehabt.

Aber eben nur gehabt.

Frank hatte seine Finger von Jahr zu Jahr mehr unter Kontrolle bekommen und Sabine hatte es auch von Jahr zu Jahr weniger gestört. Nun ja, die Zeit hatte auch an ihrem Liebesgott genagt. Die Haare lockten sich längst nicht mehr so verführerisch, weil sie einfach nicht mehr da waren, und seine

Superheldenstatur war trotz Tennis, Joggen und all den anderen Alterungsbekämpfungsversuchen fragiler geworden. Er schien sogar kleiner geworden zu sein. Zudem zeigte sich seit einigen Jahren ein Bauchansatz, und wenn sie ihn abends aus dem Bad kommen sah, rührte sich deshalb immer häufiger mehr das Herz als der Unterleib. Aber das wollte sie in Zukunft ändern. Sabine war fest davon überzeugt, dass die afrikanische Sonne die Hormone zum Tanzen bringen würde. In Sabines Fantasie lockte die Wildnis auch mit verführerischen und leidenschaftlichen Liebesnächten. Beim Gedanken daran spürte sie sogar eine leichte Röte in ihren Wangen aufsteigen.

Bei aller Vorfreude brauchte sie trotzdem nun erst einmal einen Muntermacher und ging rasch ins Haus, um sich einen frischen Kaffee zu machen. Im Flur kam sie an dem großen Garderobenspiegel vorbei, blieb stehen und musterte sich selbstkritisch. Eigentlich konnte sie zufrieden sein. Die Figur war nach wie vor gut und die Kilos waren bei ihrer Größe von eins siebzig ansprechend verteilt. Besonders stolz war sie auf ihre wohlgeformten Beine. Heute trug sie zwar eine Jeans, weil sie im Garten arbeitete, aber am liebsten mochte sie sich in Röcken, kombiniert mit hohen Schuhen. Darin fühlte sie sich weiblich und auch ein bisschen sexy. Sie mochte den Kontrast zu ihrem frechen Pixie Cut. Denn die vollen, kastanienbraunen Haare hatte sie sich vor zwei Jahren kurz schneiden lassen und diesen Entschluss noch keine Sekunde lang bereut. In ihren Augen stimmte es, dass kurze Haare einer Frau ab fünfzig einfach super standen. »Das hebt die Kontur«, hatte ihr ihre Friseurin und gute Freundin Kerstin damals geraten, und Sabine stimmte ihr jeden Tag aufs Neue zu. Sie fühlte sich damit jung und stylish und keineswegs wie vierundfünfzig.

Mit einem Lächeln zupfte sie ihre Frisur zurecht, kontrollierte den orangeroten Lippenstift und ging zufrieden in die Küche, um sich einen kräftig-würzigen Espresso zu gönnen.

Sie genoss die freien Tage ohne Job. Die Arbeit in der Buchhandlung war seit einiger Zeit mehr Routine als Leidenschaft. Sie sehnte sich innerlich nach einer neuen Herausforderung, und immer, wenn sie das Regal zum Thema Fotografie mit den aktuellen Ausgaben bestückte, spürte sie eine ganz neue Begeisterung in sich aufsteigen. Sie hatte Lust, sich auf diesem Gebiet auszuprobieren, auf einem Gebiet, für das sie seit ihrer Jugend brannte. Sie stellte die Tasse mit dem Kaffee ab und marschierte ins Wohnzimmer, wo ihre Fototasche stand, holte die fast noch funkelnagelneue Kamera heraus und nahm mit wenigen Handgriffen einen Blumenstrauß im Regal ins Visier. Gekonnt machte sie ein paar Aufnahmen davon. Das Klicken des Auslösers war wie eine Melodie, die tief in ihr Herz eindrang, und sie hätte noch stundenlang so weitermachen können. Aber Sabine spähte zur Uhr. Sie musste wieder raus. Der Garten sollte bei ihrer Abreise picobello sein. Sie packte die Kamera ein, streichelte fast schon liebevoll über die Tasche. In Afrika würden sie beide sich richtig kennenlernen.

Wenig später stand sie erneut am Beet und lockerte die Erde mit einer Harke. Was war das? Franks Wagen bog in die Einfahrt ein. Sabine sah auf die Uhr. Es war viel zu früh für einen normalen Wochentag, zumal sich bestimmt so kurz vor der Reise in seinem Büro die Arbeit türmte. Sabine ahnte, dass etwas passiert sein musste, und ihre inneren Alarmglocken begannen laut zu schrillen. Gespannt beobachtete sie Frank, der mit schnellen Schritten durch das Gartentörchen stürmte und auf sie zukam. Er gab ihr den obligatorischen Begrüßungskuss und schluckte einmal. So, als wollte er Zeit gewinnen. Aber im nächsten Augenblick schoss es quasi aus ihm heraus, als ob sich etwas mit großem Druck entlud.

»Liebling, hm … du, es gibt da ein Problem!«

Er nestelte unsicher an seiner Krawatte, was er jedes Mal tat, wenn er sich in die Enge getrieben fühlte. Als ihm einmal ein

Kollege einen großen Vertragsabschluss hatte streitig machen wollen und das Thema ausgerechnet bei einem Abendessen mit dem Chef und allen Ehefrauen hochgekocht war, war ihr das zum ersten Mal aufgefallen. Seitdem wurde sie immer hellwach, wenn Frank an der Krawatte zupfte. In ihrem Kopf arbeitete es dann. Was war los? Was bedrückte ihn? War sie schuld oder lag es am Job?

Dieses Mal ließ er sie nicht lange grübeln. »Wir können leider nicht nach Afrika, zumindest ich kann nicht mit. Was hältst du davon, wenn du allein fliegst?«, knallte er ihr ohne Umschweife an den Kopf.

»Wohin allein? Auf unsere Silberhochzeitsreise?«, entgegnete sie baff, und dabei rutschte ihr vor Schreck die Harke aus der Hand. Das durfte ja wohl nicht wahr sein! All ihre Traumbilder der Reise platzten wie eine Seifenblase, die der Wind an ein Blatt trieb. »Sag jetzt nicht, dass du keine Zeit hast!«

Frank räusperte sich und nestelte erneut an der Krawatte. »›Keine Zeit‹ ist keine gute Formulierung. Ich würde eher sagen, ich bin sehr eingespannt. Es gibt ein langes, total wichtiges Führungskräfteseminar in Oslo. Die ganze Firma wird umstrukturiert und wir werden zwei Wochen lang intensiv geschult. Ich muss dabei sein.«

Er hüstelte verlegen.

»Das ist nicht dein Ernst!« Sabine merkte, wie giftig ihre Stimme klang. »Ich soll allein auf meine Hochzeitsreise fliegen? Spinnst du? Vielleicht hätte ich auch gleich allein heiraten sollen!«

Frank sah sie prüfend an. »Also, nun beruhige dich mal und lass uns in Ruhe sprechen. So ist ja kein Austausch möglich!«

Er wechselte sofort die Gesprächsposition, gab sich statt als Bittsteller als Angegriffener und Opfer aus. Sabine durchschaute ihn genau. Das war sein Diskussionsmuster, wenn er sich in die Enge getrieben fühlte.

»Vorwürfe bringen doch nichts. Ich habe mir das auch anders vorgestellt, glaub mir«, fuhr er fort. »Meinst du, ich habe mich nicht auf die Reise gefreut?«

Er blinzelte sie missvergnügt wie ein kleiner Junge an, dem jemand die Carrerabahn weggenommen hatte.

Erneuter Taktikwechsel, dachte Sabine sofort. Sie kannte alle seine Methoden, Menschen für seine Interessen zu gewinnen.

»Aber wenn ich als Krönung meiner Laufbahn noch Bezirksdirektor werden will, muss ich diese Kröte schlucken und mich auf dem Seminar von der besten Seite zeigen. Es geht um wichtige, komplett neue Strukturen. Ich reiße mich doch auch nicht darum.«

Sabine kannte auch diese Methode, wie Frank Realitäten schuf, an denen es gar nichts mehr zu rütteln gab. Sie war einfach lange genug mit ihm verheiratet, um jeden Satz decodieren zu können. Sie sollte das also hinnehmen, ihre gründlich und liebevoll geplante Reise vergessen. Nein!

»*Ich* will aber nicht Bezirksdirektor werden«, schnaufte sie, »sondern ich will mit dir wie geplant nach Afrika.«

Sie riss sich die Gartenhandschuhe herunter, schleuderte sie schwungvoll in das frisch gemachte Blumenbeet und fixierte dabei Frank mit festem Blick. »Bezirksdirektor wirst du in zwei Wochen auch noch. Ehrlich, Frank, das hier ist nicht lustig.«

Wütend stapfte sie zurück ins Haus. Sie brauchte einen Schluck Wasser und etwas Abstand, sonst würde die Situation im nächsten Moment eskalieren. Im Grunde wusste sie längst, dass es sinnlos war, sich darüber aufzuregen. Frank war Ende fünfzig und wollte auf den letzten Metern unbedingt noch die große Karriere machen, und wenn er etwas wollte, ließ er sich durch nichts von seinem Weg abbringen. Karriere, das war sein Motor. Und natürlich profitierten sie auch alle davon. Von ihrem Einkommen als Buchhändlerin hätte sie sich niemals so ein Haus leisten können, dazu zwei Autos, regelmäßige Reisen nach Amrum, zwei Kinder, die studierten.

Frank schien das genauso zu sehen und sprach es auch prompt aus.

»Aber in einem schönen Haus leben, das willst du schon!«, rief er ihr nach und konterte damit ihren Miniwutausbruch auf eine – in ihren Augen – ganz unfaire Art. Am liebsten hätte sie ihm eine lautstarke Szene gemacht. Aber sie wusste genau, dass er sich auch dann thematisch nicht einen Millimeter von der Stelle bewegen würde.

Immerhin kam er ihr wenigstens nachgelaufen. Weiterhin an seiner Krawatte zupfend stellte er sich in der Küche neben sie und goss sich ebenfalls ein Glas Wasser ein.

»Sabine, Schatz, nun versteh mich doch!« Es klang, als wollte Frank sich ernsthaft um sie bemühen. Etwas unsicher legte er ihr seinen Arm um die Schulter.

»Den Satz hättest du dir schenken können!« In ihr tobte der Kampf zwischen Resignation und letztem Widerstand gegen das Unvermeidliche. »Du musst mir nicht noch unter die Nase reiben, dass ich ohne dich nicht da wäre, wo ich heute bin. Aber kann diese gottverdammte Karriereplanung nicht mal zwei Wochen warten? Jedenfalls fliege ich nicht allein, basta.«

»Mensch, Sabine, dann lass uns doch einfach die Reise verschieben. Afrika läuft uns schließlich nicht weg!«

»Aber Silberhochzeit ist nur einmal. Ich habe so um meinen Urlaub gekämpft. Du weißt, dass mein Chef nicht begeistert war.«

»Liebling, es geht nur um zwei Wochen. Nutz doch den Urlaub trotzdem und unternimm etwas mit deinen Freundinnen. Du wirst sehen, die Zeit geht schnell vorbei und dann bin ich zurück und wir entscheiden neu, wann wir endlich nach Afrika fahren können, okay?«

Er zog sie an sich. »Sieh mal, Schatz, wir schieben die Reise lediglich auf. In ein paar Monaten können wir auch fliegen und haben immer noch Zeit für uns.«

»Dann ist unsere Silberhochzeit vorbei!«, wiederholte Sabine und drückte sich von ihm weg. »Weißt du, die Reise ist eine Sache, aber dass du noch nicht einmal am Hochzeitstag bei mir bist, scheint dir ja völlig egal zu sein.«

»Du erwartest nicht ernsthaft, dass ich für ein Abendessen aus Oslo zurückkomme? Wie soll das funktionieren? Wir holen das mit einem tollen Abend zu zweit nach, wenn ich zurück bin. Es ist doch bloß ein Datum, was wir ein wenig nach hinten schieben. Ach, Liebling, was sind denn ein paar Monate, wenn man so glücklich verheiratet ist wie wir beide.«

Sabine verdrehte die Augen. Das Spiel kannte sie auch genau. Ganz klar, Frank zog gerade alle Register, und Sabine spürte, dass sie ihm mal wieder nichts entgegenzusetzen hatte. Mit verschränkten Armen lehnte sie sich an den Küchentresen und hatte Mühe, die Tränen aufzuhalten. Frank nutzte die sich abzeichnende Schwäche und legte den Arm um sie.

»Schatz, komm her, lass mich das Seminar machen, es kommen die ganz großen Bosse – sogar aus den Staaten. Ich muss dabei sein. Wenn ich bei denen eine gute Performance abliefere, ist es vollbracht. Danach können wir uns entspannen.«

Sabine holte tief Luft, seufzte und gab auf. Sie schmiegte sich an seine Brust und ließ die Tränen zu. Sie wusste, die Schlacht war verloren. Afrika würde sich nur noch in ihrem Kopf abspielen. Zumindest in der nächsten Zeit.

Frank streichelte ihr liebevoll über die Haare, wischte ihr mit der anderen Hand die Tränen aus dem Gesicht. »Nicht weinen, Binchen. Das wird noch richtig gut mit uns und den Elefanten. Wir holen das nach, ganz bestimmt.«

Sabine hörte seine Stimme wie durch einen Wattebausch. Alles war plötzlich so weit weg. Seine großen Versprechungen gaben ihr keinen Trost. Sie würde an ihrer Silberhochzeit allein sein, es sei denn … »Ich kann dich doch in Oslo besuchen, dann feiern wir eben dort«, schlug sie spontan vor.

»Aber ich bitte dich«, brauste Frank auf und schob sie aufgebracht zur Seite, um sich ein weiteres Glas Wasser einzuschenken. »Wie soll das denn aussehen, sehr vorbildlich«, meinte er beinahe zynisch, beruhigte sich aber sofort wieder, als er Sabines geschocktes Gesicht registrierte. Sie war erneut den Tränen nahe, denn so brüsk kannte sie ihn nicht. Doch er ließ nicht zu, dass sie lange darüber nachdachte, sondern nahm sie schnell erneut in den Arm und sprach nun ganz besonders mild auf sie ein.

»Das geht wirklich nicht, Schatz. Sieh mal, wir müssen viel arbeiten. Und wenn ich ein Vorbild sein will, kann ich mich doch nicht abends mit meiner Frau zurückziehen.«

Obwohl seine Argumentation schlüssig klang und sie sich sicherlich auch komisch vorkäme, wenn sie als einzige Begleitung mit nach Oslo führe, nagte seine Ablehnung nach wie vor an ihr.

Er hielt sie im Arm, ganz lieb und innig, sah sie verliebt an und stupste ihr zärtlich mit dem Zeigefinger auf die Nasenspitze. »Und außerdem hat meine geliebte Frau mehr Aufmerksamkeit verdient.«

Sabine schloss die Augen.

»Wieder gut?«

Sie nickte, obwohl nichts gut sein konnte. Sie wollte nach Afrika und blieb stattdessen zu Hause. Da gab es keinen Kompromiss.

Trotzdem murmelte sie: »Ja, klar. Dann holen wir die Reise einfach nach und fahren im Herbst. Ich erkundige mich nach einem passenden Termin. Hoffentlich sind die Umbuchungskosten nicht zu hoch. Ich schaue gleich einmal nach, was da noch auf uns zukommt.«

Sie wand sich aus seinen Armen, um die Reiseunterlagen vom Schreibtisch zu nehmen, der direkt neben dem Durchgang zum Wohnzimmer stand. Sie hatte keine Ahnung, wie die Reiserücktrittsbestimmungen aussahen, und wollte schnell nachlesen. Aber Frank hielt sie sanft zurück.

»Musst du nicht, Liebling. Ich habe uns den ganzen Schlamassel eingebrockt und ich bade das auch für uns aus.«

Mit einem Satz war er am Schreibtisch, schnappte sich den Stapel mit den Papieren und steckte alles in seine auf dem Sessel davor abgestellte Aktentasche. »Kümmere dich um nichts, Schatz. Ich erledige das.« Und nach einer rasch ausgetrunkenen Tasse Kaffee musste er auch noch einmal los.

An diesem und auch den folgenden zwei Abenden bekam Sabine ihren Mann kaum noch zu sehen. Es gab vor seiner Osloreise viel in der Firma zu regeln, und wenn er spätabends nach Hause kam, war er sichtbar müde, offenbar mächtig überlastet und musste auch noch packen.

Als er schließlich am Samstag, dem Tag der eigentlich geplanten Abreise, in Richtung Oslo abfuhr, wirkte er ziemlich gedrückt. »Bitte verzeih mir«, sagte Frank noch, als das Taxi bereits vor der Tür auf ihn wartete und er Sabine zum Abschied in den Arm nahm und ungewöhnlich leidenschaftlich küsste. »Wenn die Beförderung klappt, können wir uns jedes Jahr eine Reise an irgendeinen schönen Platz auf der Welt gönnen, Schatz.«

Wenigstens fiel ihm der Abschied schwer, aber Mitleid hatte Sabine keins, schließlich lag es nicht an ihr. Wenn Frank die Karriereleiter weiter hinaufkletterte, würde er noch weniger Zeit für sie haben als bisher schon. Von wegen Neustart in puncto Eheglück! Das Gegenteil wäre der Fall. Sie musste endlich etwas für sich tun und sich allein ihre Highlights kreieren.

»Du solltest mehr an dich denken«, empfahl ihr Chrissi am Telefon, als Sabine ihrer Tochter gleich nach Franks Abreise die Hiobsbotschaft von der abgesagten Reise verkündete.

»Statt dich zu Hause einzuigeln, wäre es gut, wenn du endlich mal allein die Zeit genießt beziehungsweise es zumindest versuchst. Ich kenne dich immer nur auf Papa wartend. Mensch, Mama, hör auf, sein Leben zu leben, sondern leb ab heute dein eigenes! Kümmer dich zum Beispiel mehr um deine Kamera.«

In Afrika hatte Sabine eigentlich ihre ersten Fotos für eine Profimappe angehen und sich morgens bei professionell geführten Fotosafaris an den sogenannten »Big Five« austoben wollen. Auch dieser Traum war jetzt gestorben, oder wie es Frank ausdrücken würde, aufgeschoben.

»Es gibt schon unendlich viele Fotos von den großen Tieren«, entgegnete Chrissi. »Mach doch irgendwo anders auf der Welt schöne Fotos! Es muss nicht unbedingt Afrika sein«, bemühte sie sich, Sabine weiter zu motivieren. »Vielleicht magst du nach Berlin kommen?«

Berlin? Nee! Nach Großstadt stand ihr nicht der Sinn. Sie wollte auch ihren Kindern nicht vorheulen, wie enttäuscht sie war. Sie könnte zu ihrer Mutter nach Bayern fahren, aber dort würde sie ebenfalls Sätze wie »Siehste, das habe ich doch immer gesagt« zu hören bekommen. Ihre Mutter hatte Frank von Anfang an für einen Egoisten gehalten. Nun, fünfundzwanzig Jahre später, würde sie sich endlich bestätigt fühlen. Genau das brauchte Sabine gerade nicht.

Sie plauderte noch einige Minuten mit Chrissi, bevor sie auflegte. Noch während des Telefonats war ihr ihre auf Teneriffa lebende Freundin Lisa in den Sinn gekommen und die gefühlt schon hundertfach geplante und ständig erneut aufgeschobene Wiedersehensreise auf die Kanaren.

Wenn nicht jetzt, wann dann, schoss es Sabine durch den Kopf. Sie nahm ihr Handy in die Hand und schrieb Lisa eine WhatsApp mit der offenen Frage:

Hast du in den nächsten Tagen Zeit für mich? Dann komme ich zu dir!

Es dauerte keine Minute, da sah Sabine schon Lisas Nummer im Display ihres Handys und nahm den Anruf an. Lisa schien allerdings im Stress zu sein, denn sie sagte nur knapp: »Super, buch gern sofort den Flug. Ich freue mich riesig.« Und als ob sie Gedanken lesen könnte, fragte sie nach: »Ist etwas passiert?«

Sabine hatte keine große Lust, zwischen Tür und Angel die Karten auf den Tisch zu legen, und vertröstete Lisa auf einen schönen Abend am Meer. »Nur so viel: Die Afrikareise fällt aus. Später erzähle ich dir alles«, versprach sie vielsagend und ließ Lisa mit ihren weiteren Nachfragen charmant abblitzen. »Du weißt doch, dass ich Krisen erst mal mit mir selber abmachen muss.«

Lisa seufzte. »O ja, daran erinnere ich mich zu gut. Du hast mich oft auf die Folter gespannt. Weißt du noch, als du dich von diesem Harald getrennt hast und partout nicht reden wolltest?«

»Und du hast gefühlt tausend Mal nachgefragt!«, erwiderte Sabine.

Lisa gab sich geschlagen. »Also gut, gewonnen, ich lasse es, zumal ich auch auf dem Sprung bin. Wir haben hier ja Zeit genug. Ich freue mich riesig darauf, dir alles zu zeigen. Du glaubst nicht, was ich mir aufgebaut habe«, schwärmte Lisa noch und erzählte zum Schluss, dass sie in diesem Zusammenhang auch ein paar Damen zu Besuch haben würde.

»Ein paar Damen«, hakte Sabine irritiert nach. »Aber hast du denn dann Zeit?«

»Ja klar, und du wirst sie mögen«, prophezeite Lisa noch rasch, bevor sie mit hektischer Stimme das Gespräch beendete. »Ich muss los, es ist noch viel vorzubereiten, meine Liebe.«

»Ein paar Damen …«, murmelte Sabine vor sich hin und hatte plötzlich Zweifel, ob es wirklich eine gute Idee war, Lisa zu besuchen. Aber sie hatte keine Alternative. Zu Hause zu bleiben und zu grübeln war definitiv keine. Außerdem freute sie sich darauf, die Freundin endlich wiederzusehen.

Sie ging zum Schrank und kramte ein altes Fotoalbum heraus, auf dem mit dickem Filzstift »Lisa« geschrieben stand. Während Sabine durch die Seiten blätterte, schwirrte ihr die Vergangenheit durch den Kopf. Die beiden kannten sich bereits aus der Schulzeit, später waren sie Kolleginnen gewesen, hatten zusammen in derselben Buchhandlung gearbeitet und dort auch fast zeitgleich aufgehört, weil sie beide geheiratet hatten und schwanger geworden waren. Bei Lisa war allerdings schon nach drei Jahren Schluss mit der Ehe gewesen. Ihr heiß geliebter Berthold hatte sich als schwul entpuppt. Er war von Freunden in einem einschlägigen Lokal auf der Hamburger Reeperbahn quasi in flagranti ertappt worden. Lisa war damals untröstlich gewesen. Sabine konnte die vielen Stunden nicht zählen, in denen sie ihr zugehört hatte, während sich Lisa ihren »Berti«, wie sie ihn nannte, in kleinsten Stücken aus dem Herzen gerissen hatte. Nach qualvollen Monaten war es dann geschafft. Lisa hatte Berthold an einen gleichaltrigen Franzosen freigeben können, sich von nun an nur noch auf den gemeinsamen Sohn Ludwig konzentriert und ihr Leben als alleinerziehende Mama vorbildlich gemeistert. Ab und zu hatte es mal ein Mann geschafft, kurzzeitig das Duo zu begleiten, aber es war nie von Dauer und immer nur oberflächlich gewesen. Sabine glaubte, dass Lisa insgeheim den Platz an ihrer Seite für Berthold freihielt. Er war nun mal ihre ganz große Liebe. Egal, ob er Frauen oder Männer liebte.

Als Ludwig nach dem Studium ins Ausland gegangen war und sie von ihren Eltern eine stattliche Summe Geld geerbt hatte, war sie schließlich in den Süden gezogen. Sie kannte Teneriffa von diversen Urlauben und hatte schon lange davon geträumt, im ewigen Frühling der Kanaren zu leben.

»Die Erde ist dort ungeheuer mineralienhaltig. Man spürt sofort eine wahnsinnige Lebensenergie«, hatte sie Sabine häufig am Telefon vorgeschwärmt und ihr als Beweis kraftstrotzende Bilder geschickt: Lisa in Kämpferpose beim Umbau der Finca, beim Anbau von Bananenstauden, beim Schwimmen in aufgewühlter See, mit einer Staffelei oder bei der Kreation von Holzskulpturen. Zudem war sie fleißig auf den Social-Media-Plattformen unterwegs. Daher wusste Sabine über Lisa, wie sie wohnte, dass sie ständig neue Geschäftsideen entwickelte, mal einen Online-Handel für Olivenöl aufbaute und sich dann auf Lebensberatung spezialisierte, gern im Atlantik schwamm und am liebsten frisch gepflückte Staudenbananen aß. Sabine wusste auch, dass sie nicht mehr allein lebte, sondern mit einem Hund, Benny, dem Riesenboxer. Davon hatte sie ihr sogar in einem der seltenen Telefonate ausführlich berichtet.

Und Benny war für Lisa etwas ganz Besonderes, nicht nur, weil er bildschön aussah, sondern auch, weil er ein Geschenk von Ludwig war. An einem milden Winterabend hatte Ludwig, der sich mittlerweile »Ökonom« nennen durfte und lange Zeit erfolgreich in Dublin gearbeitet hatte, mit einem süßen kleinen Welpen im Arm überraschend vor Lisas Tür gestanden und ihr den putzigen Vierbeiner überreicht.

Lisa war begeistert gewesen. Sie hatte Sabine damals spontan angerufen und »Der Kleine ist so bemüht um seine Mutter« getönt. Sabine hatte das natürlich bestätigt, aber in Wahrheit nur »Ludwig, du Schlingel« gedacht. In Sabines Kopf hatte es eine andere Wahrheit gegeben. Ludwig hatte garantiert ein verlockendes Jobangebot erhalten, vermutlich aus den Staaten, denn davon hatte er seit jeher geträumt. Mit Benny hatte er sein schlechtes Gewissen beruhigen wollen, weil er zukünftig noch weiter von seiner Mutter entfernt leben würde. Und tatsächlich, keine drei Monate später war Ludwig im Silicon Valley und Lisa tröstete sich mit Benny. Und da der Vierbeiner jetzt Ludwig dauerhaft ersetzen musste, behandelte sie ihn auch gleich wie ihren »Kleinen«. Sobald er hustete, rief sie den tierärztlichen Notdienst an, und wenn er ein bisschen bedröppelt guckte, begann sie, intensiv mit ihm zu sprechen. Natürlich verstand Benny jedes Wort und bis zu seiner Antwort war es dann auch nur noch ein kleiner Schritt. Zumindest nach Ansicht von Lisa.

Für Sabine stand fest: Dieser honigfarbene Riesenboxer mit den süßen Kulleraugen war garantiert der Auslöser für Lisas gerade aktuelles berufliches Engagement – die Tierkommunikation. Denn Lisa postete neuerdings in den sozialen Netzwerken ständig etwas von ihren »Gesprächen« mit Hunden, Katzen und anderen Lebewesen, dabei ging es um das Einfühlen und Empfangen der Gedanken und Befindlichkeiten, die das Tier sendete, über Raum und Zeit hinweg. Und angeblich war es für jedermann möglich. »Tierkommunikation ist eine angeborene Gabe, die man leicht ausbauen und gezielt anwenden kann«, schrieb Lisa auf ihrer Seite. Sabine war gespannt, was sich dahinter verbarg. Bald würde sie es erfahren.

Beherzt klappte sie das Album wieder zu. Es war gut und richtig, dass sie zu Lisa flog.

Kapitel 2

Wenige Tage nach Franks Abreise saß Sabine im Flugzeug nach Teneriffa. Sie hatte ihrem Mann in einer WhatsApp geschrieben, dass sie zu Lisa flöge, und er hatte lediglich knapp geantwortet.

Gute Reise und viel Spaß auf der Insel!

Frank und Lisa mochten sich nicht wirklich, waren aber immer korrekt miteinander umgegangen. Er fand sie zu abgehoben und spleenig und sie ihn zu dominant und egoistisch, aber wenn sie zusammen Zeit verbracht hatten, war es zumindest äußerlich harmonisch gewesen.

Sabine hatte einen angenehmen Flug und eine zauberhafte Lehramtsstudentin als Sitznachbarin, die als Au-pair auf die Insel flog und sie sehr an ihre Tochter Chrissi erinnerte. Genauso offen, genauso direkt. »Wissen Sie, Sie sind ein bisschen wie meine Mutter. Die ist auch schon älter und düst trotzdem noch lebhaft durch die Gegend«, meinte sie zum Abschied, als sie sich am Gepäckband gegenseitig schöne Tage wünschten und dann kurz hintereinander zum Ausgang gingen.

Alt und lebhaft, zwei Eigenschaften, die Sabine nie mit sich in Verbindung gebracht hätte. Wirkte sie so auf eine Zwanzigjährige?

Zum Glück riss Lisa sie aus ihren etwas zweifelnden Gedanken. Fröhlich winkend kam sie ihr am Gate entgegengelaufen und die beiden lagen sich lange in den Armen.

»Du siehst großartig aus«, lobte Sabine die Freundin mit ehrlicher Anerkennung. Teneriffa schien Lisa gutzutun. Ihre seidig glänzenden blonden Haare hoben sich von ihrer gesunden Bräune ab. Früher hatte sie meistens Jeans und Blusen getragen, dazu flache Slipper, und bei ihren Maßen hatte sie damit immer locker zehn Jahre jünger ausgesehen. Mittlerweile hatte sie sich aber einen anderen Stil zugelegt und war etwas hippiehaft zurechtgemacht. Das war Sabine schon auf Facebook aufgefallen. Die ehemals akkurat glatt geföhnten Haare lagen gewellt über ihren Schultern und dazu trug ihre Freundin meistens farbige Leinenkleidung und auffälligen Schmuck. Heute stand sie in einer weißen Leinenhose und einem pinkfarbenen Oberteil vor ihr und hatte um den Hals diverse Muschelketten geschlungen.

Als die beiden das Flughafengebäude verließen, sog Sabine tief die würzige Atlantikluft ein und erschnupperte die wohlige Mischung aus Meeresbrise und warmer Sommerluft, die sie wie ein weicher Mantel umhüllte. *Was für ein Paradies*, dachte sie und strahlte die Freundin an, während sie sich bei ihr unterhakte und sie gemeinsam den Parkplatz ansteuerten. Herrliche Palmen und üppige Oleanderbüsche säumten den Weg und der Duft von Jasmin stieg ihr in die Nase.

»Ich glaube, du bist ein Glückskind, weil du hier leben darfst«, meinte Sabine und wies mit der Hand auf die prächtige Natur.

Lisa nickte. »Ich habe meinen Umzug auch noch keine Sekunde bereut und das Leben hier hat mich verändert.«

Sabine merkte schnell, dass das nicht nur Sabines Optik betraf. Ihr neues Lieblingsthema Tierkommunikation schien sie vollständig eingenommen zu haben.

»Weißt du, was mich richtig beunruhigt?«, fragte Lisa bei der Ausfahrt vom Flughafenparkplatz und gab sich die Antwort gleich selber. »Mein Benny träumt immer so schlecht. Ich mache mir echt Gedanken, was wohl auf seiner Seele lastet. Als ich das letzte Mal den Kontakt zu ihm gesucht habe, hat er alles blockiert. Das macht mich natürlich besonders stutzig.«

Sabine wusste nicht, ob Lisa ernsthaft eine Stellungnahme dazu erwartete, und schwieg erst einmal, während die Freundin unbekümmert weitererzählte.

»Hilde, meine Nachbarin, hat eine Katze, die auch ganz unruhig schläft. Sie überlegt, ob Mina, so heißt das Tier, vielleicht etwas mit sich herumträgt, ein schlimmes Erlebnis aus der Babyzeit etwa. Die Kleine könnte einem aggressiven Hund begegnet sein oder einen handfesten Streit ihrer damaligen Besitzer mitbekommen haben. Mina hat nämlich eine Trennungserfahrung, sie war im Tierheim. So kleine Tierchen sind sensibel. Ich werde bald mit Mina Kontakt aufnehmen und dann weitersehen.«

Sabine schloss leicht genervt die Augen und hatte plötzlich Angst, dass die Tage bei Lisa zu einer Ewigkeit werden könnten. Sie fühlte sich ein bisschen wie in einer Falle, die gerade zugeschnappt war. Sie konnte sich hin und her winden, wie sie wollte: Sie kam nicht mehr heraus. Es gab nur eins: Den Widerstand aufgeben und das Leben so nehmen, wie es war. »Wenn wir die Umstände nicht ändern können, müssen wir die Einstellung dazu ändern«, das hatte sie erst kürzlich im Yogakurs gehört. Sabine lächelte Lisa milde an, streichelte ihr sanft über den Oberarm.

»Schön, dass ich bei dir bin«, sagte sie leise und dachte daran, dass sie auch mal mit ihrem Eddi, dem Dackel aus

Kindertagen, hätte sprechen sollen, dann wäre er vielleicht nicht so oft ausgebüxt.

»Wenn du willst, mach die Augen zu«, empfahl ihr Lisa und ordnete Sabines mangelndes Interesse offenbar als Erschöpfung ein. »Benny schläft auch jedes Mal sofort im Auto ein. Bei ihm hat es allerdings andere Gründe, das hängt mit seiner Familiengeschichte zusammen. Aber das erzähle ich dir ein anderes Mal.«

Sabine hatte begriffen, dass jeder Kommentar fehl am Platz war. *Frauen über fünfzig haben ihre Macken*, dachte sie und wollte ihre eigene Person gar nicht davon ausnehmen. Selbst störte sie sich oft daran, nicht ausreichend offen für neue Impulse zu sein. Daran konnte sie jetzt arbeiten. Lisas neues Leben war ein idealer Aufhänger. Aber sie wollte nicht sofort damit beginnen. In diesem Moment schwieg sie lieber und war dankbar, dass Lisa in ihrer Euphorie über ihre neue Tätigkeit bisher nicht näher nach der abgesagten Afrikareise gefragt hatte, und erfreute sich lieber an dem herrlichen Ausblick. Sie sah durch die Seitenscheibe direkt auf den dunkelblauen Ozean, der sich wie ein flauschiger Teppich zu ihren Füßen ausbreitete. Am Horizont entdeckte sie zwei Frachtschiffe, die sich kaum vom Fleck zu bewegen schienen. Sabine war neugierig geworden. Sie wollte herausbekommen, ob die Insel nicht nur schön, sondern auch wirklich inspirierend war, genauso wie Lisa es beschrieben hatte. Nach einer Strecke entlang der kargen Küstenregion an der Metropole Santa Cruz vorbei fuhren sie durch den grünen Norden der Insel. Winzige Dörfer, üppig bewachsene Bananenplantagen und zahlreiche kleine Fincas, die von riesengroßen Palmen richtig dekoriert zu sein schienen, flankierten die Autobahn. Sie passierten Puerto de la Cruz, die beliebte Touristenmetropole, und gelangten weiter in den Westen, wo der Verkehr zunehmend ruhiger wurde.

»Gleich kommt Icod de los Vinos.« Lisa deutete nach vorne. »Berühmt für seinen Wein und die vielen Bodegas.«

Sabine sah rechts und links weite Weinfelder. »Kann man da auch verkosten?«

»Klar, und wir sind dabei.« Grinsend bog Lisa in die Berge ab und Sabine genoss den Blick hinunter auf die teilweise terrassenförmig angelegte Landschaft, in der sich Weinreben mit Bananenstauden abwechselten.

»Bist du eigentlich das erste Mal auf Teneriffa?«, erkundigte sich Lisa, während sie den Wagen immer höher in die Berge steuerte.

Sabine nickte. »Ja, echt wahr, ich habe es nie hierher geschafft. Es ist toll, dass ich endlich diese schöne Insel kennenlerne, aber das Wichtigste ist, dass ich dich wiedersehe.«

»Das wurde aber auch Zeit, meine Liebe. Wann haben wir uns eigentlich das letzte Mal getroffen? Wie lange ist das her?«

»Acht Jahre, ich habe heute nachgerechnet. Da bist du mal wieder in Hameln aufgetaucht und hast uns ganz spontan besucht. Erinnerst du dich?«

»O jaaa!« Lisa lachte. »Ich war nicht allein, sondern hatte diesen smarten Referendar dabei.«

»War das der, der gerade an der Schule angefangen hatte?«

»Ja, genau, er war mir beim Einkaufen mit seinem Rad in die Quere gekommen und es hat gleich gefunkt. Wie hieß er noch?«

»Das fragst du mich?«, entrüstete sich Sabine gespielt. »Immerhin war das in unserem Garten die Liebe deines Lebens. O Mann, warst du verknallt, wie weggeknipst! Du hast deinen Begleiter immer mit ›Schönster‹ angeredet und ständig seine Nähe gesucht.«

»Aber nur bei euch im Garten.« Lisa kicherte. »Ich glaube, wir haben uns schon kurz nach dem Besuch getrennt, es war gefühlt gleich hinter eurem Törchen.«

»Warum eigentlich?«, wollte Sabine wissen.

»Ach, frag nicht. Vermutlich hatte ich doch gemerkt, dass er viel zu jung für mich war. Obwohl man es uns nicht angesehen hat, fandest du nicht?«

»Lisa, er hätte dein Sohn sein können! Das hat jeder gesehen. Aber egal, das ist Schnee von gestern. Interessant sind nicht die alten Kamellen, sondern wer heute in deinem Garten sitzt.«

»Den Mann an meiner Seite kennst du doch schon«, flachste Lisa. »Er hat mittelblondes Haar, strahlend weiße Zähne, schokoladenbraune Augen und einen wunderbar durchtrainierten Körper. Zum Niederknien!«

Sabine starrte die Freundin irritiert an. »Du hast gar nichts erzählt?«, wunderte sie sich.

»Und er läuft auf vier Beinen und döst die meiste Zeit im Schatten«, plapperte Lisa weiter fröhlich drauflos.

»Benny! Der Groschen ist gefallen. Damit hast du mir aber einen mächtigen Schreck eingejagt.«

Sabine knuffte Lisa spielerisch in die Seite.

»Ach, Sabine, ich komme gut ohne Mann zurecht. Erst mal freue ich mich riesig, dass du da bist. Und morgen erzählst du mal, was eigentlich los ist. Ich bin neugierig. Denn irgendetwas ist anscheinend richtig komisch bei dir. Diese abgesagte Hochzeitsreise gefällt mir nicht.«

Sabine schüttelte den Kopf. »Komisch nicht, nur ein bisschen kompliziert. Aber darüber sprechen wir wirklich später. Lass uns erst einmal zu dir fahren. Heute hast du ja deine Damen zu versorgen.«

***

Lisas romantische Finca war ein schon von Weitem sichtbares weiß getünchtes altkanarisches Bauernhaus mit grünen

Fensterklappen und einer nougatfarbenen Holztür, malerisch gelegen am Rande einer Bananenplantage. Eine umlaufende Steinterrasse sorgte für südliches Flair. Laut Lisa gab es hier vier Schlafzimmer und einen großen Salon, alles überwiegend kanarisch eingerichtet mit viel Holz, Fliesenböden und bunten Stoffen. Erst kurz vor der Abzweigung zur Finca verriet Lisa, dass sie hier seit Neuestem Seminare zum Thema Tierkommunikation anbot. Sie hatte sich dafür eigens in Wien ausbilden lassen und ausgerechnet jetzt ihren ersten mehrtägigen Workshop.

»Manche Leute mögen keine virtuellen Schulungen und bevorzugen das direkte Gespräch. Die Ersten sind zurzeit bei mir«, erläuterte sie entschuldigend und erklärte, dass die erwähnten vier Damen eigens für die Kurszeit aus Deutschland angereiste Frauen seien, die Lisa auf ihrer Finca untergebracht hatte. Dazu machten noch Urlauberinnen und Residentinnen von der Insel den Workshop mit. Für alle, insgesamt zwölf Frauen, gab es heute, genauer in weniger als zwei Stunden, laut Lisa richtig spannende Kursstunden.

»Ich freue mich riesig, dass ich hier auf Anhieb so viele Interessentinnen habe«, schwärmte Lisa weiter, während ihr palmengrüner Caddy mühsam über die Steinstraße holperte. Sie gab aber auch zu, mächtig Lampenfieber zu haben.

»Oh, Lisa, hätte ich das alles gewusst, wäre ich doch nicht gekommen. Ich habe ein richtig schlechtes Gewissen«, sagte Sabine und machte sich Gedanken, vielleicht zu rücksichtslos einfach aufgetaucht zu sein.

»Es ist genau andersherum, meine Liebe. Es tut mir gut, dich dabeizuhaben. Das macht mich sicherer.«

Ihre Worte erleichterten Sabine.

Lisa lächelte sie an. »Du hilfst mir doch, den Stuhlkreis im Garten aufzubauen? Ich habe auch Getränke gekauft und ein paar Tapas. Das müssen wir noch schön präsentieren. Es soll ein gelungener Termin werden.«

»Ja, klar helfe ich dir, und wann geht's los?«

»Um siebzehn Uhr, und du musst wirklich aufpassen. Ich möchte, dass du mir später sagst, wie ich gewesen bin. Gestern ist es meines Erachtens gut gelaufen, aber ich würde mich freuen, wenn meine Freundin mir heute ehrlich ihre Meinung mitteilt.«

Sabine schluckte. Vor knapp zwei Stunden war sie erst auf der Kanareninsel gelandet und hatte sich auf die berühmten Papas arrugadas mit roter und grüner Mojo und kanarischen Rotwein in einer der garantiert zahllosen Bars eingestellt. Der Bericht im Bordmagazin, den sie während des Flugs gelesen hatte, hatte ihr Lust auf diese Runzelkartoffeln mit den Saucen gemacht. Stattdessen war sie auf einer abgelegenen Finca im Nordwesten Teneriffas gelandet und sollte sich anhören, wie Wuffi und Miezi unter Eheproblemen ihrer Frauchen und Herrchen litten und sich nach Austausch sehnten.

Na bravo, dachte Sabine. Hätte sie gewusst, was sie erwartete, wäre sie heute früh nicht im Morgengrauen aufgestanden und fast dreihundert Kilometer mit der Bahn zum Flughafen gefahren, sondern hätte sich in ihrem Bett eingekuschelt, gemütlich Zeitung gelesen und wäre in ihrem beschaulichen Weserstädtchen geblieben.

Einziger Trost für den verpatzten Start im Urlaubsparadies war die Traumkulisse, in der sich das merkwürdige Vierbeinerspektakel abspielen sollte. Denn Lisas Zuhause, diese bildschöne kleine Finca, lag zauberhaft am Hang, mit garantiertem Superblick auf den azurblauen Atlantik und gesäumt von einem Höhenzug, in dem weitere kleine ebenfalls weiß getünchte Kanarenhäuschen wie willkürlich hineingestreut in der Sonne leuchteten.

Lisa parkte ihren Wagen unter einem Affenbrotbaum, und als Sabine ausstieg, fühlte sie sich etwas gedämpft. Sie genoss die samtige Sommerluft, die sich eben mit der frischen Atlantikbrise mischte. Es könnte so wunderbar sein, wenn es nicht gleich dieses Seminar gäbe.

Sie schloss die Augen und begann zu zählen, in wie vielen Bereichen Lisa sich in letzter Zeit zur Expertin gekürt hatte. Sabine erinnerte sich an Wahrsagerei, an Qigong und die Lebensberatung, aber sie hatte bestimmt längst nicht alle ihre Aktivitäten mitbekommen.

»Achtung, du wirst begrüßt«, holte Lisa sie aus ihren Gedanken, und als Sabine zum Haus blickte, sah sie Benny, den Riesenboxer, von Weitem auf sich zustürmen. Wie ein Löwe, der ein Zebra jagte, nahm er Fahrt auf und preschte dermaßen ungestüm auf Sabine zu, dass sie einen Moment fürchtete, der Riesenkerl würde sie bei dem Tempo glatt über den Haufen rennen.

»Das ist Sabine, Bennylein. Die kennst du noch nicht«, rief Lisa laut dem Vierbeiner zu. »Nun sei nicht so wild, sag ihr ganz lieb Hallo.«

Sabine guckte Lisa irritiert an. Nach welcher Etikette verkehrte man denn hier mit Boxern?

Sabine liebte alle Tiere, Hunde ganz besonders. Aufgewachsen war sie mit einem Dackel. Später hatten nacheinander erst ein Labrador, zwei Terrier und zuletzt ein Basset zu ihr gehört. Der Tod ihrer Bassethündin Paula war zeitgleich mit Laurenz' Auszug gekommen. Frank hatte damals einen neuen Hund kaufen wollen, aber Sabine war wieder den ganzen Tag in die Buchhandlung gegangen und hatte das Tier nicht so lange allein lassen wollen. So war sie zurzeit hundefrei, eigentlich zum ersten Mal in ihrem Leben.

»Ich kann ja mit dir meine Fotos machen«, murmelte sie leise, als der massige Vierbeiner nach Lisas Hinweis tatsächlich millimetergenau vor ihr abstoppte und ihr ganz zahm die ausgestreckte Hand abschleckte. »Du bist ja wenigstens ein halber Elefant.«

»Benny ist aber nun wirklich nicht dick«, empörte sich Lisa sofort. »Das ist alles Muskelmasse. Aber von mir aus kannst du ihn gern ablichten. Frag ihn am besten selber, ob er das mag.«

Sabine wollte etwas erwidern, aber Lisa war schon im Haus verschwunden. *Was ist hier denn los*, fragte sie sich. *Wieso muss ich immer mit Benny reden?* Irgendwie wurde ihr alles etwas unheimlich.

Sabine nahm ihre Kamera raus, um erste Fotos zu schießen, ließ aber ihre Reisetasche und den eigens für die Prüfung der Fotos mitgebrachten Laptop gleich im Auto, denn mittlerweile wusste sie, dass sie gar nicht bei Lisa übernachten konnte. Die vier Zimmer bei Lisa waren alle mit den zahlenden Damen aus Deutschland belegt, die gerade noch auf einer Sightseeingtour in Puerto de la Cruz waren. Benny gab ein williges Motiv ab, ohne dass sie ihn überreden musste. Mal stellte sie ihn in den Mittelpunkt, mal die Landschaft und das dahinter in der Sonne gleißende Meer.

Zum Glück hatte Lisa sie schon ganz in der Nähe in einem Hotel eingebucht. Sabine war erleichtert darüber. Zu viel Nähe zu Lisa und ihren zwölf Damen traute sie sich im Moment nicht zu. Irgendwie fühlte sie sich nicht nur überrumpelt, nein, das Ganze war ihr auch etwas suspekt oder zumindest fremd.

Aber sie verdrängte ihr Unbehagen, indem sie mit Lisa Stühle auf der benachbarten Wiese arrangierte und einen Tisch mit Snacks und Getränken bestückte. Und nach und nach trudelten auch die Frauen ein, einige mit ihren Tieren, die Lisa als Tierkommunikatorin erleben wollten. Die Vierbeiner wuselten zwischen den Beinen ihrer Frauchen hin und her. Sabine schoss einige Fotos, nachdem sie die Besitzerinnen und nicht die Hunde gefragt hatte. Auf dem kleinen Bildschirm der Kamera musste sie auch gleich den Frauen die Fotos zeigen, und fast alle wollten gerne als Erinnerung eines haben. Sabine freute sich, weil es ihr bewies, dass sie in ihren Fotokursen aufgepasst und viel gelernt hatte. Sie sollte das wirklich wieder ernsthaft in Angriff nehmen.

Wenig später saß Sabine zwischen all den interessierten Tierfreundinnen und hörte sich an, welche Sorgen sie sich über ihre Vierbeiner machten und welche Antworten sie sich dank Lisa erhofften. All die Frauen wollten endlich die wahren Nöte und Bedürfnisse ihrer Schützlinge kennenlernen. Dafür hatten sie teilweise locker mehrere Tausend Kilometer Anreise in Kauf genommen.

»Es gibt Tage, da herrscht Spannung zwischen mir und meinem Mann«, berichtete eine weißhaarige Frau, die sich als Uschi vorstellte. Sie sah etwas traurig in die Runde. »Es ist schlimm, wie sehr mein Hakon«, sie deutete auf einen Terrier-Mix zu ihren Füßen, »darunter leidet. Ich kann mir gut vorstellen, dass er Albträume hat, und ich möchte gern wissen, was ihn nachts besonders quält.«

Merkwürdig, dachte Sabine und schob sich irritiert ihre Sonnenbrille ins Haar. Reichte es nicht, »Aufwachen« und »Aus« zu sagen? Oder dem Liebling wortlos den Kopf zu tätscheln? Ihre Haustiere waren doch immer gut damit zurechtgekommen. Sie fühlte sich wie eine Schülerin, die man versehentlich in den falschen Leistungskurs geschickt hatte: Sie kannte niemanden und verstand nichts!

Aber egal. Sabine versuchte einfach, sich herauszuhalten. Sie war ja wirklich nur durch Zufall in diese ungewöhnliche Runde geraten. Eigentlich ging sie das hier alles nichts an. Sie wollte eine schöne Zeit erleben, sich die Wunden lecken und Sonne, Wein und Strandleben genießen. Eigentlich mit Lisa, aber wenn ihre Freundin jetzt keine Zeit hatte, was sie ihr jedoch nicht übel nahm, schließlich verdiente sie damit ihr

Geld, dann würde sie eben anfangs allein die Insel erkunden. Wichtig war ihr, endlich mal wieder Zeit mit Lisa zu verbringen. Auch deshalb war sie hergekommen und trotz aller Zwei- und Vierbeiner würde schon genug Raum für sie bleiben, da war sich Sabine sicher.

»Bei meinem Benny weiß ich mittlerweile genau, warum er oft so ängstlich ist und sich trostsuchend zu mir auf das Sofa legt«, führte Lisa in diesem Augenblick weiter aus, und ihre Zuhörerinnen blickten gespannt auf sie und ihren vierbeinigen Gefährten, der es sich zu ihren Füßen gemütlich gemacht hatte. »Aber er möchte auch nicht, dass ich darüber spreche, und ich werde ihn nicht enttäuschen.«

Au Mann, da hatte sich Lisa ja eine geschickte Ausrede ausgedacht. Nachfragen verstießen einfach mal gegen die therapeutische Schweigepflicht.

Sabine seufzte. In ihren Augen brauchte Lisa dringend einen Partner, damit nicht der Trost-Benny ihr einziger Lebensinhalt und Gesprächspartner blieb. Ein Auswahlproblem dürfte Lisa nicht haben. Genau wie Benny war sie nämlich auch ein Hingucker. Besonders hier, im Klub der nicht mehr jungen Damen, fiel sie sofort aus dem Rahmen. Eine Frau, nach der sich garantiert die Männer umdrehten. Aber mit den Gesprächsthemen würde es beim ersten Date Probleme geben. Sabine konnte sich nicht vorstellen, dass viele Männer ständig mit und über Benny sprechen wollten.

Lisa hätte nicht erben dürfen, ließ Sabine ihre Gedanken weiterschweifen. Dann wäre sie nämlich noch auf ihren Job in der Buchhandlung angewiesen und hätte garantiert andere Themen im Kopf. Sie hätte sich mit Männern über Bestseller, Verkaufsstrategien und den neuesten Branchenklatsch austauschen können.

Aber *hätte* brachte nichts. Lisas Leben spielte sich heute eben ganz anders ab und zumindest schien das Geschäft mit den Vierbeinern ordentlich anzulaufen. »Die Gäste wohnen währenddessen hier und zahlen richtig gut!«, hatte Lisa vorhin noch triumphierend verkündet, und Sabine war vom Mut der Freundin auch echt begeistert. Sie mochte Lisa von ganzem Herzen. Auch wenn sie neuerdings ein bisschen ungewöhnliche, seltsame Wege ging. Außerdem war Lisa ihr liebster Rettungsring, der gerade rechtzeitig im tiefblauen Atlantik aufgetaucht war. Sie mochte sich gar nicht vorstellen, wie sie sich jetzt allein zu Hause fühlen würde. Die paar Tage bis zum Abflug hatten ihr bereits gereicht.

Sie würde der Frauenrunde auf der Finca bestimmt viel Gutes abgewinnen. Klar hatte sie daran gedacht, sich an irgendeine Strandbar zu verkrümeln, aber das konnte sie der Freundin nun wirklich nicht antun, zumal diese noch fröhlich »Du bist mein Ehrengast« getönt hatte.

Aber morgen könnte sie weg und die Insel erkunden, keine Frage. Lisa war garantiert wieder mit ihren Seminarteilnehmerinnen beschäftigt, und sie würde in eine der niedlichen Bars gehen, von denen ihr Lisa erst kürzlich am Telefon vorgeschwärmt hatte. Sie wollte all die Köstlichkeiten naschen, für die die Insel berühmt war. Dazu aufs Meer sehen, ihr Leben genießen und versuchen, sich nicht mehr über die abgesagte Afrikareise zu grämen. Frank hatte es ja auch nicht leicht. Er konnte keinen Meerblick genießen, musste sich stattdessen durch Aktenberge kämpfen und Endlos-Besprechungen ertragen. Sie konnte ihm schon nicht mehr richtig böse sein. Eigentlich ging es ihr doch gut hier auf der zauberhaften Insel.

Sie würde hier brav mitmachen und sich bemühen, möglichst interessiert zu gucken. Mit etwas starrem Lächeln hörte sie nun den Frauen zu, was sie von ihren Tieren zu berichten hatten. Wie sie Lisa beobachtete, schien diese in ihrer Rolle aufzugehen, und die Damen sowie die Hunde hingen an ihren Lippen. Vielleicht unterschätzte sie die Freundin. Sie hörte weiterhin aufmerksam zu und lernte viel. Zum Beispiel, dass sich Tiere nur wertgeschätzt, ernst genommen und ins Familienleben einbezogen fühlten, wenn man regelmäßig mit ihnen sprach. Gemäß einer Studie konnten sie locker zweihundert Worte verstehen. Weiter referierte Lisa, dass sie jederzeit wüssten, was man fühlte, weil sie Emotionen am Geruch erschnuppern konnten.

Letzteres machte Sabine allerdings etwas Angst. Wie sollte sie denn noch entspannt mit Benny plaudern können, wenn der sie so genau auf dem Film hatte? Da konnte sie ja jede verbale Maske fallen lassen. *Dein Hund mit der seelischen Röntgennase, wie unheimlich.* Als Hundebesitzer war man quasi seinem Vierbeiner ausgeliefert. Sabine hätte schon gern gewusst, was Benny von der Thematik hielt, aber der lag rücklings im Gras, mit weit geöffnetem Maul, und schlief selig, tief und fest.

Zum Glück, denn sonst hätte er sofort erschnuppert, dass sie sich etwas unwohl fühlte. Übrigens musste sie sich ihm freundlich nähern, erfuhr sie als Nächstes. Sonst würde er nicht zuhören, der raffinierte Bengel. Sabine schüttelte den Kopf. Das hätte Lisa mal ihrer früheren Chefin aus der Buchhandlung sagen sollen. »Sprechen Sie freundlich mit mir, sonst höre ich nicht zu.« Die hätte sie vermutlich hochkant vor die Tür gesetzt.

»Zimmerlautstärke heißt das Zauberwort, damit euch eure Fellnasen überhaupt ernst nehmen«, redete Lisa weiter.

So langsam schliefen Sabine die Beine ein und sie hörte erleichtert, wie Lisa eine Pause ankündigte.

»Na, wie gefiel es dir bisher?«, wollte Lisa kurz darauf von ihr wissen. Sie hatte den Frauen einen leckeren Zitronendrink serviert und gönnte sich einen Verschnaufmoment. Dafür zog sie sich einen der leichten Korbstühle herüber, um neben Sabine sitzen zu können. »Weißt du, die Idee kam mir dank Benny. Er weiß alles von mir. Wie ich mich gefühlt habe, als Ludwig auszog und auch wie schlimm die Trennung von Ulf war, du erinnerst dich, der Zahnarzt, mit dem ich letzten Sommer zusammen gewesen bin. Ich hatte dir von ihm erzählt.«

»Eine Woche, Lisa«, sagte Sabine. »Es war eine Woche. Da musste Benny nicht lange zuhören.«

»Ich rede von der Zeit der Trennung«, fügte Lisa hinzu.

»Man kann sich nur trennen, wenn man vorher auch zusammen war.« Sabine wusste sofort, dass sie damit einen Fehler gemacht hatte, und bekam prompt die Quittung. Lisas Augen funkelten gereizt.

»Sabine, es reicht! Nur weil dein Frank keine Lust auf eure Hochzeitsreise hat, musst du nicht auf mir herumhacken.«

»Lust? Lisa, er konnte nicht«, antwortete Sabine schnippisch, nahm aber sofort wieder die Schärfe aus ihrem Ton. Lisa hatte ja recht. Sabine ließ gerade ihren ganzen eigenen Frust über die abgesagte Reise an ihrer Freundin aus. Sie stupste die Freundin um Verzeihung bittend an. »Tut mir leid!«, flötete sie nun schon fast. »Ich bin wirklich etwas angeschlagen. Dabei ist es ein großes Glück, dass ich hier sein kann.«

Lisa lächelte sie versöhnlich an. »Alles gut, ich bin auch froh, dass du da bist. So, und jetzt mache ich weiter.«

Und kaum hatte sie den Satz ausgesprochen, wurde es spannend. Lisa präsentierte immer unglaublichere Wahrheiten. Mit einem »Jetzt wird es richtig aufregend für euch!« führte sie anschaulich weiter aus, dass nun der Praxisteil käme. Hier lernten ihre Zuhörerinnen, wie sie mit ihrem eigenen Tier oder auch mit jedem anderen Tier auf der Welt sprechen könnten, von Hunden bis zu Mäusen, von Teneriffa bis Australien.

»Alles, was ihr dafür braucht, ist das Tier selbst oder der Einfachheit halber nur ein Foto von ihm«, versprach Lisa.

Von einer Maus? Nun wurde es aber ganz wild. Sabine war amüsiert und neugierig zugleich. Bei aller Liebe zu Benny und

Co., das mit dem Tiergerede bis nach Australien, das ging ihr wirklich ein bisschen zu weit.

»Kann ich auch mit dem Hund meiner Freundin sprechen, wenn der in Österreich lebt?«, fragte eine der Damen, die bei Lisa untergebracht waren.

»Natürlich, bei mir lernt ihr alle, wie es geht. Wenn das Seminar vorbei ist, seid ihr perfekt geschult und könnt euch mit jedem Tier auf der Welt unterhalten, das verspreche ich euch.«

Sabine griff Lisa gekonnt unter die Arme. »Dann muss ich ja nicht mehr traurig sein, dass meine Afrikareise geplatzt ist, sondern kann mit den berühmten Elefanten auch von Teneriffa aus ganz in Ruhe plaudern«, warf sie ein. »Ich wollte immer schon mal wissen, wie sie sich fühlen, wenn pausenlos diese doofen Touristen an ihnen vorbeigekarrt werden.«

»Ja, das ist ein interessanter Aspekt«, ging Lisa sofort lächelnd auf Sabines Einwurf ein.

»Du brauchst dafür aber ein Foto von dem Jumbo. Dann kann ich dir die Antworten auf deine Fragen besorgen oder du versuchst es später selbst einmal.«

Sabine blickte zufrieden in die Runde und verkündete laut: »Es wird ungeheuer spannend, für alle von uns.«

»Es hört sich im ersten Moment komisch an«, erklärte Lisa ihren Zuhörerinnen. »Denn natürlich können eure Hunde kein Deutsch und andere Tiere auf der Welt auch nicht, aber wenn ein Tier etwas mitteilt, kommt es bei uns als Sprache an.«

»Lisa, meinst du wirklich, dass ich schon heute Abend mit meiner Clarissa zu Hause sprechen könnte?«, wollte eine Ute aus Osnabrück aufgeregt wissen.

»Natürlich. Ihr bekommt aber nicht alle sofort heute Antworten. Das dauert. Ein Tier braucht Zeit, um sich ganz zu öffnen.«

Lisa blickte sich in ihrem Zuhörerkreis um, bevor sie fortfuhr. »Das Gute ist, jeder kann es hier mit mir ausprobieren und zu Hause weiterüben.«

Sie griff nach dem Korb, der die ganze Zeit neben ihrem Stuhl stand, und verteilte daraus an jede der Teilnehmerinnen einen kleinen Block sowie einen Stift.

Dann ging's los. Die Frauen rutschten in einem ganz engen Kreis zusammen und hielten die Füße dabei fest auf dem Boden, um sich zu »erden«, wie Lisa es wünschte.

»Und nun schließt bitte alle die Augen und dann starten wir das Tiergespräch.«

»Wie starten wir denn das Gespräch?«, fragte Sabine ganz leise ihre Nachbarin, eine Kerstin, und sah sie hilfesuchend an.

»Du sollst alles zulassen, was dir durch den Kopf geht, und das aufschreiben«, flüsterte die.

»Alles?«

»Ja, das hat uns Lisa doch erklärt. Wenn du an zu lange Haare denkst, kann das heißen, dass dem Hund vielleicht zu warm ist. Also, mach mal!«

Kerstin mochte nicht mehr gestört werden. Sie musste sich konzentrieren.

Die ganze Runde bekam fünfzehn Minuten Zeit, viel zu wenig, aber es war ja auch nur eine Übung.

»Morgen machen wir weiter und gehen in die Tiefe«, beendete Lisa schließlich das Probegespräch.

Die aufgeschriebenen Gedanken sollten alle später auswerten, zunächst in der Runde, danach auch allein. »Wenn ihr mehr Übung habt, fällt es euch immer leichter. Es kommen verschiedene Sinne zusammen und es fühlt sich an wie ein Tagtraum«, versprach Lisa und erklärte mit klarer Stimme, dass jeder »Tierisch« verstehen könne.

»Es hat geklappt!«, jubelte Kerstin plötzlich laut los und strahlte über das ganze Gesicht in die Runde. »Ricky hat mir endlich gesagt, warum er so viel schläft. Er langweilt sich bei mir zu Hause.«

»Siehst du, das hat ja dann heute schon viel gebracht!«, lobte Lisa lächelnd ihre engagierte Schülerin. »Dann kannst du in Zukunft deinen Ricky noch viel besser verstehen. Du kannst ihn übrigens so oft fragen, wie du magst. Es gibt keine Grenze.«

Auch Uschi, die Dame mit der weißen Wallemähne, war erfolgreich. Sie wusste endlich, was ihren Hakon quälte. Er hatte dauernd Bauchschmerzen, weil er ständig zu viel aß, und morgen würde sie das auch dem Tierarzt erzählen, berichtete sie. Erika, eine stämmige Bioobstverkäuferin, glaubte nun zu wissen, was ihren Fundhund bedrückte. Er reagiere oft so aggressiv, weil er Schmerzen in den Gelenken habe und sich Massagen wünsche.

Plötzlich plauderten alle Frauen wild durcheinander und halfen sich gegenseitig, die Gedanken zu sortieren. Sabine atmete tief durch. Sie war keine fünf Stunden auf der Insel und fühlte sich schon viel wohler. Gut, die Absage der Reise bewirkte nach wie vor ein flaues Gefühl in der Magengegend, verbunden mit immer wieder hochschießenden Frustattacken, aber es ging ihr wesentlich besser als zu Hause. Denn hier erlebte sie etwas, das sie von ihrer schmerzlichen Enttäuschung ablenkte. Am liebsten würde sie Frank anrufen und ihm von den Tiergesprächen erzählen. Aber sie wusste schon, wie das ausgehen würde. In den letzten Jahren hatte es eigentlich jedes Mal nur eine Antwort von Frank gegeben: »Du, Liebling, erzähl mir das später. Ich habe gerade keine Zeit.« Sie konnte mit ihren nicht erzählten Geschichten Bücher füllen. Heute beschloss sie, sich die weitere Enttäuschung zu ersparen.

***

Nach einem Abschiedsdrink verabschiedeten sich alle bis auf die vier Hausgäste. Sabine fühlte sich bettreif. Der immer noch frische Schock mit der abgesagten Reise, der Flug, das Seminar, die vielen neuen Eindrücke. Sie war froh, als Lisa ihr vorschlug, sie rasch ins Hotel zu fahren.

Bis zum Hotel waren es etwa zwei Kilometer und Sabine genoss die prächtige Aussicht. Fast die ganze Fahrt über war der inzwischen silberig schimmernde Atlantik zu sehen, überall leuchteten prächtige Oleanderbüsche im milden Abendlicht. Es war ein Paradies und Lisa hatte recht, die Insel pumpte innerlich auf.

»Sag mal, möchtest du noch mal nach Deutschland zurück?«, erkundigte sich Sabine.

»Ich bleibe für immer hier«, antwortete Lisa. »Mein Leben ist schön so. Gut, manchmal etwas einsam. Aber ich habe ja Benny.«

»Und deine Frauen!«

»Das stimmt, ich hoffe, dass meine Seminare erfolgreich werden. Ich habe vor, dauerhaft jeden Monat einen solchen Kurs zu veranstalten.«

»Du machst es toll, wirklich, Lisa.«

»Papperlapapp! Du machst dich doch lustig. Aber warte mal ab. Solltest du wieder einen Hund haben, wirst du schon verstehen, dass ich recht habe. Telepathie ist keine Fantasie. Es gibt sie. Das sagen auch viele Wissenschaftler. Aber jetzt ruh dich erst einmal aus. Wir sind nämlich schon da.«

Nach einer letzten Kurve erblickte Sabine das kleine inhabergeführte Hotel Esquina Sur. Es wirkte typisch wie die anderen Häuser, die sie bisher auf der Fahrt gesehen hatte, allerdings war es beige gestrichen und weiße Holzfensterläden zierten die Fassade. Obwohl das Holz teilweise verwittert aussah, strahlte das gesamte Haus Stil und Charme aus. Seitlich fiel ihr Blick auf den Atlantik hinunter und sie konnte es kaum abwarten, an den

Strand zu kommen und im einladend tiefblau schimmernden Meer zu schwimmen. Fast schon spürte sie den Sand zwischen den Zehen und das prickelnde Wasser auf der Haut. Sie sah sich auf einem Handtuch in der Sonne brutzeln und stellte sich vor, wie sie nach so einem Stranderlebnis in einer stimmungsvollen Bleibe den Tag ausklingen lassen würde: auf der Terrasse, mit leckerem Essen und einem kühlen Glas Wein. Sabine war sich sicher, in diesem schönen kleinen Landhotel würde sie sich ganz bestimmt richtig wohlfühlen.

»Ich kenne Antonio, den Eigentümer, gut«, sagte Lisa, während sie den Wagen parkte und mit Sabine über den Kiesweg Richtung Hotel ging. »Es gibt zwölf Zimmer und du bekommst eins mit Meerblick.« Lisa zwinkerte Sabine liebevoll zu. »Für meine Freundin nur das Beste.«

Dann blieb sie kurz stehen und sah Sabine fest an. »Du bist mir doch nicht böse, meine Liebe? Es ist nur für zwei Nächte. Dann kommst du zu mir!«

»Aber, Lisa, es ist alles bestens. Ich kann dich doch nicht einfach überfallen. Hätte ich gewusst, dass du vermietest, wäre ich gar nicht auf die Idee gekommen, dich anzurufen. Ich hatte ja keine Ahnung.«

»Weil du nicht regelmäßig auf Facebook bist und selten anrufst.«

»Stimmt. Du meldest dich aber auch nicht«, warf Sabine den Ball zurück.

»Auch richtig, aber die letzten Monate waren hart. Ich habe mir mein kleines Business ganz langsam aufbauen müssen. Das hat Zeit und Kraft gekostet. Versuch mal, Frauen mit einem Seminar auf die Insel zu locken.«

Zwar hatte Lisa erklärt, am nächsten Tag mit ihr über Frank reden zu wollen, doch so, wie es bei Lisa mit den Damen rundging, wollte Sabine es jetzt hinter sich bringen. Umso eher konnte sie die Insel genießen. In knappen Worten berichtete sie, wie es zur Absage der Reise gekommen war und wie sehr es sie verletzt hatte, denn so ein Datum wie die Silberhochzeit konnte man schließlich nicht einfach auf ein anderes Kalenderblatt schreiben.

»Das ist wirklich richtig bitter«, stimmte Lisa zu und blickte Sabine betroffen an. »Weißt du, Frank hat aber schon immer zuerst an sich gedacht. Erinnerst du dich, genau das hatte ich dir bereits gesagt, als er damals bei uns in der Buchhandlung aufgekreuzt war.«

»Ich weiß, was du über ihn denkst. In deinen Augen liebt er nur sich selbst. Aber lass mal, ich mag nicht weiter darüber sprechen. Es ist noch alles zu frisch.«

»Wie immer hat es ja auch etwas Gutes: Wir sehen uns!« Lisa nahm die Freundin in den Arm. »Und morgen, spätestens übermorgen machen wir etwas zusammen. Ich freue mich darauf!«

»Ich möchte morgen aber erst mal wissen, was Benny dir alles erzählt hat!«, alberte Sabine und tätschelte der Freundin dabei liebevoll die Wange. Die grinste sie übermütig an. »Warte mal ab. Ich treibe dir dein Lästermaul noch aus, und morgen gönnen wir uns auf meiner Terrasse wenigstens schon einmal einen leckeren Wein. Aber jetzt gucken wir erst mal, dass Antonio dir das beste Zimmer gibt.«

KAPITEL 3

»Oh, las señoras de Alemania.« Kaum hatten Lisa und Sabine die geschwungene Holztür geöffnet, kam bereits ein Mann auf sie zu, der in Sabines Vorstellung perfekt auf jeden Hochglanzprospekt des spanischen Fremdenverkehrsamts gepasst hätte.

Er war kaum größer als sie, sehr muskulös und durchtrainiert und hatte das freundlichste Lächeln, an das sich Sabine erinnern konnte. Seine Haut schimmerte olivfarben. Das Haar war halblang und lockig. Seine Augen strahlten warm und braun. Nach Sabines Schätzung musste er Ende fünfzig sein, hatte aber eine jugendliche Ausstrahlung. Er trug Jeans, ein weißes Leinenhemd und rehfarbene Slipper und lachte so ungeheuer gewinnend, dass sich Sabine sofort gut aufgehoben fühlte.

»Soy Antonio. Du musst Sabine sein, Lisas Freundin aus der Heimat. Ich freue mich, dass du mein Gast bist.«

Wie in Spanien üblich begrüßte er Sabine freundschaftlich mit einem Kuss auf beide Wangen, und sie freute sich, weil er Deutsch sprach.

»Wie war dein Flug? Darf ich dich zu einem Drink an der Bar einladen?«

Sabine wollte gerade zustimmen, als Lisa ungewöhnlich forsch dazwischenfunkte: »Meine Freundin ist nach der langen

Reise furchtbar müde. Ich glaube, sie möchte am liebsten aufs Zimmer. Nicht wahr?«

Und ehe Sabine reagieren konnte, schob Lisa sie fast ein bisschen unwirsch Richtung Treppe. »Geh ruhig schon vor. Das Zimmer Nummer sieben kannst du nicht verfehlen. Antonio gibt mir rasch die Chipkarte und ich komme sofort nach«, flötete Lisa.

Sabine war irritiert. Sie fand Lisas Verhalten äußerst seltsam.

»Das ist besser so, vertrau mir«, flüsterte ihr Lisa noch verschwörerisch zu. »Ich erkläre dir das später. Geh bitte schon hoch.«

Innerlich schüttelte Sabine den Kopf und versuchte noch, die etwas peinliche Situation zu retten, indem sie Antonio vom Treppenabsatz freundlich zuwinkte. »Das mit dem Drink können wir morgen machen. Ich freue mich!«

Nach wenigen Schritten holte Lisa sie bereits ein. Den Schlüssel, oder besser die Chipkarte, hielt sie in der Hand. »Du hast das beste Zimmer im Haus, hat Antonio versprochen. Ich bin sicher, es wird dir gefallen!«

»Was war das denn? Hast du was mit ihm?«, fragte Sabine leise, während sie die letzten Stufen hinaufgingen.

»Nein, natürlich nicht. Ich verliebe mich doch nicht in jeden«, zischte Lisa. »Aber Antonio verdreht gern schönen Frauen den Kopf. Ich wollte dich bloß schützen. Im Ernst, tu dir einen Gefallen und erspar dir das ganze Theater, oder, wenn du nicht auf mich hören willst, ordne es richtig ein und geh ihm und seinen schönen Augen nicht auf den Leim.«

Als ob Sabine der Sinn nach einem Abenteuer stand! Was glaubte Lisa eigentlich von ihr? Sie hatte Frank schließlich nicht verlassen, sondern wollte nur nicht allein in Hameln rumsitzen, wenn sie schon mal Urlaub hatte. Trotzdem interessierte sie, welche Masche Antonio auspackte, und bohrte nach: »Wie sieht sein Programm denn aus?«

»Er lädt dich zu einem Drink ein, macht dir die allerschönsten Komplimente und gibt dir das Gefühl, die tollste Frau der Welt zu sein. Und während du zu träumen beginnst, nimmt er längst die nächste Blüte ins Visier.«

»Verstehe«, erwiderte Sabine und konnte sich lebhaft vorstellen, dass Lisa hier aus eigener Erfahrung berichtete. »Dazu Sonne, Sand und Palmen, und das Urlaubsmärchen ist perfekt.«

»Genau, aber Antonio hat gar nicht vor, dein Prinz zu sein. Er ist einfach nur charmant und liebt es, Frauen gutzutun. Du musst wissen: Antonio ist ein richtig Guter, aber auch komplett bindungsängstlich. Er lässt sich nie ernsthaft auf eine Frau ein. Dabei sucht er vermutlich eine Partnerin. Aber er packt keine Bindung.«

»Er wirkt wirklich sehr nett«, sagte Sabine, als Lisa das Zimmer aufschloss. »Und er sieht hinreißend aus.«

»Stimmt beides. Und ich mag ihn sehr. Er hat das Herz auf dem richtigen Fleck. Ein toller Mann, der übrigens ein paar Jahre in Hamburg gelebt hat, aber hüte dich vor Gefühlen. Sonst gibt es garantiert ein spanisches Liebesdrama.«

»Hey!« Sie versetzte Lisa einen Schubs. »Ich bin nicht auf der Suche, nur um das noch einmal klarzustellen.«

»Weiß ich doch, aber man muss nicht auf der Suche sein, um seinen Horizont mal zu erweitern.« Lisa grinste.

»Insofern ist es ein Glück, dass ich bloß ein paar Tage hier bin. Ich reise ja ab, bevor der Liebesrausch richtig losgeht«, stieg Sabine in die Frotzelei mit ein.

»Hüte dich«, schimpfte Lisa und drohte der Freundin spielerisch mit dem Zeigefinger. »Es bringt nichts, alten Liebeskummer mit neuem zu bekämpfen. Alte Lisa-Weisheit.«

»Ich habe keinen Liebeskummer«, protestierte Sabine. Schließlich konnte Frank nichts für das Seminar, redete sie sich selbst beruhigend ein.

Lisa blinzelte ihr mit schräg gelegtem Kopf zu. »Ich meinte es auch eher allgemein.«

»Dann ist deine Weisheit bestimmt auch hinlänglich von dir erprobt!«

»Allerdings«, antwortete ihre Freundin, schloss die Tür und schob die Chipkarte in den dafür vorgesehenen Schlitz, um die Elektrik zu aktivieren. »Weißt du, Männer wie Antonio geben einer Frau das Gefühl, einzigartig zu sein. Das ist schön, und wenn man ausgeruht und bester Stimmung ist, kann auch das Flirten mit Antonio und Co. richtig Spaß machen. Da kann man das dicke Ende durchaus ohne Tränen durchstehen.«

»Du denkst doch nicht, ich wäre gerade ein leichtes Opfer? So angeschlagen kann ich gar nicht sein, um mich ausgerechnet momentan auf irgendeinen Mann einzulassen, mich bis über beide Ohren zu verlieben und danach die ganze Zeit hinter ihm her zu jaulen. Ich bin schon traurig, weil Frank allein unterwegs ist. Das ist genug Jammerei.«

Lisa schaute sie lächelnd an und nahm ihrer Freundin die Reisetasche ab, die sie auf den Gepäckständer stellte. »Ja, genau das habe ich auch gedacht, Liebes. Du brauchst zurzeit nichts weniger als einen Mann, der dir den Kopf verdreht und wieder abtaucht.«

»Was brauche ich denn?«

»Ein paar Tage Ruhe in dieser herrlichen Umgebung.« Lisa breitete ihre Arme aus und drehte sich einmal um die eigene Achse. »Voilà, herzlich willkommen in einem der schönsten Zimmer der Insel.«

Das Zimmer war zauberhaft eingerichtet, mit einem großen Korbbett, den passenden Sesseln und einem wasserblauen Sofa. Die terrakottafarbenen Fliesen passten perfekt zu den Holztüren und die Wände hatten einen sandfarbenen Anstrich.

»Hier kannst du es zwei Nächte aushalten, oder?«, bemerkte Lisa und ließ sich entspannt auf das Sofa plumpsen. »Das hat doch etwas Positives hier, die Farben, das Holz, ich mag es sehr und habe schon mehrmals Freunde in diesem Haus untergebracht. Die waren immer zufrieden.«

Sabine öffnete ihre Tasche, stellte den Laptop auf das Tischchen, sortierte ihre wenige Kleidung in den Schrank und räumte die Kosmetika ins Bad. »Das bin ich auch, mehr als das sogar. Ich bin begeistert. Das ist perfekt hier. Ich danke dir von Herzen, dass du dich so lieb um mich kümmerst.«

»Das tue ich wirklich, genau deshalb wollte ich dich auch vor Antonio bewahren. Der Mann weit weg im Seminar, die tolle Reise abgesagt, meine Güte, Sabine, da sind Frauen sehr wohl empfänglich für solche Männer, die sie auf ein Podest heben und große Komplimente machen. Ich möchte dich unbedingt schützen.«

»Ach, Süße, wie lieb von dir, aber im Moment bin ich zwar mächtig enttäuscht, aber insgesamt noch sehr, sehr glücklich mit meinem Frank. In knapp zwei Wochen ist er zurück und dann ist alles wieder gut.« Sabine setzte sich zu Lisa und legte ihr den Arm um die Schulter. »Weißt du, in meinem Alter hauen einen die Antonios dieser Welt nicht mehr so schnell um.«

»Pustekuchen, meine Liebe.« Lisa verdrehte gespielt die Augen. »Gerade in unserem Alter! Du glaubst nicht, was mir meine Freundinnen hier auf der Insel alles erzählen. Sowie ihnen ein Spanier schöne Augen macht, fallen sie um wie die Fliegen und werfen alle Vorsichtsmaßnahmen über Bord. Und echt, wir Frauen sind umso leichtsinniger, je älter wir werden. Vermutlich denken Frauen in unserem Alter jedes Mal, es käme keiner mehr, der sich für sie interessiert.«

»Ja mit dreißig gab's diese Sorge nicht. Da angelte man in einem vollen Bassin, stimmt's?«

Lisa schmunzelte. »Und es biss immer jemand an. Heute darf man die Angel nicht mehr aus der Hand legen, um bloß keine Chance zu verpassen.«

»Ich habe ja mittlerweile ein paar Jahrzehnte keine Angel mehr ins Wasser gehalten«, flachste Sabine. »Ich bin mit dem zufrieden, den ich habe. Sofern er sich mal blicken lässt.«

»Na, wer's glaubt ...«, frotzelte Lisa. »Ich bin jedenfalls Single und darf mich umsehen. Ich genehmige mir ab und zu mal Abwechslung, aber nur unter einer Prämisse: Bei mir zieht niemand ein. Damit bin ich in den letzten Jahren gut gefahren. Ein bisschen Spaß muss man sich gönnen, aber der darf nicht mit der Freiheit kollidieren.«

Sabine stand auf, schob die weißen Stoffgardinen zur Seite und stieß einen Freudenschrei aus. »O mein Gott, das gibt es doch gar nicht!« Mit einem Ruck riss sie die beiden Holzflügel der Balkontür auf. »Du musst kommen, unbedingt. Du glaubst nicht, wie schön das hier ist.«

Als sie auf den Balkon trat, kam sie aus dem Staunen nicht mehr heraus. Der Blick ging nach hinten hinaus, direkt in den üppigen Park des Hotels. Zu ihren Füßen lag ein wahres Blütenmeer. Hier blühten riesige Oleanderbüsche in üppigen Rottönen, weiße Rosen und dichter Jasmin, dazwischen wuchsen majestätische Palmen. Wie hineingestreut in diese Blumenpracht standen weiße Parkbänke und am Horizont breitete sich das Meer wie ein glitzernder Teppich aus. Die Grillen zirpten in der lauen Abendluft und ab und zu miauten Katzen.

»Meine Güte, ist das fantastisch hier«, schwärmte Sabine, und Lisa, die sich zwischenzeitlich zu ihr gesellt hatte, stimmte ihr staunend zu. »Hier auf dem Balkon war ich auch noch nie. Das ist ja wirklich ein ganz bezaubernder Blick.«

»Ich bin so froh, dass du mir dieses kleine Inseljuwel gezeigt hast. Das ist ein ganz reizendes Hotel.«

»Genieß es. Wenn auch nur für zwei Nächte.«

Lisa drückte Sabine einen Kuss auf die Wange und tätschelte ihr liebevoll den Arm. »So, ich mache mich auf den Weg. Ich bin hundemüde heute. Morgen um neun serviere ich meinen

Ladys schon ihr Frühstück auf der Terrasse. Während du hier am Hotelbüfett schlemmst und dir später von Antonio die Füße am Pool massieren lässt, muss ich, meine Süße, hart für mein Geld arbeiten und den Damen aus Deutschland vorführen, dass sie es nirgendwo auf der Welt besser haben als bei mir.«

»Soll heißen: Du brauchst deinen Schlaf!«

»Eben, bis morgen. Und melde dich, wenn du etwas möchtest.«

Von der Zimmertür aus warf ihr Lisa noch eine Kusshand zu. »Pass auf dich auf, meine tolle Freundin, und denk nicht dauernd an Frank!«

Als Lisa die Zimmertür hinter sich zuzog, atmete Sabine tief durch. Die Luft war sommerlich mild und durch den leichten Meerwind gleichzeitig kühlend. Sie war noch viel zu aufgewühlt, um schlafen zu gehen. Stattdessen holte sie ihren leichten Kaschmirschal aus der Reisetasche, schlang ihn sich um die Schultern und machte sich auf den Weg in den herrlichen Garten. Als sie die Holztreppe hinabstieg, überlegte sie kurz, wie sie sich dem charmanten Hobby-Casanova gegenüber wohl verhalten sollte. Aber Sabine machte sich umsonst Gedanken. Im Restaurant war um diese Uhrzeit noch so viel los, dass der Chef des Hauses keine Zeit hatte, seinen weiblichen Gästen den Kopf zu verdrehen. Sabine kam unbehelligt in den Garten und genoss eine wunderbare Duftmischung aus Jasmin, Rose und Meeresluft. Sie sog tief die herrliche Luft ein, blieb einen Moment stehen und labte sich an der Stille und dem Gefühl, ganz bei sich zu sein.

Du bist eine wunderbare Frau, meinte sie, eine Männerstimme zu hören. Sie gehörte Frank, der plötzlich so nah bei ihr zu sein schien, dass sie vergaß, dass er in Oslo war. Frank, ihr Frank, er fehlte ihr. Sie konnte seinen Geruch schnuppern, seine Stimme hören. Sie bedauerte, dass er so weit weg war.

Eigentlich war er doch immer weg, wischte sie die verklärte Romantik beiseite und schüttelte sich, als wollte sie die quälende Erinnerung loswerden. Was waren schon zwei Wochen ohne Frank? Sie war eigentlich seit Jahren ohne ihn, erkannte sie und machte sich auf den Weg, den mittlerweile sanft beleuchteten Garten zu erobern. Hinter einer Hecke aus Bananenstauden entdeckte sie einen beleuchteten Pool. Die Kacheln funkelten türkisfarben und an beiden Kopfseiten plätscherte durch einen steinernen Entenkopf Wasser in das Becken. Eine wunderschöne Stimmung. Sie bedauerte, ihre Kamera auf dem Zimmer gelassen zu haben. Sie ging zu einer der Liegen, machte es sich auf dem schweren Canvasbezug bequem und schlief innerhalb weniger Minuten ein. Als sie erwachte, spannte sich über ihr bereits der nachtschwarze Himmel und die Sterne funkelten golden. Sabine sah auf die Uhr. Tatsächlich hatte sie fast eine Stunde geschlafen. Es war so gut, hier zu sein und nicht allein zu Hause. Herrliche Tage könnten vor ihr liegen, sie musste es nur wollen, die Schönheit des Lebens erkennen und nicht länger an ihren karrieresüchtigen Ehemann denken. Zu gern hätte sie an der Bar ein Glas Wein getrunken, aber sie war nicht in der Stimmung, sich möglichen Flirtversuchen des Herzensbrechers Antonio auszusetzen.

Mit einem Ruck stand Sabine auf. Sie hatte den kleinen Getränkeautomaten an der Seite der Poolbar entdeckt. Dann würde es heute eben ein Wasser sein, aber zumindest ein gut gekühltes.

Zum Glück hatte sie ihre kleine Leo-Gürteltasche umgeschnallt – ein Geschenk von Frank. Er hatte sie ihr erst kürzlich von einer seiner Auslandsreisen mitgebracht. Ein Traumteil, natürlich nicht echt, Sabine trug keinerlei tierische Produkte. Aber die Tasche war sehr edel verarbeitet. Frank hatte offenbar ganz gezielt danach Ausschau gehalten und nicht in irgendeiner der Nobelboutiquen in den Hotels zugegriffen. Er hatte ihr eine echte Freude machen wollen und das war ihm gelungen. Einen Moment lang strich Sabine versunken über das feine Material, um sich dann mit einem Ruck aus ihren Gedanken zu lösen. Sie kramte die Euromünzen heraus, schob sie in den Schlitz und drückte erst auf die Wassertaste und anschließend auf das Eiswürfelsymbol.

Allein das Knirschen der Eiscubes verstärkte ihr Durstgefühl. Es war trotz der fortgeschrittenen Stunde immer noch warm, sie freute sich auf diese Abkühlung. Aber was war das? Sie hörte plötzlich ein Winseln. Mit dem Wasserbecher in der Hand drehte sie sich um und sah in zwei bernsteinfarbene Augen, die sie fixierten. Einen Augenblick lang zuckte Sabine richtig zusammen und sprang so heftig zur Seite, dass sie die Hälfte des Wassers verschüttete. War das ein wildes Tier, das nach ihr schnappen wollte? Hektisch schaltete sie die Lampe an ihrem Handy an, um das Gebüsch genauer auszuleuchten, wohin das Tier verschwunden war, und da entdeckte sie einen kleinen Hund, der schwanzwedelnd vor ihr stand und sie zutraulich anguckte.

»Du hast mich aber erschreckt«, sagte Sabine mit beruhigender Stimme, rutschte in die Hocke und streckte dem Tier vorsichtig ihre Hand entgegen.

»Na komm, mein Kleiner. Bestimmt hast du Durst.«

Sabine hielt den Wasserbecher schräg auf den Boden. »Komm schon her und trink. Ich tu dir nichts.«

Der kleine Hund sah sie zutraulich an, tappte ganz unbekümmert auf sie zu und schlabberte entspannt von dem Wasser, während Sabine ihn voller Wärme beobachtete.

Er war ungefähr kniehoch und sein weißes Fell war mit unterschiedlich großen Flecken in allen möglichen Farben gesprenkelt. Seine Ohren erinnerten Sabine an einen West Highland White Terrier, den ihre Freundin Else einmal besessen hatte, und der Schwanz an die Französische Bulldogge ihrer

Schwägerin Wilma. Der kräftige Leib passte allerdings besser zu einem Corgi, der Rasse, die sie immer an der Seite von Königin Elisabeth bewunderte. Also ganz klar, dieser durstige Vierbeiner war ein reinrassiger Straßenkötermix.

Sabine hielt ihm weiter die andere Hand entgegen und es dauerte nur einen kurzen Moment, bis er interessiert daran schnupperte. »Na, Angst vor Menschen hast du nicht. Das heißt, du kommst nicht direkt von der Straße.«

Als wenn er zustimmen wollte, legte er sein Köpfchen auf die Seite und schaute sie heftig schwanzwedelnd an. Sabine nutzte die Gelegenheit und streichelte ihm liebevoll über die Ohren. »Wollen wir mal nachgucken, was die Hotelküche so abwirft? Dann komm mit und ich sehe nach, was ich für dich organisieren kann. Ich habe gute Beziehungen zum Chef.«

Sie hatte sich eben aufgerichtet, als sie dem Hund noch mal in die treuen Augen blickte.

»Wie heißt du eigentlich?«, fragte Sabine. »Pablo? Juan? José?«

Sie beugte sich zur Seite und musterte ihn genau. »Bist du überhaupt ein Mann oder eine Frau?«, murmelte Sabine. »Na gut, ein Mann. Juanita können wir uns also schenken. Das passt nicht.«

Mehrmals wiederholte sie die gängigen spanischen Namen und glaubte zu bemerken, dass er bei Pablo noch freudiger mit dem Schwanz wedelte als bei den Alternativen.

Sie tätschelte seinen Rücken. »Also, Pablo, dann haben wir das schon mal geklärt. Aber weißt du was, du bist ein Fall für meine Expertin Lisa. Der kannst du deinen ganzen Lebenslauf erzählen und ein paar Therapiesitzungen sind auch noch drin. Dabei redest du dir alles von der Seele, was in deinem Hundeleben passiert ist, okay?« Sabine nickte ihm lächelnd zu. »Bevor du Lisa dein Herz ausschüttest, sorge ich für einen gut gefüllten Magen, mein Lieber, okay? Deal?«

Sie stand auf und winkte Pablo aufmunternd zu. »Na dann komm, Kleiner. Wir wollen mal unser Bestes versuchen.«

Pablo trottete brav neben Sabine Richtung Hotel.

Sie wusste, dass Tiere in spanischen Restaurants verboten waren. Zum Glück hatte sie das schon bei Lisa aufgeschnappt. Deshalb blieb sie artig mit Pablo auf der Eingangstreppe stehen und wunderte sich sehr, dass er so ruhig neben ihr Sitz machte. Neugierig hielt sie durch die große Glasfront nach Antonio Ausschau und entdeckte ihn hinter der Bar, wo er gerade zwei Gläser Wein einschenkte. Als sich ihre Blicke trafen, wirkte er völlig überrascht, strahlte sie aber sofort freundlich an. Sabine beobachtete, dass er einen Kellner bat, ihn zu vertreten, und wenige Momente später stand er lächelnd draußen vor ihr.

»Sabina de Alemania, wie schön, ich freue mich, dass du mich noch im Restaurant besuchst. Darf ich dich zu meinem besten Tisch geleiten?«, säuselte er.

»Ich habe keinen Appetit, danke, Antonio. Aber hier ist jemand, der sich über einen Snack freuen würde.«

Sie wies mit der Hand auf den kleinen Hund, der weiterhin ganz still zu ihren Füßen saß und Antonio mit schräg angelegten Öhrchen musterte. »Er wünscht sich heute etwas besonders Leckeres.«

»Un perrito, na, das ging ja schnell«, scherzte Antonio, als er den kleinen Hund neben Sabine entdeckte. »Meine Gäste kommen hier auf der Insel häufig auf den Hund, aber nicht gleich am ersten Tag.«

Antonio beugte sich zu dem Tier hinunter und hielt ihm vorsichtig die Hand hin.

»Ven, mi amigo, komm mit mir. Na, worauf hast du denn Appetit? Ich habe bestimmt etwas Feines für dich.«

Er sah jetzt zu Sabine hoch. »Es gibt so viele arme Seelen auf der Insel. Schön, dass dieser hier zumindest vorübergehend eine gute Hand gefunden hat. Ist er denn krank? Fehlt ihm etwas?«

»Ich glaube nicht, zumindest sieht es auf den ersten Blick nicht so aus.«

»Lass mich mal schauen.« Antonio beugte sich zu Pablo hinab und tastete mit beiden Händen recht gekonnt den kleinen Körper ab, zog ihm sogar die Lefzen hoch, was Pablo teilnahmslos über sich ergehen ließ.

Erfreut beobachtete Sabine ihn, denn Antonio schien tierlieb zu sein und sich wirklich für das Wohlbefinden des kleinen Hundes zu interessieren.

»Ich bin kein Tierarzt«, sagte er leise, »aber mit Hunden aufgewachsen, und das Kerlchen hier sieht tatsächlich ganz proper aus.« Er nickte Sabine zu. »Sieh mal, rosiges Zahnfleisch. Es schien ihm gut zu gehen. Ich glaube, du musst dir keine Sorgen machen.«

Er richtete sich wieder auf, zog Sabine ein bisschen zur Seite und raunte leise: »Ich liebe Hunde, Sabina. Du kannst ihn gern mit auf dein Zimmer nehmen, allerdings unauffällig, okay? Und, bitte, bitte, niemals ins Restaurant. Die Behörden sind streng und drehen mir einen Strick daraus, wenn ich einen Hund ins Restaurant lasse. Versprochen?«

Sabine nickte. »Und das Essen?«

Antonio zwinkerte ihr zu. »Ich habe köstliche Sachen in der Küche. Geh mal auf die Terrasse, ich serviere ein Festmahl. Extra für meinen Besuch aus Deutschland und deren neuen Freund.«

Er bedachte Pablo mit einem Augenzwinkern. »Ich meine den spanischen Freund, amigo.«

Antonio hielt Wort und kam kurz darauf mit einer gut gefüllten Hundeschale in der Hand aus der Hotelküche. Es gab Kartoffelstücke und klein geschnittene Hähnchenschnitzel, serviert in einem in landestypischen Farben bemalten Hundenapf, den er auf eine weiße Papierserviette stellte.

»Ich habe die Panade abgemacht, dann ist es bekömmlicher und weniger gewürzt.« Antonio schob die Hände in die Hosentaschen.

Pablo konnte sein Glück kaum fassen und verschlang die Köstlichkeiten in Windeseile.

»Ach, Antonio, das ist hier wirklich das schönste Hotel der Welt«, schwärmte Sabine. »Und für mich gibt es nichts Liebenswerteres bei einem Mann als Tierliebe.«

Kaum hatte sie den letzten Satz ausgesprochen, fasste sie sich erschrocken an den Mund. *Das klingt ja wie eine Aufforderung,* schoss es Sabine durch den Kopf, und prompt bekam sie die Quittung, denn Antonio packte sofort das übliche Casanova-Repertoire aus.

»Du bist eine wunderbare Frau – maravillosa. Gleich, als du heute durch die Tür kamst, vorhin mit Lisa, weißt du, da spürte ich, dass diese Begegnung mein Leben verändern würde.«

Zu allem Übel legte er bei diesem abgedroschenen Satz auch noch seine Hand auf die Herzgegend und schmachtete Sabine an wie ein Hobbyschauspieler, der seine erste Rolle auf einer Volksfestbühne spielte. Sabine fand Antonio rundherum sympathisch, aber sein albernes Verführertheater musste sie ihm dringend abgewöhnen.

»Antonio, jetzt hör mal zu. Du bist ein Traummann, ganz klar, und deine weiblichen Gäste mögen es bestimmt, umschwärmt zu werden. Aber ich bin dafür nicht empfänglich, wirklich nicht.«

Sie legte ihre Hand auf seine Schulter. »Sieh mal, du hast ein riesengroßes Herz für Hunde und mit Sicherheit auch für Menschen. Vermutlich für alle. Das finde ich großartig an dir, aber Flirten ist nichts für mich. Ich bin verheiratet, glücklich, und ich brauche keine Affäre.«

Sabine hatte den Eindruck, als ob von Antonio eine riesengroße Last abfallen würde. Jedenfalls seufzte er erleichtert und wirkte plötzlich viel natürlicher und liebenswerter als zuvor.

»Deine Freundin Lisa ist eine kleine Verräterin«, meinte er lächelnd, während er das blitzblank geleckte Schälchen von Pablo wegräumte. »Die kriegt was von mir zu hören.«

»Antonio«, sagte Sabine und zog dabei das letzte O besonders in die Länge. »Untersteh dich, mich zu verpetzen.«

»Jaja, ihr deutschen Frauen nehmt uns Männer überhaupt nicht ernst.«

»Von wegen, sehr sogar, sofern ihr uns Frauen ernst nehmt.« Sie ging in die Hocke und streichelte den Hund an den Ohren. »Aber Spaß beiseite. Pablo ist irgendwo ausgerissen. Wie finde ich denn seine Besitzerin?«

»Besitzerin? Woher weißt du, dass es eine Frau ist?«

»Ich dachte mir das einfach so. Vielleicht, weil er mich gleich so treuherzig angesehen hat.« Sabine richtete sich wieder auf.

Antonio nickte. »Na, wir werden es herausfinden. Er ist zwar ziemlich schmutzig, aber sein Fell ist kein bisschen verfilzt.«

»Und abgemagert ist er auch nicht.«

»Genau, er war ausgehungert, aber eine Straßenkämpfernatur, nein, die sieht anders aus. Ich habe eher das Gefühl, dass er ein Hund ist, der es irgendwo richtig gut hatte. Vielleicht haben die Besitzer ihn aber auch ausgesetzt. Das kommt leider häufiger vor. Sie sind mit ihm in die Berge gefahren, haben ihm vorgegaukelt, spazieren zu gehen, und – schwups – das Weite gesucht.«

Das konnte und mochte sich Sabine überhaupt nicht vorstellen. Eine treue Seele so zu hintergehen war ihr zuwider. Sie verschränkte die Arme vor der Brust. »Meinst du? Oder er ist abgehauen und hat den Rückweg nicht mehr gefunden. Aber egal, wollen wir die Polizei verständigen?«

Antonio schüttelte den Kopf. »Was sollen die machen? Die können ihn nur ins Heim bringen.«

Beim Wort »Heim« legte sich Pablo winselnd auf den Boden.

»Das hat er verstanden«, sagte Antonio lachend. »Also, dumm ist er keinesfalls.«

»I wo, das ist Zufall«, entgegnete Sabine schnell. »Oder hast du schon ein Seminar bei Lisa mitgemacht?«

Antonio zuckte grinsend mit den Schultern.

»Nun ist Pablo hier und bleibt auch bei mir, wenn wir sein Zuhause nicht finden. Ich kann einen Gefährten im Moment ganz gut gebrauchen. Ich bin ja für die nächsten Tage solo.«

»Sola«, holte Antonio aus, und Sabine unterbrach ihn sofort.

»Nichts da, vergiss das! Ich wollte dich damit nicht wieder auf dumme Gedanken bringen.«

»Tust du nicht, aber sagtest du nicht, du seist verheiratet?«

»Bin ich ja auch, aber mein Mann ist mal kurz woanders.«

»Und was ist mit Pablo, wenn du zurückfliegst?«

Sabine blickte Antonio strafend an. »Ich fahre nicht mit ihm in die Berge, mein Lieber. Lass mich erst mal sehen, was mit Pablo los ist. Und wenn wir seine Besitzer nicht wiederfinden, bekommt er ein Plätzchen in Deutschland.« Innerlich zuckte Sabine kurz bei ihren eigenen Worten zusammen. Was würde Frank dazu sagen? Sie war erst kurz von zu Hause weg und fing schon an, Entscheidungen zu treffen, ohne sich mit ihm zu besprechen. Aber sie wusste ja, dass er genauso tierlieb war wie sie und sich bei so einem Thema nie übergangen fühlen würde. Es ging darum, einem herrenlosen Tier ein Zuhause zu geben. Da war Frank an ihrer Seite, ganz sicher. Sie freute sich schon darauf, ihm später von Pablo zu schreiben.

60

Antonio ging auf Sabine zu und drückte sie fest an sich. »Weißt du, ich habe es doch gleich gesagt, du bist eine ganz besondere Frau. Und das meine ich auch so – ausnahmsweise.«

Mit einem sanften Kuss auf die Wange ließ er sie los. »So, jetzt bekommst du noch ein Glas feinen spanischen Rotwein und dann geht ihr beide mal schlafen. Das war ja für euch ein richtig anstrengender Tag und ich muss mich wieder um meine anderen Gäste kümmern.«

***

Als Sabine mit Pablo in ihr Zimmer kam, erwartete sie noch einmal eine riesengroße Überraschung. Denn vor dem Bett stand plötzlich ein geflochtenes Hundekörbchen, dazu ein Napf mit frischem Wasser und ein Paket Trockenfutter. Sabine war richtig gerührt über so viel Fürsorge.

Pablo schien auch wirklich hundemüde zu sein, denn er trollte sich sofort auf die weiche Decke. Wenige Augenblicke später hörte Sabine ihn entspannt schnarchen. Angst schien der kleine Kerl nicht zu haben. Im Gegenteil. Er war offenbar an weiche Decken gewöhnt und an einen Platz an Herrchens oder Frauchens Bett. Wo seine WG-Partner jetzt wohl waren? Sie mussten ihn doch furchtbar vermissen.

Sie nahm die Kamera vom Tisch und machte ein paar Fotos von ihm, bevor sie sich nach einer Dusche ins Bett legte. Durch das offene Fenster wehte eine angenehme Bergbrise. Sie fühlte sich perfekt in Baumwollshorts und einem dazu passenden weiten Oberteil und konnte sogar noch gut eine leichte Decke gebrauchen. Im Bett checkte sie die neuesten WhatsApp-Nachrichten und war glücklich, auch von Frank zu lesen.

Stundenlange Meetings, bin geschafft. Sorry. Sei nicht böse, wenn wir nicht mehr sprechen. Bin echt erschöpft.

Alles wie immer, fand Sabine. Aber einen Moment lang hatte sie trotzdem ein schlechtes Gewissen. Sie ließ sich hier den kanarischen Wind um die Ohren pusten, sprach mit Tieren in Australien und beruhigte spanische Berufsflirter, während ihr Ehemann unter Einsatz all seiner Kräfte das Familieneinkommen zusammenrackerte. So richtig gerecht kam ihr das in diesem Moment nicht vor.

> Du musst immer nur schuften, mein Liebster. Denk daran, wofür du das machst: für unsere Safari, zu der wir schon bald fliegen. Ich liebe dich – deine Sabine!

»Mein armer Mann, er arbeitet rund um die Uhr!«, murmelte sie leise, während sie sich in die Kissen kuschelte. Als sie die Augen schloss, sah sie sich mit Frank in einem Jeep sitzen. Das Fahrzeug war an einem Wasserloch abgestellt und in unmittelbarer Nähe genoss eine Elefantenherde die Abkühlung. Sie warf einen Blick auf ihre Kamera, die sie in der Fototasche auf das Beistelltischchen gelegt hatte. Die Elefanten mussten warten, aber sie würde morgen andere spannende Motive ausfindig machen und später Frank anrufen und davon erzählen, dass sie vielleicht bald zu dritt in ihrem schönen Heim leben würden. Als sie die Augen schloss, lächelte sie zufrieden und voller Zuversicht. Es fügte sich doch immer alles. Sie war ein Glückskind.

KAPITEL 4

»Am besten gehst du zu Francisco. Der spricht perfekt Deutsch, ist supernett und wird deinen neuen Freund auf Herz und Nieren prüfen und auch den Chip auslesen.«

Lisa war ein bisschen kurz angebunden. Sabine hatte sie gleich mit der ersten Tasse Kaffee vom Balkon aus angerufen und ihr in Kurzfassung berichtet, was sich gestern Abend noch Aufregendes im Hotelgarten ereignet hatte, inklusive des klärenden Gesprächs mit Antonio.

Aber es war Frühstückszeit und Lisa musste auf ihrer Finca ihre Schützlinge versorgen und hatte zwischen Rühreiern und selbst gemachtem Safranbrot nur ein halb offenes Ohr. Sie gab Sabine schnell die Telefonnummer und Adresse des Tierarztes durch und verabschiedete sich mit einem guten Rat: »Lass dich auf den kleinen Pablo ein, ich meine, auch mental. Das wird euch beiden guttun. Man erfährt viel über sich und das Leben, wenn man mit Tieren kommuniziert.«

Sabine fühlte sich ertappt. Denn bis gestern wäre ihr erster Gedanke noch gewesen, was der Blödsinn sollte. Heute dachte sie: *Super Idee!* Einen anhänglichen Begleiter, der sie verstand, konnte sie momentan echt gebrauchen.

Und sie wollte achtgeben, nicht zu fest in ihrer aktuellen Hamelner Lebenswelt zu kleben. Längst hatte sie Zweifel an ihrer bisher rigoros ablehnenden Haltung. Vielleicht war das hier alles gar nicht so absurd, wie sie anfangs geglaubt hatte, und es gab auf der Welt wirklich so viel mehr Dinge, die man sich auf den ersten Blick nicht erklären konnte. Offen für Neues sein, das wollte Sabine doch eigentlich. Das Leben hatte sie engstirniger gemacht, als sie es sich eingestehen mochte. Aber gut, es war ja nicht zu spät. Sie hatte das richtige Alter, um noch ganz viel zu ändern.

»Die Kraft der Hundeseele«, so hieß ein Vortrag in Puerto de la Cruz, den Lisa demnächst mit ihr besuchen wollte. Eigentlich hatte sie vorgehabt, sich herauszureden. *Warum eigentlich nicht*, überlegte sie. Sie hatte jetzt eine ganz konkrete Hundeseele, um die sie sich kümmern wollte, und jede Info war wertvoll. Aber als Erstes ging es heute zum Gesundheitscheck bei Francisco. Sie genoss noch eine zweite Tasse Kaffee und tippte dabei eine Nachricht für Frank, in der sie ein bisschen von Pablo schrieb, und damit er auch eine Vorstellung hatte, wie der eventuelle Familienzuwachs aussah, schoss sie rasch ein Foto von dem noch etwas schläfrig wirkenden Pablo und schickte es gleich mit auf die Reise nach Oslo. Danach machte sie sich ganz in Ruhe fertig für den Ausflug nach Puerto de la Cruz, wo Francisco Morales seine Praxis hatte.

Pablo wich ihr dabei die ganze Zeit nicht von der Seite. Er blieb immer in ihrer unmittelbaren Nähe und beobachtete jeden ihrer Schritte. Selbst als sie duschte, saß er im Badezimmereingang und achtete genau darauf, dass sie nicht unbemerkt an ihm vorbeikommen konnte. Dabei legte er sein Köpfchen so schnell auf die Seite, dass die beiden spitzen Öhrchen wie kleine Segel hin und her wackelten. Zu niedlich fand Sabine das und konnte gar nicht aufhören, Pablo immer wieder zu tätscheln.

»Was du wohl denkst?« Sie zog ihm spielerisch an den Ohren. »Aber du wirst es mir ja eines Tages sagen.«

Und dann ging's los. Aus einem ihrer Schals drehte sie für Pablo ein Halsband und als Leine bekam sie von Antonio ein Kofferband. Nach dem Arztbesuch wollte Sabine in Puerto de la Cruz ein neues Geschirr mit Leine für ihn kaufen. In leuchtendem Rot, das ihm bestimmt hervorragend stehen würde.

Antonio hatte bereits bei einer Autovermietung einen kleinen Wagen für Sabine bestellt. Sie wollte gern unabhängig sein, und solange Lisa ihre Gäste versorgen musste, konnte sie damit auch selbst etwas unternehmen. Als das Auto zum Hotel gebracht wurde, wartete sie aufgeregt mit Pablo an der Einfahrt. Sie war gespannt, wie sich ihr vierbeiniger Freund auf der Autofahrt benehmen würde.

Antonio teilte ihre Neugier und kam extra dazu, um zu sehen, wie Pablo auf das Fahrzeug reagierte. »Wenn er traumatisiert ist, steigt er bestimmt nicht gern ein. Er muss ja fürchten, irgendwo wieder ausgesetzt zu werden«, prophezeite er.

Aber was dann kam, verblüffte beide. Als Sabine nach der förmlichen Fahrzeugübergabe die Fahrertür öffnete, hüpfte Pablo mit einem Schwung ins Auto und setzte sich ganz selbstverständlich auf den Beifahrersitz.

»Der hat keine Panik und ist niemals ausgesetzt worden. Pablo verbindet mit Autofahren nichts Negatives!« Antonio klatschte in die Hände.

»Dann muss ihn doch jemand vermissen«, entgegnete Sabine, und wünschte sich insgeheim, es wäre nicht so.

»Du wirst es herausfinden«, versicherte ihr Antonio und sah sie mit warmen Augen an. Er beugte sich zu ihr hinunter und küsste sie zum Abschied rechts und links auf die Wange.

»Ich freue mich schon, euch nachher wiederzusehen.«

»Hasta luego!« Mit einer Hand winkte sie ihm aus dem geöffneten Autofenster heraus zu.

Sie mochte ihn wirklich sehr und das nicht nur wegen seines hinreißenden Aussehens. Antonio hatte nämlich vielmehr, wie schon von Lisa bemerkt, das Herz am rechten Fleck. Allein sein Umgang mit Pablo war für Sabine der sichere Beweis, dass er ein toller Mann war. Sie war sich längst sicher, dass sein aufmerksames und zugewandtes Verhalten ihr gegenüber kein Casanova-Geplänkel, sondern absolut echt war.

Die Fahrt nach Puerto genoss sie. Das Wetter war grandios. Sie hatte auf der Küstenstraße fast immer einen freien Blick auf das dunkelblaue Meer, eingerahmt von üppigen Bananenplantagen, schwarz schimmernden Felsen und sich sanft im Wind bewegenden Palmen. Ein Paradies! Pablo gab die ganze Fahrt über keinen Mucks von sich und schlief. Es war ganz klar: Dieser Bursche war ein Reiseprofi. Vielleicht konnte Lisas Wunderarzt etwas Licht in die Dunkelheit bringen und Pablos Herkunft klären.

Allerdings war Sabine schon ein bisschen schwer ums Herz. Denn wenn die Aktion erfolgreich sein würde und Pablo wirklich Besitzer hätte, müsste sie den kleinen Wonneproppen auch wieder abgeben. Allein die Vorstellung verursachte ihr ein Grummelgefühl in der Herzgegend. Sie hatte ihn über Nacht sehr lieb gewonnen, den kleinen Kerl, und Lisa hatte recht, er tat ihr gut.

Die Praxis von Francisco war in La Paz und der Name »Frieden« passte haargenau zu diesem schönen und idyllischen Stadtteil der quirligen Touristenmetropole Puerto de la Cruz.

Sabine fuhr vorbei an schönen Villen, Hotels und gepflegten Wohnanlagen. Die Gärten waren üppig bewachsen, die Pools blitzsauber. Die Restaurants hießen hier »Schwarzwaldstuben« und »Löwenbräu« und ließen Rückschlüsse auf viele deutsche Urlauber zu. Sie fuhr am bekannten Canary Center vorbei, einem kleinen Einkaufszentrum im Stil eines Dörfchens, das sie ein bisschen an ihre niedersächsische Heimat erinnerte. Die

Ruhe, die Sauberkeit, der gepflegte Wohlstand, hier konnte sich Sabine sehr gut ihren Ruhestand vorstellen. Sie müsste einmal mit Frank hierherkommen. Selbst er könnte in dieser Umgebung bestimmt ein paar Gänge zurückschalten. Aber erst die Safari, dann Teneriffa.

»Francisco Morales« stand auf dem großen Praxisschild an einer sehr schicken schneeweiß gestrichenen Wohnanlage mit leuchtend roten Balkongeländern.

Pablo bemerkte, dass Sabine den Wagen langsam auf einen Parkplatz ganz in der Nähe lenkte, und erwachte passgenau aus seinem Schlaf, als sie den Schlüssel abzog.

»Na, Kleiner, dann wollen wir mal.«

Sie holte Pablo aus dem Auto und genoss den kurzen Weg zur Arztpraxis. Die Sonne strahlte vom tiefblauen Himmel. Bilderbuchwetter auf den Kanaren.

Die Praxis lag im Erdgeschoss, war modern und schlicht eingerichtet. Die Sprechstundenhilfe teilte ihr allerdings sofort in schlechtem Englisch mit, dass der Doktor gerade einen Notfall operiere und sie sich noch etwas gedulden müsse. Sie fragte höflich, ob sie warten wolle. Sie wollte. Und Pablo offenbar auch, denn er machte es sich sofort auf ihrem Schoß bequem und schlief wohlig schnarchend auf ihren Oberschenkeln wieder ein.

Über den Arzt war Sabine inzwischen bestens informiert, denn Lisa hatte sie während der Fahrt nach Puerto noch einmal im Auto angerufen. »Er hilft uns oft im Tierschutz«, hatte sie erzählt und dabei betont, dass er alle Einsätze kostenlos mache. »Ein Traumtyp«, war ihre Einschätzung, und sie hatte in den höchsten Tönen von seiner menschlichen und fachlichen Kompetenz geschwärmt und noch »Wenn ich demnächst mal wieder schwach werden möchte, dann gern bei ihm« geflachst.

Lisa wusste auch, dass er einen spanischen Vater und eine deutsche Mutter hatte und in Köln aufgewachsen und zur Schule gegangen war. Studiert hatte er laut Lisa in Berlin. Auf der Insel lebte er erst seit einem Jahr. Angeblich war seine Scheidung ursächlich für den Umzug gewesen. Aber Genaueres wusste Lisa darüber auch nicht, denn über sein Familienleben spräche Francisco nur ganz selten, zumindest behauptete Lisa das.

Sabine war gespannt auf diesen Traumarzt mit dem vorbildlichen Engagement. Den hektischen Geräuschen nach zu urteilen, die sie hinter der Tür zum Behandlungszimmer wahrnahm, musste sie sich noch ein bisschen gedulden. Irgendeinem Tierchen schien es gar nicht gut zu gehen.

»Na, Kleiner, ach nein, Pablo, vielleicht wissen wir bald, wer du bist und wo du hingehörst«, murmelte sie leise und streichelte sanft den Hund, der nach wie vor friedlich schnarchte. »So gern habe ich das gar nicht. Eigentlich sind wir ein gutes Team und Hameln würde dir bestimmt gefallen.«

Sabine seufzte. Ja, sie würde Pablo wirklich gerne kurzerhand im Flieger mitnehmen, wenn er nicht irgendwo vermisst würde. Lisa könnte ihr bei den Formalitäten helfen. Schon länger hatte sie sich durch den Kopf gehen lassen, ihre Vollzeitstelle zu reduzieren, um sich mehr der Fotografie widmen zu können. Das ließe sich mit Zeit für Pablo kombinieren.

Sie linste auf die Uhr. Ein Uhr deutscher Zeit, der perfekte Moment, um Frank anzurufen, denn er legte immer Wert auf regelmäßiges Essen und bei den großen Firmenkongressen waren ihm die Mittagszeiten heilig. Mit knurrendem Magen war Frank zu nichts fähig.

Sie lehnte zur Entspannung den Kopf an die Wand und tippte geduldig Franks Handynummer ein. Seltsam – Mailbox! Irritiert ließ Sabine das Handy sinken und legte auf. Er musste es ausgeschaltet haben. Das machte Frank nie. Lautlos gestellt war es natürlich häufig, aber ausgeschaltet? Nein. Das gab es nicht. Es konnte ja etwas mit ihr oder den Kindern sein. Seit es Handys gab, achtete Frank darauf, für seine Familie erreichbar zu sein. Sabine schloss die Augen, sie spürte, dass ihr Herz raste.

Die Fantasie drohte mal wieder mit ihr durchzugehen. Ihr großer Schwachpunkt. Der Rat einer befreundeten Psychologin, die Gedanken einfach abzuschneiden, lief wie stets ins Leere. Ihre Hände wurden feucht, ihre Schläfe pochte. Die Panikspirale begann sich zu drehen, erzeugte unrealistische Fantasien, die bisher glücklicherweise nie eingetreten waren, doch Sabine wusste, erst mit einer erlösenden Nachricht konnte sie sie anhalten.

Und jetzt? Natürlich war es möglich, dass Frank in Oslo etwas passiert war, überlegte sie, und wurde gleich konkret. Ein Herzinfarkt? Ein Überfall? Aber dann hätte sie doch jemand verständigt. Wirklich? Vielleicht hatte er im Hotelzimmer das Bewusstsein verloren und alle dachten, dass er länger ausschlafen wolle, weil er sich am Tag zuvor nicht wohlgefühlt hatte. Er könnte auch ein Herzproblem bekommen haben und bei einem Spaziergang einfach umgefallen sein. Tot. Mausetot. Und niemand wusste, wer der Tote war, da er ausgerechnet an dem Tag seine Papiere vergessen hatte. Alles, wirklich alles war möglich. Sabines Herz pumpte immer schneller. Sie hatte Angst.

Sie saß hier fünf Flugstunden entfernt in einer Kleintierpraxis und irgendwo in Nordeuropa kämpfte ihr Mann vielleicht mit dem Leben. Die Gedanken drehten sich stetig schneller und es war längst zu spät, um den Ausknopf für das Gedankenkarussell zu drücken. Sie brauchte die erlösende Nachricht, die Gewissheit, dass nichts passiert war, auf der Stelle, sofort. Sie nahm erneut das Handy aus der Tasche, tippte in Windeseile eine Nummer ein. Dieses Mal rief sie Friederike Winter an, Franks Sekretärin. Die wusste garantiert, wo ihr Mann war und wie es ihm ging. Friederike kannte ihn fast so lange, wie Sabine mit ihm verheiratet war. Die fleißige Büromanagerin hatte ihn seine ganze Karriere hindurch begleitet, sogar mit ihm zweimal den Job gewechselt. Die beiden waren beruflich ein eingespieltes Team. Am Anfang war Sabine manches Mal eifersüchtig gewesen, weil Friederike ihren Mann besser zu kennen schien als sie selbst. Aber dann war ihr klar geworden, dass das eine nichts mit dem anderen zu tun hatte. Friederike war für ihn die beste Sekretärin, aber als Frau hatte sie nichts, was ihn reizte. Dabei war sie durchaus attraktiv mit einer üppig weiblichen Figur, blondem Pagenkopf und seegrünen wachen Augen. »Sie ist einfach nicht mein Typ«, hatte er Sabine immer versichert, und irgendwann hatte sie es auch geglaubt. Friederike ging es wohl umgekehrt genauso. »Macht macht sexy«, hatte sie einmal gesagt und lachend ergänzt: »… aber nicht in jedem Fall.« Frank schien ihr als Mann wirklich nicht zu gefallen. Außerdem hatte sie einen zauberhaften Ehemann, der sich ganz liebevoll um sie kümmerte, und die beiden waren insgesamt ein Traumteam.

Sabine ließ das Telefon eine Zeit lang durchklingeln, weil Friederike offenbar nicht am Platz war. Dann ging endlich jemand dran, aber statt Friederike Winter meldete sich eine Denise Sattler.

Das musste eine neue Vertretung sein, denn dieser Name war Sabine nicht bekannt.

»Sabine Wächter, ich versuche …«, weiter kam Sabine nicht.

»Frau Wächter, wie schön, Sie zu hören. Hatten Sie gestern noch einen angenehmen Tag? Wir waren ja so plötzlich unterbrochen worden. Die Verbindung ist offenbar nicht die beste …«

Sabine war baff. Wie? Gestern gesprochen? Bis zu diesem Augenblick kannte sie keine Denise Sattler. Wer war diese Frau? Und warum benutzte sie das Telefon von Friederike?

»Gestern? Ich verstehe Sie nicht …«

Doch die eifrige Denise ließ Sabine auch dieses Mal nicht ausreden.

»Ihr Mann hat mir gestern erzählt, wie gut er sich auf der Safari erholt, und war sehr zufrieden, dass wir hier so prima den

Laden in Schwung halten, auch ohne ihn. Ach, Frau Wächter, ich beneide Sie so um diese herrliche Reise. Ihr Mann hat schon erzählt, dass Sie auch so begeistert sind. Ich weiß sogar, dass Sie ganz vernarrt in die Elefanten sind. Ich liebe sie auch, diese faszinierenden Dickhäuter.«

»Frau Sattler ...« Sabine bemühte sich noch einmal, zu Wort zu kommen.

»Autsch, ich rede aber auch wirklich zu viel. Sie möchten bestimmt Frau Winter sprechen. Sie glauben nicht, was passiert ist. Sie hat sich heute früh die Hand an der Kaffeemaschine verbrüht, ein total unglücklicher Unfall. Jetzt ist sie beim Betriebsarzt, um den Verband wechseln zu lassen. Aber bestimmt ist sie gleich wieder da. Sie ruft Sie zurück. Soll ich schon mal etwas ausrichten?«

Sabine brauchte einen Moment, um einen klaren Gedanken zu fassen. Entweder plapperte diese Quasselstrippe am anderen Ende der Leitung einfach Unsinn, oder sie hatte soeben erfahren, dass ihr Frank mit seiner Ehefrau, also mit ihr, in Afrika auf Safari war. Sie schnappte unruhig nach Luft, fasste sich mit der Hand an den Hals. Irgendetwas lief hier gehörig aus dem Ruder.

»Nein, nein, alles gut. Ich melde mich später noch mal.« Sabine kämpfte darum, sich ihr Entsetzen nicht anmerken zu lassen. »Schön, dass wir mal gesprochen haben«, sagte sie mit fast letzter Kraft.

»Ja, das fand ich auch!« Denise kicherte unbekümmert.

Sie musste blutjung sein. Vielleicht eine Praktikantin.

»Obwohl«, schnatterte sie auch gleich weiter. »Gesprochen habe ja fast nur ich. Entschuldigen Sie! Und grüßen Sie Ihren Mann schön und weiterhin viel Freude, auch mit den Löwen. Das hat Ihr Mann gestern noch gesagt, dass ihn die mutigen Riesenkatzen besonders beeindrucken. Soll ich denn Frau Winter was ausrichten, wenn sie zurückkommt?«

»Nein, nein, alles gut«, murmelte Sabine schnell. »Ich melde mich später wieder.« Und dann wandte sie einen alten Trick an. »Oh, ich glaube, ich bin im Funkloch.«

Klick. Aus. Vorbei.

Ihre Hand hielt das Handy fest umschlossen und ihr Arm lag kraftlos auf ihrem Schoß und damit auf Pablo.

In ihrem Kopf ratterte es mächtig. Sabine fühlte sich wie ein Kindergartenkind, das vor einem Puzzlespiel saß und große Mühe hatte, die insgesamt gerade mal acht Puzzleteile zu einem Ganzen zusammenzufügen. Sie hatte das Bild zwar vor Augen und alles schien auch auf den ersten Blick so leicht zu sein, aber sie fand einfach nicht die richtig passenden Teile. Es war nur ein einziges großes Durcheinander. Sie sah eine Lodge, wilde Tiere, eine Steppenlandschaft, aber auch den Osloer Hafen und ein Firmenmeeting. Sie hörte Elefanten, ein Telefonat und Franks Stimme. Was war hier los? Ihr Mann war zur Schulung in Oslo. Aber warum behauptete irgendeine bis heute unbekannte Aushilfe, dass ihr Mann in Afrika wäre? Ach ja, die plappernde Denise könnte von der Stornierung der Safari nichts mitbekommen haben und hatte sich einfach verhört. Ach nein, sie hatte ja angeblich gestern mit Frank über seine Freude an Löwen und Elefanten gesprochen und auch vom Wohlbefinden der Gattin erfahren. Sabine konnte grübeln, so viel sie wollte. Es gab lediglich eine plausible Erklärung für das Durcheinander: Ihr Mann war auf Safari – mit einer Frau. Nicht mit seiner! Denn die saß mit einem Straßenhund auf dem Schoß bei einem spanischen Tierarzt in einem Stadtteil von Puerto de la Cruz.

Frank betrog sie! Ihr Innerstes verknotete sich.

»Das kleine Katzenmädchen ist angefahren worden. Es war wirklich fünf Minuten vor zwölf. Verzeihen Sie die lange Wartezeit!« Francisco Morales stand vor ihr und lächelte sie an. »Ich bin endlich frei für Sie und Ihren kleinen Begleiter. Kommen Sie bitte!«

Er wies mit der Hand in das Sprechzimmer. »Was kann ich denn für Ihren Hund tun?«

Sabine erschien der große kräftige Mann in diesem Moment wie ein Geist. Mit leeren Augen starrte sie an ihm hoch und musste auf ihn wirken wie aus einer anderen Welt.

»Geht es Ihnen nicht gut?«, erkundigte sich Francisco, und in seiner Stimme klang Besorgnis mit.

»Nein, nein, alles gut«, stammelte sie und bemerkte selber, dass sie sich augenblicklich etwas merkwürdig benahm. Zu allem Unglück schossen ihr jetzt auch noch Tränen in die Augen und ergossen sich sturzbachähnlich über ihre Wangen.

»Sie müssen nicht weinen«, sagte Francisco einfühlsam und deutete die Situation offenbar ganz anders. »So schlimm wird es schon nicht sein mit Ihrem Kleinen. Nun lassen Sie mich erst einmal sehen«, meinte der freundliche Tierarzt weiter und beugte sich hinunter zu Pablo, der nun aufgeschreckt erwachte und mit einem Satz von Sabines Schoß sprang.

Francisco bemühte sich, ihn mit seiner ruhigen Stimme und einem Fingerschnipsen anzulocken, doch Pablo war offenbar nicht bei jedem so zutraulich wie bei Sabine und Antonio. Irgendetwas machte ihn unruhig. Er ließ sich nicht packen und büxte sofort aus, als Francisco vorsichtig nach ihm greifen wollte.

»Das wird nichts«, stellte Sabine fest, und ihre Stimme klang kraftlos. »Lassen Sie, wir gehen und kommen ein anderes Mal wieder.«

»Aber ...« Francisco starrte sie fragend an. »Sollte ich ihn nicht untersuchen und den Chip auslesen? Deshalb sind Sie doch hier?«

»Nein! Ich meine, ja, stimmt, aber jetzt nicht, jetzt nicht mehr, ich meine, es passt jetzt nicht!« Sabine konnte keinen klaren Satz herausbringen. Sie schnappte sich ihre Tasche, kramte ein Papiertuch heraus und wischte sich die Tränen aus dem Gesicht. Leider vergeblich, denn es liefen einfach neue weiter. Francisco stand sichtlich hilflos in seinem Wartezimmer.

Und in diese absurde Situation platzte eine einheimische Patientin mit einem Katzenkorb in der Hand. Als Pablo das fauchende Tier darin sah, entpuppte er sich als Katzenhasser und sprang kläffend auf den Korb. Die Spanierin schrie panisch auf und versuchte, mit ihrer Katze in das Behandlungszimmer zu flüchten. Francisco wollte eingreifen und riss gekonnt den Katzenkorb aus der Gefahrenzone. Pablo verheddterte sich in dem ganzen Durcheinander in einem kleinen Beistelltischchen, das krachend umfiel. Ein Stapel Zeitschriften und eine Blumenvase landeten auf dem Boden. Porzellan zersplitterte. Pablo jaulte. Die Katzenbesitzerin kreischte und die Sprechstundenhilfe stürmte dazwischen, um die aufgebrachte Frau zu beruhigen. Dummerweise kam ein weiterer Patient herein und Pablo hüpfte so aufgeregt an der Kofferband-Leine hin und her, dass sich der Knoten des Schals löste, den Sabine ihm als Nothalsband umgelegt hatte. In dem ganzen Tumult verlor er die Fassung, nutzte die offene Tür und stürzte panisch nach draußen.

»Die Straße, er läuft auf die Straße«, schrie Sabine und rannte an all den verdutzten Gesichtern vorbei ebenfalls ins Freie. »Warten Sie«, hörte sie noch Francisco rufen, aber sie wusste nicht, worauf. Sie musste den Hund retten und beschleunigte ihr Tempo. Aber je schneller sie wurde, desto schneller wurde auch Pablo. Offenbar hielt er das Ganze mittlerweile nur noch für ein Spiel und flitzte fröhlich rechts und links schnuppernd die ruhige Wohnstraße hinunter. Aber Sabine wusste von der Herfahrt, dass weiter unten eine viel befahrene Straße kreuzte und Pablo dort kaum eine Chance hatte, nicht von einem der Autos erwischt zu werden.

Und da war sie wieder, ihre so verdammt gut ausgeprägte Fantasie. In ihren Gedanken hörte Sabine bereits die Reifen quietschen und den Hund schmerzerfüllt aufjaulen. Aber so weit durfte sie es nicht kommen lassen. Sie steckte in einer tiefen Ehekrise, oder besser: Ihr Mann schien sich als riesengroßes Arschloch zu entpuppen. Sie konnte unmöglich auch noch ihren gerade erst gefundenen vierbeinigen Freund verlieren. Sie riss sich die Flip-Flops von den Füßen, stopfte sie in ihre Korbtasche und legte barfuß noch einen Zahn zu.

In einem Vorgarten, in dem Pablo genüsslich zwischen den Rosen schnupperte, witterte sie ihre Chance. Ohne die Folgen abzuschätzen, warf sie sich mit einem beherzten Sprung auf den Hund, der so verdutzt über die fliegende Frau war, dass er erstarrt stehen blieb. Sabine knallte auf den Boden, weinte vor Erleichterung, weil sie Pablo zu fassen bekam, und vor Schmerz, weil sie mit den Beinen in einem Rosenbusch gelandet war und kleine, feine Kratzer ihre Beine überzogen. Die weiße Leinenhose war hinüber.

Erschöpft drehte sie sich auf den Rücken, den Hund nach wie vor fest an sich gedrückt, und atmete schwer. Sie konnte nicht mehr, nicht mal mehr positiv denken. Egal, wie sehr sie sich auch darum bemühte. Sie sah alles schwarz. Ihr kam nur der Gedanke, dass sie mit Vollgas die Verliererstraße entlangraste und unaufhaltsam gegen eine Wand steuerte.

Sie, Sabine Wächter, Mutter von zwei wunderbaren Kindern, einst eine begehrte Gesprächspartnerin für die vielen Freundinnen, die ständig ihren Rat suchten, lag hier in ihrer zerrissenen Hose blutend in einem spanischen Vorgarten. In den zitternden Armen hielt sie einen unbekannten Mischling und im Herzen quälte sie die Gewissheit, vermutlich das Opfer eines Fremdgängers zu sein, den sie sich als besten Ehemann der Welt schöngeredet hatte. Sie war irgendwann in ihrem Leben offenbar ganz falsch abgebogen und bekam jetzt die Quittung dafür. Sie war am Ende.

»Todo bien?«, erkundigte sich plötzlich eine warme Frauenstimme, ob alles in Ordnung sei, und als sie sich langsam aus ihrer misslichen Position aufrappelte, streckte ihr eine freundliche, aber ziemlich verblüfft wirkende ältere Dame ihre Hand entgegen. Sie stellte sich als Sonja vor und half ihr vorsichtig auf die Beine.

»Das sieht ja schlimm aus, muy malo«, meinte sie mitfühlend und zeigte auf die blutenden Kratzer und die zerrissene Hose. »Kommen Sie, Sie brauchen Wasser, ein Tuch und einen guten Kaffee.«

Sabine nickte dankbar, zog ihre Schuhe wieder an, kramte dann Pablos Notleine aus der Tasche und band ihrem vermutlich für die kommenden Jahre letzten Wegbegleiter wieder den Schal um den Hals. Sie fühlte sich elend, gab sich aber trotzdem Mühe, irgendwie charmant zu lächeln. Allerdings beendete ein absoluter Heulkrampf ihr tapfer begonnenes Vorhaben. Das Ende vom Lied war, dass die hilfsbereite Sonja ihr auf ihrer Terrasse Wasser, einen Café con leche und einen raffiniert aussehenden Käsekuchen servierte und Pablo mit ein paar Stückchen Hühnerfleisch fütterte. So gut versorgt kamen sie beide langsam zur Besinnung und Sabine auch allmählich wieder zu Verstand. Sie steckte tief im Elend und fühlte sich wie in einer griechischen Tragödie, in der die Handlung unausweichlich zum Untergang des Helden führte. Es galt, irgendwie der Katastrophe zu entkommen. Aber dafür brauchte sie zumindest Klarheit, am liebsten sofort. In ihrem Kopf ratterte es so stark, dass sie kaum mitbekam, was um sie herum passierte.

»Möchten Sie sprechen?«, fragte Sonja ohne Umschweife. »Ihnen brennt doch etwas auf der Seele.«

Sabine nickte und hatte auch keine Kraft mehr, mit irgendetwas hinterm Berg zu halten. »Das kann man wohl sagen. Ich habe gerade herausgefunden, dass mein Mann unsere Silberhochzeitsreise statt mit mir mit einer Geliebten verbringt.«

»Oh«, erwiderte Sonja und rührte in ihrem Milchkaffee. »Ich verstehe«, ergänzte sie schließlich. »Nun ja, da darf man wohl etwas aus der Fassung geraten.«

»Die Fassung zu verlieren oder bei Menschen im Rosenbeet aufgesammelt zu werden ist aber noch etwas anderes«, konterte Sabine. Vorsichtig tupfte sie sich mit Sonjas Feuchttüchern die Haut sauber und schüttelte den Kopf. Über sich, die Krise und diese Situation auf einer kanarischen Terrasse. Wenn sie an die letzten zwei Tage dachte, konnte sie nur eines feststellen: Es wurde immer skurriler.

»Übrigens, in Spanien duzt man sich in der Regel«, unterbrach Sonja ihre Gedanken. »Ich habe diese Gewohnheit schnell übernommen. Also, ich bin Sonja. Einverstanden? Und wie heißt du?«

»Aber total gern, Sonja, ich heiße Sabine.«

»Weißt du denn schon, wer die Nebenbuhlerin ist?«

»Keine Ahnung, aber ich bediene das Klischee. Bestimmt eine Mitarbeiterin und natürlich halb so alt wie ich.«

Sonja nickte, und erst in diesem Moment nahm Sabine wahr, was für eine interessante Frau neben ihr auf dem Korbsofa saß.

Sonja, die Frau, die sie so freundlich aufgenommen und versorgt hatte, war altersmäßig ganz schlecht zu schätzen. Sie konnte gut über siebzig Jahre alt sein, wirkte aber nach Kleidung und Aufmachung glatt zwanzig Jahre jünger. Sonja hatte weißblond gefärbtes, lockiges Haar, das lässig hochgesteckt war. Sie trug ein pinkfarbenes Wickelkleid mit einem tiefen Ausschnitt, goldene Ballerinas und dazu passend eine goldgerahmte Sonnenbrille und üppig große Ohrstecker. Sie hatte die Figur einer jungen Frau und bewegte sich auch so.

Sabine war so beeindruckt von ihrer Erscheinung, dass sie glatt für einen Moment ihren Kummer vergaß.

»Machst du Urlaub auf der Insel?«, fragte Sonja.

Sabine nickte stumm.

»Ich lebe hier, schon mehr als fünfzehn Jahre.«

»Allein?«

»Ja.« Sonja strich sich eine Haarsträhne, die sich gelöst hatte, hinter das Ohr.

»Ist dir auch der Mann weggelaufen?«

»Das konnte er nicht mehr. Er ist in meinen Armen gestorben.«

Sabine biss sich auf die Zunge. Verdammt, wie konnte sie nur so taktlos sein. »Bitte entschuldige …«

»Alles gut, das kannst du ja nicht wissen. Ich hatte Glück mit meinem Mann und habe ausschließlich gute Erinnerungen an ihn. Weißt du, mein Mann und ich, wir waren gleich alt, beide Landschaftsarchitekten und immer gemeinsam in der Natur unterwegs. Ein wirklich wunderbarer Beruf. Aber ich habe mich irgendwann zu sehr über den mangelnden Umweltschutz geärgert und bin in die Politik gegangen. Schließlich habe ich es bis in den Landtag geschafft und es gab so viel zu tun, dass ich mit Ende fünfzig, also fast in deinem Alter, den absoluten Zusammenbruch hatte.«

»Ein Burn-out?«

»Ja, heute nennt man es so. Ich konnte von einem Tag auf den anderen nicht mehr gehen. Ich lag morgens im Bett und nichts ging mehr. Der herbeigeeilte Arzt war ratlos, ich natürlich auch. Später kamen unerklärliche Schmerzen dazu und irgendwann schlimme Depressionen. Ich war ein Jahr lang krankgeschrieben und dann habe ich die Notbremse gezogen und mich nach Teneriffa aufgemacht.«

»Warum gerade Teneriffa?«

»Ich kannte die Insel, hatte keine Lust auf zu viel Fremdes, wollte das Klima mit den milden Wintern und regelmäßige schnelle Verbindungen nach Deutschland, weil mein Mann noch arbeiten musste. Er war an einer Hochschule tätig und steckte thematisch zu tief drin in seinem Job, um ihn schnell aufgeben zu wollen. Also ist er eine Zeit lang gependelt.«

»Und welche Erfahrungen hast du hier gemacht?«

»Großartige. Wenn man jeden Morgen von der Sonne geweckt wird, muss man einfach gesund werden. Dazu die reine Atlantikluft, das anfängliche Nichtstun, ich fühlte mich schnell wieder fit.«

»Aber so von einhundertfünfzig Prozent Einsatz auf null ist doch ein ganz schöner Unterschied.«

»Das stimmt und klappte auch nicht lange. Ich habe mich schnell, anfangs dachte ich zu schnell, wieder engagiert.«

»Womit?«

»Ich habe hier das Internet neu für mich entdeckt und Social Media. Ich hatte vorher nicht übermäßig viel damit zu tun, aber hier hatte ich Ruhe, mich hineinzudenken. Ich habe mir ganz viel Wissen angeeignet und mich dann in die Beratung gekniet. Anfangs habe ich allen geholfen, die mich gefragt haben, und irgendwann kam mir die Idee, mir das bezahlen zu lassen. Ich habe mich an meine Altersgruppe gewandt und das war ein voller Erfolg. Auf Teneriffa leben viele Senioren, die Kontakt mit ihren Kindern in Deutschland pflegen möchten und die darüber hinaus den Nutzen des Netzes für sich erkannt haben. Sie können online Zeitungen lesen, Google, Amazon und Co. nutzen, auf Facebook und Instagram verfolgen, was die Freunde machen, und haben Zugang zu jeder Menge Dinge, die ihnen den Alltag erleichtern. Sie können sogar auf dem Handy sehen, wo der Enkel sich aufhält und ob sich jemand an ihrem Haus in Deutschland zu schaffen macht. Und da das für viele Neuland ist, komme ich ins Spiel. Ich gebe Gruppenkurse und Einzelstunden, virtuell und real, kümmere mich aber auch vor Ort um Residenten – wenn das Geld fehlt, auch kostenlos.«

»Wow, jetzt bin ich aber tatsächlich beeindruckt. Du hast dir hier ganz allein etwas aufgebaut. Das ist bewundernswert.«

»Ach, ich habe es ja komfortabel und muss nicht davon leben. Das macht es immer leichter. Aber es macht mir Freude und es hält mich fit. Ich bin schon ein kleines bisschen stolz, dass ich mich in die neue Materie so gut eingefuchst habe.«

»Und dein Mann, was hat er dazu gesagt?«

»Er fand es prima, weil er so wusste, ich starre hier nicht nur den blauen Himmel an. Wir liebten beide diese Insel und haben uns hier eine Wohnung gemietet, die ich ja in den ersten Jahren viel allein bewohnt habe.«

Sabine trank einen Schluck Kaffee. »Hast du auch Kinder?«

»Einen Sohn, er ist in Sachen KI unterwegs, also Künstliche Intelligenz, und lebt und arbeitet in München.«

»Und was ist deinem Mann passiert?«

»Er hat bis zu seinem fünfundsechzigsten Lebensjahr gearbeitet und ist dann in den Ruhestand gegangen. Wir haben unser Haus verkauft und uns hier diese Wohnung zugelegt. Er war topfit, als er dauerhaft auf die Insel kam, obwohl er sein Leben lang auch auf der Überholspur gelebt hat. Die Ruhe, auf die er sich nicht wirklich gefreut hat, ist ihm wunderbar bekommen. Aber dann ist er am Strand unglücklich gestürzt und eine Woche später im Krankenhaus gestorben, an einer Hirnblutung. Wir waren vierzig Jahre verheiratet.«

»Das tut mir leid, Sonja, es muss schlimm für dich gewesen sein«, sagte Sabine mit ehrlicher Anteilnahme.

»Das war es auch. Aber ich habe mich aufgerappelt; geholfen hat mir dabei mein Engagement in Sachen IT-Beratung. Ich schreibe in so vielen Gruppen auf der ganzen Welt, das hat mich abgelenkt, mich aufgerüttelt und mich nicht aufgeben lassen.« Sie lachte verschmitzt. »Ich muss doch die Welt retten, man braucht mich also.«

Sonja tätschelte Sabine den Arm. »Und dich braucht sie auch, aber jetzt erzähl mir mal, was los ist. Weißt du, wenn man etwas ausgesprochen hat, formieren sich die Gedanken besser im Kopf. Es ist wichtig, weil man dem Durcheinander Struktur gibt. Also, berichte mir alles. Ich höre gern zu.«

Sabine steckte so voller aufgestauter Ereignisse, dass sie sich das nicht zweimal sagen ließ. Sie mochte diese interessante Frau und war neugierig, wie sie die Situation einschätzen würde. Aufgewühlt und sich immer wieder zwischendurch mit Kaffee und Käsekuchen tröstend schilderte sie ihr Leben, natürlich mit dem Schwerpunkt auf Frank, dem sie diese ganze Katastrophe hier verdankte.

Sonja hörte zu, stellte Fragen, wenn sie den stetig hektischer werdenden Ausführungen nicht beim ersten Mal folgen konnte, und zog schließlich ein Fazit.

»Klarheit ist der erste Schritt zur Lösung. Du brauchst Klarheit, sofort! Wenn du Klarheit hast, weißt du auch, was zu tun ist. Stochere nicht im Ungewissen herum und halte dich nicht mit Spekulationen auf. Das kostet nur deine Energie.«

Sabine sog die Sätze auf. Sie waren so einfach, so einleuchtend. Ja, sie würde auf der Stelle die Fakten sammeln und dann entscheiden, wie es weiterging.

Innerlich etwas beruhigter sah sie in den prächtigen Garten, der eine Ansammlung herrlich blühender Pflanzen war. Sie erkannte Feigen und Bananen, Oliven und Lorbeer. Es blühten Bougainvillea und Oleander in gekonnt aufeinander abgestimmten Farben.

»Ist dieses kleine Gartenparadies auch euer Werk?«

Sonja nickte. »O ja, und das ist gleichzeitig meine große Freude und war die meines Mannes. Wir haben hier unsere blühende Oase geschaffen, klein, weil wir nicht ständig mehr arbeiten wollten, aber ausreichend, um sich fern der Welt zu fühlen.«

»Das stimmt! Es ist wunderschön hier.« Sabine genoss das Gespräch. Es tat ihr gut, über etwas ganz anderes zu sprechen. Das lenkte sie von ihrer riesengroßen Ehekrise zumindest für

Minuten ab und ließ ihr die Zeit, um durchzuatmen. »Man fühlt sich hier wirklich wie in einer anderen Welt. Ich vergesse sogar meine eigene Katastrophe.«

»Vergessen ist nicht gut, daraus lernen ist besser«, meinte Sonja. »Man kann aus schlimmen Erfahrungen immer Rückschlüsse ziehen. Das ist wichtig.«

»Es ist für mich im Moment noch nicht leicht, es so zu sehen.« Das Lächeln fiel Sabine schwer, denn die Auszeit war vorüber. Sie musste los, ins Hotel oder zu Lisa, und alles über Frank in Erfahrung bringen. Entschlossen schnappte sie sich Pablo, küsste Sonja zum Abschied auf die Wangen und bedankte sich noch einmal für die erlebte Fürsorge.

»Und melde dich, rund um die Uhr. Für dich habe ich immer Zeit, und das meine ich auch so.«

Als Sabine mit Pablo an der Leine die Straße zurück zum Auto tapste, spürte sie erst, wie sehr die Beine noch schmerzten. Die blutverschmierte zerrissene Hose war ihr gleich. Es war ihr im Moment nicht wichtig, was andere über sie dachten. Sie hatte etwas zu klären, nur darum ging es jetzt. Sie musste wissen, was gerade in ihrem Leben ablief, oder noch besser: Wo eigentlich ihr Ehemann war und wo sie, seine Ehefrau, sich gerade aufhielt, zumindest offiziell, und – ganz wichtig – wer die Ehefrau eigentlich war.

Als sie ins Auto stieg, blickte sie auf die Praxis. Hineingehen konnte sie heute nicht mehr. Sie hatte sich bis über beide Ohren blamiert und wollte sich erst einen Plan zurechtlegen, wie sie dem armen Tierarzt wieder unter die Augen treten konnte. Aber das hatte Zeit. Erst musste sie etwas anderes klären – ganz dringend.

Klarheit ist der erste Schritt zur Lösung. Sonjas Satz ging ihr nicht mehr aus dem Kopf.

KAPITEL 5

Sundown Lodge, dieser Name war Sabine bestens vertraut. Immerhin hatte sie jede Menge Unterkünfte geprüft, bevor sie sich für genau diese sowohl edle als auch landestypische Hotelanlage entschieden hatte. Die Lodge besaß alles, was sie sich in ihrer Kinoromantik ausgemalt hatte: ruhig gelegene Zeltunterkünfte, ein offenes Restaurant mit Buschblick, idyllische Verbindungswege und natürlich eine feine Küche.

»Etwas für Kenner«, hatte die Dame im Reisebüro damals auch zustimmend gesagt. Insofern war es kein Kunststück, die Telefonnummer dieser Lodge herauszufinden, sogar vom Parkplatz aus. Sie wartete nicht, bis sie zurück im Hotel war, sie klärte gleich, was los war. Pablo schien zu verstehen, dass sein Interimfrauchen in einer dicken Krise steckte, und machte es sich auf dem Beifahrersitz bequem, damit sich Sabine ungestört ihrer großen Aufklärungsmission widmen konnte. Sie brauchte Gewissheit, unbedingt. Keine Minute länger als nötig wollte sie sich mit dem Gefühl herumschlagen, mit einem Fremdgänger, Lügner und Betrüger verheiratet zu sein.

Sie blickte noch schnell zur Uhr. Es war Nachmittag im Hluhluwe-iMfolozi-Park. Keine gute Zeit, um jemanden zu erreichen. Aber sie musste es versuchen.

Mit zittrigen Fingern tippte sie die Nummer der Rezeption ein. Natürlich hatte sie vorher die Nummernkennung ihres Handys herausgenommen. Sie wollte nicht, dass Frank etwas von ihrer Spionagetätigkeit mitbekam.

»Guten Tag, verbinden Sie mich bitte mit dem Ehepaar Wächter!«

Sabine bemühte sich, möglichst entspannt und unbekümmert zu sprechen. Es war ein Versuch, aber er konnte ihr endlich die nötige Aufklärung bringen.

»Moment bitte!«

Es knackte.

Sabine sah auf das Armaturenbrett ihres Kleinwagens, fast starr vor Angst. Was wäre, wenn diese Denise die Wahrheit gesagt hatte? Wenn es genauso war, wie sie erzählt hatte? Sabines Herz pochte immer schneller. Was wäre, wenn sich gleich ihr Frank am Telefon fröhlich mit »Wächter« meldete? Dann lag ihr ganzes schönes Leben in Trümmern. Und nicht nur das. Ihr Herz würde explodieren und in tausend Teile zersplittern.

»Augenblick bitte noch!«, flötete die Rezeptionistin.

Vielleicht fand sie den Namen Wächter nicht im System und brauchte noch Zeit. Vielleicht war ja auch alles nur eine riesengroße Verwechslung. Vielleicht.

Ihr wurde plötzlich schwindlig. Sie kippte den Fahrersitz nach hinten, lag fast ausgestreckt im Wagen und starrte verkrampft auf das Autodach. Ihr Herz raste wie ein Schnellfeuergewehr. Sie hatte so eine verdammt große Angst davor, dass ihr in einer Minute ihr ganzes Leben um die Ohren fliegen würde.

»I'm sorry, Madam, aber Mr und Mrs Wächter sind an der Poolbar. Aufgrund eines technischen Problems können wir Sie derzeit nicht direkt durchstellen. Es dauert noch einen Moment. Bitte bleiben Sie in der Leitung.«

»Mr und Mrs Wächter«, stammelte Sabine leise, während sie mit dem Daumen die Verbindung wegdrückte. Sie hatte nicht mal mehr die Kraft, sich höflich zu verabschieden.

Sabine sah auf die Straße, erkannte aber nichts mehr. Alles verschwamm hinter einem dichten Tränenschleier und sie schluchzte so heftig, dass ihr ganzer Körper bebte. Frank, ihr Frank, hatte ihr ganz offenbar ein gut vorbereitetes Theaterstück vorgespielt. »Liebling, es tut mir so leid, aber ich kann das Seminar nicht verpassen«, hörte sie ihn jetzt sagen. In Wirklichkeit hatte er gar nicht vorgehabt, die Safari nicht anzutreten. Er wollte sehr wohl fahren, nur mit einer anderen Begleitung. Ja, klar, Sabine verstand inzwischen auch, warum er sich unbedingt selbst um die Stornierung der Reise hatte kümmern wollen. *Ich nehme dir das ab, weil ich ja der Verursacher bin.* Von wegen. Frank hatte das alles an sich gerissen, damit der Schwindel nicht aufflog. Im Klartext: Zur Hochzeitsreise hatte ihr Mann eiskalt geplant, seine Ehefrau gegen die Geliebte auszutauschen! Schlimmer und demütigender konnte es nicht kommen. Nächsten Samstag würde er also mit der neuen Freundin die Champagnerkorken knallen lassen. Die Vorstellung war unwirklich brutal. Sabine weinte mittlerweile so laut, dass sich Pablo sorgenvoll an sie schmiegte. Er spürte scheinbar, dass sie Trost brauchte. Sabine tastete mit ihrer zitternden Hand nach seinem zarten Körper und zog das Tierchen hilfesuchend auf ihren Schoß.

»Mein Kleiner, ach, Pablo, wenigstens du bist noch bei mir«, jammerte sie leise und legte sich den Arm auf das Gesicht, so, als wollte sie bei sich selber Schutz suchen.

Sabine wusste nicht, wie lange sie dort im Auto wimmerte, übermannt von der Enttäuschung und dem Schmerz. Aber irgendwann kam ihr der Gedanke, mit Lisa zu reden. Sie sah auf die Uhr. Um diese Zeit hatte sie bestimmt keinen Termin mit ihren Frauen. Mit etwas Glück konnte sie die Freundin erreichen, und mit zittrigen Fingern tippte sie die Nummer ein.

»Sabine, was ist denn passiert? Du klingst ja schrecklich.« Lisa hörte sofort heraus, dass etwas Schlimmes geschehen sein musste.

Denn Sabine bekam keinen richtigen Satz heraus, haspelte nur »Frank«, »Geliebte« und »Afrika«, und Lisa kapierte sofort, dass höchste Alarmstufe herrschte.

»Bleib, wo du bist. Ich komme!«, entschied sie.

»Lisa, warte … ich stehe in der Nähe der Praxis von deinem Tierarzt … Aber ich kann fahren, warte. Ach ja, Pablo hatte sich losgerissen. Aber er ist wieder da … Ach, ich wollte nur wissen, ob du Zeit hast.«

»Zeit haben? Was soll der Quatsch? Warte da, wo du bist. Ich bin schon unterwegs.«

Keine dreißig Minuten später klopfte Lisa an die Autoscheibe.

»Meine Güte, Sabine, jetzt komm da erst mal heraus.«

Sie öffnete die Autotür, legte Pablo ein altes Welpenhalsband von Benny um, knipste ihn an die ebenfalls mitgebrachte Leine und half dann Sabine aus dem Fahrzeug.

»Wir gehen ein bisschen in den Botanischen Garten. Da sind wir ungestört.«

Sie nahm Pablos Leine in die eine Hand, hakte mit der anderen Sabine unter und führte sie wie eine alte Frau die Straße hinunter und durch das große Eingangstor des Jardín Botánico.

»Die Atmosphäre hier wird dir guttun«, versprach sie. »Tropische Pflanzen, das Plätschern eines Springbrunnens, dazu der Duft exotischer Blüten, genau richtig für eine angegriffene Seele.«

Sie setzten sich auf eine Bank. Es war ein wunderbarer Platz und unter normalen Umständen hätte Sabine laut gejuchzt vor Begeisterung. Man fühlte sich hier wie in einem Pflanzenparadies. Sabine hatte schon gelesen, dass viele der Pflanzen mehr als zweihundert Jahre alt waren, wertvolle Mitbringsel der spanischen Seeleute und Eroberer. Es gab Kaffee- und Macadamiabäume, aber auch Avocado-, Ginkgo-, und Lorbeerpflanzen und natürlich die auf der Insel so berühmten Drachenbäume. Es duftete nach Orchideen und Jasmin, und Vögel zwitscherten dazu ausgelassen in den Wipfeln. Größer konnte der Kontrast zwischen dem puren Leben und ihrer Verfassung nicht sein.

»Ich bin oft hier«, unterbrach Lisa die triste Stimmung. »Ich liebe diesen Ort, weil er tief die Seele berührt und einem die ganze Schönheit der Welt vor Augen führt«, schwärmte sie, kam aber dann sofort zurück zu Sabine und hörte sich erst einmal die unfassbare Geschichte an.

»Du willst sagen, er hat das alles nur getan, um allein mit seiner Tussi fliegen zu können?«

Sabine nickte.

»Weißt du was, dein Frank ist ein ganz gemeines Miststück!«

»Eigentlich mag ich diese derben Begriffe nicht, aber dieses Mal hast du recht«, schluchzte Sabine.

»Er hat dich und eure fünfundzwanzig Jahre Ehe mit Füßen getreten«, schimpfte Lisa weiter. »Was für ein mieser Typ!«

Um etwas herunterzukommen, atmete Sabine mehrmals tief durch, schloss die Augen und murmelte leise: »Ich möchte wissen, wer es ist, für den er das alles zerstört.«

»Hast du eine Idee?«

»Nichts, mir fällt niemand ein. Lisa, glaube mir, ich hatte keine Ahnung, dass es jemals eine andere Frau gegeben hat.«

»Denk nach, es muss jemanden geben.« Lisa legte ihre Hand auf Sabines. »So eine Reise macht man nicht mit einem Flirt. Überleg noch einmal. Geh alles durch: Firma, Nachbarschaft, Freundinnen. Denk nach.«

Sabine schüttelte den Kopf. »Nee, da ist niemand. Er war in letzter Zeit auch nicht verändert, wirklich nicht.«

»Das gibt es nicht. Ein Mann, der fremdgeht, verändert sich. Er reagiert gereizt und ablehnend oder extrem zugewandt und freundlich. Wie war es bei euch?«, bohrte sie hartnäckig weiter.

»Zugewandt?« Sabine grübelte. »Ja, gut, wenn du so nach-hakst … Er war in letzter Zeit eher besonders aufmerksam. Du meinst, das war, weil er die andere hatte?«

Lisa zuckte mit den Schultern. »Tja, möglich wäre das schon.« Liebevoll tätschelte sie Sabines Arm. »Gibt es eine neue Kollegin?«

»Kollegin? Nein! Aber tatsächlich eine Assistentin, ja! Olga. Sie arbeitet in seinem Vertriebsteam und macht sich angeblich super. Aber sie ist noch so jung, das kann doch nicht sein.«

Lisa ließ nicht locker. »Wie jung? Vergiss nicht, in unserem Alter hat man eine etwas verquere Sichtweise zum Thema jung.«

Sabine schloss die Augen. Sie hatte Olga auf einer Firmenveranstaltung kennengelernt. Blond, etwas laut, mit üppiger Oberweite und deutlich zu viel Make-up. Wenn sie sich richtig entsann, war sie schon damals um ihren Mann herum-scharwenzelt. Sie hatte sich aber nicht vorstellen können, dass Frank sich für so ein junges Ding interessieren würde.

»Mitte, Ende Zwanzig. Ich glaube, es ist ihr erster ernst zu nehmender Job!«

»Passt!«

»Lisa, was sagst du denn da? Frank ist fast sechzig.«

»Sage ich ja: Passt! Mensch, Sabine, bleib realistisch. Je jünger, desto leichter sind Frauen zu begeistern. Sie sehen einen erfolgreichen Mann, der sich eloquent im Arbeitsumfeld bewegt. Schon manche hat sich von der Macht, die so ein Mann ausstrahlt, blenden lassen. In der Szene können doch die alten Knacker noch relativ leicht punkten. Bei einer erfahrenen Frau müssen sie sich wesentlich mehr Mühe geben, und dazu sind sie längst zu bequem. Komm, wir recherchieren das.«

Es war für Lisa ein Kinderspiel herauszufinden, dass Olga Urlaub hatte. Ein Anruf in der Zentrale und sie hatte die Info.

Bingo!

»Es kann auch Zufall sein, aber zumindest kommt die Dame in die engere Wahl.«

Sabine fehlten kurz die Worte. Sie starrte stumpf ins Nichts. »Mitte zwanzig, blond und ehrgeizig«, murmelte sie fassungslos vor sich hin.

»Tja, es sieht so aus!«

»Und? Soll ich mich einfach scheiden lassen?« Sabine sah die Freundin fast schon flehentlich an.

Die schüttelte energisch den Kopf. »Jetzt wartest du erst einmal ab. Ich habe in meinem Leben eine Grundregel immer beherzigt: Triff keine Entscheidung in einer Notlage. Es ist besser, erst einmal die Situation auszusitzen. Und genauso machen wir es nun. Du tust erst einmal gar nichts, versuchst einfach, die Insel und die Sonne zu genießen, und alles andere hat Zeit.«

Sabine hörte sich den bewegenden Appell ihrer Freundin teilnahmslos an. Sie fühlte sich am Ende ihrer Kraft. Nur die Natur tat ihr noch gut. Sie hätte stundenlang hier sein können, so herrlich beruhigend war die Stimmung in diesem Tropengarten.

»Okay, aber wie das Nichtstun gehen soll, dafür hast du kein Rezept?«

»Doch klar, lenk dich ab, stürz dich ins Leben. Das hilft. Und verschaff dir Klarheit. Ich finde den Rat dieser Sonja sehr gut. Du siehst, du hast genug zu tun.«

Lisa nahm Sabine in den Arm. »Weißt du, am liebsten würde ich jetzt mit dir an den Strand gehen, aber ich muss unseren Mädelsausflug leider unterbrechen. Verzeih, aber meine Gäste kommen gleich zurück. Ich muss mich kümmern. Meinst du, du kommst ein paar Stunden allein zurecht?«

Sabine lächelte ihre Freundin dankbar an. »Klar, es geht schon besser. Ich fahre später ins Hotel. Weißt du, ich muss das alles erst etwas sacken lassen und meine Gedanken sortieren. So lange spaziere ich hier noch ein bisschen im Kreis. Das ist ganz schön, da kann ich mich in meinem Zustand wenigstens nicht verlaufen. Am Zaun ist Schluss.«

»Wenigstens kehrt dein Humor zurück«, scherzte Lisa. »Auch wenn du es momentan nicht wirklich glaubst, ist eins gesichert: Du überlebst das alles, okay?«

Schon am Ausgang kam Lisa noch einmal zurückgelaufen. »Ach ja, Pablo, was meint denn Francisco? Ist er gechippt?«

Sabine zuckte mit den Schultern. »Keine Ahnung, dazu ist es ja leider nicht mehr gekommen.« Sie druckste etwas verlegen herum. »Ich habe doch schon im Sprechzimmer herumtelefoniert und dann ist die ganze Stimmung eskaliert. Deswegen ist er ja weggelaufen. Ich werde morgen zu Francisco gehen und mich für das Durcheinander entschuldigen.«

Lisa musste schmunzeln. »Ach du meine Güte, das hast du so genau gar nicht erzählt. Da bin ich mal auf seine Version gespannt.«

***

Zurück im Hotel hatte Sabine nur einen Wunsch: ins Bett gehen, die Decke über den Kopf ziehen und durchheulen. In ihrem Kopf tanzten Bilder ihrer bewegten Liebe kunterbunt durcheinander. Das erste richtige Date in einem Burgrestaurant mit Weserblick. Sabine hatte vor lauter Aufregung ihr Getränk verschüttet und ihrem Traummann den ganzen Abend in einem weingetränkten Pulli gegenübergesessen. Die Märchenhochzeit, zu der sie sich so verspätete, dass der Pfarrer die Zeremonie schon hatte absagen wollen. Chrissis überstürzte Geburt, bei der die Fruchtblase ausgerechnet im Taxi geplatzt war und Frank später die Fahrzeugreinigung hatte bezahlen müssen. Dann der Hauskauf, bei dem sich die Renovierung sechs Monate verzögert hatte und sie eine halbe Ewigkeit in Hotels gehaust hatten, und schließlich Laurenz' Geburt, sinnigerweise in einem Alpenhotel, weil sie durch einen Lawinenabgang nicht mehr rechtzeitig nach Hause gekommen waren. Die schwere Krankheit und der Tod seiner Mutter, die ihn alleinerziehend großgezogen hatte. Der tödliche Autounfall ihres Vaters und die jahrelange Trauer ihrer Mutter. Fußballspiele mit Laurenz, Reitturniere mit Chrissi. Die Abifeiern der Kinder, von denen eine in einer Schlägerei gegipfelt hatte, weil ein Vater eifersüchtig auf den Lehrer seiner Tochter gewesen war, und nach einem oder besser mehreren Gläsern zu viel den Pädagogen auf der Tanzfläche angefallen hatte. Laurenz' Studiencrash, der im dritten Semester erkannt hatte, dass ein Wirtschaftsstudium doch nicht zu ihm passte und er lieber Jurist werden wollte. Chrissis Bachelorfeier, die nie stattgefunden hatte, weil ihr Kompagnon, mit dem sie die Arbeit verfasst hatte, nicht mehr pünktlich aufgetaucht war. Er hatte Prüfungsangst gehabt und sich mit seinen Papieren nach Thailand abgesetzt. Erst mit einer Sondergenehmigung des Dekans hatte Chrissi mit sechs Wochen Verspätung ihr Bachelorzeugnis überreicht bekommen. Siebenundzwanzig Jahre gemeinsames Leben, fünfundzwanzig Jahre Ehe, in denen sie zusammen durch dick und dünn gegangen waren. Und all das sollte einfach zu Ende sein? War das gemeinsam so fest gezurrte Band von heute auf morgen zerschnitten? Wegen Olga, Karina, Samantha oder wem auch immer? Das erschien ihr wie ein Kinofilm, gruselig, brutal, aber eben nicht Fiktion, sondern Realität.

Sabine klammerte sich an das letzte Fünkchen Hoffnung, dass sich all das noch als riesengroßer Irrtum entpuppte. Aber mit jeder neuen Info, die sie bekam, erlosch das Fünkchen mehr und mehr.

»Ich weiß nicht, wie ich das überleben soll«, wimmerte Sabine unter ihrer Decke, bis sie etwas Feuchtes, Warmes aus der Abwärtsspirale riss: eine Hundeschnauze.

Pablo stupste sie an, und im ersten Moment dachte Sabine, dass er erspürt hatte, wie schlecht sie sich fühlte und ihr Trost geben wollte. Als Pablo schwanzwedelnd zur Tür lief, nahm sie seinen Vorschlag sofort an. »Gassi gehen?«, rief sie ihm zu und seufzte. »Ich habe zwar keine große Lust, aber vermutlich ist es für uns beide das Beste.«

Sabine tapste ins Bad, um sich notdürftig herzurichten, und erschrak, als sie sich im Spiegel betrachtete: Ihr ganzes Gesicht war aufgequollen, die Wimperntusche von Tränen verschmiert. Ein Bild des Jammers! Sie wusch sich rasch das Gesicht sauber, legte einen Hauch Make-up auf und fuhr mit der Bürste durch die Haare. Dann schlüpfte sie in ein Shirt und eine lockere Baumwollhose, dazu goldfarbene Flip-Flops.

So zurechtgemacht fühlte sich gleich besser, als sie mit Pablo an der Leine durch das Treppenhaus Richtung Garten schlich. Sie hatte Antonio mittlerweile ins Herz geschlossen und mochte seine fürsorgliche Art, seine Tierliebe, die Offenheit. Aber zurzeit wollte sie nichts weniger, als ihm begegnen. Sie würde sofort losheulen und das wäre ihr mehr als peinlich. Sie wollte eigentlich nichts und niemanden sehen, nur mit Pablo durch die Natur laufen und irgendwie wahrnehmen, dass sie noch lebte. Die Luft war wie immer samtig, der Duft der Blüten, die prächtigen Farben, all das würde ihre Seele streicheln. Davon war Sabine ganz fest überzeugt.

»Hola, Sabina«, hörte sie die vertraute Männerstimme, als sie gerade die prächtige Ausgangstür öffnen wollte.

Ertappt, dachte Sabine und wusste, dass sie niemals ohne ein klärendes Wort aus der Situation herauskommen würde.

»Was ist los?«, bohrte Antonio auch sofort nach. Er hatte an ihrer zusammengesunkenen Körperhaltung bemerkt, dass etwas nicht stimmte.

Egal, Sabine mochte nicht heucheln. Sie trug schließlich keine Schuld an der ganzen Misere. Sie war Opfer, nicht Täter.

Also zog sie den Spanier nach draußen und auf die nächste Gartenbank und schenkte ihm reinen Wein ein. Sie war ehrlich, offen, direkt – und beschönigte nichts.

»Weißt du, ich bin ja ein ewiger Single, aber ich war auch einmal verheiratet, das weiß Lisa gar nicht. Aber du bist offen und da bin ich es ebenfalls. In den letzten Jahren meiner Ehe reizte es mich auch, einfach alles hinter mir zu lassen und auszubrechen, um wieder mehr Glück spüren zu können.«

»Und? Hast du das getan?«

»Ganz aufrichtig? Ja! Ich hatte einige Affären, die lenken ab, wenn man unzufrieden ist. Aber es ist wahrlich keine Lösung.«

»Sondern?«

»Es ist Ablenkung, nicht mehr. Wenn man sein Leben ändern möchte, dann muss man das auch richtig tun. Ablenken hilft nur vorübergehend. Langfristig ist es der falsche Weg. Aber es braucht einen richtigen Schnitt. Doch den muss man mit Reife, Verantwortung und Respekt gehen.«

»Und? Wie hast du diesen Schritt gemacht?«

»Ich habe ihn fair gemacht. Ich hatte ein offenes Gespräch mit Carmen, so heißt meine Ex-Frau. Das war aber rechtzeitig, weil ich keine Heimlichkeiten, keine Lügen und Ausreden mehr wollte. Unsere Liebe war einer Freundschaft gewichen. Wir hatten keine Kinder, kein gemeinsames Unternehmen, wir hatten nur uns oder eben nicht mehr. Zu gehen war eine saubere, faire Lösung.«

Sabine sah Antonio an. Wow, das hätte sie nicht von ihm erwartet, staunte sie. Er war nur auf den ersten Blick ein oberflächlicher Charmeur. In Wahrheit besaß er Charakter und Tiefgang.

»Was soll ich denn jetzt tun?«, fragte sie.

Antonio legte ihr vertraut den Arm um die Schulter. »Frag das nie wieder«, riet er ihr ernst. »Das kann dir keiner beantworten. Das weißt nur du ganz allein. Ich habe aber einen Rat für dich: Überstürze nichts.«

Einen Moment lang sah sie ihn skeptisch an. Hatte er sich bereits mit Lisa unterhalten? Warum sonst gab er ihr einen ähnlichen Rat? Vielleicht sah sie jetzt auch Gespenster, witterte nach der Erfahrung mit Frank die nächste Verschwörung. Sie musste sich endlich von ihrer übergroßen Fantasie lösen und aufgrund der Realitäten so rasch wie möglich handeln. Der Zeitpunkt war wirklich gekommen.

Sabine nahm Antonios Hand und drückte sie fest. »Weißt du, du bist ein kluger Mann. Ich danke dir von Herzen für dieses Gespräch. Ich werde deinen Rat beherzigen und gehe jetzt noch etwas spazieren.«

Antonio lächelte liebevoll. »Tu das. Es wird dir guttun. Aber warte mal.« Er nahm ein Taschentuch aus der Hose und tupfte ihr dabei vorsichtig etwas Mascara aus dem Gesicht. »Du musst doch schön sein, ich meine, noch schöner. Denn ich habe eine Überraschung für dich.«

Er stand auf, steckte das Taschentuch wieder ein. »Später gibt es hier im Hotel eine kleine, aber feine Party. Es ist eine Singleparty. Die ist einmal im Monat. Die Ankündigung hängt an der Rezeption. Aber halte dich nicht an dem Wort fest, hörst du? Ich möchte, dass du kommst, okay?«

Sabine schüttelte den Kopf. »Eine Party? Eine Singleparty? Noch bin ich verheiratet. Ich bitte dich. Und sieh doch mal, wie ich aussehe!«

»Guapísima, wie immer!«

Von wegen *wunderschön*! »Du alter Charmeur!« Sabine musste lachen.

»Igel dich nicht da oben auf deinem Zimmer ein, das ist falsch. Geh unter Leute, glaub mir. Du kommst zu besseren Erkenntnissen, wenn du Eindrücke sammelst. Es bringt nichts, in einer Gedankenschleife stecken zu bleiben.«

Sabine sagte nichts, küsste ihn lediglich zum Abschied auf die Wange. »Ich brauche ein bisschen Bewegung und Pablo auch«, meinte sie leise.

Antonio nickte. »Bis später. Ich bin dann an der Bar und halte dir den besten Platz frei.«

***

»Mama, ganz ehrlich. Ich habe mir das mit Papa schon länger gedacht.«

Sabine saß auf ihrem Hotelzimmerbalkon in der milden Abendwärme und hatte gerade einen Anruf von Chrissi bekommen. Auf deren unbekümmerte Frage: »Wie geht es dir, Mama?«, hatte Sabine anfangs mit einer Lüge antworten wollen. Aber dann hatte ihr die Kraft dazu gefehlt und sie hatte Chrissi die ganze Geschichte anvertraut. Die frischgebackene Psychologin hatte aufmerksam zugehört, ein paar Mal nachgefragt und eben diesen Satz losgelassen.

Für Sabine war das ein erneuter Schlag, auf den ihr Körper prompt wieder mit Magendrücken und Herzrasen reagierte. »Wie meinst du das? Du hast dir gedacht, dass dein Vater fremdgeht?«

»Ich habe es dir sogar schon einmal gesagt. Aber du bist auf das Thema gar nicht eingegangen und hast von irgendwelchen Sesseln gesprochen, die du anschaffen wolltest. Erinnerst du dich nicht mehr?«, wollte Chrissi wissen.

»Nein, ganz und gar nicht!«, entgegnete Sabine, weiterhin geschockt von der Aussage ihrer Tochter.

»Du bist eine Meisterin im Verdrängen, Mama. Was nicht sein darf, blendest du aus. Heile Welt, das magst du am liebsten. Aber das Leben ist nur selten heile Welt.«

Sabine war baff, wie schonungslos ihre Tochter sie analysierte.

»Erinnere dich an Laurenz, Mama. Er hat dauernd gesagt, dass er sich in Wirtschaft nicht wirklich zu Hause fühlt, aber du hast ihn ständig ermuntert, damit weiterzumachen. Das ist ja im Prinzip auch gut, aber noch besser ist es, sich der Wahrheit zu stellen und auch das zu sehen, was man nicht gern sieht.«

»Aber, Chrissi, ich wollte doch immer nur das Beste für euch alle.«

»Mit Sicherheit. Das zweifelt niemand an. Du hast deshalb auch Papa alles zugestanden, weil du keine Schwierigkeiten in der Familie haben wolltest. Besonders uns Kindern zuliebe sollte alles eine dauerhafte Oase des Glücks sein. Aber es war eben oft auch ganz anders.«

Was redete Chrissi da? Pablo drückte sich an ihre Wade und sie streichelte ihn. »Was denn zum Beispiel?«

»Dein Miteinander mit Papa ist das beste Beispiel. Wenn wir jetzt schon offen sprechen, Papa hat dich doch jahrelang nur noch als Back-up betrachtet. Er braucht für seine Karriere ein sicheres Familienleben. Dafür warst du ihm recht. Gelebt hat er mit anderen Leuten, mit seinen Freunden und, wie wir nun endlich alle kapieren, auch mit seinen Frauen.«

»Frauen? Die Mehrzahl von Frau? Du glaubst nicht ernsthaft, dass er öfters Affären hatte? Ach, was frage ich. Ich weiß ja, was du mir sagen willst.«

Sabines Herzrasen wandelte sich in ein richtiges Poltern, und in ihrer quälenden Unruhe stand sie so abrupt auf, dass ein kleines Tischchen umfiel und Pablo vor Schreck jaulend aufsprang.

»Mama, lass mal, ich bin nicht die Richtige für das Thema. Klär das mit ihm direkt ab. Nur noch ein Satz: Du hättest es wissen können, wenn du die Signale hättest wahrnehmen wollen. Denk an die vielen Wochenendseminare, von denen Papa jedes Mal gut gelaunt und sonnengebräunt zurückgekommen ist. Hast du dich denn nie gewundert?«

»Aber, Kind, natürlich dürfen sich die Mitarbeiter nach der Arbeit auch entspannen und wohlfühlen. Da achtet doch jede Firma drauf.«

Sabine tigerte angespannt auf dem kleinen Balkon auf und ab. Sie war so nervös, dass sie nicht mal mehr Augen für den prächtigen Hotelgarten hatte, der sich zu ihren Füßen ausbreitete. Nur ab und zu blieb sie kurz stehen, um nach Luft zu schnappen. Die Vorstellung, vielleicht schon jahrelang betrogen worden zu sein, nahm ihr sprichwörtlich den Atem, zumal ihre Tochter schonungslos ehrlich blieb.

»Ach, Mama, du möchtest bis heute nicht sehen, was abläuft. Aber glaub mir, eine herbeifantasierte heile Welt ist nun wirklich nicht die Lösung.«

Sabine wollte hierzu einhaken, Chrissi ließ das jedoch nicht zu.

»Du musst dich einfach aus Papas Schatten lösen. Nutz die Zeit auf der Insel, um nach vorn zu schauen. Was willst du machen? Wohin geht die Reise für dich? Kümmere dich mehr um dich und weniger um Papa. Geh doch mal aus und flirte mal wieder.«

»Flirten?«, wiederholte Sabine erstaunt und fügte mehr aus atmosphärischen Gründen hinzu: »Das ist ja ideal. Heute ist hier im Hotel eine kleine Singleparty. Ich habe vorhin im Foyer die Ankündigung gelesen.«

Sie blieb abrupt stehen und beugte sich kurz über das Balkongeländer, um einen Blick auf den hinteren Eingang zu werfen. Vielleicht waren schon Gäste unterwegs.

»Na prima. Los, dann kannst du gleich üben.«

»Aber, Chrissi, das war Spaß. Da gehe ich doch nicht hin.« Sabine ergriff unruhig ein halb gefülltes Wasserglas, das sie heute früh auf dem Balkontischchen vergessen hatte, und nahm einen kräftigen Schluck. »Mir steht nicht der Sinn nach Flirten.«

»Ja, typisch Mama! Du legst dich lieber allein ins Bett und heulst, während dein Mann sich am Hotelpool vergnügt. Dann mach einfach so weiter und ändere nichts. Ich liebe euch beide trotzdem.«

Chrissi wollte sich offenbar nicht mehr weiter zu der Angelegenheit äußern. Sie hatte bereits genug gesagt und wollte Sabine anscheinend nicht noch mehr verunsichern. Der Rest des Gesprächs drehte sich um weniger brisante Themen. Chrissi schwärmte von ihrem neuen Job, den tollen Kollegen und der spannenden Aufgabe. Sabine hörte zu, aber ihr Herz war wund. Als sich Chrissi schließlich verabschiedete, war sie innerlich richtig aufgewühlt. Ihre Tochter war kein Kind mehr, das hatte sie eben begriffen. Sie war eine kluge junge Frau geworden, die durch ihr Studium zumindest theoretisch viel vom Leben wusste. Seit ein paar Tagen arbeitete sie in einer Beratungsstelle für Suchtkranke und würde noch mehr Praxis kennenlernen, als ihr lieb war.

Sie hatte etwas zu sagen, das war Sabine soeben richtig klar geworden. Ihre kleinen, ach so schützenswerten Kinder waren groß, mit eigenen Meinungen und Lebenszuschnitten. Sie konnten ihrer Mutter mittlerweile sogar Ratschläge erteilen. In ihrem Leben war längst vieles anders geworden. Aber Sabine hatte es irgendwie nicht mitbekommen.

Doch was die Kinder nicht wussten, war, wie sie sich mit Mitte fünfzig fühlte, nämlich allein, einsam, verlassen. Flirten lernen? Ausgerechnet jetzt? Sie würde sich selten blöd anstellen und garantiert niemanden finden, der Lust auf einen Flirt mit ihr hätte.

Sabine ging zurück ins Zimmer und setzte sich erschöpft auf ihr Bett. Sie fühlte sich schlecht und ein bisschen hoffnungslos. Wie sollte ihr Leben weitergehen? Sie steckte von heute auf morgen in einem tiefen Loch und hatte keine Ahnung, wie sie da jemals wieder herauskrabbeln konnte. Eine warme

Hundepfote holte sie aus der Stimmung. Denn Pablo schien ihre Not zu spüren und kratzte mit seinem Vorderbein an ihrem Oberschenkel.

»Na, mein Lieber, willst du mich aufheitern?«, murmelte Sabine und tätschelte dem Tier den Kopf. »Das ist sehr aufmerksam von dir. Es ist schön, dass du da bist.« Sie seufzte. *Die Männer reißen sich um dich*, hatte ihre Freundin Lisa stets gesagt – damals. Aber gut, das war vor dreißig Jahren gewesen. Heute konnte sie sich dessen nicht mehr sicher sein, denn zumindest einer riss sich gerade nicht um sie, sondern betrachtete sie als Inventar, vielleicht ein lieb gewonnenes, so wie einen bequemen Sessel, der zwar nicht mehr unbedingt die Blicke auf sich zog, aber in dem man besonders entspannt sitzen konnte.

»Dieser verdammte Schuft!«, fluchte Sabine, schnappte sich das auf dem Stuhl liegende Handtuch und warf es wutentbrannt in die Zimmerecke. Sie wollte Dampf ablassen, sich Luft machen, aber der Versuch kam ihr im selben Moment bereits ziemlich doof vor. Schreien, mit Sachen werfen, Leute nerven, all das machte ihre Ehe nicht mehr neu und nahm ihr auch nicht die Enttäuschung.

Pablo war durch Sabines heftige Reaktion mächtig erschrocken und hatte sich vorsichtshalber unter dem Bett verkrochen. Nun schaute er mit der Nasenspitze darunter hervor, um von der sicheren Position aus zu beobachten, was sein neues Frauchen da trieb.

»Ach komm, Pablo, du musst keine Angst haben«, sagte Sabine leise, während sie in die Knie ging und mit einem Leckerchen ihren Schützling wieder aus dem Versteck hervorlocken wollte. Pablo ließ sich nicht lange bitten, nahm artig das Hundeplätzchen aus der Hand und ließ liebend gern zu, dass ihn Sabine zum Kuscheln auf den Schoß zog und sich mit ihm nach draußen auf den Balkon setzte. Sie konnte von hier aus auf das Meer sehen und spüren, dass ihr Inneres ganz langsam Ruhe fand.

Das Tierkommunikationsseminar bei Lisa, über das sie sich lustig gemacht hatte, erschien ihr gar nicht mehr so abwegig. Was sie dort gehört hatte, war wertvoll. Pablo konnte viel mehr als nur laufen, bellen und fressen. Er schien zu spüren, wenn sie Angst hatte und Trost brauchte, wenn sie ausgelassen war und zufrieden, wenn sie abschalten und Ruhe haben wollte. Sie musste sich einfach auf das Tierchen einlassen und seine Reaktionen wahrnehmen. Sie dachte nach, aber es fiel ihr niemand ein, der so in ihr lesen konnte wie offenbar Pablo. Kein Frank, kein Kind, nicht einmal ihre Mutter. Beim nächsten Seminar wollte sie wieder dabei sein.

Ping! Sie hatte eine WhatsApp bekommen. Von Frank. Mit zittriger Hand hielt sie ihr Handy und las.

O Liebling, bestimmt machst du dir schon Sorgen. Aber wir schuften hier wirklich rund um die Uhr. Ich falle jeden Abend todmüde ins Bett. Aber das mache ich auch für uns. Denke ständig an dich!

Wütend drückte sie die Nachricht weg. Sollte sie ihn anrufen und fragen, wie es ihm in Afrika ging? Dann könnte er sich seine dummen Nachrichten sparen. Aber was würde das bringen? Sie würden sich angiften, vielleicht sogar anschreien. Und dann? Nein, sie erinnerte sich an Lisas und Antonios Rat: Nichts überstürzen, und genau das beherzigte sie in diesem Moment.

»Was hältst du eigentlich vom Flirten?«, murmelte sie und presste ihren kleinen Freund Pablo dabei ganz fest an sich. Es tat ihr gut, den warmen Körper zu spüren. Sein kleines Herz pochte friedlich und alle seine Muskeln waren entspannt. Es war total deutlich: Sabine gab ihm Sicherheit, Liebe, Geborgenheit.

Er hatte durch sie ein Zuhause gefunden. Und er brauchte sie. Wenigstens er.

»Dumme Frage«, überlegte Sabine weiter. »Du hast bestimmt kein Problem, eine Hundedame zu finden. Es ist ja auch leicht. Du gehst mir ihr ins Gebüsch und das war's. Du musst schließlich nicht fünfundzwanzig Jahre und mehr mit ein- und derselben Hundefrau aushalten. Du kannst einfach deinen Spaß haben, wieder verschwinden und niemand zieht dich dafür zur Rechenschaft.«

Mit dem Tier im Arm stand Sabine vorsichtig auf und holte sich eine Flasche Wein aus dem Zimmerkühlschrank. Dann setzte sie sich genauso vorsichtig erneut auf den Balkon.

»Flirten muss ich garantiert erst wieder lernen«, führte sie ihren seltsamen Monolog weiter, während sie sich ein Glas einschenkte und genüsslich daran nippte. »Weißt du, mein kleiner Hundefreund, ich habe gar keine Vorstellung, wie der Mann aussehen sollte, um den ich mich bemühen würde, wenn das überhaupt im Moment ein Thema für mich wäre. Nach den Jahren Ehe mit Frank ist meine Fantasie nicht mehr trainiert.«

Sabine nickte erschöpft. Ihr fiel einfach nicht ein, wie es für sie weitergehen sollte. Sie griff nach ihrem Laptop, gab Olgas Namen ein und schaute sich das hübsche Ding auf der Firmenwebsite an. Sie war wirklich sehr jung und relativ hübsch. Wie musste sie sich fühlen, mit diesem alten Mann im Bett? Brr. Sabine schüttelte den Kopf. Das hätte ihr in diesem Alter nicht passieren können. Mit Anfang zwanzig waren Sechzigjährige für sie alte Leute gewesen, mit denen man alles machte, aber auf keinen Fall Sex.

Sie wusste nicht, wie lange sie da so saß, am Wein nippte, den Hund streichelte und darüber sinnierte, wie sich Olga fühlte und in welchen Armen sie selbst in irgendeiner Zukunft künftig aufwachen könnte. Erst das Telefon holte sie aus ihren Gedanken: Antonio.

»Guapa, meine Hübsche, der Platz an der Bar ist frei, das Getränk gekühlt und wird in fünfzehn Minuten serviert.«

»Du, ich kann nicht, ich bin nicht in Stimmung«, versuchte Sabine, sich herauszureden.

»Blödsinn, ich will das nicht hören. Eine schöne Frau ist immer in Stimmung zu flirten. Also komm.«

»Antonio, ich verderbe nur den anderen die Laune!«

»Papperlapapp, nichts da. Ich glaube nicht, dass dein Mann gerade in einem kleinen Hotelzimmer vor sich hin jammert und an eure verflossenen Ehejahre denkt. Ich könnte mir vorstellen, dass er etwas ganz anderes macht ...«

»Antonio!«, fuhr Sabine ihn barsch an, entschuldigte sich aber sofort für ihren unfreundlichen Ton. »Du hast ja recht, wenn es doch bloß nicht so wehtun würde.«

»Ich weiß«, versicherte ihr Antonio. »Und genau deshalb warte ich ja auf dich.«

»Aber es ist doch eine Singleparty!«, warf Sabine noch ein.

»Und? Was passt daran nicht?«

»Antonio, du bist im Moment eine Spur zu ehrlich!«

»Guapa, Augen verschließen bringt nichts.«

Aber Sabine war nach wie vor unschlüssig. Was sollte sie in ihrer Stimmung auf einer Party?

Okay, dachte sie schließlich, irgendwie hatten ja alle recht. Ganz tief im Herzen hatte sie sogar Lust, unter Leute zu gehen, was sicherlich auch daran lag, dass sie bereits eine halbe Flasche Wein intus hatte.

»Ich komme, bis gleich«, rief sie sogar recht fröhlich ins Telefon.

Danach setzte sie den mittlerweile dauergestreichelten Pablo vorsichtig ins Körbchen, tänzelte etwas unsicher zum Schrank und holte das hautenge rote Schlauchkleid hervor, das sie für besondere Anlässe mitgebracht hatte. Dazu passten die hohen cremefarbenen Sandalen perfekt. Die Haare waren fix frisiert, der Lippenstift in Windeseile aufgetragen. Ein Blick in den Spiegel machte ihr Mut. Sie durfte nur nicht darüber nachdenken, was sie vorhatte, denn das Wasser stand millimeterdicht hinter ihren Augen. Eine falsche Erinnerung, und ein Tränenschwall würde das mühsam zusammengezimmerte Gebilde namens Sabine Wächter zusammenbrechen lassen. Sie war auf dem Weg, sich auf einen möglichen Flirt einzulassen. Das konnte sie unmöglich jetzt zu Ende denken.

Schwermütig warf sie Pablo eine Kusshand zu, schnappte ihre Tasche und machte sich auf den Weg. Gut, sie sah vielleicht recht passabel aus, aber ihr Herz war eine klaffende Wunde.

KAPITEL 6

»Hola, Sabina!« Antonio winkte Sabine sofort an die Bar, als er sie am Eingang des Restaurants entdeckte.

Sie schätzte, dass circa fünfzig angebliche Singles an den Tischen saßen und sich mehr oder weniger gut gelaunt unterhielten. Insgesamt schien die Stimmung prima zu sein. Im Hintergrund lief dezent spanischer Swing, es gab ein leckeres Tapas-Büfett und große Karaffen mit Tinto de verano, diesem herrlich erfrischenden Sommergetränk aus Rotwein, Eiswürfeln und Zitronensprudel. Ideal für die heiße Jahreszeit. Die große Fensterfront zum Garten war geöffnet, der warme Sommerwind brachte die nötige Abkühlung und man konnte sich wie auf einer überdachten Terrasse fühlen. Ein Paar schien sich schon gefunden zu haben, denn die beiden spazierten bereits durch den Garten, aufgedreht und kichernd wie Schulkinder.

Hoffentlich würde sie sich nicht auch irgendwann einmal so aufführen, weil sie glaubte, sich verliebt zu haben, kam Sabine gerade in den Sinn, und prompt spürte sie wieder den »Es ist aus mit Frank«-Stich im Herzen.

Sie musste es lassen, auf der Stelle, appellierte sie an sich und setzte sich an den von Antonio freigehaltenen Platz. Das

Schöne: Zum feinen Weinglas lag auch eine rote Rose auf ihrem Namenskärtchen.

»Für die schöne Señora de Alemania«, säuselte Antonio. Keine Frage, er war im Dienst und da gab es keine tiefsinnigen Bemerkungen mehr.

»Hallo, ich bin Bernd und Rot steht Ihnen ausgezeichnet!« Die tiefe Männerstimme kam für Sabine völlig unerwartet. Sie musste so in Gedanken gewesen sein, dass sie den Mann auf dem Platz neben sich gar nicht wahrgenommen hatte.

Er hob das Glas, prostete ihr zu. »Auf einen schönen Abend!«

Sabine nickte irritiert. *Das ist jetzt aber arg schnell,* dachte sie, spielte jedoch geistesgegenwärtig mit. »Ich bin Sabine und ja, auf einen schönen Abend.«

Sie stieß mit ihrem Glas an und sah dann Bernd gekonnt in die Augen. *Geht doch,* motivierte sie sich, war sich aber sicher, dass sie diese Lockerheit der halb geleerten Weinflasche oben auf ihrem Balkon verdankte. Bernd war ein attraktiver Mann. Sie schätzte ihn auf Ende vierzig. Er hatte mittelblondes welliges Haar und herrlich strahlende blaue Augen. Da er akzentfrei Deutsch sprach, war er eindeutig ein Landsmann. Er war schlank, trug ein graues Hemd, weiße Chinos und, wie sie mit einem diskreten Blick nach unten registrierte, schwarze Slipper. Sie mochte diesen lässigen Stil.

»Sind Sie schon länger auf der Suche?« Sabine preschte für sich selbst ungewohnt flott nach vorn: »Ich meine auf Partnersuche. Das ist doch hier ein Single-Event!«

»Ich mag solche Veranstaltungen. Sie sind klar und ehrlich. Aber«, er nippte an seinem Glas, »wir sind hier alle per Du.«

»Natürlich«, antwortete sie rasch, denn sie fühlte sich ein wenig ertappt. »Meinen Sie … meinst du denn, dass alle hier auch wirklich Singles sind?« Wenn er schon ihre erste Frage nicht beantwortet hatte, dann vielleicht diese. Sie sah ihn auffordernd an.

Bernd lächelte und überging sie ein weiteres Mal. »Zumindest für den Moment sind sie Singles«, meinte er vielsagend und strahlte sie an. »Und was lehren uns die Buddhisten? Lebe den Augenblick.«

»Das klingt aber ziemlich unverbindlich«, gab Sabine zu bedenken. Sie rutschte nervös auf ihrem Hocker hin und her und zupfte sich wiederholt eine Haarsträhne aus der Stirn. Hoffentlich merkte ihr Gegenüber nicht, dass sie im Flirten aus der Übung war, überlegte sie, und bekam zu allem Übel noch einen Schluckauf, den sie nur mit großer Mühe unterdrücken konnte.

»Muss denn alles für die Ewigkeit sein?«, entgegnete Bernd und schien Sabines Zappeligkeit gar nicht zu bemerken. »Es lässt sich doch nicht immer alles vorhersehen.«

Sabine nickte und war froh, dass Bernd so entspannt weitersprach. »Aber man möchte ja wissen, woran man ist, wenn man zu so einer Veranstaltung geht.«

»Das weiß man doch. Mann sucht Frau und umgekehrt. Das Ziel ist klar definiert.«

Sabine spürte, dass sie ruhiger wurde. Bernds gelassene und natürliche Art nahm ihr die Unruhe, daher konnte sie ganz locker darauf eingehen. »Aber die Leute hier wünschen sich bestimmt eine Partnerschaft und keine unverbindliche Affäre, sonst würde man die Veranstaltung ja anders nennen.«

»Richtig, allerdings kann man doch unverbindlich anfangen. Und dann muss man den Dingen eben freien Lauf lassen.«

»Das funktioniert bloß, wenn die Voraussetzungen dafür gegeben sind.«

»Was bei uns beiden zum Beispiel der Fall ist: Wir sind uns sympathisch. Nur so kann es beginnen, das spannende Spiel mit den Gefühlen.«

Sabine lächelte. »Stimmt, wir sind uns sympathisch«, wiederholte sie vielsagend und blühte mit jedem Satz mehr auf. Es machte ihr Spaß, sich mit diesem Bernd die Bälle hin und her zu werfen. Und ihm schien es genauso zu gehen. Sie genoss die Zeit mit ihm und ihrem leckeren Drink.

»Was machst du denn, wenn du nicht gerade auf Partnersuche bist?«, wollte Sabine wissen, stützte lässig den Arm auf den Tresen und spielte mit ihrem Strohhalm im Glas.

»Ich baue Oliven und Wein an und habe eine Bodega, also eine Weinhandlung mit Ausschank.«

»Wow, das klingt ja spannend«, meinte sie mit aufrichtiger Begeisterung. »Das ist bestimmt ein herrlicher Beruf, zumal du in so einer wunderbaren Umgebung arbeiten kannst. Und wie lange machst du das schon?«

»Sieben Jahre. Damals bin ich auf die Insel gekommen und habe einen kleinen Anbaubetrieb übernommen. Aber ich bin kein Aussteiger, sondern komme aus einem Traditionsbetrieb in Rheinhessen.«

Sabine sah ihn interessiert an und nickte zustimmend, als er mit fragendem Blick nachhakte, ob er noch eine Runde bestellen sollte. »Du bist also ein Vollprofi?«

»Ja, zumindest habe ich reichlich Erfahrung.« Bernd signalisierte dem Barkeeper, dass er zwei neue Getränke wünschte. Er legte ihr seine Visitenkarte hin. »Hier hast du alle Infos. Besuch mich doch mal. Ich würde mich freuen, dir meine Bodega zu zeigen.«

»Bodega Alfredo«, las Sabine laut, bevor sie die Karte in ihre Tasche steckte. »Vielen Dank, ich habe gesehen, dass es gar nicht weit weg von mir ist. Ich nehme das Angebot sehr gern an.«

So einen Weinanbaubetrieb stellte sie sich faszinierend vor. In ihrem Kopf dudelte spanische Musik und schnatternde Frauen schnitten im Sonnenlicht die üppig wachsenden Trauben von den Rebstöcken und legten sie vorsichtig in ihre Weidenkörbe. Später wurde die Ernte in große Gefäße geschüttet und in ratternden Maschinen zu rotem und weißem Rebensaft vergoren, der in der mit dunklem Holz stilvoll eingerichteten Bodega von Gästen aus der ganzen Welt verkostet wurde. Es roch nach alten Holzfässern und kostbarem Wein, und die fröhlich und ausgelassen wirkenden

Gäste genossen an kleinen Holztischen, was man in der Region an wohlschmeckenden Köstlichkeiten zu bieten hatte.

Bernd machte sie neugierig und sie stellte weitere Fragen.

»Was gefällt dir denn an deinem neuen Leben besser?«

»Oh, sehr viel!« Bernd blieb ungebrochen gesprächig. »Ich habe hier auch Stress, keine Frage. So ein Betrieb muss gut durchorganisiert sein. Das kostet Zeit und Planung. Und natürlich läuft auch hier nicht immer alles glatt. Nur weil die Sonne scheint, hat man hier ja nicht weniger Alltagsprobleme. Aber man wird besser damit fertig, weil Licht und Wärme guttun und die Menschen gelassener sind, immer Zeit für einen Schwatz haben. Es stimmt, was man so hört: Hier arbeitet man, um zu leben, und nicht umgekehrt.«

Er lachte Sabine ausgesprochen freundlich an und sie spürte, dass Antonio recht behalten würde. Es war richtig, unter die Leute zu gehen und nicht allein sein Elend zu beweinen.

Bernd war allerdings auch ein ausgesprochen angenehmer Gesprächspartner, der den Faden nie aus der Hand gab und ständig unverkrampft weiterplaudern konnte.

»Der Vorteil liegt auf der Hand«, fuhr er fort. »Man regeneriert hier einfach schneller. Ich sehe von meinem Arbeitsplatz aus das Meer, den Strand, fröhliche Menschen. Das macht viel aus.«

»Und was treibt dich hier hoch ins Gebirge?«

»Das Event!«, antwortete er knapp.

Sabine verstand. Er suchte eine Partnerin und es war ihm kein bisschen peinlich, das zuzugeben. Bei ihr war die anfänglich empfundene Peinlichkeit auch längst verflogen. Sie hatte sich ja schon länger vorgenommen, offener und freier zu werden und sich nicht mehr ständig von den Gepflogenheiten der Kleinstädter eingrenzen zu lassen. Für Franks Position war es wichtig, dass seine Frau nicht unangenehm auffiel. Aber für Frank war sie nicht mehr wichtig. Warum sollte er es dann für sie sein? Freiheit galt für beide und sie lebte ihre gerade aus, zumindest ein klitzekleines bisschen.

Beschwingt wippte sie mit dem Fuß nach der Melodie und ließ es sich nicht nehmen, ihrem Flirtpartner weiter ein Loch in den Bauch zu fragen. So erfuhr sie, dass er geschieden war, gern Rennrad fuhr und ein geübter Schwimmer war.

»Dann kann ich mich ja in die Fluten stürzen und du rettest mich.« Sie merkte selbst, dass ihr Scherz allerhöchstens mittelmäßig war, und kicherte verlegen.

Aber Bernd ging darauf ein. »Ich rette dich gern, nicht nur aus den Fluten.« Mit einem Augenzwinkern kam er beim Anstoßen bedrohlich nahe.

Sie roch sein Rasierwasser, gemischt mit seinem Atem, und ein leichtes Kribbeln breitete sich in ihr aus.

Puh, damit hatte sie nicht gerechnet. Ihr Körper reagierte, fand Gefallen am knisternden Spiel.

»Was fasziniert dich an einer Frau?«, fragte sie und bemühte sich, ihre Stimme sogar ein bisschen verführerisch klingen zu lassen. Diesen Satz hatte sie kürzlich in einem Liebesfilm gehört und fand, dass er sich wunderbar hier einbauen ließ. Wenn die Voraussetzungen passen würden, könnte sie jetzt auch mit dem Finger in einer ihrer seidig-weichen Locken drehen, genauso, wie es die Protagonistin im Film vorgemacht hatte. Aber bei einer Kurzhaarfrisur wie ihrer ging das nicht, leider. Also beugte sie sich ein Stückchen nach vorn, sodass ihr Dekolleté etwas besser zur Geltung kam, und fühlte sich ein bisschen wie ein Ensemblemitglied der Hamelner Theaterspielgruppe. Wie gut, dass sie hier niemand kannte.

Bernd nahm den nur laienhaft hingeworfenen Verführungs-Ball sofort auf, indem er sie von oben bis unten musterte.

»Die Antwort darauf gebe ich dir vielleicht später mal.«

Sabine war zufrieden, sie passten beide auf die Hobbybühne.

Bernd nickte Antonio zu und bestellte noch einmal zwei Drinks. »Ich habe so viel von mir erzählt. Was machst du hier auf der Insel? Bist du im Urlaub?«

»Ich besuche eine Freundin, die hier in der Nähe eine Finca hat«, antwortete sie. »Leider ist sie momentan ausgebucht und ich bin in diesem zauberhaften kleinen Hotel gelandet.«

Sabine hielt nach Antonio Ausschau, der nicht mehr hinter der Bar stand, nachdem er ihnen die neuen Getränke gebracht hatte. Sie fühlte sich wohler, wenn er anwesend war. Die Luft war trotz der frischen Brise warm. Aus dem Lautsprecher klang ein spanischer Schmusesong und Sabine konnte trotz ihres Kummers den Moment genießen.

Ja, es stimmte, sie fühlte sich wohl, sehr wohl sogar. Nur ganz selten flogen ihre Gedanken zu Frank. Sie konzentrierte sich auf das, was war, und war Antonio mehr als dankbar, dass er sie fast schon genötigt hatte herunterzukommen. Es war die beste Idee gewesen und lenkte sie tatsächlich von der größten Krise ihres Lebens ab, zumindest für den Augenblick.

Bernd war aufmerksam, rief zuverlässig die Bedienung und bestellte neue Getränke, die Sabine auch immer entspannt wegsüffelte.

»Prost, auf uns und die Liebe!« Er musterte sie mit einem verführerischen Blick. »Und was machst du, wenn du dich auf der Insel verliebst?«

»Leben geschieht, sagt meine Freundin Lisa immer. Man kann nichts planen. Es kommt sowieso nie so, wie man es sich vorstellt.«

»Ach so, Frau Tausendsassa entscheidet dann spontan?«

»Genau, man muss das Leben zulassen. Wenn ich mich verknalle, finde ich eine Lösung, ganz sicher.« Sabine wunderte sich selber, wie selbstbewusst sie plötzlich daherredete. Aber okay, eigentlich stimmte es sogar. Sie war wirklich immer schnell auf dem Weg zu einer Lösung. Ausharren und lange um den heißen

Brei herumreden, das lag ihr nicht. Entscheidungen zu treffen hatte sie im Leben gelernt, zwischen Job, Familie und Alltag, und vor allem, weil sie ständig alles allein entscheiden musste. Frank war viel zu sehr mit seiner Arbeit beschäftigt und für Probleme jenseits der Firma kaum ansprechbar gewesen. Sobald ein Problem auf den Tisch kam, war Sabine diejenige, die es lösen musste. Und sie schaffte es, allerdings nur, und das sah sie ganz klar, weil Frank da war. Er steckte den Rahmen ab, in dem sie sich beweisen konnte. Ein Leben ohne ihn, das war, als ob sie statt im Bassin im Ozean schwimmen müsste. Allein und ohne Rettungsring. Unmöglich! Sie schluckte trocken, weil erneut die Verzweiflung in ihr hochkroch. Sie konnte sich partout kein Leben ohne Frank vorstellen.

»Huhu, träumst du dich gerade weg? Komm mal wieder zurück.« Bernd wischte ihr mit der Handfläche vor den Augen hin und her.

»Und? Wieder im Diesseits?«

»Hui, ja klar, sorry!« Sabine war erleichtert, dass Bernd sie aus den trüben Gedanken holte. Sie genoss diese Zuwendung, aber auch die Nähe zu diesem Mann, ach vermutlich zu jedem Mann. In diesen zwei Stunden an der Bar war jemand da, der sie liebenswert und vielleicht sogar begehrenswert fand. Das waren dringend nötige Streicheleinheiten für ihre geschundene Seele.

»Wohnst du allein hier im Hotel?«, wollte Bernd wissen.

Sie schüttelte den Kopf. »Nein, absolut nicht allein!«

Bernd wirkte überrascht. Die Antwort irritierte ihn sichtbar.

»Ich teile mir ein Zimmer mit meinem Hund«, flüsterte sie ihm leicht kichernd ins Ohr und spürte, dass ihr der Wein aus dem süffigen Sommergetränk mächtig in den Kopf zu steigen drohte.

»Und? Duldet er jemanden in deiner Nähe?«

»Leider nein.« Sabine lächelte. »Er will mich ganz für sich allein, zumal wir ein frisch verliebtes Paar sind.« Sie lächelte vielsagend weiter, während sie erneut einen Schluck aus ihrem Glas nahm. »Mein Pablo ist mir erst gestern zugelaufen!«

»Na, dann gibt's ja noch keine großen Ansprüche an das schöne Frauchen«, führte Bernd das Spiel weiter und legte Sabine vertraulich die Hand auf den Unterarm.

Mittlerweile sah sie ihren charmanten Gesprächspartner zwar doppelt, hatte jedoch ansonsten nicht das geringste Interesse, aus ihrem ersten Flirt seit Jahren mehr werden zu lassen.

»Mein lieber Bernd«, versuchte sie, so artikuliert wie möglich zu verkünden, »ich glaube, ich habe einen Schwips, und es ist besser, wenn wir unsere zauberhafte Begegnung hier beenden.«

Etwas steif stand Sabine auf und – ups – musste sich gleich an der Bar abstützen.

»Soll ich dich auf dein Zimmer bringen?« Bernd wirkte ehrlich besorgt.

»Nichts da, große Mädchen finden auch allein nach Hause.«

»Müssen sie aber nicht, wenn sie meine Gäste sind!« Antonio stand plötzlich neben ihr und legte ihr beherzt den Arm um die Taille. »Ich bringe die Dame sicher nach oben.«

»Ach, Antonio, Zimmer sieben, aber das weißt du ja. Es ist ja dein Hotel!« Sabine merkte nun deutlich, dass sie nicht mehr klar artikulieren konnte, und schämte sich furchtbar vor Bernd. Sie hatte nur noch einen Wunsch, möglichst schnell und ohne Aufsehen dieser Umgebung zu entkommen. Sie winkte Bernd noch einmal neckisch zu, dann brauchte sie ihre ganze Aufmerksamkeit, um das Lokal in aufrechter Haltung zu verlassen. Sie fixierte den Ausgang, behielt ihn starr im Blick und stakste geführt von Antonio auf deutlich unsicheren Beinen aus dem Restaurant.

»O je, so solltest du dich aber nicht entspannen, Sabina. Ich musste dreißig Minuten lang an die Rezeption. Was hast du denn in der Zeit alles bestellt?«

»Ich habe doch nur Verano-Dingsbums getrunken, diesen Wein mit dem Saft, du weißt doch.«

»Ja klar, und wie viele Schnäpse zwischendurch?«

Sabine blieb plötzlich stehen, sah Antonio fragend an. »Schnäpse? Ich? Wie kommst du denn darauf? Ich trinke so etwas nicht.«

»Sabina!« Antonio verdrehte die Augen. »Ich rieche es bis hierher, dass du mindestens einen getrunken hast. Leugnen ist zwecklos.«

»Mag sein, dass Bernd noch etwas anderes bestellt hat, ich entsinne mich nicht. Auf jeden Fall war es lecker. Nun sei doch nicht so streng!«

»Bin ich nicht, aber morgen hast du garantiert Kopfweh. Du bist nicht an so viel Alkohol gewöhnt. Aber was ist schon morgen. Wir leben ja den Moment. Ich habe gehört, was du diesem Bernd alles erzählt hast.«

»Du hast gelauscht, mein Lieber, Du, du, du!« Wie eine strafende Lehrerin baute sich Sabine vor Antonio auf. »Darfst du lauschen?«

Aber Antonio ignorierte ihre Frage und schob sie einfach weiter die Treppenstufen hinauf, bugsierte Sabine über den Flur in ihr Zimmer und schaffte es in Windeseile, sie auf ihr Bett zu setzen. Er streifte ihr noch die Sandaletten ab und schob sie sanft zurück in die Kissen.

»Wollen wir noch ein Gläschen trinken?« Sabine zeigte mit der Hand auf die Weinflasche auf dem Balkontischchen. »Der kanarische Rotwein ist ex… zell… echt gut.«

»Danke, Sabina, für heute ist es genug. Du solltest schlafen.« Er zwinkerte ihr zu, ging dann schnell zu Pablo und streichelte ihm über den Kopf. »Komm, ich lasse dich noch fix in den Garten und dann passt du heute Nacht schön auf dein neues Frauchen auf.«

Als Antonio wenige Minuten später den Hund wieder ins Zimmer ließ, war Sabine noch wach. Sie weinte still in ihr Kissen, damit er es nicht bemerkte. Der Alkohol machte sie rührseliger und trauriger, als sie sowieso schon war. Sie vermisste ihren

Mann und hatte mächtig Angst vor einer Zukunft ohne ihn. Wie sollte ihr Leben weitergehen? Als sie hörte, dass Antonio die Tür hinter sich zuzog, rappelte sie sich noch einmal auf und schenkte sich ein großes Glas Wasser ein, das sie in einem Zug leerte. Dann setzte sie sich zu Pablo ans Körbchen und erzählte ihm ihr Leid noch einmal und ganz ausführlich, damit wenigstens er genau wusste, wie sie sich fühlte.

Irgendwann war sie so müde, dass sie sich die Decke vom Bett zerrte und neben dem Körbchen einschlief. Mit der linken Hand hielt sie Pablos Pfötchen umschlungen. Sabine konnte sich nicht vorstellen, dass es irgendjemandem auf der Welt schlechter ging als ihr. Sie lag mit einem kleinen kanarischen Mischling beim Hundekörbchen, ohne Zukunft, ohne Hoffnung, dafür mit Bauchgrummeln, Tornados im Kopf und der Gewissheit, sich auch noch mächtig blamiert zu haben. Das Letzte, was sie murmelte, bevor sie schnarchte, war: »Sabine Wächter, du bist am Ende.«

***

»Ich bin so froh, dass ich dich endlich bei mir habe, meine Liebe. Meine Damen habe ich heute früh verabschiedet. Sie machen noch ein paar Tage Strandurlaub, bevor es zurück in die Heimat geht.«

Lisa hatte auf ihrer Terrasse den Frühstückstisch mit hellblauem Geschirr besonders hübsch eingedeckt und einen lachsfarbenen Rosenstrauß dazugestellt. Jetzt verteilte sie noch duftendes Rosmarinkraut als Dekoration auf den Tellern.

»Hier, dein Kaffee!«

Lisa schenkte Sabine Milch dazu ein und strich ihr dann aufmunternd über das Haar. »Geht es dir besser? Also, gestern Abend hatte es ja keinen Sinn mehr, mit dir zu sprechen. Ich hatte Antonio noch angerufen, weil ich dich nicht erreichen konnte, aber er hatte auch nur gemeint, ich solle dich einfach deinen Rausch ausschlafen lassen. Er kümmere sich um alles und heute früh wärest du ja sowieso bei mir.«

»Oh, Lisa, bitte lass uns dieses dunkle Kapitel in meinem Leben vergessen. Ich schäme mich sowieso schon genug. Du weißt doch, dass ich nicht viel Alkohol vertrage. Ich trinke nur ganz selten etwas.«

»Das dachte ich eigentlich auch immer«, zog Lisa sie auf. »Aber seit gestern Abend bin ich mir nicht mehr sicher.«

»Lisa!«, maulte Sabine lautstark. »Sag doch nicht so etwas.«

Sie fasste sich mit schmerzverzerrtem Gesicht an den Kopf. »O mein Gott, mein Schädel brummt wie verrückt, aber das hat mir Antonio ja auch prophezeit.« Sie stützte den Kopf in ihre Hände und seufzte leise auf. »Was Pablo wohl von mir gedacht hat, der arme Kerl muss sich entsetzlich für mich schämen. Aber er lässt mich trotz des Ausrasters nicht im Stich, sondern bekennt sich weiter zu mir.« Mit der Hand griff sie zur Seite und strei-chelte Pablo, der friedlich zu ihren Füßen hockte und mit hellwa-chem Blick die Umgebung vor Gefahren absicherte, während sein Kumpel Benny genüsslich im Schatten eines Orangenbaumes seinen Frühstücksschlaf hielt. »Du bist ein echter Freund, mein Lieber«, flüsterte Sabine und verzog kurz das Gesicht. »So ein Kater kann ganz schön wehtun«, jammerte sie leise.

»Ich will ja wirklich nicht meckern, aber es war auch komisch, als ich dich heute Vormittag neben dem Hundekörbchen fand.«

»Lisa!«, zischte Sabine noch ein bisschen energischer als zuvor. »Ich möchte, dass du das vergisst.«

»Nee, nee, das kann ich nicht. Es war ein einfach unvergess-liches Bild. Meine ach immer so akkurat auftretende Freundin lag friedlich schlummernd im Hundebett, notdürftig zugedeckt mit ihrer Decke. Aber das verschmierte Make-up und der im ganzen Gesicht verteilte Lippenstift waren das untrügliche Zeichen eines feuchtfröhlichen Abends.«

»Lisa«, ermahnte Sabine die Freundin erneut. Aber die war nicht zu bremsen. »Du hattest den armen Pablo wie ein Stofftier im Arm und der Bursche hielt sogar still. Ich möchte nicht wissen, was du dem gestern alles anvertraut hast. Vermutlich wusste er gar nicht, dass du exzessiv Schnaps trinkst.«

»Ich hatte nur Weinschorle!«, warf Sabine ein und rückte mit dem Stuhl ein Stückchen weiter in den Schatten, weil sie die Sonne im Moment gar nicht ertragen konnte. »Es waren zwei … oder drei … Ach, ich weiß es nicht mehr.«

»Jaja, diese durchsichtige Schorle, die man aus kleinen Gläsern kippt. Schon gut, meine Liebe. Vergiss nicht, dass ich mit Antonio befreundet bin und wir keine Geheimnisse voreinander haben.« Lisa nippte am Kaffeebecher und schob Sabine ein leckeres Rührei hin. »Hier, iss mal etwas. Das wird deinem Magen guttun. Du musst wieder auf die Beine kommen. So eine Alkoholvergiftung in deinem Alter schlaucht.«

»Alkoholvergiftung«, äffte Sabine ihre Freundin nach. »Als ob ich nach einem Abend zur Trinkerin werde.«

»Das passiert doch schleichend«, ließ sich Lisa nicht bremsen.

»Ich passe!« Sabine gab auf. »Ich kann im Moment keine Schlacht gewinnen.«

»Kein Wunder, du bist ja auch vom Pferd geplumpst!«

Lisa servierte den Toast. »Jedenfalls hast du brav zugesehen, wie ich deine Siebensachen eingepackt habe, und bist auch ziemlich wortkarg ins Auto gestiegen. Aber komm, stärke dich, und dann wollen wir mal sehen, dass wir dich wieder in den Sattel hieven. Probier das mal, leckeres Basilikumbrot, natürlich hausgemacht, extra für dich.«

Die beiden saßen auf Lisas Terrasse, eingerahmt von meterhohen Kakteen und herrlich duftenden Kübelpflanzen. Die schlichte Korbbestuhlung hatte kunterbunte Kissen mit Blumenmustern und über allem spannte sich ein pinkfarbenes Sonnensegel.

Lisa hatte eine Zeit lang in Indien gelebt und liebte die Farben und Muster Asiens. Deshalb standen in zwei Ecken auch große Buddhafiguren und ein farbenfroh bemalter Holzelefant.

Sabine mochte das Wohnflair, das Lisa scheinbar beiläufig zauberte. Sie konnte auch gut mit dem liebevollen Chaos umgehen, das die ganze Finca umgab. »Künstler erstickt Ordnung«, sagte Lisa gern und kultivierte so ihre Unordnung. Sabine hatte sich oft gefragt, was zuerst gewesen war: Der Hang zur Unordnung oder die Neigung zur Kunst. Zumindest war Lisa schon in der Schulzeit immer etwas chaotisch gewesen. Sabine hatte sich auch gleich wieder an die gemeinsamen Jugendjahre erinnert gefühlt, als sie ihr Gästezimmer bei Lisa bezogen hatte. Der Raum war schön, keine Frage, aber an einer Truhe fehlte ein Knopf, der Türgriff klemmte und die Fenster hatten abgesplitterte Farben. Für Lisa spielte das alles keine Rolle. Das war bereits in der Schule so gewesen, wenn sie abgebrochene Stifte und von Tee bekleckerte Bücher dabeigehabt hatte. Sie tat solche Kleinigkeiten mit »Charme des Lebens« ab und verlor überhaupt kein Wort darüber. Sabine war anders. Bei ihr musste stets alles perfekt sein. Jede Vase hatte ihren Platz, jedes Eckchen war aufgeräumt. Sie mochte keine abgestoßenen Möbelecken oder nicht perfekt funktionierende Geräte. Gab irgendwo im Haus eine Glühbirne ihren Geist auf, konnte sie sich erst wieder wohlfühlen, wenn sie ausgewechselt war. Schon als Kind war Sabine ordentlich gewesen, aber das richtig Pingelige oder, wie Chrissi sagte, Pedantische, das hatte sie sich erst in den vergangenen Jahren angewöhnt. Frank nannte sie manchmal »kleinlich«, und Laurenz hatte sogar die Erklärung parat gehabt.

»Dir fehlen die richtigen Ziele«, hatte er einmal altklug gemeint. »Du verlierst dich im Detail, weil es das Große nicht gibt.«

Lisa hatte das am Telefon schon einmal so ähnlich formuliert, nur noch treffender und ganz präzise: »Du brauchst eine

Aufgabe, die dich ausfüllt. Deine Nickeligkeit ist Zeichen deiner inneren Langweile.«

In diesem Augenblick reichte sie Sabine die Kaffeekanne hinüber und schenkte nach. »Was willst du denn jetzt machen?«

»Ach, Lisa, wenn ich das wüsste«, seufzte Sabine, und ihre Stimme klang schwer. »Im ersten Moment war ich wütend, richtig wütend. Ich weiß nicht, was passiert wäre, wenn Frank vor mir gestanden hätte.« Kurz ballte sie ihre Fäuste unter dem Tisch. »Danach kam die Trauer dazu und heute sind mein Kopf und mein Herz nur noch leer. Wenn ich etwas spüre, dann ist es Angst. Ich weiß eben nicht, wie ich weitermachen soll.«

Sie sah ihre Freundin an. »Kann man so etwas verzeihen?«

Lisa atmete tief durch. »Weißt du, ich denke, verzeihen ist nötig, auch für einen selbst. Aber ich bezweifele, ob man wirklich einfach so weitermachen kann, ich meine, selbst wenn man es sich vornimmt und es sich ernsthaft wünscht.«

»Ich weiß auch nicht, ob ich das kann«, warf Sabine ein. »Verzeihen, gestern kam das für mich nicht infrage. Heute denke ich schon anders darüber. Aber rettet Verzeihen meine Ehe und will ich das überhaupt? Verzeihen heißt vergeben, gut. Aber was ist mit den zerstörten Gefühlen?«

»Na ja, es braucht Zeit. Wenn man sich Mühe gibt, kehren sie vielleicht zurück!«

»Und alles ist wieder so wie früher? Das glaubst du doch selber nicht.« Unabsichtlich war sie laut geworden und starrte betreten auf die Tischdecke.

»Hui, mach mal halblang. Es ist aber deutlich, wie verletzt du bist.«

»Ja, das bin ich, das ist wahr.« Sabine beruhigte sich wieder. »Frank macht unsere Hochzeitsreise mit seiner Geliebten! Kann einen ein Mann mehr hintergehen?«

Lisa nickte. »Leider hast du recht. Aber noch mal zu meiner Frage zurück: Was möchtest du jetzt machen?«

»Ich weiß es nicht, wirklich nicht. Manchmal möchte ich Frank einfach anrufen und zusammenfalten. Dann wiederum möchte ich nichts weniger, als mit ihm zu tun zu haben. Auf der anderen Seite will ich ihn in die Arme nehmen und alles vergessen. Ich denke, was ich am nötigsten brauche, ist Zeit. Deshalb habe ich mich auch bei ihm noch nicht gemeldet.«

»Das heißt, er weiß gar nicht, dass du es weißt?«

Sabine nickte. »Genau! Er schreibt mir belanglose Nachrichten und ich schreibe sogar genauso albern zurück. Ich will Zeit gewinnen, so wie du es mir geraten hast.«

»Auf jeden Fall, da pflichte ich dir bedingungslos bei. Das ist der richtige Weg. Aber sag mal, schwierige Frage, weißt du mittlerweile, ob es die erste Affäre ist?«

Sabine zuckte mit den Schultern. »Keine Ahnung, ich habe mir schon meinen Kopf zerbrochen. Gestern meinte Chrissi, Frank sei seit Langem verändert und es müsse eine richtige Beziehung sein. Zudem meinte sie, dass er mich seit Jahren betrügt. Ich weiß es nicht. Mir ist nichts aufgefallen.«

»Verschwende auch keinen Gedanken mehr daran. In meinen Augen brauchst du erst einmal Ruhe, Zeit und eine Perspektive. Ich habe immer gedacht, dass du …«

»… heile Welt willst. Ich weiß, den Vorwurf hat mir Chrissi auch gemacht, und sie hat recht damit. Ich mag es schön und kuschelig.«

»Das meinte ich aber nicht. Ich habe immer gedacht, dass du zu wenige Dinge machst, die du wirklich willst. Du kümmerst dich um deine Arbeit, dein Haus, deinen Mann, deine Kinder, deine Mutter und nun auch um Pablo. Aber horch doch mal in dich hinein, was da alles noch so los ist? Was möchtest du gern tun? Ich weiß, das ist schwierig, weil du dir schon lange nicht mehr solche Fragen gestellt hast, aber probier es doch mal. Lass Frank einfach los und nimm dich an. Deine Kinder sind groß, dein Mann ist auf Abwegen, aber du bist da – und um dich geht es. Also, schieß los, was könnte das sein? Was würde dir Freude machen?«

»Willst du mich therapieren?«, fragte Sabine unwillig.

»Nee, lieber coachen. Was möchtest du vom Leben, na, Süße, hast du die Antwort parat?«

»Bis gestern dachte ich: auf Safari gehen, in der Buchhandlung arbeiten und den Garten pflegen. Heute weiß ich nichts mehr.«

»Klar, du stehst ja auch unter Schock. Macht aber nichts. Wir gucken mal, aber das machen wir nicht hier auf der Terrasse, wir laufen ein Stück. Bewegung, Sauerstoff, all das knipst die kleinen grauen Zellen an.«

Lisa schnipste mit zwei Fingern vor Sabines Augen. »Komm, geträumt wird später. Sauerstoff tut auch deinem Kater gut.«

Wenig später spazierten sie über einen schmalen Steinweg in Richtung der Pinienwälder, vorbei an duftendem Wildem Fenchel, Löwenzahnbäumen und üppig ausufernden Ginsterbüschen. Bienen summten und Vögel zwitscherten. Benny und Pablo liefen brav ohne Leine und schienen sichtbar stolz zu sein, mit zwei so tollen Frauchen unterwegs zu sein.

Es war eine herrlich entspannte Stimmung. Sabine genoss es sehr, dass sich ihre Freundin so intensiv um sie bemühte. Sie stellte zwar unentwegt Fragen und Sabine strengte es an, ihr präzise zu antworten, zumal Lisa auch sofort nachhakte, wenn sie auszuweichen versuchte. Aber Sabine wusste ja, dass Lisa ihr helfen wollte, und deshalb riss sie sich einfach zusammen.

Herauskam, dass Sabine ganz offenbar zu sehr nach Franks Gusto gelebt hatte. Er wollte Urlaub auf Amrum, einen SUV fahren und ein Haus in einem Vorort, und genau so war es umgesetzt worden. Sabine liebte dagegen Boutique-Hotels im Süden, wendige Cabrios und Altbauwohnungen in der Innenstadt, und genau das hatte es nie gegeben. Je länger Lisa mit ihren Fragen alles auf den Punkt brachte, desto deutlicher verstand Sabine, was in ihrem Leben falsch gelaufen war: ihre Ehe mit Frank. Er hatte alles bestimmt und Sabine hatte alles mitgemacht. Selbst ihre Fotoambitionen hatte er nur belächelt, dabei war das eine der Leidenschaften, die sie ihm zuliebe immer unterdrückt hatte.

»Schön doof, verzeih, aber ich muss Chrissi zitieren. ›Du musst dich aus Papas Schatten lösen‹, das hatte sie dir doch gesagt und damit hatte sie völlig recht. Du bist schön doof, wenn du dich in deinem Alter weiter dominieren lässt. Immerhin haben wir herausarbeiten können, was du dir wünschst. Du ahnst nicht, wie wertvoll das ist. Mit einigen meiner Gäste kann ich eine Woche reden und kriege eigentlich nie eine Antwort. Sie wissen auch am Abreisetag partout nicht, was sie wirklich möchten. Da sind wir beide doch heute meilenweit vorangekommen.«

»Du machst das aber auch toll!«

»Ich helfe eben gern!«

»Es ist ein Talent, Dinge auf den Punkt zu bringen, und du kannst das.«

»Ich kann es, weil es aus dem Herzen kommt. Ich liebe es, Menschen zu coachen, und besonders liebe ich es, wenn ich diese Menschen auch noch lieben darf.«

»Ach, Lisa!« Sabine zog ihre Freundin am Ärmel und hielt sie fest. »Komm, lass dich mal umarmen. Ich bin so froh, deine Freundin sein zu dürfen. Du bist eine wunderbare Frau und ich danke dir von Herzen.«

Und so stand sie, Sabine Wächter aus Hameln, hier mit Lisa, der blonden Lisa aus der 7 b, auf einem einsamen Waldweg im Nordwesten der Kanareninsel Teneriffa und lehnte ihren brummenden Kopf an ihre Schulter und spürte Liebe und Geborgenheit. Frank war weg und sie war trotzdem irgendwie ganz zufrieden. Das Leben war merkwürdig.

»Sag mal«, holte Lisa sie aus ihren Überlegungen. »Du hast ja deine Fotopläne und zum Glück auch deine Fototasche dabei.

Magst du nicht bald loslegen? Die Fotos, die du beim Seminar gemacht hast, waren großartig. Einige der Damen haben mich schon nach deiner Nummer gefragt.«

»Ach, ich weiß nicht, vielleicht habe ich mir auch alles zu leicht vorgestellt und es geht gar nicht.«

»Geht nicht, gibt's nicht«, mahnte Lisa. »Wenn du Spaß am Fotografieren hast, dann fang endlich an.«

»Ich wollte die Big Five in Afrika fotografieren und hatte mir extra ein entsprechendes Objektiv gegönnt!«

»Ja, prima, stattdessen ist nun Pablo dein Motiv und Benny steht dir auch immer zur Verfügung. Ich habe ihn für dich gefragt. Wenn du magst, machen wir gleich einen Modelvertrag!« Lisa knuffte Sabine in die Seite. »Und? Geht's los?«

»Du hast ja recht. Warum kann man nur in Afrika fotografieren? Das geht doch auch auf Teneriffa und natürlich auch mit Pablo.« Sie kraulte dem kleinen Kerl den Kopf. »Na, du bist bestimmt ein niedliches Motiv, nicht wahr?«

Pablo blieb aufgeschreckt stehen, legte das Köpfchen schief und schaute sein neues Frauchen neckisch an.

»Wenn du jetzt auf den Auslöser gedrückt hättest, wäre das der Einstieg in eine Karriere à la Helmut Newton.«

»Wenn … richtig. Aber verpasst, leider. Ich steige eine Schublade tiefer ein, dafür gleich heute Nachmittag, versprochen.«

»Nach einer leckeren Tasse Kaffee bei Uschi, sieh mal, dort unten, da kannst du schon das Dach der kleinen Finca sehen. Uschi macht den besten Kaffee der Insel und heute macht sie den für uns beide. Apropos Pablo, auf seinen großen Check-up wartet dein Freund auch noch.«

»Ja, ich weiß, aber ich habe Angst vor unliebsamen Überraschungen, und etwas sagt mir, dass mich das in der Praxis einholt.«

Kapitel 7

»Na, mein Kleiner, da bist du ja wieder! Schön, dass dich dein aufgeregtes Frauchen doch noch einfangen konnte.«

Francisco stand in seiner Praxistür und hatte gerade im Wartezimmer Sabine und Pablo gesehen, reagierte aber keineswegs so grummelig, wie es Sabine erwartet hatte. Allerdings wirkte sein Lächeln professionell distanziert. Wahrscheinlich nahm er ihr den Auftritt doch noch auf die ein oder andere Weise krumm. Allerdings fiel ihr erst heute auf, dass er ein ausgesprochen gut aussehender Mann war. Er hatte kurzes, eisgraues Haar, einen Dreitagebart und trug eine ausgefallen kantige schwarze Brille. In seiner weißen Jeans, einem schwarzen Shirt und flotten Sneakers sah er ganz anders aus, als sich Sabine einen Tierarzt vorstellte. Francisco könnte auch die Hauptrolle in einer Vorabendserie spielen, überlegte sie.

Es war erst zehn Uhr in der Früh. Die Praxis hatte eben erst geöffnet und Sabine und Pablo waren die Ersten.

»Ich glaube, wir drücken einmal die Resettaste und gehen zurück auf Start, okay?«, sagte er und streckte Sabine wie als Versöhnungszeichen die Hand entgegen.

Gerne ergriff sie die Hand. Schließlich ging es um Pablo und offenbar trug Francisco ihr die Blamage nicht nach. Sogar

Pablo schien sich seines peinlichen Auftritts bewusst zu sein. Denn er saß ganz brav neben Sabine und beobachtete mit seinen dunkelbraunen Kulleraugen, was passierte.

»Ich weiß nicht, was alles zu Bruch gegangen ist, aber ich habe einiges mächtig hinter mir scheppern hören. Was darf ich Ihnen dafür geben? Ich möchte für den Schaden aufkommen, den wir bei Ihnen angerichtet haben.«

»Na, das war nur Kleinkram. Schön, dass Sie es anbieten. Aber es ist alles in Ordnung. Machen Sie sich darüber bitte keine Gedanken. Was kann ich denn für den kleinen Ausbrecher tun?«

»Lisa hat Ihnen ja erzählt, dass ich ihn im Garten des Hotels Esquina Sur gefunden habe. Ich möchte wissen, ob ihm etwas fehlt und ob ihn jemand vermisst. Lisa meinte, Sie könnten den Chip auslesen.«

»Ja, das kann ich. Dann kommen Sie mal herein und ich sehe mir den Kleinen erst einmal an.«

Francisco führte Sabine und Pablo in seinen Behandlungsraum. Sabine war beeindruckt, wie hochmodern er eingerichtet war.

»Wow, so etwas hätte ich mir in einer Tierklinik in Hannover vorgestellt. Das ist ja wie in einem Raumschiff.«

»Nicht ganz.« Francisco schmunzelte. »Aber aus einer Tierklinik komme ich, genauer aus einer in Köln. Nur zum Thema Raumschiff fehlt mir die Erfahrung.«

Er beugte sich zu Pablo hinunter, streichelte ihm kurz über den Kopf und hob ihn dann mit einer Hand auf die Behandlungsliege. Mit gekonnten Griffen kontrollierte er Augen, Zähne, Schleimhäute, Knochenbau.

»Der Knabe hier ist in bester Verfassung. Gut genährt und wohl gepflegt, circa drei bis vier Jahre alt. Er ist vermutlich wirklich ausgebüxt. Dann wollen wir mal sehen, ob wir dir und deinem Frauchen helfen können.«

»Fragt sich, wer das ist. Ich oder irgendjemand anders. Ganz offen, ich weiß gar nicht, ob ich überhaupt will, dass herauskommt, wohin er gehört. Ich möchte ihn eigentlich behalten.«

»Tja, das verstehe ich, aber …« Francisco sah Sabine ernst an, »die Haustiere sind gechippt, damit man die Besitzer ausfindig machen kann. Wir können das als Tierärzte nicht einfach ignorieren. Menschlich nicht, aber auch nicht rechtlich. Das Tier hat einen Besitzer und der hat Anspruch darauf, dass man ihn informiert, wenn man es ausfindig macht.«

Sabine nickte. »Ich weiß, ich wollte nur noch einmal betonen, dass ich Pablo auch behalte, oder besser, gern behalte.«

Francisco lächelte. »Das ist eine schöne Geste, dass Sie sich so in einen kleinen Hund verlieben und Verantwortung übernehmen wollen. Nun ist er aber auch ein besonders süßer Bursche. Aber lassen Sie uns mal sehen, was dabei herauskommt. Vielleicht wollen die Besitzer ihn gar nicht mehr zurück, weil sie keine Zeit haben oder die Insel verlassen wollen. Alles ist möglich.«

Francisco streichelte Pablo liebevoll hinter den Ohren, sprach ihn direkt an und tastete dabei gekonnt am Hals unterhalb des Ohres entlang und griff nach dem Chiplesegerät. Es surrte eine Sekunde. Das war's.

»Die Daten gehen an ein Zentralregister. Die melden sich recht schnell. Ich rufe Sie an, wenn ich etwas Neues habe, okay?«

Er eröffnete am PC ein Kundenkonto für Sabine und gab alle wichtigen Daten von ihr ein.

»Machen Sie Urlaub bei Lisa?«, fragte er zwischendurch.

»Ja, eine Woche voraussichtlich. Ich habe erst im Hotel gewohnt, bin inzwischen aber bei Lisa auf der Finca. Es ist noch nicht ganz klar, wann es zurückgeht. Vielleicht bleibe ich länger.«

»Sie waren bei Antonio, hat Lisa erzählt. Ja, es ist herrlich da oben in den Bergen. Aber Lisa wohnt auch wunderbar. Na, da können Sie beide es sich ja gut gehen lassen. Sie hat es sich dort sehr schön gemacht.«

»Lisa sagte, Sie kennen sich vom Tierschutz«, hakte Sabine nach. »Und können wir eigentlich Du sagen? Sonst fühle ich mich so ausgeschlossen.«

»Ja, gern, ich bin nur bei Deutschen immer etwas vorsichtig. Ich weiß ja, wie ernst der Unterschied in Deutschland genommen wird. Also …«, er streckte Sabine seine Hand entgegen, »ich bin Francisco und übrigens erst seit einem Jahr auf Teneriffa. Ich habe diese Praxis von einem Kollegen übernommen, der in den Ruhestand gegangen ist.«

»Du hast sicher sehr viel investiert«, sagte Sabine sofort und wies auf die hochmoderne Ausstattung.

»Ja, das stimmt. Ich bin das aus Köln gewohnt und habe fast alles neu gemacht. Aber es ist eine Investition in die Zukunft. Ich möchte hier alt werden. Aber zurück zu Lisa. Sie stand mit ihrem Benny quasi am ersten Tag in meiner Praxis und wir haben uns sofort angefreundet. Ich mag sie sehr.«

»Das habe ich umgekehrt auch gehört. Weißt du, dass wir uns aus der Schule kennen und später Kolleginnen waren?«

»Ja, sie hat mir natürlich von eurer alten Freundschaft erzählt, als sie deinen Besuch bei mir angekündigt hat. Aber dann lief ja alles etwas anders ab.«

»Das stimmt. Wir könnten uns doch mal zu dritt treffen, was meinst du? Da kann ich meinen Ausrutscher vielleicht wiedergutmachen – mit einem leckeren Essen. Ich könnte was kochen, wenn Lisa mich in ihre Küche lässt. Hast du Zeit und Lust?«

Sabine war überrascht, wie locker ihr gerade die Einladung über die Lippen geflossen war, doch sie hatte wirklich ein schlechtes Gewissen wegen des Schadens, den sie angerichtet hatte. Sie konnte sich nicht erinnern, schon einmal einen Mann so unverhohlen aufgefordert zu haben, sich mit ihr zu treffen.

Bevor sie mit Frank zusammengekommen war, war sie zu jung gewesen, um derart selbstbewusst aufzutreten, und anschließend wäre sie als treue Ehefrau niemals auf den Gedanken gekommen.

Lisas offene, fröhliche Art war offenbar ansteckend. Sie war erst ein paar Tage auf der Insel und schon dabei, sich an die kontaktfreudige Art der Südländer anzupassen.

Er schien einen Moment zu überlegen. »Wir können uns gern bei Lisa treffen. Meldest du dich? Oder ich? Ich habe ja jetzt auch deine Handynummer in meiner Kartei und per WhatsApp kommen wir schnell zusammen. Fragst du Lisa? Ich bringe einen köstlichen Ribera del Duero mit. Ich weiß, dass sie ihn liebt.«

»Dann bin ich gespannt, ob ich die Liebe teile«, entgegnete Sabine. »Bis bald.« Sie winkte Francisco lässig zu und wollte eben die Tür zum Wartezimmer öffnen, als ihr sein Grinsen auffiel.

»Pablo solltest du aber mitnehmen!« Er deutete auf die Liege.

Und wirklich, der kleine Kerl lag entspannt auf der Behandlungsliege und schien zuzuhören, was die beiden besprachen, denn er wanderte mit seinen Blicken aufmerksam zwischen Sabine und Francisco hin und her.

»Ich fasse es nicht«, stöhnte Sabine und hielt sich vor Schreck die Hand vor den Mund. »Ich war so auf unseren Wein konzentriert, dass ich fast den Hauptdarsteller des heutigen Termins vergessen hätte. O Mann, so nimmt man mir das tierliebe Neufrauchen aber nicht ab.«

»Ich schon«, beteuerte Francisco und hob Pablo von der Liege. Er gab Sabine die Leine. »Und schön festhalten«, ermahnte er sie.

»Jaja, so ein Durcheinander wie beim letzten Mal passiert mir nicht wieder.« Sie drehte sich schnell noch einmal um und sah Francisco an.

»Es tut mir leid, dass mein letzter Besuch so viel Chaos gebracht hat. Ich möchte mich noch einmal dafür entschuldigen.«

Francisco fasste ihr an den Arm. »Alles gut, mach dir keine Gedanken.«

Das Sprechzimmer schien sich gefüllt zu haben. Es wurde kräftig gejault, geknurrt, miaut.

»Ich glaube, dich erwartet Arbeit.«

»Das ist auch gut so«, meinte er. »Also bis bald, bei Benny und Co. in den Bergen.«

Noch am gleichen Abend meldete sich Francisco. »Ich habe eine Nachricht von Tasso bekommen«, berichtete er fröhlich.

Sabine stockte der Atem. Genau die wollte sie gar nicht hören. Aber sie konnte ihn nicht einfach abwimmeln, sondern musste wenigstens zuhören. »Was haben die denn herausbekommen?«

»Also, Pablo, der eigentlich Lucky heißt, kommt aus Andalusien und ist über eine Tierrettung nach München gebracht worden. Dort ist er auf eine Heike Schlüter angemeldet worden und ihre Adresse ist auch bei Tasso hinterlegt.«

»Heike Schlüter!«, wiederholte Sabine tonlos. »Heißt das, sie will jetzt ihren Hund zurück?«

In ihrem Magen begann es nicht zu grummeln, nein, es zog ein schwerer Sturm auf. Sie fühlte sich schlecht.

»Nein … das heißt, ich weiß es nicht. Diese Heike Schlüter ist nicht aufzufinden. Die Adresse, die bei Tasso hinterlegt ist, stimmt nicht mehr. Frau Schlüter ist weggezogen und hat keine neuen Angaben hinterlegt. Niemand weiß, wo die Dame sich aufhält.«

Sabine plumpste ein Stein vom Herzen, zumindest für den Moment. »Das heißt, man kann sie gar nicht fragen, ob sie Pablo beziehungsweise Lucky wiederhaben möchte?«

»Im Moment nicht, Sabine. Aber Tasso will sich bemühen herauszufinden, wo sie jetzt lebt.«

»Das ist nicht nötig«, sagte sie schnell.

»Ich weiß, dann hoffen wir mal das Beste für dich und den Kleinen. Ich melde mich wieder, sowie es Neuigkeiten gibt, aber wir sehen uns sowieso morgen oder übermorgen in den Bergen. Ich freue mich schon darauf.«

»Ich auch«, erwiderte sie leise, meinte es aber nicht wirklich so, denn sie verband mit Francisco plötzlich eine tiefe Furcht, ihren so schnell so lieb gewonnenen Gefährten zu verlieren, und das machte sie schier verrückt und leider auch ein bisschen ungerecht. Am liebsten wäre sie ihm ab sofort aus dem Weg gegangen.

***

»Frank!« Sabine musste sich setzen, so überrascht war sie. Ihr Handy blinkte hektisch und im Display leuchtete der Name ihres Mannes.

Sabine war allein auf der Finca. Lisa war unterwegs, um eine Kundin zu treffen. Die letzten Tage waren ruhig gewesen und Sabine hatte endlich etwas Kraft tanken können. Die meiste Zeit hatte sie sich einfach nur im Liegestuhl entspannt, viel nachgedacht und mit Pablo die umliegende Natur erkundet. Dabei hatte sie einige Fotos gemacht und Spaß daran gefunden, mit den Perspektiven zu spielen. Für große Ausflüge und Besichtigungen fehlte ihr der Mumm. Aber sie hatte ein paar Mal mit Sonja telefoniert und die beiden waren auf dem

Weg, gute Freundinnen zu werden. Abends hatte sie mit Lisa auf der Terrasse gesessen, geredet und ihr die Fotos gezeigt, die die Freundin jedes Mal begeistert hatten. Ein echter Lichtblick, weil sie nichts von dem Gelernten vergessen hatte. Es hatte ihr gutgetan, immer wieder das Geschehene Revue passieren zu lassen und dabei neue Erkenntnisse zu gewinnen. Lisa hatte das Internet nach Olga durchsucht und dabei ein aktuelles Foto aus Afrika entdeckt. Damit gab es nun so was wie Gewissheit, wer die geheimnisvolle Frau Wächter Nummer zwei war. Eine weitere bittere Pille, die sie schlucken musste.

Francisco hatte Wort gehalten und war einen Abend zum Abendessen gekommen. Sein mitgebrachter Wein war wirklich mehr als köstlich gewesen und die Stimmung auch. Francisco und Lisa hatten sich prächtig unterhalten. Sabine hatte eher die Zuschauerposition eingenommen. Die ganze unsichere Situation zerrte an ihr. Sie hatte Angst vor der Zukunft, davor, Pablo zu verlieren. Francisco schien allerdings auch noch an seiner Trennung zu knabbern, denn er sprach offen davon, sehr zurückgezogen zu leben. Er besuche zwar viele berufliche Termine, halte sich aber privat zurück. »Zu früh«, hatte er nur knapp bemerkt, und als Lisa Sabine zugezwinkert hatte, war ihr klar geworden, dass es besser wäre, das Thema auszusparen.

Bernd, der Singlemann, mit dem sie im Hotel den reizenden Abend verbracht hatte, hatte sich übrigens auch gemeldet, mit herrlich unbekümmerten WhatsApp-Nachrichten, die sie auch genauso fröhlich beantwortet hatte. Zum Glück hatte er ihren Alkoholabsturz nie mehr erwähnt.

Eine Entscheidung hatte Sabine allerdings schon getroffen; sie hatte ihr Rückflugticket storniert. Sie fühlte sich nicht stark genug, Frank und seine neue Freundin demnächst in Hameln zu treffen. Sie fühlte sich aber auch nicht stark genug, mit Frank zu sprechen. Und so starrte sie weiter den Namen an, der im Display blinkte, unfähig, auf die Annahmetaste zu drücken. Sie wusste natürlich, dass Frank heute zurückkommen wollte. Das angebliche Oslo-Seminar ging offiziell nur bis gestern. Die reale Afrikareise auch. Sie hatte alle Reisedaten fest im Kopf. Allerdings hatte sie sich auch vorstellen können, dass er noch ein paar Tage dranhängte und ihr ein neues Märchen auftischte, um vielleicht noch einen Abstecher nach Namibia oder Botswana zu machen. Genau diese Option hatten sie sich für die gemeinsame Reise nämlich offengehalten. Warum sollte sich Frank nicht daran erinnern und die Reise mit seiner Olga auch verlängern?

Es gab Momente, da traute sie ihm alles zu. Es gab aber auch Momente, da war sie in der Stimmung, ihm alles zu verzeihen.

Es war der erste Anruf seit zwei Wochen, denn während seines Afrikatrips hatte er ihr ausschließlich Nachrichten geschickt. Sie hatte nicht daran gerüttelt, aus Angst, sowieso kein Gespräch hinzubekommen. Wie ihr das jetzt gelingen sollte, wusste sie allerdings auch nicht, deshalb starrte sie nur mit klopfendem Herzen auf das Display und wartete darauf, dass das Blinken aufhörte, das Handy stumm blieb. Aber es gab lediglich eine kurze Pause.

Da, wieder. Frank war hartnäckig und ließ es erneut durchklingeln. Sie konnte das Telefonat nicht annehmen. Sie wusste einfach nicht, wie sie damit umgehen sollte. In ihrem Kopf liefen verschiedene Szenarien ab. Sie könnte ihn anschreien, beleidigen und beschimpfen, einfach bloß weinen oder auch die Scheidung ansprechen. Alles war möglich. Oder nichts, so wie momentan.

Mit klopfendem Herzen legte sie sich auf die Liege, die sie sich zwischen zwei Palmen gezogen hatte, um den Meerblick genießen zu können, schaute in den Himmel und suchte fieberhaft nach einem Satz zur Begrüßung. Oder war es besser, überhaupt nicht zu reagieren? Sollte er ihr doch hinterhertelefonieren, so lange er wollte. Es war nicht ihr Problem. Er konnte ja auch zu dieser Olga ziehen oder Olga zu ihnen ins Haus. Vielleicht war sie bereits da. Das Haus stand schließlich leer.

Frank! Es war sein dritter Versuch. Warum konnte er sich nicht vorstellen, dass sie einfach mal nicht erreichbar war? Seit fünfundzwanzig Jahren war er gewöhnt, dass sie da war, wenn er sie brauchte. Immer war sie gleich losgesprungen, wenn anrief und irgendwelche Wünsche äußerte. »Denkst du bitte daran, meine Sachen aus der Reinigung zu holen? Und wenn du schon mal in der Stadt bist, dann regele das doch mit meiner Anzughose, die gekürzt werden muss. Hast du dich eigentlich um Blumen gekümmert? Wir sind heute eingeladen …« Und, und, und.

Wie gut sie sich doch an diese Anrufe erinnern konnte, in denen er sie mit einem Wust von Kleinkram beschäftigt hatte. Ob sie gerade etwas vorgehabt hatte oder nicht, das war ihm dabei wurscht gewesen. Er hatte stets so getan, als würde sie den ganzen Tag lang nichts anderes machen, als auf seinen Anruf zu warten.

Wie konnte sie nur so dumm gewesen sein, schoss es Sabine durch den Kopf. Warum hatte sie nie richtig hingehört, wenn ihre Freundinnen sich darüber mokiert hatten, dass er sie mal wieder rücksichtslos behandelt hatte. »Der führt sich auf wie ein Pascha«, hatte ihre Mutter einmal kritisiert, und sie hatte daraufhin tagelang nicht mehr mit ihr gesprochen. »Er kann aber auch alles mit dir machen«, hatte auch Manuela, eine gute Freundin, vor einiger Zeit bemerkt, und Sabine hatte den Satz gar nicht verstanden, sondern nachgefragt, wie sie das denn meine. Aber ganz ohne Groll. Sie hatte wirklich keine Ahnung gehabt, wieso jemand so etwas in ihr Verhalten hineininterpretieren konnte.

Frank, der vierte Anlauf.

Sabine fühlte sich wie ein Kaninchen vor der Schlange und starrte das heftig blinkende Display an.

Bestimmt würde er sauer sein, weil sie nicht sofort ans Telefon ging. Sie sah die Situation genau vor sich. Er war frisch zu Hause angekommen, mit oder ohne Geliebte, und wollte bestimmt abklären, ob er aktuell sturmfrei hatte oder *die Alte* jeden Moment auftauchen konnte. Und wer mochte schon, dass die Ehefrau im Bad aufkreuzte, wenn man dort mit seiner Gespielin Duschspielchen trieb.

Sabine ging kräftig die Fantasie durch. Sie musste sich dringend ablenken und tat das mit einem tiefen Atemzug und einem entspannenden Blick auf den Atlantik. Denn in ihrem Inneren baute sich wieder dieses quälend schummerige Gefühl auf, das ihr seit der Horrornachricht aus Afrika schon so häufig zugesetzt hatte. Heute Nachmittag war das erste Mal gewesen, dass es ihr etwas besser gegangen war und sie sich zugetraut hatte, endlich mal längere Zeit an etwas anderes zu denken als an Frank und seine Trulla.

Frank, zum Fünften.

Also gut, sie konnte sich nicht länger wegducken, sondern musste sich der Realität stellen. Ohne groß weiter darüber nachzugrübeln, was gut war oder nicht, drückte sie die Annahmetaste und musste zu ihrer Überraschung auch gar nichts sagen, denn Frank überschüttete sie mit einem Wortschwall.

»Binilein, ich bin zu Hause und du bist nicht hier. Wo steckst du? Immer noch bei Lisa? Ich habe nicht mal ihre Nummer. Ich kann gar nicht in Worte fassen, wie sehr ich dich vermisse, mein Binchen. Oslo war superanstrengend, aber auch supererfolgreich. Komm bitte, bitte so schnell wie möglich zurück. Du bist ja schon über eine Woche bei Lisa. Das muss doch reichen. Ich brauche dich hier sooo sehr.«

Sie hielt das Telefon in der Hand und hörte aufmerksam Franks Stimme zu, der immer hektischer wurde. Wie klang er? Nervös? Unsicher? Selbstbewusst? Was hatte er vor? Zeitgleich lauschte sie in sich hinein. Was fühlte sie? Trauer? Schmerz? Wut?

»Liebling? Du sagst ja gar nichts? Bist du noch in der Leitung?«

Sabine richtete sich mit dem Hörer am Ohr auf der Liege auf, nahm einen Schluck von dem Saft und wunderte sich, dass zwar ihr Herz pumperte, aber ihr keine Tränen kamen.

»Jaja, ich bin bei Lisa und höre dir zu«, erklärte sie und merkte selber, dass ihr der Satz zu zickig herausgerutscht war. Eigentlich wollte sie viel charmanter klingen.

»Aber, Schatz, was ist denn? Geht es dir nicht gut?«

Und jetzt? Sollte sie sein Spiel mitspielen? Sich so doof geben, wie er sie einschätzte, und die Unwissende mimen? Warum? Sie hatte keine Lust mehr, sich länger einen Bären aufbinden zu lassen.

»Wie soll es einem gehen, wenn der Ehemann die Hochzeitsreise mit der Geliebten verbringt?«

Wow! Was für ein Satz! Ein Satz wie eine Ohrfeige. Sabine war richtig stolz auf sich. In den letzten Tagen hatte sie sich so viele Male ausgemalt, wie sie mit ihm sprechen würde. Wie sie ihn damit konfrontierte, dass er zwar weiter versuchen konnte, sie zu veralbern, sie aber längst alles wusste und ihm nun die Wahrheit um die Ohren haute. Mit aller Kraft und voller Wucht.

Es war ihr gelungen, denn ihr sonst so wortgewaltiger Frank war plötzlich verstummt. Sie hörte ihn noch einmal aufjapsen vor Schreck und dann schien die Leitung am anderen Ende tot zu sein.

»Was redest du denn da?«, hörte sie Franks Stimme wieder, laut, kräftig. Sie kannte seine Art, mit demonstriertem Selbstbewusstsein Leute einschüchtern zu wollen. *Pech gehabt*, dachte sie. Ihr waren all seine rhetorischen Tricks bestens bekannt. Da musste er sich schon etwas Neues einfallen lassen.

Und Frank schaltete sofort auf Angriff. Aber auch darauf war sie vorbereitet.

»Also, Schatz, ich finde es ziemlich anmaßend, dass du mich mit so einer dummen Klatschgeschichte konfrontierst. Hinter mir liegen zwei harte Arbeitswochen und dann komme ich nach Hause und zähle darauf, mal in den Arm genommen und verwöhnt zu werden, stattdessen muss ich mir hier Weibertratschereien anhören. Also, wenn das alles ist, was dir einfällt, wenn dein Mann dich anruft, dann ist es wirklich besser, dass wir ein anderes Mal sprechen. Ich verabschiede mich jetzt und du überlegst dir mal, ob du dich gerade richtig verhalten hast.«

Klick. Aus. Vorbei.

Frank hatte aufgelegt und von Sabine fiel die aufgestaute Anspannung ab und löste sich in einem Tränenfluss auf. Sie war enttäuscht. Von sich, weil sie es nicht besser gemeistert hatte und ihn mit einem 1 : 0-Sieg davonkommen ließ, und von ihm, weil er sie eiskalt betrog und ebenso eiskalt anlog und dann auch noch zurechtwies. Aber am meisten traf sie die Erkenntnis, die sie soeben gewonnen hatte. Denn es war ihr wie Schuppen von den Augen gefallen, dass Frank sie von jeher so behandelt hatte. Er führte sie vor wie ein Schulkind, das seine Hausaufgaben nicht gemacht hatte. »Überleg dir mal, ob du dich richtig verhalten hast.« Was fiel diesem Kerl eigentlich ein? Und was war mit ihr los, dass sie so lange gebraucht hatte, um zu erkennen, dass ihr Mann sie grundsätzlich wie ein schlecht erzogenes Kind abfertigte? Frank, der Mann, mit dem sie ein Vierteljahrhundert verheiratet war, war skrupelloser, als sie es erwartet hatte.

Umso erstaunter war sie, als sie erneut seinen Namen im Display ihres Handys blinken sah. Er rief noch einmal an. Das war neu. Offenbar plagte ihn ein schlechtes Gewissen.

Sabine wischte sich mit dem Handrücken die Tränen aus dem Gesicht, schluckte zweimal, setzte sich noch aufrechter hin und drückte auf die Annahmetaste.

»Ja, ist dir doch noch eingefallen, wo du gewesen bist?«, sagte sie mit bewusst betonter Stimme. »Es ist ja schön, dass deine Erinnerungen wiederkommen.«

Sie war ruhig, klar, zur Konfrontation bereit. Sie war vierundfünfzig Jahre alt und keine vierzehn. Er musste sich warm anziehen.

»Sabine, ich weiß nicht, woher du das hast, aber wir sollten in Ruhe über alles sprechen. Ich denke, du setzt dich in den nächsten Flieger und kommst nach Hause.«

»Nein, Frank, ganz bestimmt tue ich das nicht. Apropos, ich habe es von der Rezeptionistin der Lodge, die Herrn und Frau Wächter entspannt am Pool wähnte. Reicht das?«

»Welche Lodge? In Oslo gibt es keine Lodge. Wo hast du denn angerufen? Und Wächter, Binilein, Wächter, das ist doch ein Durchschnittsname. Was telefonierst du eigentlich in der Weltgeschichte herum?«

Sabine hatte genug von dem Zirkus.

»Frank, ganz ehrlich, jetzt wird es tatsächlich schlicht – zu schlicht. Du kannst mich betrügen, gut, dagegen kann ich mich nicht wehren. Aber für dumm verkaufen musst du mich nicht. Ich beende mal das Gespräch und bleibe schön hier auf der Insel, und du überlegst dir, was du mir zu sagen hast. Melde dich bitte erst wieder, wenn du mich als ernst zu nehmende Gesprächspartnerin betrachtest und nicht als dummes Huhn, das du mit wirklich schlechten Lügen abspeist. Denk *du* darüber nach, ob es richtig ist, wie du dich verhältst.«

Wow, auf den letzten Satz war sie richtig stolz und sie fühlte sich besonders gut. Frank, der Superfrank, hasste es, wenn man ihn zurechtwies. Er konnte Menschen hin und her schicken, sie belehren, ihnen die Welt erklären, sie herabsetzen und kritisieren. Aber das galt nur für ihn und niemals umgekehrt. Wenn sie nun auflegte, war sie sicher, dass sie ihn mächtig aufgewühlt hatte und er sich noch mächtiger ärgerte.

Genüsslich, mit einem kleinen Teufelchen im Herzen, drückte sie die Austaste.

»So, du kleiner Münchhausen, nun kannst du dir zurechtlegen, was du machst.«

Sie lehnte sich in ihre Polster zurück, legte das Handy auf das Beistelltischchen und bemühte sich, langsam die aufgebaute Spannung herunterzufahren.

Sie stellte sich vor, wie Frank unruhig im Wohnzimmer auf und ab ging und einfach nicht wusste, wie es weitergehen sollte. Die Bombe war geplatzt. Und nun?

Sabine schreckte auf. Eines hatte sie bei ihrer Ruhestrategie nicht berücksichtigt. Was wäre denn, wenn die Nebenbuhlerin schon vor der Tür stand und ihr gerade frei gewordenes Gelände besetzte? Frank und das Flittchen in der Dusche, der Badewanne, auf dem Sofa, in der Küche, konsequenterweise dann auch im Ehebett. Neeeiiin!

Sabine spürte, dass die ausschweifenden Fantasien erneut Besitz von ihr ergriffen. Mit einem Ruck sprang sie von der Liege hoch, rief nach Pablo und Benny und joggte mit ihnen beiden durch den weitläufigen Garten. Sie musste sich die schlechten Gedanken wegrennen.

Zum Glück hörte sie in dem Moment Lisas Wagen in die Einfahrt kommen. Benny sprang mit seinem Riesengewicht sofort los und raste so wild vor Wiedersehensfreude auf sein Frauchen zu, dass er fast Sabine umgerissen hätte. Pablo war von dem kraftvollen Auftritt dermaßen begeistert, dass er auch mitmachte und irgendwohin rannte, ohne wirklich zu wissen, wohin er sollte. Nachdem Lisa das tierische Duo begrüßt, geherzt, gestreichelt und einige Leckerlis aus der Seitentür des

Autos genommen und verfüttert hatte, ging auch Sabine auf sie zu.

»Ich bin so froh, dass du da bist«, empfing sie die Freundin und fiel ihr hilfesuchend um den Hals.

Überrascht ließ Lisa die beiden Einkaufstüten los, die sie aus dem Auto genommen hatte.

»Na, na, das sieht ja aus, als ob sich das Familienoberhaupt gemeldet hat. Ist er von dem stressigen Seminar zurück?«

»Genauso ist es und er hat versucht, mich weiter anzulügen. Lisa, er ist ein Schuft. Er ist furchtbar und hat auch noch gelogen, als er längst keine Chance mehr hatte, und mich dann abgebügelt. Wie ein pubertierendes Kind, das über die Stränge geschlagen ist.«

»Ach ja, also eigentlich wie immer. Nun hast du es mal gemerkt.«

»Lisa!«, zischte Sabine entrüstet.

»Möchtest du, dass ich dich auch anlüge wie dein feiner Frank? Der war doch immer so, aber du hast ihn vergöttert und nie auf jemanden gehört. Schon der kleinste Ansatz von Kritik hat dich auf die Palme gebracht oder auf die Eiche, Buche, Lärche, was wir eben in Deutschland haben, jedenfalls nach ganz oben.«

»Wie blind war ich, bitte schön?«

»Komm erst mal, lass mich die Sachen verstauen und dann reden wir. Na ja, so wie er sich jetzt aufführt, ist er auf Deutsch gesagt ein richtiger Widerling. Die Nummer mit der ausgetauschten Ehefrau auf einer Silberhochzeitsreise ist schlecht zu toppen. Das ist ihm auch klar. Er kann doch nur lügen. Wer so etwas zugibt, kann eigentlich gleich seine Koffer packen, und offenbar will er das nicht.«

»Was soll ich denn jetzt machen?«

»Du? Du isst jetzt mit mir ein bisschen Gemüse, trinkst einen Rotwein und siehst auf den Atlantik. Was sonst?«

»Ach, Lisa, ich meine doch mit Frank.«

Lisa legte Sabine den Arm um die Schulter. »Ich weiß, was du meinst. Aber Frank ist erst einmal nicht wichtig. Du lässt das sacken und probierst mal, nicht daran zu denken. Oder willst du dir ein weiteres Kapitel seiner Lügen anhören? Da kommt doch nichts anderes.«

»Also stelle ich das Telefon aus?«

»Genau. Und ich mache uns ein wohlschmeckendes Trostpflaster.«

Als sie wenig später am großen Gartentisch saßen und leckere Tapas genossen, ging es Sabine mit jedem Bissen besser.

»Das Beste, was du dir gönnen kannst, ist noch mehr Zeit«, riet Lisa zwischen zwei Schlucken von ihrem leckeren Wein. »Du kennst doch meinen Spruch: Triff in Krisen keine Entscheidung! Du steckst in einer ziemlich dicken Krise, und bevor du mit Frank aneinandergerätst und ihr beide in einem hitzigen Gefecht alles zerdonnert, was ihr euch aufgebaut habt, ist Rückzug angebracht. In die Schlacht ziehen könnt ihr später, Verhandlungen führen erst recht. Aber im Moment ist es besser, nichts zu tun und sich wieder herunterzukühlen.«

»Und den Diplomaten das Feld zu überlassen?«

Lisa kräuselte die Stirn, während sie Sabine skeptisch ansah. »Solltest du dabei daran denken, dass du mich auf das diplomatische Parkett schicken kannst, muss ich ablehnen. Mir ist das zu glitschig und ich bin nicht verhandlungssicher.«

Als Lisas Telefon klingelte, hielt sie Sabine das Display hin. »Ist das Franks Nummer?«, erkundigte sie sich.

Sabine nickte tonlos und dachte an das Tier-kommunikationsseminar. Telepathie, das gab es auch unter Menschen. Frank musste das Gespräch eben mitgehört haben.

»Woher hat er denn deine Nummer?«

»Er wird im Internet nach mir gestöbert haben. Was mache ich denn nun?« Lisa zuckte unsicher mit den Schultern.

»Lass es klingeln, er beruhigt sich schon wieder. Du hast ja recht, halt dich da getrost raus. Ich denke, er versucht es gleich wieder bei mir. Frank wäre nicht Vertriebsleiter geworden, wenn er es nicht verstünde, Menschen mit Hartnäckigkeit zu beeindrucken.«

Und sie hatte recht. Jedes Mal, wenn Sabine ihr Handy ansah, sprang ihr eine Liste mit verpassten Anrufen entgegen, und sie kamen alle von einer Rufnummer: Franks.

Sabine registrierte genüsslich die Anrufe, reagierte aber auf keinen einzelnen. Zählte man die Anrufe, konnte Frank eigentlich nichts anderes mehr machen, als diese beiden Handynummern zu wählen und Nachrichten zu schreiben. Denn zusätzlich überschwemmte sie eine Flut von WhatsApp-Nachrichten. Sie waren unterschiedlich lang, hatten aber alle eine Kernnachricht. »Wir müssen reden!«

Doch Sabine machte, was sie sich die ganze Zeit vorgenommen hatte: Sie legte sich wieder in den herrlich bequemen Liegestuhl und las in ihrem Roman. Besonders beeindruckte sie, dass sie sich sogar darauf konzentrieren konnte. Es war schön, in dieser prächtigen Landschaft zu sein. Lisa saß in ihrem Büro am PC und beantwortete Mails. Benny und Pablo schienen allerbeste Freunde geworden zu sein und schnupperten gemeinsam die Pflanzen ab. Das Leben war schön, auch wenn man gerade betrogen worden war.

KAPITEL 8

»So können wir nicht weitermachen«, meinte Lisa am nächsten Morgen beim Frühstück. »Weißt du, was mir eingefallen ist? Wenn du dich tot stellst, kommt er vielleicht auf die Idee hierherzufliegen. Meine Adresse steht im Internet. Möchtest du das?«

Frank hier? Sabine behielt für sich, dass sie die Vorstellung ähnlich streichelte wie der warme Atlantikwind. Die Vorstellung, aufzuwachen und alles wieder so vorzufinden, wie es vor nunmehr fünfzehn Tagen gewesen war, fühlte sich behaglich und wohlig an, wie ein wunderschöner Traum. Sie hätte wieder eine Ehe, ein Zuhause, ein schönes Leben. Das ganze Durcheinander, in dem sie augenblicklich lebte, würde sich als Albtraum entpuppen, und ihr Leben ginge da weiter, wo es an diesem eigentlich schönen Frühlingstag in ihrem Hamelner Garten geendet hatte.

»Hey, wach auf, Träumerle, also, möchtest du, dass dein Frank jetzt hier auf der Terrasse sitzt und dir erzählt, dass er nie, nie wieder fremdgeht, die skrupellose Frau ihn mit geheimen Tricks in der Hand hatte und ihn so zum Geschlechtsverkehr zwingen konnte und er das nie, nie wieder machen wird? Möchtest du das wirklich alles hören?«

Sabine fühlte sich durch Lisas Worte unsanft aufgeweckt. »Wie? Nein. Was redest du denn da? Nein, natürlich möchte ich das nicht. Du hast doch gesagt, ich soll mir Zeit lassen.«

Sabine schob sich die Sonnenbrille ins Haar und griff nach dem leckeren Baguette, das Lisa aufgeschnitten in einem Körbchen angerichtet hatte. Sie beträufelte die gerösteten Scheiben mit fruchtig duftendem Olivenöl und schloss bei dem ersten Bissen genüsslich die Augen. Sie spürte deutlich, dass sie noch nicht richtig wach war und sich dem unangenehmen Thema eigentlich nicht stellen wollte. In diesem Moment genoss sie es, im Freien zu frühstücken, und wollte sich die schöne Stimmung erhalten.

»Ja, aber ich glaube, die hast du nicht mehr«, konfrontierte Lisa sie weiter mit der Realität. »Ich denke, so wie ich deinen Frank einschätze, steht er in den Startlöchern. Solche Jungs mögen nicht verlieren. Und …«, sie räusperte sich, »wir wollen nicht vergessen, dass es auch um Geld geht. Ihr habt keine Gütertrennung, das hast du doch kürzlich einmal eingeworfen. Damit steht dir die Hälfte des Vermögens zu.«

»Lisa, ich bin doch noch gar nicht so weit, dass ich schon alles aufteile. Ich bin noch nicht mal wirklich getrennt, sondern gerade mal im verlängerten Urlaub.« Sabine nahm einen großen Schluck von dem köstlichen Milchkaffee.

»Alles gut!« Lisa machte mit beiden Händen eine abwehrende Geste. »Lassen wir das Thema mal ruhen, du zumindest, denn dein Frank wird es garantiert längst zu Ende gedacht haben. Das ist ein cleveres Kerlchen und Geld war ihm schon immer wichtig. Ich wünsche dir nur, dass du bei diesem Thema nicht deinen Einsatz verpasst und irgendwann mit ein paar Nebengaben abgespeist wirst.«

»Du hast ja recht, Lisa.« Sabine atmete tief durch, lehnte sich in ihrem Korbstuhl zurück und blickte auf das Meer, das in der Ferne milchig glitzerte. »Ich hinke vermutlich der Entwicklung ständig ein bisschen hinterher.«

»Allerdings, aber wir sollten mal die Aufholjagd starten.«

Sabine drehte sich zur Seite und schaute Lisa zu, die aufgestanden war, um zwei Zitronen von einem Baum zu pflücken. »Und was machen wir? Komm, ich lese vor, was soeben eingetrudelt ist. ›Binchen, bitte, wir müssen reden‹, steht hier in der WhatsApp zweihundertfünf. Und Achtung, ich lese weiter: ›Ich habe eine Idee, wie unser Leben trotz allem gemeinsam weitergehen kann. Gib uns eine Chance zum Neustart und bitte, bitte melde dich.‹«

»Oh, da hat es aber jemand eilig.« Lisa setzte sich mit den Zitrusfrüchten in der Hand wieder an den Tisch und schnitt sie in Scheiben, die sie in die halb gefüllte Glaskaraffe gab. »Dein Frank scheint nervös zu werden. Kein Wunder, er weiß ja auch nicht, was auf ihn zukommt.«

Sabine nickte. »Und ich ahne auch, warum er unbedingt reden und noch einmal die Resettaste drücken möchte, Lisa.«

Die blickte sie fragend an, während sie das fruchtige Wasser auf zwei Gläser verteilte.

»In zwei Wochen haben wir nämlich ein Golfertreffen mit den anderen Chefs der Firma an der Ostsee, genauer in Timmendorfer Strand«, klärte Sabine sie auf. »Er hat einfach Not, seinen Kumpels erklären zu müssen, warum ich nicht dabei bin. Deshalb möchte er die Ehe so holterdiepolter reaktivieren. Ich soll ihm den Seitensprung verzeihen und alles ist so wie immer. Zumindest bis nach der Golfreise. Und wenn sie nicht gestorben sind …«

»Ja, das kann sein, du könntest recht haben. Und? Verzeihst du ihm?«

Sabine spürte, dass ihr die Tränen in die Augen stiegen, und wandte sich schnell ab, damit sie Lisa nicht damit belastete.

Doch Lisas Gespür konnte sie nicht täuschen, denn die Freundin legte ihr tröstend die Hand auf den Arm.

»Weißt du, er ist doch mein Leben«, sagte Sabine leise, und ihre Stimme klang plötzlich ganz zittrig. »Wir haben zwei Kinder und uns alles miteinander aufgebaut. Es ist schrecklich, wenn plötzlich wie bei einer Explosion nichts mehr davon übrig ist. All die gemeinsamen Ehejahre und noch ein paar Jahre Liebe davor, alles weg.« Sabine sah die Freundin mit großen Augen an. »Lisa, das tut so weh, und ja, es gibt Momente, in denen ich ihm verzeihen möchte, verdammt noch mal, da möchte ich, dass alles wieder so wird, wie es war. Ich kann mir doch nicht von einer vermutlich dreißig Jahre Jüngeren mein Leben kaputtmachen lassen.«

Sabine weinte nun hemmungslos ihren Schmerz hinaus. »Ich will mein Leben wieder, bitte, bitte, ich will meinen Mann zurück.«

Sichtlich betroffen stand Lisa auf und beugte sich zu ihr herüber. »Sabine, es ist alles gut. Wenn das dein Wunsch ist, wenn du sicher bist, dass du das möchtest, dann versuch, diesen Weg zu gehen. Man muss tun, was die innere Stimme sagt. Aber du solltest dir wirklich sicher sein.«

»Sicher? Ich weiß es doch nicht«, jammerte Sabine. »Es ist mal so, mal so. Aber kann ich das verzeihen? Und ändert er sich? Angeblich war es nicht der erste Seitensprung. Aber kann es wenigstens der letzte sein? Ich weiß irgendwie gar nichts.«

Sabine griff nach einer Papierserviette, tupfte sich das tränennasse Gesicht sauber und atmete dabei immer wieder tief durch, um zur Ruhe zu kommen.

»Sabine, Liebes, du erhältst keine Garantie. Sprich mit Frank, und wenn dein Herz dir rät, dass du ihm verzeihen kannst, dann machst du das. Ein Risiko, dass es nicht klappt, nun ja, das gibt es immer, in jeder Beziehung.«

Mit rot geweinten Augen blickte sie Lisa hilfesuchend an und spürte im selben Moment warmes Fell an ihren Beinen, denn Pablo schmiegte sich ganz fest an sie. Die Wärme des Hundes war wie ein lebendes Trostpflaster.

»Ach, Pablo, auf dich ist Verlass.« Sabine schluchzte so heftig, dass sie nach Luft japsen musste. Und zu Lisa gewandt sagte sie: »Ich muss wirklich ganz von vorn anfangen. Heute erhole ich mich noch, aber morgen schreibe ich Frank und mache mit ihm einen Termin aus, zumindest für ein erstes ruhiges Telefonat, und sage ihm, dass ich zurückkomme. Es ist gut, dass er sich so um mich bemüht, findest du nicht? Er liebt mich doch eigentlich, sonst würde er mich einfach ziehen lassen und diese Olga nehmen, sofern sie es tatsächlich ist. Hundertprozentig wissen wir das bislang ja nicht.«

Lisa bedachte sie mit einem Stirnrunzeln, ging allerdings auf das Thema gar nicht mehr ein. »Sabine, ganz ehrlich. Ich halte mich da raus. Ich habe die Sicht einer Außenstehenden, und die hat hier nichts verloren. Du musst für dich eine Entscheidung treffen; ich bin erst einmal ganz unwichtig.«

Sabine nickte. »Weißt du, ich kümmere mich mal um den Flug. Ich muss nach Hause, das spüre ich. Nächste Woche um diese Zeit ist vielleicht wieder alles gut und deine dumme Freundin aus Hameln muss dir nicht mehr die Ohren vollheulen.«

»Wie du meinst! Aber bitte, bitte, versteif dich nicht darauf. Es kann auch ganz anders kommen. Wenn er alles leugnet, frag doch mal, wie er seine Bräune erklärt, die er angeblich aus Oslo mitgebracht hat. Ich bin gespannt auf seine Antwort.«

»Lisa, ich weiß ja, dass deine Zweifel berechtigt sind. In erster Linie möchte ich einfach nur wissen, was ich fühle, wenn er mir gegenübersteht. Vielleicht will mein Kopf den Neustart, aber mein Herz sagt Nein. Wer weiß das schon? Jedenfalls brauche ich die Konfrontation.«

»Wann willst du denn fliegen?«

»So schnell wie möglich!«

»Findest du deinen Aufbruch nicht etwas überzogen? Ich meine, ein paar Tage würden dir hier doch noch guttun? Und Pablo? Nimmst du ihn mit?«

»Kann er noch ein bisschen bei dir bleiben?« Sabine hatte fast die ganze Zeit ihren kleinen Vertrauten gestreichelt. Sie zog sein Gesicht zu sich und sah ihm fest in die Augen. »Ich weiß ja noch nichts wegen der Vorbesitzerin, die bisher nicht wiederaufgetaucht ist. Aber ich hole ihn spätestens in ein, zwei Wochen ab, vielleicht mit Frank. Was meinst du?«

»Pablo ist kein Problem, meine Liebe. Aber über Frank müssen wir noch mal sprechen. Ich weiß nicht, ob ich ihn nach alldem hier auf meinem Grundstück haben möchte. Aber das ist momentan unwichtig.«

Sabine hörte Lisa nur noch nebenbei zu. In ihrem Kopf war sie längst beim Einpacken und ging ihre To-do-Liste durch. Jetzt würde sie gleich einen Flug buchen, dann packte sie die Koffer und anschließend rief sie die Kinder an. Sie sollten auch wissen, dass sie versuchen wollte, ihre schöne kleine Familie zu erhalten. Was Chrissi wohl sagen würde? Und Laurenz, der von allem ja zum Glück kaum etwas mitbekommen hatte. Und ihrer Mutter hatte sie auch noch nichts erzählt. Das war richtig. Sie musste nichts von Franks Ausrutscher erfahren, damit sie ihn nicht noch weniger mochte als sowieso schon.

***

Wollen wir reden?

Sehr, sehr gern. 17 Uhr, nach meiner Sitzung!

Rufst du an?

Ja, ich melde mich!

Sabine saß auf einer kleinen Holzbank hinter dem Haus. Neben ihr blühte ein wunderschöner Zitronenbaum, vor ihr standen zwei herrlich üppige Aloe-Vera-Pflanzen. Lisa hatte erst gestern einen Zweig davon abgetrennt, diesen mit einem Messer längs aufgeschnitten, die lichtgrüne geleeartige Masse herausgeschabt und auf Sabines Arme aufgetragen. Die südliche Sonne hatte ihrer Haut zugesetzt.

»Das wird dir guttun. Ich habe hier erst gelernt, wie wertvoll Naturmedizin ist«, hatte sie erklärt. »Morgen früh sehen deine Arme schon viel besser aus, und trag mittags ruhig langärmelige Kleidung, bis sich die Haut beruhigt hat.«

Gebannt starrte Sabine auf ihr Handy und den nüchternen Chatverlauf. Eigentlich hatte sie einen anderen Wortlaut erwartet. Aber okay. Zumindest stand nun fest, wann sie sich sprechen wollten. Bereits seit dem Nachmittag saß Sabine fast atemlos auf der Bank und bereitete sich innerlich auf das Versöhnungsgespräch mit Frank vor. Sie hatte auch gestern Abend noch erfolgreich nach Flügen recherchiert und für morgen früh einen Flug nach Hannover gebucht. Es tat ihr allerdings leid, jetzt schon zu fahren, weil sie gern noch mehr Zeit mit Lisa verbracht hätte, doch ihre Ehe oder das, was davon übrig war, hatte gegenwärtig Vorrang.

Gleich nach dem Telefonat wollte sie mit Lisa irgendwo ans Meer fahren und in einer kleinen Bar am Wasser der Freundin, der Insel, der Sonne und den schönen Momenten Adieu sagen. Sie war Lisa so dankbar, dass sie sich mit Liebe und Verständnis wunderbar um sie gekümmert hatte. Zum Glück war Teneriffa nicht aus der Welt. Sie hatte viel gelernt hier, nämlich dass sie mehr an sich denken und eigene Wünsche leben musste.

Es hatte sich mal wieder bewahrheitet: Man wuchs an den Krisen. Franks Seitensprung hatte sie mächtig aufgerüttelt und sie hatte viel verstanden. Vermutlich musste es so kommen, damit die beiden aus ihrem Alltagseinerlei erwachten und sich nach diesem Schreck wieder auf das besannen, was ihnen wirklich etwas bedeutete: ihre Beziehung.

Gleich würde sie mit Frank reden und sie war sehr gespannt, was er ihr zu sagen hatte. Ob er probieren würde, sich herauszureden? Oder würde er sich entschuldigen und sie gar mit Liebesschwüren überschütten und vom größten Irrtum seines Lebens reden? Und wie sollte sie darauf reagieren? Fragen über Fragen, auf die Sabine zu gern eine Antwort gehabt hätte. Und es gab eben noch diese große Unbekannte. Wie würde ihr Herz reagieren? Mit dem Kopf hatte sie eine Entscheidung getroffen: alles zurück auf null. Aber funktionierte es auch in der Realität so leicht, wie sie es sich vorstellte? Und warum wollte sie das überhaupt? Aus Nostalgie, Gewohnheit, Bequemlichkeit? Ging es denn noch um Liebe? Egal, wie sie ihre Gedanken hin und her bewegte: Eine Antwort fand sie nicht. Aber es gefiel ihr, sich in eine heile Welt zu träumen. Die nächste gemeinsame Reise könnte sie auf diese schöne Insel führen. Sie müssten ja noch ihre Hochzeitsreise nachholen. Südafrika war natürlich dafür verbrannt. Aber Teneriffa passte. Hier hatte Frank sie ins Nichts gestoßen und hier könnten beide ihren Neustart feiern. Tatsächlich?

Sie linste auf die Uhr. Mittlerweile war es halb sechs. Warum rief Frank nicht an? Sie nippte an ihrem Wasser und in ihrem Magen machte sich mal wieder ein merkwürdig mulmiges Gefühl breit. Aber Gedanken konnte man abschneiden. Das übte sie gerade eindrucksvoll. Zack! Vorbei! Sie ließ keine Zweifel mehr zu.

Es klingelte. Frank!

Sabine drückte sofort auf »Annehmen«, sagte klar und deutlich: »Schön, dass du anrufst!«, und bemühte sich nicht mehr, besonders gelassen oder gleichgültig zu klingen. Es ging um so viel, da passten keine Spielchen.

»Sorry, Binchen, aber ich hatte noch wichtige Telefonate. In der Firma türmt sich die liegen gebliebene Arbeit. Aber jetzt haben wir uns ja. Ich glaube, ich habe dich tausendmal angerufen. Wann kommst du denn nach Hause?«

»Liebling, ich bin so froh, dass wir es noch einmal versuchen wollen. Ich bin auch bereit, dir eine Chance zu geben. Nach allem, was wir miteinander bewältigt haben.«

»Ja, das finde ich auch, Sabine. Man kann eine Ehe nicht einfach wegwerfen wie einen alten Pullover. Wir sind doch immer ein gutes Team gewesen.«

»Ich bin froh, dass du das auch so siehst.«

»Es tut mir leid, Sabine, ich habe mich falsch verhalten.«

Sabines schluckte trocken. Sie dachte daran, dass sie mit so viel Liebe die Reise geplant hatte, und dann das. Aber sie wollte nicht heulen und nachtragend sein. Sie wollte nach vorn schauen. Es ging um das große Ganze.

»Ich komme morgen zurück und dann fangen wir ganz von vorn an. Ich freue mich auch auf die Ostsee. Das ist zwar bloß eine Mini-Auszeit und wir haben nur wenig Zeit, allein zu sein, aber immerhin. Wir sind in einer anderen Umgebung. Das wird uns guttun.«

»Sabine«, Frank unterbrach sie. »Sabine, warte mal. Mit der Ostsee, das habe ich etwas anders geplant. Aber lass uns morgen ganz in Ruhe darüber sprechen. Hier in unserem schönen Heim lässt sich alles besser bereden.«

Sabines Herz schlug plötzlich sehr schnell. »Warte mal, was heißt das denn, ›anders geplant‹? Ich denke, der Termin steht. Was hast du dir überlegt?«

»Sabine, nun lass doch. Wir reden morgen.«

»Nein, jetzt!« Sie legte Entschlossenheit in ihre Stimme, denn sie spürte genau, dass etwas nicht stimmte. »Was möchtest du mir sagen? Sofort, bitte.«

»Also gut, ich bin sehr froh, dass du mir verzeihst, also die Sache mit Olga verzeihst ... wirklich. Ich dachte schon, du wolltest dich scheiden lassen.«

»Olga! Es ist also diese Assistentin. Ich habe mir das gedacht, weil sie die ganze Zeit auch Urlaub hatte und Fotos aus Afrika im Netz stehen.« Sabine spürte eine Mischung aus Wut, Schmerz und Verletztheit in sich aufsteigen. Eigentlich mochte sie inzwischen gar nicht mehr mit ihm reden, so unfassbar demütigend fand sie sein Verhalten, besonders die lockere Art, mit der er von dieser Frau sprach. Er tat so, als würde er von einer Nachbarin erzählen und nicht von seiner Geliebten. Es brodelte in Sabine und drohte überzukochen.

Bewusst atmete sie ein und aus, stoppte die Gedankenspirale. Es ging um mehr, es ging um alles. Sie durfte sich nicht von spontan aufkommenden Gefühlen leiten lassen. Liebe, Ehe, das war eben mehr als nur Wolke 7 und Leichtigkeit, das war auch Schmerz und Kampf. Frank hatte dafür gesorgt, dass sie die silberne Hochzeit nicht gemeinsam feiern konnten, jetzt wollte sie wenigstens bei der goldenen Hochzeit einträchtig neben ihm sitzen. In so einer langen Zeit gab es nun mal gute und schlechte Zeiten. Momentan waren es die schlechten, die es durchzustehen galt.

»Sabine? Was ist? Willst du die Scheidung?«

»Nein, das will ich nicht.«

»Das beruhigt mich, danke, das hätte mich auch wirklich getroffen. Aber wir brauchen auch Zeit, uns wieder neu zu entdecken, uns neu zu finden. Und die nehmen wir uns, Liebling. Wir sind nicht diejenigen, die die Brocken hinwerfen und abhauen. Wir lassen uns Zeit, geben uns Freiraum und halten an dem fest, was gut ist.«

»Ja, genau, wir sollten uns Attraktionen schaffen, neue Herausforderungen, damit unser Miteinander wieder spannend ist.«

»Genau«, pflichtete ihr Frank bei. »Aber in erster Linie brauchen wir Zeit. Sabine, ich will es kurz machen. Eigentlich wollte ich dir das erst morgen sagen, aber heute geht es natürlich auch. Also, ich möchte keine Geheimnisse mehr haben, ich verspreche dir Ehrlichkeit, und dazu gehört auch, dass ich in diesem Augenblick ehrlich bin.«

Sabine war dankbar über so viel Offenheit.

»Sabine, deshalb habe ich dir auch gesagt, dass es Olga ist, meine Assistentin.«

»Geht das schon länger?«, wollte Sabine wissen.

»Was heißt länger? Sie ist ja erst seit einem Jahr in der Firma.«

Sabine war froh, dass sie saß, sonst wäre sie vermutlich zu Boden gefallen. Ihr Mann traf sich seit einem Jahr mit dieser Frau und hatte sie in all den Monaten offenbar ständig angelogen. Was musste sie ihm denn noch verzeihen?

»Weißt du, das mit Olga ist mehr als eine Affäre. Wir passen gut zusammen. Und bevor ich eine Entscheidung treffe, möchte ich Sicherheit. Verstehst du mich?«

»Was meinst du damit?«, fragte Sabine reflexartig, während ihr ein Stich durch die Herzgegend fuhr. Sie hatte das Gefühl, gleich die Besinnung zu verlieren. »Was meinst du damit, Frank?«, wiederholte sie, und ihre Stimme klang fast drohend.

»Ich meine damit, dass ich eine offene Ehe führen möchte. Ich liebe euch beide und möchte auch mit euch beiden zusammen sein, und wenn ich mich dann entscheide, soll es für immer sein.«

»Offene Ehe?«, wiederholte Sabine ungläubig.

»Das gilt natürlich auch für dich. Du erinnerst dich doch noch an Karsten, meinen Zahnarzt. Der schien dich wirklich zu mögen und seit Kurzem ist er ja frei und im Ruhestand. Also, ich habe nichts dagegen, wenn du dich ausprobieren willst. Der Deal gilt natürlich für uns beide.«

Sabine fühlte, wie das Blut in ihren Adern gefror. Sie konnte kaum glauben, was Frank ihr da vorschlug. Ihr Mann, der sie gerade besonders wüst hintergangen und betrogen hatte, schlug ihr vor, eine Ehe zu dritt zu leben, und damit es nicht zu einseitig war, legte er ihr seinen klapprigen Zahnarzt ans Herz.

Sie ballte ihre Hand zu einer Faust und musste sich arg zusammenreißen, um nicht einfach loszubrüllen. Mit Mühe konnte sie ihre Wut so unterdrücken, dass ihre Stimme nicht bebte.

»Meinst du das ernst, Frank?«, erkundigte sich Sabine recht ruhig und hatte noch ein Fünkchen Hoffnung, dass sie ihren Ehemann vielleicht komplett falsch verstanden hatte.

»Ja, natürlich, wir wollen doch beide endlich klare Verhältnisse und unseren kommenden Lebensabschnitt auch vernünftig planen. Ich meine, wenn, dann für immer, und deshalb auch meine Entscheidung mit der Ostsee. Weißt du, wir unterhalten uns so intensiv, da können wir jetzt alles besprechen. Ich habe sowieso Feierabend.«

»Du erzählst mir nicht gerade, dass du mit deiner Olga fährst?«

»Doch, genau, das ist es, was ich dir eigentlich erst zu Hause sagen wollte. Also, ich fahre mit Olga. Die kennt ja die ganzen Jungs aus der Firma, aber noch nicht die dazugehörigen Partnerinnen. Ich möchte, dass sie alle einmal in lockerer Atmosphäre kennenlernt, wenn wir ohnehin enger zusammenrücken.«

Sabine war jetzt so außer sich, dass sie am ganzen Körper zu zittern begann. Sie schloss die Augen und versuchte, sich mit gleichmäßigem Atmen wieder unter Kontrolle zu bekommen. Doch was sie gehört hatte, ließ sie nicht mehr ruhig werden.

»Und Chrissi und Laurenz soll sie auch kennenlernen?«, fragte Sabine mit stockender Stimme, ohne es ernst zu meinen. »Nein, lass mal die Kinder da raus. Die brauchen etwas Zeit. Vielleicht müssen wir ihnen auch gar nichts sagen. Ach was, darüber sprechen wir dann doch lieber, wenn du hier bist.«

Sabine schossen Tränen in die Augen. Automatisch stand sie auf und ging ein paar Schritte im Garten auf und ab. Sie spürte, dass sie mit jedem Schritt ihre Fassung zurückbekam. Frank hatte die allerletzte rote Linie überschritten und sich damit endgültig für ein weiteres Zusammenleben disqualifiziert. Mit seinem Verhalten zog er einen so klaren Schlussstrich, dass es nicht einmal mehr schmerzte. Mit solch einem Mann konnte und wollte sie keine Versöhnung mehr. Es war vorbei.

»Ich glaube nicht, Frank, dass wir noch etwas besprechen. Du redest mit Olga und ich mit Doktor Berghoff und lasse mich bezüglich der Scheidung beraten.« Klick. Sabine hatte die Austaste gedrückt. Das war's.

Das Merkwürdige war, dass Sabine plötzlich wohlige Ruhe empfand. Sie hätte weinen, schreien, schimpfen können. Aber nichts davon passierte. Sie war innerlich ganz ruhig, ganz still, ganz klar.

Mit einer Hand nahm sie ihr Wasserglas, rief nach Pablo, der zuvor zu ihren Füßen in der Sonne gedöst hatte, und ging ums Haus herum auf die Terrasse, auf der Lisa an einem neuen Konzept arbeitete.

Als diese Sabine bemerkte, legte sie den Kugelschreiber zur Seite und blickte sie fragend an. »Und? Wie war die Aussprache?«

»Es gab keine«, antwortete Sabine wahrheitsgemäß. »Er hat mir eine Ehe zu dritt angeboten. Er möchte uns beide testen und dann entscheidet er sich oder auch nicht. Wir führen eine offene Ehe, aber ich darf auch mit unserem alten Zahnarzt … du weißt schon. Das gönnt er mir. Klasse Typ, dieser Frank! Er meint es gut mit mir.«

Lisa starrte sie mit großen Augen an. »Du nimmst mich auf den Arm.«

»Nein. Vielleicht gebe ich nicht den richtigen Wortlaut wieder, aber inhaltlich war es exakt so.«

»Hui, das hat ja was!« Lisa schnappte nach Luft und lehnte sich ziemlich irritiert in die Polster zurück. »Das ist ja mal ein ganz besonderer Zug von deinem Frank. Er toppt sich selber. Jedes Mal, wenn man glaubt, es könnte nicht mehr schlimmer kommen, überrascht er mich aufs Neue. Ich kenne ihn nun auch schon mehr als ein Vierteljahrhundert, aber ich muss sagen: Er verblüfft mich wirklich.« Sie atmete tief durch und seufzte. »Ich glaube, du bleibst noch ein bisschen, nicht wahr?«

Sabine nickte. »Aber nur ein bisschen, sofern ich darf. Dann suche ich mir eine eigene Bleibe. Weißt du was, ich bleibe erst einmal hier, auf dieser Insel, und genieße eine Auszeit. Ich habe partout keine Lust auf Vielweiberei.«

»Oh, Sabine, das ist eine richtig gute Idee. Ich freue mich riesig. Zeit für dich wird dir guttun.«

»Ich glaube auch. Es bringt nichts, morgen zurück nach Hause zu fliegen und mir meine kaputte Ehe und die Liebesspiele meines Mannes anzusehen. Dann bin ich das arme Opfer und drehe mich im Kreis. Klar fliege ich ab und zu nach Deutschland, besuche die Kinder und kläre wichtige Dinge. Aber insgesamt mache ich mich erst einmal eine Zeit lang aus dem Staub. Ich habe auch schon eine Idee, was ich hier machen kann. Mir spukt im Kopf herum, Fotos zu schießen und damit vielleicht sogar ein bisschen Geld zu verdienen.«

Lisa nahm sie in den Arm, drückte sie fest. »Toll, dass du so reagierst. Du bist mutig, hast Pläne, siehst nach vorn. Eine Frau, die so handelt, kommt auch mit dem Ende ihrer Ehe zurecht. Du schaffst das, ganz sicher.«

Spielerisch kniff Lisa Sabine in die Taille. »Und Vielweiberei ist wirklich nichts für dich!«

»Schön, dass du da bist. Ich freue mich riesig, zumal die Voraussetzungen dieses Mal besser sind.«

Sonja stand in der Tür und sah in ihrem türkisfarbenen Sommerkleid wieder ganz reizend aus. Sie begrüßte Sabine mit einem Küsschen auf beide Wangen, beugte sich zu Pablo hinunter, um ihm über den Kopf zu streicheln.

»Dann kommt mal hinein in mein Reich. Das letzte Mal hast du es ja nur bis auf die Terrasse geschafft.«

Sonja wohnte herrlich idyllisch. Sie hatte einen großzügigen Wohnraum mit auf den ersten Blick wertvollen alten Möbeln, die sie geschickt mit modernen Accessoires kombiniert hatte. Der Raum wirkte stilvoll und einladend. Beeindruckend war die große mehrflügelige Glastür, die den Blick auf die Terrasse und den blühenden Garten freigab.

»Kaum zu glauben, dass du mich dort verarztet hast, meine Güte, ich war so fertig.« Sabine lächelte Sonja an.

»O ja, das stimmt, aber es war ja verständlich, nach dem, was du erfahren musstest.«

»Danke, dass du das Häufchen Elend so brav aufgesammelt hast.«

»Gern geschehen, aber aus dem Häufchen ist ein beinharter Stein geworden. Gratuliere!« Sonja legte ihr die Hand auf die Schulter.

»Nicht wirklich … äußerlich bin ich wieder ganz gut beieinander. Das stimmt schon. Du musst wissen, dass mein Mann wieder in Deutschland ist und mir gestern ernsthaft vorgeschlagen hat, eine Ehe zu dritt zu führen. Er möchte uns beide ausprobieren und sich dann entscheiden.«

Sonja starrte sie geschockt an. »Das ist aber tatsächlich starker Tobak. Ich gehe davon aus, dass du aus diesem Wettbewerb ausgestiegen bist.«

»Allerdings. Ich war so sauer, dass ich nicht mal mehr heulen musste. Es ist endgültig vorbei. Das wiederum bedeutet aber, dass ich mich in Zukunft ganz neu aufstellen muss. Deshalb wollte ich einfach mal mit dir sprechen, weil ich mir von dir ein paar Anregungen erhoffe.«

»Gern. Ich hoffe, mir fällt etwas für dich ein. Kaffee?« Sonja deutete in die Küche.

»Sehr gern!«

Und während die Maschine durchlief, setzten sich Sabine und Sonja in zwei herrlich gemütliche Korbstühle und genossen im Schatten eines Feigenbaumes die wunderbare Frühlingswärme, während Pablo ganz entspannt den schon bekannten Garten erschnupperte.

»Ich habe mich entschieden, erst einmal auf der Insel zu bleiben und zwischen Teneriffa und Deutschland zu pendeln. Aber ich möchte auch etwas Geld verdienen, weiß aber nicht so recht, wovon ich hier leben kann«, offenbarte Sabine vorsichtig ihr Problem. »Wenn ich Unabhängigkeit möchte, dann muss ich auch finanziell auf eigenen Beinen stehen können.«

»Allerdings. Ich kenne dich nicht gut genug. Was hast du denn gelernt und was kannst du, beziehungsweise, was glaubst du zu können?«

»Die Unterscheidung ist gut«, bestätigte Sabine lachend. »Tja, was kann ich? Da wird es schon schwierig. Spaß beiseite, ich bin Buchhändlerin, aber damit kann ich hier wenig ausrichten.«

»Stimmt, aber du könntest irgendwo im Verkauf arbeiten. Deutschsprachige Kräfte sind immer gesucht.«

»Das glaube ich, aber das ist nur eine Notlösung. Ich habe eine Idee, brauche aber eine kritische Stimme, die mich entweder unterstützt und mir Mut macht oder auch ganz klar sagt: ›Finger weg, lass den Quatsch, das bringt nichts.‹ Lisa hat sofort Ja gesagt, aber sie ist schnell begeistert und himmelhochjauchzend. Du bist sachlicher, deshalb ist mir deine Einschätzung auch wichtig.«

»Dafür sind Freundinnen da, und ich hoffe, ich werde deine«, warf Sonja ein. »Dann schieß mal los. Aber vorher serviere ich dir schnell einen Kaffee.«

Wenig später genossen die beiden Café con leche, dazu Toastbrotscheiben mit Olivenöl und einer aromatischen Tomatensauce.

»So, nun aber. Ich bin neugierig.« Gespannt lehnte sich Sonja zurück.

Sabine fing ganz von vorn an, erzählte von ihrem ursprünglichen Wunsch, Fotografin zu werden, dem Umschwenken auf die Ausbildung zur Buchhändlerin und dem wiederentdeckten Interesse an der Fotografie. Obwohl es sie schmerzte, verschwieg sie auch nicht ihren Plan, dass sie ursprünglich die wilden Tiere Afrikas hatte fotografieren wollen.

»Oh«, hakte Sonja bei dem Thema ein. »Jetzt verstehe ich. Du bist auch in diesem Punkt um deinen Traum gebracht worden.«

Pablo kehrte von seiner Erkundungstour zurück und legte sich vor Sabines Füße. »Genau, aber Chrissi, meine Tochter aus Berlin, ich hatte dir von ihr erzählt, meint, ich könne auch Pablo, Benny und Co. vor die Kamera setzen und sollte mich nicht so auf Dickhäuter und Raubkatzen spezialisieren. Das habe ich übrigens auch bei Lisas Seminar gleich verwirklicht und einige Hunde abgelichtet. Die Frauchen waren durchgängig zufrieden. Aber kann ich daraus etwas machen?«

»Ich denke schon. Deine kluge Tochter hat recht. Fotografen braucht man immer. Heutzutage trägt zwar jeder seine Kamera im Handy spazieren, aber das reicht nicht. Für spezielle Anlässe und für besondere Präsentationen benötigt man nach wie vor Profis, ihre Ausstattung und ihr gutes Auge.«

Mit der rechten Hand kraulte Sabine Pablos Nacken. »Du gibst meiner Idee eine Chance? Sonja, du kennst die Insel doch seit vielen Jahren. Meinst du, ich kann mit so einer Jobidee ankommen und langfristig auch überleben?«

Sonja lächelte zustimmend. »Ich weiß nicht, wie gut du fachlich bist. Das kann ich natürlich nicht beurteilen, aber so, wie du auftrittst, kann ich mir dich hinter der Kamera vorstellen.«

»Was meinst du damit?«

»Ein Fotograf muss eine gute Beziehung zu seinem Model aufbauen, um das Beste herauszuholen. Er muss empathisch sein, Ängste und Unsicherheit wahrnehmen und gleichzeitig Mut machen und anspornen. Fazit: Er muss sich auf seine Protagonisten einstellen können. Daran habe ich bei dir überhaupt keine Zweifel.«

»Warum?«

»Man merkt sofort, dass du ein Händchen für Menschen hast. Vermutlich ist das die jahrelange Erfahrung aus dem Verkauf. Zudem macht sich deine Lebenserfahrung bemerkbar. Im Moment wirkst du bestimmt manchmal etwas angegriffen, das ist klar, aber im Großen und Ganzen schätze ich dich als einen Menschen ein, der in sich ruht, selbstbewusst auftritt und weiß, was er will. Alles ideale Voraussetzungen, diesen Beruf auszuüben.«

»Du traust mir das also zu?«, fragte Sabine, und ein aufgeregtes Kribbeln breitete sich in ihr aus.

Sonja rutschte im Sessel nach vorne. »Was diese Voraussetzungen betrifft: klares Ja. Aber ich müsste mal Fotos von dir sehen. Hast du etwas dabei?«

Sabine nickte. »Ich habe extra meinen Laptop mitgebracht. Darauf sind einige Aufnahmen, die ich in Hameln und hier gemacht habe. Es ist eine bunte Mischung von Tieren, Natur, Schnappschüssen von Menschen.« Sabine zog ihren Laptop aus der Korbtasche, stellte ihn fix an und drehte Sonja den Bildschirm zu. »Hier, sieh mal. Das sind ein paar Aufnahmen, an denen du vielleicht meine Handschrift erkennen kannst.« Sie klickte geduldig die Bilder durch und ließ Sonja Zeit, jedes in Ruhe zu betrachten.

»Kannst du die letzten beiden von dem Seminar auch zoomen?« Sonja rutschte ganz nah an den Bildschirm. »Die sind ja wirklich gestochen scharf und die Komposition ist richtig gut gelungen. Gratulation!«

»Und? Bist du immer noch überzeugt, dass ich das schaffen kann?« Sabine klappte vorsichtig den Laptop zu.

»Ich bin kein Profi, kann es mir aber sehr gut vorstellen. Du solltest starten!«

Pablo sprang auf und sah sie an, als stimmte er den Worten zu. Sabine schluckte. »Oh, Sonja, du ahnst nicht, was mir diese Worte bedeuten. Du hast bei allem den Nagel auf den Kopf getroffen. Ich bin eigentlich eine starke und sicher agierende Frau, die allerdings bislang glaubte, dafür einen Mann im Hintergrund haben zu müssen. Die letzten Ereignisse haben mir gezeigt, dass es auch ohne gehen muss. Noch bin ich etwas unsicher und zweifelnd, aber ich kämpfe dagegen an. Da tut es gut, wenn mich jemand bestätigt, mir zu verstehen gibt, dass ich etwas bin und kann.«

Sabine jubilierte richtig, als sie aufstand und Sonja in den Arm nahm. »Du gibst mir gerade den richtigen Schubs.«

»Das ist nur der Anfang. Jetzt müssen wir dir noch ein paar Aufträge besorgen, damit dein Unternehmer-Kahn auch in Fahrt kommt.«

»Was rätst du mir?« Sabine setzte sich wieder in den Sessel.

»Gib mir ein bisschen Zeit. Ich muss ein wenig nachdenken, damit der Start ein richtig guter für dich wird, okay?«

»Ja klar, ich habe im Moment ja genug zu tun. Ich suche nach einer Bleibe. Ich bin gern bei Lisa und sie meint auch, ich könne bis zum Sankt-Nimmerleins-Tag bleiben. Es ist schön dort, aber ich spüre, dass ich für mich sein muss. Es ist keine leichte Zeit im Moment. Ich muss sie richtig angehen. Weißt du, ich bin von den Gleisen gefallen, nun muss ich nicht nur auf neue, es muss auch die Richtung stimmen.«

»Was suchst du denn für dich? Eine Wohnung? Ein Haus?«

»Eine kleine, bezahlbare Wohnung, am liebsten mit Terrasse und einem kleinen Gärtchen.« Sie wies auf Pablo, der sich mit wild wedelndem Schwanz wieder entfernt hatte und unentwegt neue, interessante und vermutlich gut riechende Sachen aufspürte. Mal fand er einen Oleanderbusch aufregend, mal schienen es ihm die vom Baum gefallenen Oliven angetan zu haben.

»Das Kerlchen hat wirklich Freude. Was hast du mit ihm vor?«

»Ich behalte ihn. Er gehört zu mir.«

»Und weißt du mittlerweile, wo er herkommt? Was sagt denn der Tierarzt?«

Sabine zuckte mit den Schultern, murmelte: »Keine Ahnung!«

»Keine Ahnung? Na, so kompliziert kann es doch nicht sein, den Besitzer ausfindig zu machen.« Sie zwinkerte Sabine wissend zu. »Aber ich verstehe. Wozu willst du das auch wissen. Allerdings …«

Sonja wechselte das Thema. »… ich habe hier Antje für dich. Eine ganz zauberhafte Maklerin, die aus Leipzig stammt und ein gut gehendes Büro betreibt. Ruf sie einmal an, oder noch besser, geh direkt zu ihr. Es sind höchstens zehn Minuten von mir. Und bestell ihr einen Gruß von mir. Sie hat ein perfektes Netzwerk und wird dir mit Sicherheit etwas Schönes vermitteln können.«

»Oh, Sonja, das wäre echt klasse. Ich danke dir. Zur Einweihungsparty bist du mein Ehrengast.«

»Prima, dann leg los, damit ich recht bald auf deiner Party bin.«

***

Drei Zimmer, Bad, kleine Terrasse, natürlich mit Meerblick und sofort frei.

»Ich nehme die Wohnung«, sagte Sabine und streckte Antje, der Maklerin, die Hand entgegen. »Okay?«

»Sehr gern. Sie werden sich wohlfühlen und Ihr vierbeiniger Begleiter mit Sicherheit auch, zumal sie ein kleines Gartenstückchen dabeihaben.«

»Perfekt, das erspart mir das frühmorgendliche Gassigehen. Schon deshalb würde ich die Wohnung nehmen!« Sabine schmunzelte.

Wenig später unterschrieb sie ihren Mietvertrag, erst einmal befristet auf sechs Monate. Zum Glück hatte sie genug Erspartes auf dem Konto. Frank hatte immer gut verdient und ihr eigenes Einkommen hatte sie insofern zum großen Teil zurücklegen können. Außerdem konnte sie nach wie vor auf die gemeinsamen Konten zurückgreifen, unter anderem auf das Haushaltskonto. Frank würde es nicht wagen, die Zugänge zu sperren.

Als sie die zwei Wohnungsschlüssel in Empfang nahm, überkam sie kurz tiefe Wehmut. Sie erinnerte sich noch genau an den Moment, als ihnen der Bauunternehmer die Schlüssel ihres frisch abgenommenen Neubaus präsentiert hatte. Damals hatte er Frank und ihr jeweils einen Schlüssel ausgehändigt, begleitet von dem feierlichen Satz: »Willkommen daheim. Ich wünsche Ihnen, dass Sie in diesem Haus das Glück finden, das Sie sich wünschen.«

Sabine hatte geweint. Frank natürlich nicht. Aber sie hatten sich danach lange in den Armen gelegen. Vor Glück, Stolz und

Vorfreude. Das Haus sollte ihnen Heimat, Nest, Treffpunkt, Schutzbunker, alles sein.

Jetzt stand es leer da. Niemand brauchte es mehr.

»Sabine? Alles gut?«

Die Maklerin sah sie besorgt an.

»Bitte? Jaja, alles gut«, murmelte sie und umklammerte die Schlüssel ganz fest. »Da hoffe ich mal, dass ich hier sechs prächtige Monate haben werde.«

»Ich glaube, es werden mehr daraus. Die Leute, die zu mir kommen, wollen nicht so schnell wieder weg. Und bei mir war es auch so.«

Antje, eine bildhübsche Frau mit blonden Locken und blauen Augen, blinzelte sie vielsagend an. »Ich habe mich im Urlaub in einen Spanier verliebt. Ich wollte auch nur einen längeren Urlaub mit ihm verbringen, und es sind zwanzig Jahre daraus geworden. Der Spanier ist längst Geschichte. Aber der Insel bin ich treu geblieben.«

Sie blickte aus dem Fenster. »Sehen Sie, eine palmengesäumte Straße mit Teideblick. Wer gibt das schon wieder auf?«

»Ich lasse mich überraschen. Mal sehen, wann ich Ihnen die Schlüssel zurückbringe.«

»Ich glaube, wir werden uns lange nicht sehen«, meinte Antje und zwinkerte ihr vergnügt zu.

Als Sabine ins Auto stieg, hatte sie allerdings ein mulmiges Gefühl. Sie hatte gerade vollendete Tatsachen geschaffen. Sie spielte nicht Trennung, sie lebte Trennung. Es war ab diesem Moment glasklar: Sie begann ein ganz neues Leben.

KAPITEL 9

Sabines neues Zuhause lag am Ortsrand von Los Realejos, wenige Kilometer westlich von Puerto de la Cruz, in einer kleinen Wohnanlage mit Gemeinschaftspool. Sie hatte eine Außenterrasse mit Meerblick und eine Innenterrasse mit einem kleinen Gartenstück und Zugang zum Pool. Die Wohnung war komplett möbliert und Sabine musste eigentlich nichts weiter tun, als ihren Koffer holen und die Kleidung in den Schrank räumen. Dann war sie angekommen.

Lisa, die sie am nächsten Tag beim Einzug begleitete, war begeistert. »Das ist eine tolle Lage und eine Spitzenwohnung. Die Sterne meinen es gut mit dir. Du bist ein Glückskind.« Sie strahlte Sabine an.

Die Worte ihrer Freundin bestätigten sie darin, die richtige Entscheidung getroffen und ohne Zögern die Wohnung genommen zu haben.

»Hättest du das gedacht, als du in Hameln deinen Koffer gepackt hast?«, fragte Lisa, während sie in die kleine Küche schlenderte und bewundernd über die feine Maserung der Schränke strich.

Sabine ging ihr nach und lachte. »Nein, wirklich nicht. Ich wollte ein paar Tage Urlaub und dann explodierte mein ganzes Leben. Es kann schon spannend sein, nicht wahr?«

»Wenn man sich darauf einlässt und bereit ist mitzumachen, durchaus. Dann passt der Begriff ›spannend‹. Sonst ist es einfach nur dramatisch und anstrengend. Übrigens, solltest du noch etwas für den Haushalt brauchen, ich habe viele Dinge doppelt. Also frag einfach.«

Sie zeigte auf das Kaffeepulver, das Sabine heute früh im Supermarkt gekauft hatte. »Ich habe noch eine ausrangierte Maschine zu Hause. Magst du?« Sie wies mit dem Kopf auf die Terrasse. »Dann kannst du morgens einen köstlichen Kaffee in der Sonne genießen.«

Sabine war gerührt und nahm die Freundin liebevoll in den Arm, was Pablo prompt mit einem eifersüchtigen Fiepen begleitete. Er wollte eindeutig sein Frauchen nicht teilen.

Aber Sabine blieb davon ungerührt und ließ ihren vierbeinigen Gefährten zumindest für ein paar Augenblicke links liegen.

»Lisa, ich bin dir so dankbar«, seufzte sie leise. »Du bist wirklich eine tolle Freundin. Ohne dich säße ich zu Hause in meinem Kaff und würde mir die Augen ausheulen. Dank dir bin ich einigermaßen stabil und sehe hoffnungsvoll nach vorn, anstatt tieftraurig zurück.« Sie gab ihr einen Kuss auf die Wange. »Du hast bei mir ganz viel gut und irgendwann kommt meine große Stunde und ich kann dir etwas davon zurückgeben.«

»Reiner Eigennutz. Ich bin froh, wenn ich dich in meiner Nähe weiß.« Lisa tätschelte ihr gerührt die Wange. »Aber sag mal, wann willst du denn deine Fotografenkarriere starten? Geht es gleich los?«

»O ja, ganz bestimmt. Es ist Zeit, meine Träume zu leben. Ich setze jetzt um, was mir Chrissi schon seit Jahren rät. Sie meinte immer, ich hätte ein gutes Auge und solle fotografieren.

Du hast mir auch zugeraten und ich habe noch mit Sonja gesprochen, die mir auch Mut gemacht hat. Du erinnerst dich? Ich hatte dir von ihr erzählt. Die ältere Frau.«

»Klar erinnere ich mich. Die, die sich im Alter noch mal was aufgebaut hat.«

»Genau. Sie denkt auch, dass ich das packe. Ich habe ja einige Kurse besucht und wollte eigentlich in Afrika damit starten.«

Sie ging zum Schrank, holte ihre Fototasche heraus. »Sieh mal, das Objektiv hatte ich mir extra für Afrika gekauft. Ich war echt entschlossen.« Einen Moment sah sie wehmütig in den Garten, packte aber schnell wieder alles in die Tasche und lächelte.

»Was soll's? Nun ja, dann starte ich eben in Spanien.«

»Mensch, Sabine, das ist doch alles klasse. Du richtest dich erst einmal richtig ein und dann machen wir uns Gedanken, wie du an Aufträge kommst. Ich kenne schließlich einige Leute hier.«

»Möchtest du eigentlich eine Tasse von meinem Fertigkaffee?«, unterbrach Sabine die Pläne der Freundin.

Lisa schüttelte den Kopf. »Nee, lass mal. Aber ein Wasser und einen schönen Platz auf deiner Terrasse hätte ich gern.«

»Das kann ich dir bieten. Komm mal mit. Aber Augen zu!« Sabine nahm Lisa an die Hand und führte sie nach draußen. »Tatarata! Augen auf! Und hier ist mein eigenes kleines Inselparadies. Nicht vergleichbar mit deiner riesengroßen Oase, aber für mich als Newcomer hier ganz in Ordnung, oder?«

»Wow!«, stieß Lisa spontan hervor, als sie den kleinen Garten sah, in dem dicke Bananenstauden neben Olivenbäumchen wuchsen. »Toll, du hast sogar einen Lorbeer. Ich liebe diese Pflanze. Und eine Palme.«

Sabine deutete auf zwei Sessel. »Setz dich, ich hole das Wasser.« Mit zwei Gläsern kam sie zurück. Pablo drückte sich verschmust an ihr Bein, als sie Lisa das Glas reichte und selbst in dem anderen Sessel Platz nahm.

»Danke.« Lisa trank einen Schluck. »Diese Wohnung ist ein Glückstreffer. Es ist gut, dass du gleich zugegriffen hast. Jetzt müssen wir nur noch dafür sorgen, dass du dir auch dauerhaft die Miete leisten kannst. Ich gehe heute Abend mal meine E-Mail-Kontakte durch und sehe zu, dass ich dir ein paar Aufträge vermitteln kann.«

»Das wäre toll. Sonja hat auch viele Kontakte auf der Insel und wird sich ebenfalls für mich umhören. Sie kennt einige Geschäftsleute, an die sie mich vermitteln will, und sie rät mir dazu, mich um Hochzeiten zu kümmern. Die Leute heiraten hier aufwendig und Fotografen sind gefragt. Ich kann mit deutschsprachigen Kunden anfangen; sollte ich Fuß fassen und mich entschließen, wirklich dauerhaft zu bleiben, lerne ich Spanisch und arbeite auch für die Einheimischen und Festlandspanier. Auf diese Weise kann ich finanziell bestimmt über die Runden kommen.«

Lisa stellte ihr Glas ab. »Gute Idee! Tierfotografie wäre auch eine Idee. Aber finanziell interessanter sind bestimmt Imagefotos für die vielen Hotels und Gästehäuser sowie sämtliche Touristikunternehmen wie Yogaschulen und Seminareinrichtungen und, wie schon von Sonja angeregt, eben Geschäfte. Überleg mal, die brauchen doch alle schöne Fotos für ihre Internetseiten und Prospekte. Du wirst dir hier noch eine goldene Nase verdienen.«

»Schön wäre es. Aber eine silberne würde mir reichen, ich muss ja Geld verdienen. Hauptsache, es ist so viel, dass ich bleiben kann.«

Mit den Fingern strich sich Lisa eine Haarsträhne aus der Stirn. »Was sagt denn dein Arbeitgeber? Ist das eigentlich der Sohn vom alten Albert? Hat er die Buchhandlung übernommen?«

»Genau, und ich komme sehr gut mit ihm zurecht.«

»Hast du ihm schon geschrieben, dass du vorläufig nicht mehr kommst?«

»Ich habe ihn angerufen und gesagt, dass ich erst einmal weg bin und mich beurlauben lassen möchte. Vergiss nicht, wie lange ich dort schon arbeite. Wir vertrauen einander. Ich habe ihm alles erzählt. Er kennt Frank und war entsprechend geschockt, aber auch voller Verständnis für meine Situation. Zum Glück hat er aber gerade erst eine Aushilfskraft eingestellt, und da die billiger ist, war er nicht unglücklich darüber, dass mein Gehalt wegfällt. Was das heißt, weißt du aber auch. Er wird keine große Lust haben, mich später weiterzubeschäftigen. Im Grunde bin ich fast so gut wie arbeitslos. Also, wenn es Aufträge gibt, immer her damit.«

Lisa schob ihr eine Visitenkarte zu. »Das ist ein Steuerbüro, da gehen wir nachher hin, damit du eine Steuernummer bekommst und deine Einnahmen auch ordentlich angeben kannst. Ist unkompliziert.«

Es klingelte!

»Der erste Auftrag«, frotzelte Lisa.

Doch das Klingeln kam nicht von einem Auftraggeber, sondern von Laurenz, der unruhig war, weil sich seine Mutter so lange nicht gemeldet hatte. Sabine hatte ein bisschen Sorge, die beiden Kinder mit ihrem unerwarteten Wegzug aus Deutschland zu überfordern. Eigentlich wollte sie sich richtig auf das Gespräch vorbereiten, aber da sie Laurenz nun in der Leitung hatte, mochte sie ihm auch die News nicht vorenthalten. Sie signalisierte Lisa, dass sie kurz mit ihrem Sohn sprechen wollte, und platzte dann sofort mit der Neuigkeit heraus.

»Weißt du, Laurenz, wir haben jetzt eine Wohnung im Süden.«

»Wie? Echt?«

»Ja, Luftlinie ein paar Meter zum Strand und das Schönste, mit einem Zimmer für dich.«

»Wow, das ist super. Du weißt ja, wie gern ich surfe. Ich bin dabei.«

Er schien erst nach einer Weile zu kapieren, was seine Mutter damit meinte.

»Heißt das, du lebst jetzt auf Teneriffa? Was ist denn mit Papa und Hameln?«

Sabine wusste, dass sie ehrlich sein musste. »Dein Vater hat mir eine Ehe zu dritt vorgeschlagen. Du verstehst sicher, dass ich darauf keine Lust habe.«

»Jetzt spinnt er aber total! Das ganze ›Ich bin ein toller Hecht‹-Theater geht uns ja schon lange auf die Nerven. Erinnerst du dich an sein Outfit im letzten Sommer? Mit dieser giftgrünen Hose und dem rosafarbenen Hemd? Da dachte ich bereits, er sei übergeschnappt. Dann das neue Auto, der Luxuswein, den er jedem kredenzte, und ständig das Gerede, wie jugendlich und erfolgreich er sei. Irgendwie wurde er in letzter Zeit wunderlich.«

»Ja, aber auch junge Frauen gehören dazu.«

»Ja, ich weiß, Chrissi hat schon gepetzt. Mama, du weißt, ich komme gut mit Papa zurecht. Zu mir war er immer prima. Aber lass dir nichts gefallen. Eine Ehe zu dritt brauchst du nicht.«

»Du bist nicht sauer?«

»Doch, natürlich, aber auf Papa! Der kriegt noch einiges von mir zu hören. Dass er sich eine Jüngere sucht, ist schlimm genug. Aber diese wirklich bekloppten Vorschläge sind, sagen wir mal, besorgniserregend und indiskutabel. Papa geht mir im Moment jedenfalls gehörig auf den Wecker und soll mich erst einmal in Ruhe lassen.«

Sabine plumpste ein riesengroßer Stein vom Herzen. Sie hatte sich natürlich schon gefragt, wie Laurenz auf solch eine

Nachricht reagieren würde. Aber er war kein Kind mehr, hatte einen klaren Blick und gab kein Veto, sondern eine deutliche Zustimmung.

»Wann kann ich kommen?«, fragte er zum Schluss.

»Immer!«

***

»Hui, das ist ja schön. Ich freue mich sehr, dass du anrufst und wir endlich mal wieder sprechen können.« Lächelnd begrüßte Sabine Bernd, mit dem sie sich nach wie vor schrieb.

Sie war gerade in ihrer Wohnung und dekorierte das Wohnzimmer mit hübschen Vasen, die sie sich am Morgen in einem Dekogeschäft gekauft hatte. Die Wohnung war zum Glück sehr gepflegt und schick möbliert, aber Sabine fehlte die persönliche Note und die wollte sie mit allerlei geschmackvollen Accessoires setzen.

Das Telefongespräch brachte sie allerdings auf andere Gedanken. Als sie Bernds Stimme hörte, wurde ihr sofort ganz warm ums Herz, was sie allerdings nicht nur erfreute, sondern auch irritierte. Denn eigentlich müsste sie Frank hinterherjammern und leiden und nicht schon Gefühle für einen anderen Mann entwickeln.

»Wie geht's dir?«, wollte Bernd wissen.

»Du meinst, ob ich mal wieder meinen Rausch ausgeschlafen habe?« Sabine nutzte die Gelegenheit, mit dem schlechten Gewissen aufzuräumen. »Aber ich kann dich beruhigen: nein. Habe ich nicht. Und, Bernd, du wirst es mir nicht glauben, ich trinke normalerweise so gut wie nie.«

»Und ob ich dir das glaube, denn sonst hätten die paar Gläser an unserem Abend nicht diese Wirkung gehabt.«

»Ach, du willst mich nur trösten«, schäkerte Sabine. »Ich habe mich doch aufgeführt wie ein Teenie.«

»Es war ein wunderschöner Abend, meine liebe Sabine, und ich rufe an, weil ich ihn gern wiederholen möchte. Verzeih, dass ich dir bislang immer nur WhatsApps geschrieben habe, aber die letzte Zeit war ziemlich hektisch.«

Sabine musste sich setzen, so nervös wurde sie plötzlich. Gut, sie hatte seit dem Abend öfter mal an Bernd gedacht, und durch die häufigen WhatsApps war zwischen beiden auch eine gewisse Bindung entstanden. Bernd war ganz begeistert gewesen, als sie ihm ihre neue Adresse in Los Realejos geschickt hatte. Willkommen auf der Insel, hatte er sofort geantwortet. Aber es war mehr im Spiel. Sein liebevolles Lächeln, sein weicher Blick, seine warme Hand, die auf ihrer lag, das Bild ging ihr häufig durch den Kopf, nur unterbrochen von ihrem albernen Versöhnungstheater mit Frank. Aber sie hatte auch Angst davor, Gefühle zuzulassen. Gab es da bereits Platz für einen neuen Mann in ihrem Herzen? Sabine hatte schon einige Male innerlich den Kopf geschüttelt, sich diese Frage mit einem deutlichen »Nein« beantwortet und die Gedanken an Bernd verdrängt. Nun jedoch hörte sie seine Stimme und sah ihn wieder vor sich. Dieses Mal hatte sie nicht die Kraft, sich gegen die aufkeimenden Gefühle zu wehren.

»Was meinst du?«, hörte sie Bernd fragen.

»Ja klar, gern«, antwortete sie.

»Das ging aber wirklich schnell, dass du Insulanerin geworden bist«, redete er weiter. »Du bist richtig fix. Es ist noch nicht lange her, dass wir uns getroffen haben. Damals hörte sich das alles ganz anders an. Es war von einer Auszeit bei deiner Jugendfreundin die Rede, bei Lisa, die ich übrigens auch gut kenne. Sie hat mal meine Olivenöle verkauft, leider hat das nicht so gut geklappt. Kürzlich hat eine meiner Mitarbeiterinnen irgendein Seminar mit Tieren bei ihr mitgemacht. Lisa ist klasse, ein bisschen speziell, aber das mag ich bei Frauen.«

»Und was bei einer Durchschnittsfrau wie mir?«, nahm Sabine ihn auf den Arm.

»Das Tempo«, konterte er. »Innerhalb von kürzester Zeit von der Urlauberin zur Fast-Residentin, das ist nicht schlecht. Gibt es einen besonderen Grund für das Tempo?«

»Allerdings, aber den erzähle ich dir, wenn du mal länger Zeit hast.«

»Habe ich heute Abend, wenn ich einsam und verlassen in meinem Büro sitze. Wenn ich darf, rufe ich dich an und erfahre das dunkle Geheimnis, das dich auf der Insel festhält.«

»Geheimnisvoll ist gut, leider ist es ein Allerweltsgrund, aber was es genau ist, das verrate ich dir heute Abend. Dann kann ich viel weiter ausholen. Mach dich auf etwas gefasst. Es wird aufregend.«

Bernd lachte. »Du, dann hetze ich mal durch den Tag, damit ich bald alles aus deinem aufregenden Leben erfahre. Oder, halt mal, ich habe eine bessere Idee. Mach dir für kommenden Sonntag ein dickes Kreuz in deinen Terminkalender. Ich habe nämlich noch einen viel besseren Vorschlag. Was hältst du von einem Besuch in meiner Bodega? Dann machen wir eine Weinprobe.«

»Auf die Bodega bin ich neugierig, aber eine Weinprobe? Ach nee, nachher bin ich wieder beschwipst und rede nur dummes Zeug. Ich hätte viel lieber mal einen Abend mit dir verbracht, an dem ich klar im Kopf bin. Was meinst du?«

»Auch gut, aber zu mir kannst du trotzdem kommen. Dann machen wir statt einer Weinprobe eine Traubensaftprobe, denn Traubensaft verkaufe ich auch.«

»Und du brutzelst uns etwas Leckeres, falls du kochen kannst?«

»Keine Spitzenküche, aber ich bekomme was Ordentliches auf die Teller. Wir essen mehr und trinken weniger. Und wir sehen uns, versprochen?«

»Klar, und«, sie schluckte, »übrigens sehr gern.«

Kaum hatte sie aufgelegt und sich wieder ihren Dekoaufgaben gewidmet, klingelte es erneut.

Ohne auf die Nummer zu achten, meldete sie sich gleich vertraut mit: »Hallo, Bernd, hast du etwas vergessen?«

»Bernd? Oh, meine Mutter hat einen Freund? Dann muss ich ja gar nicht fragen, was sie den ganzen Tag so macht.«

Chrissi war in der Leitung und Sabine die Anrede furchtbar peinlich. »Ach, das ist nur ein Nachbar«, schummelte sie schnell, ließ aber ihren ganzen Krimskrams stehen, schnappte sich Pablo und ging mit ihm an der Leine und der Tochter am Ohr spazieren. Es war nicht weit bis zu einem wunderschönen Klippenweg, und Sabine freute sich riesig auf das Gespräch mit ihrer Tochter, das sie in der herrlichen Sonne genießen wollte.

In den letzten Tagen hatte sie Chrissi bewusst nicht angerufen. Sie dachte daran, dass ihre Tochter in ihrem ersten Job viel um die Ohren hatte, und wollte sie nicht zusätzlich noch mit ihrem Ehe-Aus belasten. Umso mehr genoss sie es, dass Chrissi jetzt nachfragte.

»Du, der Schmerz bohrt weiter, aber in der Sonne und mit den bunten Farben der üppig blühenden Pflanzen hält man ihn besser aus. Ich kann doch meine Situation nur annehmen und täglich versuchen, das Beste daraus zu machen.«

»Und? Klappt es?«

»Ja, genau das mache ich jetzt!«

»Wie sieht denn dein Tag aus, Mama?«

»Du, ich gehe natürlich viel mit Pablo spazieren. Wenn ich dir beschreibe, wo ich gerade bin, magst du nach deiner Mittagspause nicht mehr in die Praxis zurück.«

»Doch bitte, erzähl, dann habe ich etwas zum Wegträumen.«

»Vor mir schlängelt sich ein breiter Fußweg, gesäumt von Palmen, Kakteen, Bougainvilleen und ab und zu Zitronen. Zu meinen Füßen breitet sich der Atlantik wie eine samtblaue

Tischdecke aus. Ich sehe am Horizont blitzweiße Schiffe entlanggleiten und ganz unten, wenn ich mich etwas zur Seite beuge, ist eine kleine Bucht, in der ein kleines Fischerboot entlangtuckert. Ach so, und links von mir wachsen Bananenpflanzen die sanft ansteigende hügelige Landschaft hinauf, und dahinter, ja, dahinter ist das Gebirge, gekrönt vom mächtigen Teide, auf dem noch eine kleine weiße Schneekappe zu sehen ist.«

»Mama, du hast recht, ich frage nicht noch einmal. Ich komme übrigens soeben aus einer kleinen Bar, in der ich eine schlechte Pizza gegessen habe. Draußen sind zwar achtzehn Grad, aber es regnet heftig und man kann kaum über die Straße gucken. Weißt du was, du machst alles richtig. Wenn ich mal verlassen werde, ziehe ich auch ins Paradies.«

»Ja, es ist ein mächtiges Trostpflaster, aber ganz ehrlich: Verlassen zu werden ist ziemlich hart. Das wünsche ich dir nicht.«

»Das glaube ich, aber manchmal ist so eine Katastrophe nötig, um aufzuwachen und wieder bei sich anzukommen. Papa ist wirklich kein schlechter Vater, ich werde nie etwas anderes behaupten, aber als Ehemann hat er sich in den letzten Jahren zur Supernull entwickelt. Ich gestehe dir offen: Ich bin froh, dass es vorbei ist. Ich liebe dich, Mama, und möchte, dass du so toll bleibst, wie du bist.«

Sabine war gerührt. Es war schön zu wissen, dass ihre Kinder zu ihr standen. Ihre Ehe hatte sie nicht hinbekommen. Das musste sie sich eingestehen. Aber offensichtlich war sie eine gute Mutter. Das tat gut.

»Du, bevor du gleich in den Bus steigst, muss ich dir noch etwas erzählen. Ich habe bald eine eigene Website. Sonja, diese tolle ältere Dame, von der ich dir erzählt habe, hilft Senioren dabei, mit Handy und Co. umgehen zu lernen, und sie ist unglaublich fit darin, Internetpräsenzen zu gestalten. Sie hat mir angeboten, das auch für mich zu machen, damit ich auf der Insel bekannter werde und an Jobs komme. Ich habe ihr Fotomaterial zur Verfügung gestellt und in ein paar Tagen geht schon alles online! Ist das nicht großartig? Ich bin so froh. Dann gibt es außer Spaziergängen auch Arbeit, hoffentlich.«

»Mama, ich muss los. Aber das klingt toll. Ich freue mich.«

»Was macht denn dein Job?«

»Später, ich melde mich wieder. Aber alles gut.«

Sabine ärgerte sich im Nachhinein. Statt gleich auf Chrissis Frage einzugehen, hätte sie erst einmal ihre Tochter fragen müssen, wie es bei ihr lief. Es war nicht immer gut, sich in den Mittelpunkt zu stellen. Sie musste sich wichtiger nehmen als bisher, aber um Himmels willen nicht zu wichtig. Sie musste noch viel lernen.

***

Weinprobe, morgen 17 Uhr. Direkt beim Chef, mit einer Auswahl kanarischer Spitzenweine und Tapas in gediegener Stimmung. Sind Sie dabei?

Diese Nachricht hatte gestern Abend noch auf ihrem Handy geblinkt und Sabine war hin und weg gewesen. Sie mochte Bernd, mehr noch, sie hatte sogar Schmetterlinge im Bauch und die flatterten ziemlich heftig. Seit seinem Anruf hatten sie sich unzählige Nachrichten geschrieben und ausgiebig miteinander telefoniert, genauer die halbe Nacht hindurch. Anfangs war Sabine zögerlich gewesen. Sie schämte sich, einmal wegen ihres feuchtfröhlichen Auftritts und zum anderen, weil sie sich so schnell für einen neuen Mann interessierte. Aber Bernd bemühte sich dermaßen hartnäckig um sie, dass sie gar nicht anders konnte, als sich zumindest ein bisschen auf ihn einzulassen. Mittlerweile verband sie ein fast schon inniges Miteinander. Sie vertraute Bernd viel an, auch ihre letzten

Erlebnisse mit Frank. Umgekehrt erzählte Bernd einiges von sich. Er hatte in seinem ersten Leben als Weinbauer im elterlichen Betrieb in Rheinhessen häufig die Nächte durchgearbeitet, manchmal wochenlang keinen freien Tag gehabt und sich mit Kaffee und Aufputschgetränken wachgehalten. Aber irgendwann war nichts mehr gegangen. Er war fahrig geworden, hatte Fehler gemacht, die Kunden waren unzufrieden gewesen. Eines Tages hatte sein Vater, dem das Unternehmen gehörte, die Notbremse gezogen und ihn gegen seinen jüngeren Bruder ausgetauscht. Damals trudelte auch seine Ehe in die Krise, doch wegen der gemeinsamen Kinder, zwei Söhne, wollten beide die Ehe retten. Bernd drängte schließlich auf einen Neustart, weit weg vom Ort der Niederlage. Seine Frau war einverstanden, und als ihm sein Vater das Startkapital vorstreckte, war die ganze Familie nach Teneriffa gezogen. Bernd sah diesen Schritt rückblickend als Rettung. »Ich wäre in Deutschland untergegangen«, war er sicher.

Er hatte sich dann auf der Insel mit viel Herzblut, aber auch der nötigen Besonnenheit in die Arbeit gekniet und ein gut gehendes Unternehmen aufgebaut. Aber für die Ehe war das zu spät gewesen. Bernd war seit drei Jahren geschieden. Seine Frau lebte mit den Söhnen ganz in seiner Nähe, sodass er sich weiterhin gut um die Jungs kümmern konnte.

»Ich mag deine Offenheit«, meinte Sabine. »Und deine Tatkraft. Denn du hast das Ruder herumgerissen. Ich muss es erst noch schaffen.«

»Ich helfe dir gern dabei, sofern ich kann.«

Und Sabine war seit diesem Satz nicht mehr zu bremsen, sondern nur noch hoffnungslos verknallt.

»Schön aufpassen«, warnte sie Lisa, als Sabine ihr sofort davon erzählt hatte. »In Krisen ist man anfällig. Du willst zügig das emotionale Loch füllen, die Rolle neu besetzen. Aber hüte dich, zu viel zu investieren. Das ist nur der berühmte Zwischenmann.«

Sabine hatte das aber nicht ernst genommen, sondern »So ein Quatsch« gedacht. Bernd und Zwischenmann! Er sah gut aus, war erfolgreich und offenbar genauso in sie verschossen wie umgekehrt. An dem Abend im Hotel hatte sie sich zum ersten Mal seit Langem wieder wie eine begehrenswerte Frau gefühlt und gleich zehn Jahre jünger. Bernds Anruf kam nach dem endgültigen Aus mit Frank und damit genau richtig. Bernd war liebevoll und bemüht. Er gab ihr das, was sie in den letzten Jahren bei Frank nicht bekommen hatte: grenzenlose Aufmerksamkeit und das Gefühl, eine attraktive Frau zu sein.

Die Einladung zur Wein- bzw. Traubensaftprobe hatte ihr Herz zum Schwingen gebracht. Sie wunderte sich selber, wie verknallt sie war, und auch, wie sexuell begehrenswert sie Bernd fand. Das war eine neue Erfahrung, mit der sie noch nicht so recht umzugehen wusste. Im Gegensatz zu Frank hatte sie keinen anderen Partner gehabt und ihr Sexleben vor der Ehe war auch spärlich gewesen. Sie hatte einen festen Jugendfreund gehabt, danach war gleich Frank gekommen. Was sie anfangs ganz erwartungsvoll gestimmt hatte, verlief sich im Alltag von Schwangerschaft, Kleinkindern, Termindruck und festem Samstagabendsex in der Routineposition.

Sie hätte sich nie vorstellen können, dass sie einmal an einem anderen Mann auch sexuell interessiert sein würde, aber bei Bernd war das plötzlich anders. Sie fand ihn richtig »heiß«, wie Laurenz sagen würde, und auf der Fahrt Richtung Icod fühlte sie sich so beschwingt wie lange nicht mehr.

Die Bodega Alfredo lag hinter Weinbergen versteckt in einer Seitenstraße. Es war ein dezent dunkelgrau gestrichenes Landhaus mit einer cognacfarbenen glänzend lackierten Holztür, auf der in goldfarbenen Buchstaben »Bodega Alfredo«

stand. Sabine hatte im Netz gelesen, dass heute Ruhetag war, und ihr war deshalb klar, dass Bernd die Weinprobe nur für sie veranstaltete. Es schreckte sie nicht, im Gegenteil, sie freute sich darauf, dass sie beide ganz allein Zeit füreinander haben würden.

Als sie klopfte, hörte sie seine Schritte auf dem Steinboden. Sie war so nervös, dass sie weiche Knie bekam. Sie wusste, wie wichtig der erste Eindruck sein würde. Sie hatten sich ja nur einmal gesehen und was brachten die Telefonate und Nachrichten, wenn sie sich jetzt gegenüberstanden und nicht mehr mochten? Und dann war es so weit. Die Tür öffnete sich und Bernd lächelte sie an.

»Willkommen in meiner Bodega«, begrüßte er sie warm, und seine blauen Augen strahlten genauso offen wie bei ihrer ersten Begegnung an der Bar. Bernd ließ keinen Zweifel daran, dass er sich genauso wie Sabine über das Wiedersehen freute. Er nahm sie spontan in den Arm, ganz fest, ganz innig. Sie roch sein Aftershave und kam ihm so nah, dass sein halblanges Haar in ihrem Gesicht kitzelte.

»Schön, dich wiederzusehen«, flüsterte er ihr ins Ohr, und Sabine spürte, wie ihr Herz wild lospochte. Sie wand sich unruhig aus seinen Armen, lächelte nervös und begann sofort den üblichen Small Talk, um sich irgendwie abzulenken. Er sollte auf keinen Fall mitbekommen, wie aufgeregt sie war.

»Das ist ja wunderschön hier.« Sie sah sich beeindruckt um. »Diese prächtigen Möbel und dazu die schweren Eisenleuchten. Es sieht alles so wertvoll aus und ungeheuer stimmungsvoll«, schwärmte sie. Sie mochte den Kontrast zwischen den rotbraunen Steinfliesen und den schneeweiß gestrichenen Wänden, an denen wenige Gemälde in üppig goldfarbenen Holzrahmen hingen. »Man fühlt sich ein bisschen wie in einem Schloss«, meinte Sabine abschließend. »Dazu deinen leckeren Wein und ein bisschen Gitarrenmusik – und das Glück ist perfekt.«

»Gefällt es dir tatsächlich?« Bernd griff nach Sabines Hand und führte sie durch den großzügigen Schankraum. Es roch wirklich nach Wein und altem Holz, und durch die hohen schmalen Fenster konnten sie nach draußen in einen üppig blühenden Garten blicken, in dem bis zum Horizont Olivenbäume zu sehen waren.

»Leider habe ich meine Gitarre zu Hause vergessen«, witzelte Bernd. »Sonst hätte ich dir natürlich ein Begrüßungsständchen gespielt.«

»Angeber«, alberte Sabine zurück.

»Da hast du recht, ich bin völlig unmusikalisch. Aber wenn du das nächste Mal kommst, biete ich dir auch ein musikalisches Rahmenprogramm. Ich habe für meine Proben oft einen Musiker hier.«

»Es ist zu schön hier!« Sabine konnte sich nicht sattsehen an den stimmungsvollen Details, die sie überall entdeckte. Verzierte Weinkrüge, zu Stehtischchen umfunktionierte Weinfässer, eine in einem Glasschrank präsentierte Sammlung alter Flaschenöffner. »Es ist ein Erlebnis, hier zu sein. Ich danke dir von Herzen für die Einladung.«

»Und wie gefällt dir das Kernstück meiner Bodega?«

Bernd zeigte auf den riesigen Holztisch, an dem bequem zwanzig Gäste Platz nehmen konnten. »An diesem Tisch finden die ausgelassensten Weinproben statt.«

»Er ist wunderschön. Ich kann mich nicht entsinnen, schon einmal so einen langen Tisch gesehen zu haben. Ist einer der Plätze für mich?«

Bernd schüttelte den Kopf. »Für dich habe ich den Platz dort drüben reserviert.«

In einer Ecke standen zwei Ledersessel mit einem kleinen Tischchen, auf dem Bernd dickbäuchige Gläser und ein paar Tapas aufgebaut hatte.

»Darf ich bitten, Señora?« Er wies auf den Sessel, damit sie Platz nahm.

»Und als Erstes empfehle ich einen Listán Negro. Er präsentiert sich mit würzigen und mineralischen Noten.« Bernd war hörbar in seinem Element, denn er schwärmte in den höchsten Tönen von seinem Wein. »Ich habe gleich noch einen mit zehn Prozent Tintilla-Traube. Ein Genuss. Du wirst begeistert sein.«

Sabine sah fast schon andächtig in das Weinglas, hielt es ins Licht, schwenkte es vorsichtig und beobachtete die Bewegung im Inneren. Sie nippte daran, ließ sich den guten Tropfen auf der Zunge zergehen, um die verschiedenen Aromen herauszuschmecken.

»Und? Was schmeckst du?«

»Kraftvoll und seidig, nachhaltig und glatt, dazu mit guter Säure.«

»Oh, da hat aber jemand richtig aufgepasst«, erwiderte Bernd lachend und entspannte sich in seinem tiefen Sessel. »Gleich erfährst du noch ein bisschen Insiderwissen, und nach diesen feinen Tropfen serviere ich dir meine weiteren drei Lieblingsweine. Ich bin gespannt, welcher dir am meisten zusagt.«

»Ich dachte, es gibt Traubensaft«, meinte sie kess.

»Gibt es doch auch«, konterte Bernd.

Sabine schmunzelte und genoss es, so ausführlich über die Qualität und die Besonderheit der kanarischen Weine aufgeklärt zu werden, aber sie genoss auch die Weine und ganz besonders die kribbelige Stimmung, denn es knisterte ganz gewaltig zwischen den beiden.

Zwischendurch servierte ihr Bernd gebratenen Ziegenkäse mit gerösteten Weißbrotscheiben, wohlschmeckende Oliven, köstliche Kroketten und kleine Fleischbällchen in einer delikaten Tomatensauce.

»Und, Señora Sabine, noch ein Schlückchen von meinem prämierten Malvasier. Den möchte ich dir nicht vorenthalten.«

»Aber es ist Wein Nummer sechs, noch kann ich zählen. Nur ein Schlückchen bitte.« Sabine hörte selber, dass ihre Zunge mittlerweile schon recht schwer klang.

»Das war dann der letzte Wein, danach nehme ich lieber einen Kaffee und wir beide gehen etwas spazieren, sonst ist es unverantwortlich, heute noch ins Auto zu steigen. Zum Glück kann ich mit dem Bus fahren.«

»Wer sagt denn, dass du das musst«, säuselte Bernd und stieß sein Glas ganz sanft an ihres.

Bling!

»Genieß den Wein. Menschen, die Wein genießen können, genießen auch das Leben mit all seinen Vorzügen.«

Bernd nahm ihre Hand, streichelte mit seinem Daumen sanft über ihren Handrücken. Sabine erinnerte sich nur zu gut an dieses Gefühl.

»Du bist eine Frau, die genießen kann. Das habe ich am ersten Abend im Hotel gesehen.«

»Du Charmeur, an unserem ersten Abend war ich volltrunken. Von Genuss keine Spur.«

»Sei nicht so kritisch mit dir.« Er legte auch seine zweite Hand auf ihre. Sie fühlte sich so warm und wohlig an. Sabine spürte zum ersten Mal seit Langem wieder Geborgenheit, aber auch Lust auf Leidenschaft und ein kleines bisschen Angst vor dem, was gleich kommen würde.

Mit jedem Atemzug heizte sich die Stimmung zwischen den beiden mehr auf, und schließlich war es kein Knistern mehr, sondern ein loderndes Feuer. Bernd sah sie fordernd, begehrend, leidenschaftlich an und Sabine wich seinem Blick nicht aus, weil sie dasselbe empfand wie er. Sie beobachtete das Muskelspiel unter seinem Shirt, roch den Duft seines Aftershaves und wünschte sich nichts mehr, als diesen Mann zu spüren, überall. Bernd verstand die sinnlichen Signale und stand so langsam auf, dass sich ihre Hände nicht lösen mussten. Dann zog er Sabine vom Stuhl hoch und umschlang sie mit seinen starken, kräftigen Armen. Sie spürte seinen heißen Atem, seine festen Schenkel drückten an ihre Beine. Ihr Herz überschlug sich und die Lust nahm sie gefangen. Und da fühlte sie seine weichen Lippen auf ihren, seine Zunge, die fordernd ihre suchte.

»Sabine, komm her«, stöhnte er auf und griff voller Begierde mit einer Hand unter ihr Kleid.

Sie fühlte seine heiße Hand auf ihrem Körper, die wollüstig tastenden Finger zwischen ihren Beinen. Was passierte mit ihr? Sabine überlegte eine Sekunde, ob sie seine Hand wegdrücken und den nächsten Bus nach Puerto nehmen sollte. Sie hatte noch nie Sex mit einem Mann gehabt, den sie kaum kannte. Aber die Lust, dieses grenzenlose Verlangen nach Zusammensein, nach Verschmelzen, nach Einswerden, war stärker als alle Bedenken. Und während sie sich fallen ließ in den Sinnesrausch, schob er sie küssend vor sich her in sein Büro, das nur durch eine kleine Schwingtür von der Bodega getrennt war.

Aus den Augenwinkeln erkannte sie noch einen großen Schreibtisch sowie eine bequeme Liege.

»Ich begehre dich«, raunte er ihr ins Ohr und ließ seine Lippen an ihrem Hals entlanggleiten. Gleichzeitig zog er ihr mit einem Ruck den Slip aus und Sabine wusste genau, dass sie dem nichts mehr entgegenzusetzen hatte.

Sie spürte nur noch Begierde, und alle Gedanken lösten sich in diesem Taumel der Emotionen auf. Es gab weder Zeit noch Raum, weder Frank noch Hameln, es gab nur sie beide auf dem drängenden Weg zum Gipfel der Lust.

Als sie später an seine Brust gekuschelt lag, waren die Gefühle gemischt. Sie fühlte sich gut. So einen befriedigenden Sex hatte sie viele Jahre nicht gehabt. Sie fühlte sich auch eine Spur verwegen und mochte die Vorstellung, gerade Sex in einer Bodega gehabt zu haben. In ihrem ganzen Leben hatte sich Sabine noch keine Schlenker gegönnt. Sie war immer nur geradeaus gelaufen, wie auf Schienen. Das war ab heute vorbei. Sie war einfach mal abgebogen und freute sich darüber, dass sie den Mut dazu gehabt hatte. Aber auf der anderen Seite fühlte sie sich schlecht. Sie hatte zum ersten Mal in ihrem Leben ein Abenteuer, aus dem auch mehr werden könnte, das war spannend, keine Frage, aber es war auch ein weiterer dicker Schlussstrich unter ihrer Ehe.

Sie atmete tief durch und genoss den Augenblick.

»Wollen wir uns morgen in Puerto treffen?«, fragte Sabine ganz sanft und genoss es, dass Bernd mit ihren kurzen Haaren spielte.

»Sehr, sehr gern. Dann sehe ich mal dein neues Reich und ich zeige dir mein Lieblingsrestaurant in Puerto. Du wirst es mögen. Es gibt dort Livemusik und die besten Papas arrugadas auf der Insel.«

Livemusik, Papas arrugadas, meine Güte, was war aus ihrem Leben geworden. Sie, die brave Buchhändlerin und Zweifachmutter, lag mit einem Weinbauern im Bett, irgendwo in den Bergen der Kanareninsel Teneriffa, und machte Dates mit Livemusik aus. Es war noch nicht lange her, als sich in ihrem Kopf alles um Blumenerde und den Anstrich des Wohnzimmers gedreht hatte. Das Leben machte viele Pirouetten.

***

Eine Panoramaaufnahme von Teneriffa, dazu viele Impressionen von Stränden, Bergen, Pflanzen und weiteren Highlights. Mittendrin strahlte Sabine ihr schönstes Lächeln. Darunter stand in knallroten Buchstaben: »Die Inselfotografin!«

»Und? Gefällt es dir?«

»Ich bin ganz sprachlos. Sonja, das ist so schön geworden. Ich weiß gar nicht, wie ich dir danken soll.«

»Ich schon, ich kenne eine kleine Bar in der Nähe vom Socorro-Strand. Dort gibt es leckere Salate, das wäre mein Dankeschön.«

»Aber zu gern«, sagte Sabine und nahm die Freundin überschwänglich in den Arm.

»Übrigens, so schön wie die Seite bist auch du. Das Kleid hat dasselbe Rot wie meine Überschrift und steht dir wirklich ausgezeichnet.«

»Es ist neu. Ich passe mich den Farben des Südens an«, entgegnete Sabine. »Gefällt es dir tatsächlich?«

»Auf jeden Fall, aber wenn ich deine blitzenden Augen sehe, bezweifele ich, dass es nur der Süden ist. Das Dekolleté, der figurbetonte Schnitt, ich denke eher, dass es dunkle Männeraugen sind, die dich zum Kleiderkauf animiert haben.«

Sabine knuffte Sonja spielerisch in die Seite. »Du mit deinem Seelen-Röntgenblick. Okay, also – tatarata – ich, die brave Sabine, ich habe mich verliebt.«

»Gratuliere, eine Affäre tut dir gut und bringt dich auf andere Gedanken.«

Affäre, dachte Sabine irritiert. Bisher hatte sie noch nicht über eine Definition von ihr und Bernd nachgedacht. Warum auch, schalt sie sich selbst. Sie sollte einfach nur genießen. Lebenspläne hatten sie bisher auch nicht weit gebracht. »Du siehst übrigens ganz bezaubernd aus.«

Sonja hatte ihre Haare wieder gekonnt hochgesteckt, sich aus einem Seidentuch mit Blumenmuster ein Stirnband gedreht. Sie trug ein türkisfarbenes Wickelkleid, goldene Sandalen und ihre goldene Lesebrille, die ihr an einer Kette lässig am Dekolleté baumelte. Sie sah für ihr Alter traumhaft aus.

»Du und deine Komplimente, da erröte ich ja.«

»Ich möchte unbedingt dein Rezept haben, mit dem du es schaffst, in diesem Alter so auszusehen. Operationen sind es jedenfalls nicht.«

Sonja spielte mit der Brillenkette. »Kindchen, nein, wirklich nicht. Es ist die ganz bekannte Mischung: Zuversicht und Lebensfreude, Geselligkeit, gesunde Ernährung und reichlich Bewegung. Und das Gute: Das Rezept klappt überall auf der Welt.« Sie schmunzelte. »Aber lenk nicht ab. Ich wüsste zu gern, wer es ist. Kenne ich ihn?«

»Ja, klar, es ist der sympathische Weinbauer, von dem ich dir erzählt habe.«

»Der, mit dem du dir im Hotel kräftig einen hinter die Binde gegossen hast?«

Selbst die Erinnerung daran war Sabine mittlerweile nicht mehr peinlich. »Genau der, und Sonja, er ist toll. Er hört zu, ist aufmerksam, gibt Antworten, geht einfach auf mich ein.«

»Bist du glücklich?«

»Es klingt komisch, immerhin ist erst vor Kurzem mein Mann getürmt, aber es fühlt sich im Moment nach Glück an. Wenn jetzt auch noch mein berufliches Engagement klappt, ja, dann setze ich zum Flug in die Sonne an.«

»Na, dann lass uns mal loslegen«, preschte Sonja vor und setzte sich mit Sabine an den PC. »Was soll noch angepasst werden?«

Wenig später ging »Die Inselfotografin!« online. Sonja hatte die Seite dreisprachig aufgesetzt: in Deutsch, Spanisch und Englisch.

»Ich habe eine eigene Website, natürlich international, und bin sooo stolz«, jubelte Sabine und fiel ihrer Freundin vor lauter Dankbarkeit gleich noch einmal um den Hals.

Noch am Abend verschickte sie den Link an ihre Kinder und engsten Freunde. Sie erntete sofort begeisterte Kommentare.

»Mit der Seite hast du keinen Leerlauf mehr«, versprach Chrissi, und Laurenz schrieb: »Meine Mum ist in jeder Hinsicht die Beste.«

Auch Lisa ermunterte Sabine und sagte, dass sie schon viele Freunde auf der Insel darauf aufmerksam gemacht hätte, unter anderem auch die entsprechenden Inselmagazine.

Noch einen Tick mehr freute sich Sabine über Bernds Kommentar: Meine Superfrau, schrieb er ihr als WhatsApp-Nachricht, und was ihr gefiel, war nicht die »Superfrau«, sondern das Adjektiv »mein«.

Und um den Start in eine glänzende Fotografenlaufbahn zu feiern, lud Sabine Bernd spontan für den Abend nach Puerto de la Cruz ein.

»Ich bin dabei!«, frohlockte er und versprach, in einer Stunde vor dem Lokal zu warten. Sabine fühlte sich wie bei einer Geschäftseröffnung und machte sich deshalb auch entsprechend zurecht. Sie hatte sich nicht nur einen neuen kirschroten Lippenstift gekauft und dazu den passenden Nagellack, nein, für den Abend mit Bernd hatte sie noch zusätzlich tief in die Tasche gegriffen und sich ein hinreißend aussehendes Etuikleid in einem dunklen Orange gegönnt und, von Sonja abgeguckt, zarte Sandalen mit einem Endlos-Absatz. Eigentlich konnte sie auf so hohen Schuhen gar nicht gut laufen, aber wen interessierte das, wenn man ein Date hatte.

Als sie Bernd vor dem Lokal warten sah, fühlte sie sich wie mit fünfzehn, als sie ihre Schülerliebe in der Eisdiele getroffen hatte. Ihr Herz klopfte und sie hatte weiche Knie, was sich noch durch ihren waghalsigen Gang auf den Stilettoabsätzen verstärkte. Bernd machte Nägel mit Köpfen und küsste sie schon leidenschaftlich zur Begrüßung. Es wurde wieder ein richtig schöner Abend mit Musik, heiterer Stimmung und vielen langen Küssen auf dem Rückweg zum Parkplatz. Sabine fühlte sich wirklich an ihre Zeit als Teenager zurückversetzt, kicherte wie damals und malte sich kurz aus, was ihre Kinder wohl sagen würden, wenn sie sie sehen könnten.

Bernd fuhr sie schließlich nach Hause und beide knutschten heftig im Auto. Aber Sabine bat ihn nicht, mit ihr hineinzukommen, was Bernd sichtbar durcheinanderbrachte. Stattdessen sprach sie in ihrer gewohnten Offenheit an, was sie davon abhielt.

»Ich brauche mehr Sicherheit, um mich fallen zu lassen. In der Bodega war ich beschwipst und aufgeheizt. Aber jetzt bin ich vorsichtiger. Ich suche eine Beziehung, und ob unsere Verliebtheit das hält, was sie verspricht, möchte ich erst austarieren.«

Bernd war irritiert, das spürte Sabine sofort. Er fing sich aber schnell wieder und zeigte Verständnis, aber es war deutlich, dass er mit ihrer Reserviertheit nicht gerechnet hatte.

»Ich möchte alles über dich wissen, dich richtig kennenlernen«, erklärte Sabine ihre Gefühlslage, damit sich die Stimmung nicht weiter eintrübte.

»Was erwartest du?«, fragte er.

»Ich werde nach meiner gescheiterten Ehe nicht aufgeben. Ich möchte mich wieder binden, noch einen Versuch starten und noch einmal richtig glücklich werden.«

»Magst du nicht erst einmal dein Singleleben ausprobieren?«

»Nein, ich bin kein Single. Ich bin jemand, der unbedingt in einer Partnerschaft leben will. Ich bin zwar allein, aber nicht freiwillig, bitte vergiss das nicht.«

Bernd nickte. »Na gut, Sabine, dann sehen wir mal, wie weit wir uns finden.«

Er küsste sie noch einmal, ganz wild und leidenschaftlich.

»Komm, ich bringe dich noch zur Tür, damit ich weiß, dass du gut ankommst. Und keine Sorge, ich bin ganz lieb dabei.«

Er lächelte, nahm sie auch an der Tür noch einmal in den Arm, drückte sie fest.

»Schlaf gut, guapa. Und pass schön auf dich auf.« Er warf ihr noch eine Kusshand zu und verschwand.

Drinnen begrüßte sie Pablo stürmisch, und nach einem kurzen Gang mit ihm nach draußen fiel Sabine beschwingt und selig ins Bett.

Sabine schlief wie auf Wolken ein, mit Bernd in ihrem Herzen. Sie hatte vergessen, wie aufmerksam und liebevoll, wie zärtlich und romantisch Männer sein konnten. Mit Frank erinnerte sie sich nur an den Alltag. *Hast du die Rechnungen bezahlt? Denkst du an die Schröders, die Freitag zum Abendessen kommen? Ich bin drei Tage unterwegs, bitte regele du doch den Banktermin!* Das waren die Dinge, die sie mit Frank besprochen hatte. Bei Bernd ging es um köstliche Weine, herrlich duftende Olivenöle und darum, wie man dem Leben täglich aufs Neue etwas Schönes abgewinnen konnte. Er musste jetzt erst zu einer Weinmesse nach Hamburg fliegen und wollte ihr anschließend die Insel zeigen. Es gab eine Höhle, in der sie schwimmen würden, und den Teide, den sie gemeinsam besteigen wollten. Die Zeit mit Bernd würde spannend und abwechslungsreich werden. Er wusste, wie man arbeitete, Leistung brachte, erfolgreich war, aber immer auch seine Seele satt hielt. Und im Augenblick war er genau der Richtige, mit dem ihr Leben endlich die Spannung bekam, die sie sich so wünschte.

KAPITEL 10

Die Boutique war klein, exklusiv und lag in einer Seitenstraße von Puerto de la Cruz. Als Sabine im Schaufenster die Preisschilder musterte, war sie überrascht. »Das ist ja ganz schön happig.«

»Aber die Ware ist es wert«, konterte Sonja. »Vera ist eine Freundin von mir und hat ausgesprochen schöne Kleider. Ich gebe zu, dass ich sie mir nur im Ausverkauf leisten kann, dafür sind sie eben besonders schick und haben eine erstklassige Passform.«

»Das stimmt, ich gehe davon aus, dass der azurblaue Traum, den du heute trägst, auch aus diesem Geschäft ist.«

»Richtig, aber auch erschwinglich«, entgegnete Sonja.

Sie hatte Sabine heute früh in ihrem Appartement abgeholt, um sie mit zu Vera zu nehmen. »Deiner ersten Kundin«, hatte sie vielsagend gesagt. »Sie möchte ebenfalls eine Website und das geht nun mal nicht ohne schöne Fotos. Und …«

»… und da hast du an mich gedacht, stimmt's?«

Sonja lächelte. »Genau, ich dachte, damit du wieder Flügel bekommst, und zum anderen, damit du nicht wieder verschwindest, sondern mir hier auf der Insel treu bleibst.«

Sonja tätschelte ihre Schulter. »Es ist nämlich schön, dass du hier bist. Ich möchte dich gern in meiner Nähe behalten.«

Sabine taten die Worte gut. Sie fühlte sich wohl in ihrem Appartement, keine Frage, aber doch gab es jeden Tag Momente, in denen ihr die Tränen kamen und sie einfach nur losheulte. Trennung, Auswandern, das waren Begriffe, die man häufig hörte, die Normalität waren. Doch wer wirklich in der Situation steckte und das durchmachen musste, spürte erst, was sich dahinter alles verbarg.

In diesen Momenten vermisste Sabine ihr wunderschönes Haus, mit dem sie so viele Erinnerungen verband. Hier waren Chrissi und Laurenz aufgewachsen. Hier hatte es Kindergeburtstage gegeben, erste Partys, Abiturfeiern. Sie hatte die Kinder der Nachbarn groß werden sehen, die Eltern mit beerdigt und kannte in ihrem Viertel buchstäblich jeden Pflasterstein. All das hatte sie gegen herrliche Palmwedel und Kübel voller Bougainvilleen getauscht. Puerto war schön, wunderschön, keine Frage. Aber es war nicht ihre Heimat. Die lag zweitausend Kilometer entfernt und mehrmals am Tag wurde ihr das schmerzlich bewusst.

»Du brauchst Zeit. Ein Vierteljahrhundert Ehe, das kann man nicht einfach abhaken und business as usual machen«, hatte ihr Lisa schon häufig gesagt, wenn sie die Freundin heulend angerufen hatte, weil ihr in bestimmten Momenten das Leben unendlich trostlos erschien.

Sie war eben nur mit einem Bein aus ihrem alten Leben ausgestiegen. Das andere steckte noch knietief darin. Sie hatte in ihrem Kopf sämtliche Daten von Franks Kalender und wachte damit jeden Morgen auf. Heute war Stammtisch oder Fitness oder der Geburtstag seines Finanzvorstandes. Sie waren zwar räumlich getrennt, aber in ihrem Kopf lebte sie nach wie vor immer noch sein Leben weiter.

Zudem quälte sie die Vorstellung, dass irgendwo in diesem Leben diese Olga herumturnte. Sabine hatte sogar oft richtige Albträume und war nachts aufgeregt hochgeschreckt. Dann kam in ihren Träumen Olga mit ihrem Lieblingskleid vor. Sie hatte sie auch schon in ihrem Bett gesehen, mit ihrer Kette und natürlich mit ihrem Make-up. Die Vorstellung, dass sich Olga in ihrem Haus breitmachte, holte sie in einigen Nächten aus dem Schlaf.

»Ich könnte dir auch raten, dorthin zu fahren und dein Revier zu verteidigen. Aber glaub mir, das würde alles nur schlimmer machen. Je weiter du fort bist, desto freier und entspannter wirst du. Glaub mir bitte einfach«, hatte ihr Sonja erst kürzlich empfohlen, und Sabine versank kurz in der Erinnerung an ihr Gespräch.

»Das heißt, ich soll gar nicht mehr nach Hause zurück?«

»Doch, natürlich, vielleicht pendelst du dauerhaft zwischen Hameln und Teneriffa oder du wickelst dein altes Leben in Hameln irgendwann ab. Aber das musst du doch jetzt nicht entscheiden. Im Moment bist du hier, hast für sechs Monate eine Bleibe und du solltest dir und deinem Noch-Ehemann erst einmal den Abstand gönnen. Die schlimmsten Verletzungen passieren gleich nach der Trennung, und das Porzellan, das ihr jetzt zerdeppert, müsst ihr beide später wieder mühevoll zusammenkehren. Haltet ihr Abstand, erspart ihr euch das. Bleib noch ein bisschen hier, bevor du dich zu Hause um die Abwicklung und die Formalitäten kümmerst. Arbeite an deinem Selbstbewusstsein; stell dich dem Schmerz und damit deinem Mann, wenn du ausgeruht und aufgerichtet bist. Dann hast du bessere Karten.«

Sabine hörte gern ihrer Freundin zu. Sie war so reif, so vernünftig, so weise und so bescheiden. Genau das sagte sie ihr auch. Doch Sonja wollte all diese Komplimente gar nicht hören.

»Ich bin ganz normal. Jeder, der von außen auf so eine Situation schaut, hat es leichter, klar zu sehen. Du steckst mittendrin und hast kein Auge dafür. Aber ich kann ja mit meinem Verstand agieren. Das ist viel leichter. Wenn du meine Situation sehen würdest, wärest du auch mein Ratgeber, ganz bestimmt.«

Sonjas Worte waren Balsam. »Das wäre schön, wenn ich dir irgendwann auch mal zur Seite stehen könnte.«

»Das kommt noch, warte mal ab. Hast du eigentlich mit dem Anwalt inzwischen gesprochen? Du hattest es mal angedeutet?«

»Mit Doktor Berghoff, ja, habe ich, und er kennt die Fakten. Aber wir haben ausgemacht, dass ich alles erst einmal sacken lasse und in den nächsten Wochen zu ihm in die Kanzlei komme und wir alles besprechen.«

»Und hast du genug Kleidung hier? Du bist doch bestimmt nur mit einer Reisetasche gekommen.«

»Genau.« Sabine lachte. »Und von dem wenigen ist eine Hose schon zerrissen, wenn du dich erinnerst. Mit ein paar Kleidchen. Aber Chrissi war in Hameln und hat eine Kiste auf den Weg gebracht. Außerdem macht es auch Spaß, sich hier etwas Sommerliches zu kaufen.«

»Natürlich, und die Farben, die man hier im Süden trägt, stehen dir auch ausgezeichnet.«

Sonja legte Sabine plötzlich den Arm um die Schulter und holte sie zurück in das Hier und Jetzt.

»Komm mal etwas näher zu mir. Wir machen ein Selfie.«

Sabine lehnte ihren Kopf an Sonja und beide strahlten gekonnt in die Handykamera. Klick! »Das schicke ich dir gleich, als Erinnerung. Denn jetzt organisieren wir beide dir deinen ersten Auftrag.«

Und es klappte! Vera war offenbar so gut gebrieft von Sonja, dass sie kaum noch Fragen stellte. Sie zeigte Sabine ihr

Geschäft, erklärte ihr, wofür sie stand und was ihren guten Ruf ausmachte, und vertraute darauf, dass sie genau die Fotos erhielt, die sie sich erträumte. Sabine wurde zwar ein bisschen nervös, als sie erkannte, was auf sie zukam, gab sich aber professionell.

»Kein Problem, Vera, in den nächsten zwei Wochen machen wir hier das Shooting und du bekommst zeitnah das Material. Ich muss noch zwei kleine Aufträge zu Ende bringen«, log sie, »und dann kümmere ich mich um dich.«

Der einzige Fauxpas passierte ihr bei der Preisverhandlung. Sie nannte Vera eine Summe, die ihr im Nachhinein viel zu niedrig erschien, zumal Sonja ihr das auch bestätigte.

»Also, da hättest du noch etwas draufpacken können, wenn ich so an die Summen denke, von denen mir andere berichten. Aber das macht nichts. Für den Start ist es gut.«

»Ich fange klein an, aber, Sonja, ich brauche mehr Ausrüstung. Ich habe keine ausreichende Beleuchtung. Da muss ich mir noch etwas zulegen.«

»Ja, wer sich selbstständig macht, muss auch investieren. Aber du hast doch noch Geld, oder? Soll ich dir etwas leihen?«

»Nein, nein, keine Sorge. Ich habe genug Erspartes und Frank hat versprochen, unser Haushaltskonto wie gewohnt zu bestücken. Ich habe ihm geschrieben, dass ich das erwarte, und wenn nicht, hat er schneller einen Brief vom Anwalt vorliegen, als ihm lieb ist.«

»Habt ihr eigentlich Gütertrennung?«, wollte Sonja wissen.

Sabine schüttelte den Kopf. »Nein, das hat Lisa auch schon gefragt. Aber bei uns geht alles sauber durch zwei. Doch darüber mache ich mir keine großen Gedanken. Frank weiß, dass ich mich nicht verschaukeln lasse. Außerdem verfügen wir auch nicht über die großen Reserven. Wir besitzen das Haus, ein paar Ersparnisse und das war's. Es wird keine großen Streitereien ums Geld geben. Aber eins ist klar. Ich bin darauf angewiesen, mich zu ernähren. Mein Anteil vom Haus, falls er mich ausbezahlt oder verkauft, reicht für eine Wohnung hier und auch sonst eine Weile, aber die Lebenshaltungskosten muss ich irgendwann schon verdienen.«

»Das klingt doch gut. Komm, dann lass uns mal stöbern, was das Netz so alles über die Beleuchtung und ein kleines Studio hergibt, und wir suchen dir das Passende aus.«

Zwei Tage später hatte sich Sabines Wohnzimmer zu einem Ministudio gewandelt. Sie hatte sich ein zweites Kameragehäuse, weitere Objektive, Blitzgeräte und eine Blitzanlage angeschafft und bewegte sich routiniert zwischen all der Technik, machte mit ihrer Kamera Lichtproben, verglich, prüfte, und legte noch einmal los. Ihre Unsicherheit war fast verschwunden. Offenbar hatte sie bei den Seminaren gut aufgepasst und vieles abgespeichert. Dazu las sie sich noch weiterhin viel an und schaffte mit ihrer kostspieligen Profiausrüstung, was sie kaum für möglich gehalten hatte: rundherum tolle Bilder.

Und so wurde die Premiere bei Vera zum Volltreffer.

Gut, sie hatte bestimmt länger gebraucht als ein Profi und vermutlich auch viel mehr Bilder geschossen als ein alter Hase im Geschäft. Aber das spielte keine Rolle. Was zählte, war das Ergebnis.

Zu Hause half ihr Sonja bei der Bearbeitung. Sie drängte Sabine dazu, sich gleich noch ein entsprechendes Bearbeitungsprogramm zuzulegen und natürlich einen neuen PC sowie einen supergroßen und leider auch superteuren Bildschirm.

Wenn Sabine nun in ihr Appartement kam, blinkte, surrte und ratterte es. Pablo, ihr Studiohund und Lieblingsmodel, hatte sein Körbchen direkt neben ihrem kleinen Küchentisch, den sie als Schreibtisch entfremdet hatte, natürlich mit Terrassenblick.

Wenn Sabine am PC arbeitete, konnte sie sehen, wie er sich in seinem superweichen Kissen aalte, die Vögelchen draußen beobachtete und sein Kopf sich synchron immer hin und her bewegte. Er lag da geduldig, hatte seine Vögel und Sabine ständig im Auge und wartete darauf, dass sein Traumfrauchen die Leine nahm, »Vamos« sagte und mit ihm einen der stets ausführlichen Gassigänge unternahm. Sabine hatte ihn mehr als lieb gewonnen und wünschte sich, dass sich Francisco niemals wieder melden würde. Denn es würde ihr das Herz brechen, wenn sie ihn abgeben müsste. Ach was, das würde sie einfach nicht tun. Sie würde den Leuten das Tier abkaufen, basta!

»Ich bereue so sehr, dass ich überhaupt zu Francisco gegangen bin«, sagte Sabine später zu Lisa, als sich die beiden in der Stadt auf einen Kaffee trafen. Pablo lag unter dem Tisch und hatte keine Ahnung, was für ein brisantes Thema sie über seinen Kopf hinweg besprachen.

»Ja, das stimmt, ich verstehe dich. Aber es war ja ganz anders geplant. Du warst hier im Urlaub. Vergiss das nicht.«

»Stimmt, kannst du nicht mit Francisco reden? Er kann doch erklären, der Besitzer sei gefunden und fertig.«

»Diese Lüge kann er sich als Tierarzt nicht erlauben. Das ist auch nicht seine Art. Aber ich versuche, mal herauszuhören, was wir machen können. Sorge dich nicht, es wird alles gut.«

***

»Sabine! Das ist ja schön. Und Pablo, mein Freund. Dir scheint es auch prächtig zu gehen.«

Sabine war mit Pablo auf dem Weg zum Supermarkt, als sie eine Stimme hörte, die ihr bekannt vorkam. Francisco stand vor ihr. Er hatte seinen schweren Behandlungskoffer in der Hand und strahlte sie freundlich an.

»Was machst du denn hier? Warst du bei einem vierbeinigen Patienten?«

»Genau, ich wollte dich aber sowieso anrufen. Es gibt keine Neuigkeiten von Tasso. Die Dame ist nach wie vor verschwunden und niemand weiß, wie Pablo auf die Insel gekommen ist. Aber wie ich dich verstanden habe, bist du nicht traurig darüber.«

Er zwinkerte ihr schelmisch zu.

»Das stimmt. Ich möchte gar nicht mehr, dass man den Besitzer ausfindig macht. Ich möchte den kleinen Kerl wirklich nicht wieder hergeben.«

»Das verstehe ich, aber es gibt ja, wie so oft im Leben, zwei Seiten. Die Vorstellung, dass irgendwo ein tierlieber Mensch seinen vierbeinigen Kameraden vermisst, ist auch nicht schön.«

»Deshalb bin ich ja anfangs auch zu dir gekommen. Aber je länger Pablo bei mir ist, desto schwerer wird es, ihn abgeben zu müssen. Ich mag gar nicht daran denken.«

Francisco stellte seine Tasche auf den Boden. »Willst du ihn denn mit nach Deutschland nehmen? Er braucht dafür Papiere. Ich kann mich darum kümmern, wenn du magst. Aber dann kommt auch heraus, dass er gechippt ist, und alles beginnt von vorn.«

»Das ist noch nicht aktuell. Erst einmal bleibe ich hier.«

»Hier auf der Insel? Du bist doch nur zum Urlaub gekommen?«

»So war es geplant, aber meine Ehe ist endgültig durch.« Sabine blickte kurz zu ihren Fußspitzen.

»Oh, tut mir leid. Wohnst du denn bei Lisa?«

»Nein, ich habe mir eine Wohnung gemietet, in Los Realejos, gar nicht weit weg von hier.«

»Du scheinst aber eine Frau der ganz schnellen Entschlüsse zu sein«, staunte Francisco. »Aber es ist eine gute Entscheidung. Das Leben hier ist schön. Mir gefällt es jedenfalls. Die Kraft des Klimas soll man nicht unterschätzen. Hier werden wir hundert.«

»Wenn ich hierbleibe, fällt es doch gar nicht auf mit Pablo.« Sie beugte sich zu dem Kleinen hinunter und streichelte ihm über den Kopf.

»Sabine, sobald die Besitzerin auftaucht und danach fragt, wo ihr Tier geblieben ist, wendet sich Tasso automatisch an mich. Ich habe ja die Anfrage gestellt. Lass uns noch ein bisschen warten und mach dir keine Sorgen. Im Moment ist alles ruhig.« Francisco legte Sabine tröstend die Hand auf den Arm. »Weißt du, ich glaube an ein Happy End mit euch beiden.«

Sie wünschte, er hätte recht damit. »Magst du ein Stück mitgehen?«

Francisco nickte und nahm seine Tasche auf. »Kannst du dir eigentlich vorstellen, dauerhaft hier zu leben?«

»Eigentlich schon, aber ich muss ja auch Geld verdienen. Daran arbeite ich gerade. Mal sehen, ob es mir gelingt, mir etwas aufzubauen. Ich muss zwischendurch auch immer wieder mal nach Deutschland. Es gibt noch viel zu regeln. Für Heimatbesuche würde Lisa einspringen. Pablo verträgt sich gut mit Benny und ich darf ihn zu ihr bringen.«

»Das ist tröstlich. Also, mir würde es leidtun, wenn du wieder gehen würdest.«

Sabine erzählte von ihrem beruflichen Neustart, blieb stehen und zeigte Francisco auf ihrem Smartphone die Website, die Sonja gestaltet hatte.

Francisco stellte seine Tasche erneut auf den Boden und schirmte mit der Hand die Sonne ab, um das Display besser betrachten zu können. »Das sieht großartig aus.« Er lächelte sie an. »Ich wünsche dir, dass du Erfolg hast. So eine einfühlsame Fotografin tut der Insel bestimmt gut.«

»Es ist schön, dass du das sagst. Ich freue mich sehr darüber.«

»Also, bleib einfach, zumindest pendele. Ich bin ja auch noch nicht so lange hier, aber weißt du, es lebt sich gut hier. Ich habe meinen Umzug noch nicht bereut.« Er nahm seine Tasche wieder auf.

»Du bist Spanier, sprichst die Sprache. Das macht es leicht.«

Die beiden gingen entspannt nebeneinanderher und Sabine genoss es, Gesellschaft zu haben, während Pablo an der Leine neben ihnen hertrottete.

»Ich bin halber Spanier, aber mit der Sprache hast du schon recht. Die kann man allerdings lernen.«

»Klar, aber weißt du, so ein Neustart ist nicht immer einfach. Ich fühle mich manchmal irgendwie einsam.«

»Das kenne ich. Weißt du, ich komme mir häufig noch verloren vor. Im Kopf tanzen unentwegt die Bilder aus der Heimat. Familie, Freunde, einfach das Bekannte.«

»Genau«, entgegnete Sabine spontan und fühlte sich verstanden. »Ich wache morgens auf und sehe Bilder aus Hameln vor mir. Mein Chef in der Buchhandlung, mein Lieblingscafé, in dem ich morgens immer meinen Wachmacher getrunken habe, und sogar meinen Paketboten, mit dem ich gern zwischendurch mal geplauscht habe. Und dann werde ich traurig und möchte am liebsten ins nächste Flugzeug steigen und denke aber: *Was soll das? Das kann doch nicht alles sein?*«

»Ach, Sabine, da können wir uns die Hand reichen.« Er blieb abrupt stehen und streckte ihr die Hand entgegen. »Komm, schlag ein, wir sind Vertraute, mir geht es ganz genauso.«

Sie ging sofort darauf ein. »Und was machen wir dagegen?«

»Ganz einfach, wie früher bei einem Tonband, man muss die Bilder mit neuen überspielen. Das tue ich gerade. Ich zwinge mich ein bisschen, an Bilder zu denken, die ich hier bekomme.«

Er blickte nach oben. »Sieh doch mal, diese wunderbaren exotischen Bäume, unter deren Kronen wir entlangspazieren. Wenn du nachher wieder Bilder von Hameln im Kopf hast, stell dir das Bild einmal vor.«

Er stupste sie an die Schulter. »Nein, schau wirklich hoch. Guck bitte, welche Pracht.«

Sie standen nebeneinander, Schulter an Schulter und sahen nach oben. Die Vögel zwitscherten, in der Ferne bellten zwei Hunde, die Palmwedel raschelten. Es war wunderschön.

»Speichere dir das ab«, riet ihr Francisco. »Versuch es mal. Es klappt, und wenn du das Tag für Tag machst, ist irgendwann deine Festplatte neu überspielt.«

»Super Tipp«, fand Sabine. »Du, das mache ich ganz bestimmt.«

»Und berichte«, sagte Francisco. »Ich muss leider weiter. Da drüben steht mein Auto, und die Praxis macht gleich auf.«

»Danke, Francisco, das Gespräch hat mir richtig gutgetan. Schön zu wissen, dass man nicht allein mit solchen Gefühlen zu tun hat. Ich fühle mich hin- und hergerissen, zwischen meinem alten und meinem neuen Leben, obwohl es ja mein altes gar nicht mehr richtig gibt.«

Francisco drehte sich noch einmal um und ging auf Sabine zu. »Sag mal, was hältst du davon, wenn du mir bei einer leckeren Paella darüber berichtest. Ich kenne da ein schönes Lokal. Den Ausblick auf den Atlantik kannst du auch wunderbar abspeichern.«

»Gute Idee.«

»Hast du meine Nummer, ich meine die Handynummer?«

Sabine schüttelte den Kopf.

»Aber ich habe deine. Ich schicke dir gleich eine Nachricht. Sorry für die Eile. Ich freue mich.« Er wuschelte Pablo einmal über den Kopf und wandte sich ab.

Sabine blickte ihm nach. Francisco verschwand ziemlich hektisch in seinem Auto. Er fuhr ein schlichtes, aber sehr schickes Cabrio und düste damit die Straße hinunter Richtung Innenstadt. Er war wirklich sympathisch und an irgendetwas schien er mächtig zu knabbern. Sie war sicher, dass er ihr etwas verschwieg. Sie hatte so viel Menschenkenntnis, dass er ihr nichts vormachen konnte.

***

»Lo siento, meine Liebe, ich habe auch heute Abend keine Zeit. Ich melde mich!«

Na bravo, dachte Sabine. Der Tag begann ja prima. Sie war von dem Ping der hereinkommenden WhatsApp-Nachricht aufgewacht und nach dem Text, den Bernd ihr geschickt hatte, war ihre gute Laune auf null. Die vor Kurzem in Fahrt gekommene hoffnungsvolle Liebelei steckte in der Sackgasse. Nachdem sie sich vor ihrer Tür so wunderbar romantisch verabschiedet hatten, war Bernd wenig später nach Deutschland zur Messe geflogen und hatte sich gleich vom Flughafen in Hamburg aus ganz liebevoll gemeldet. Auch am Abend hatte sie noch eine WhatsApp mit dem vertrauten Gutenachtkuss bekommen. Aber danach waren nur noch auf Sabines Nachfragen immer spärlichere Nachrichten eingetrudelt, und obwohl er seit zwei Tagen wieder auf der Insel war, herrschte so gut wie Funkstille. Dreimal hatte Sabine gefragt, ob sie sich treffen könnten, einmal sogar ein Restaurant vorgeschlagen, aber Bernd hatte keine Zeit gehabt und eben auch ihren dritten Vorschlag abgelehnt. Nun musste sie aufhören und konnte nur noch abwarten, dass von ihm etwas kam. Offenbar waren seine Gefühle erkaltet. Nach dieser Absage konnte sie sich seinen Rückzug nicht anders erklären. Bernd hatte kein Interesse mehr an ihr und das tat furchtbar weh.

»Das ist doch eindeutig, er will nicht mehr, oder was meinst du?«, suchte sie jetzt Trost bei Lisa, die zum Glück gleich ans Telefon gegangen war. Aber die Freundin war schonungslos wie immer und bereitete ihr mit ihren offenen Worten noch zusätzliche Magenschmerzen.

»Wenn die Männer so schnell ihr Gegacker einstellen, ist meistens etwas im Busch«, sagte sie in ihrer gewohnt flapsigen

Art und beschleunigte damit noch Sabines Absturz aus der Sonne ins Nichts.

»Ich leite dir die letzte Nachricht von Bernd weiter. Mit Gegacker hat das echt nichts mehr zu tun. Eher sachlich ablehnend.« Pablo stand wedelnd vor ihrem Bett und sah sie treuherzig an.

Kaum hatte sie auf die Sendetaste gedrückt, als Lisa schon mit der Antwort kam. »O ja, das liest sich nicht gut. Sorry, meine Liebe, ich weiß, du hast dich in den Knaben verguckt, aber ich teile dein Gefühl. Er wirkt wirklich wie ausgeschaltet.«

»Meinst du, es ist vorbei?«

»Mhm, das ist schlecht zu sagen. Aber ganz ehrlich, es sieht so aus. Ich kenne solche Typen, die einen von ganz oben nach ganz unten katapultieren können.«

»Aber, Lisa, ich kann doch nicht schon wieder verlassen werden?« Sie fragte sich, ob es tatsächlich so war, denn sie hatte die Bremse ja selbst angezogen. Vielleicht sogar unbewusst, weil sie Angst hatte, zu früh eine feste Beziehung einzugehen? Sanft leckte Pablo ihr über den Unterarm, als ob er sie trösten wollte.

»Leider kann man das ständig, aber komm bloß nicht auf die Idee, dass du schuld bist. An dem merkwürdigen Gebaren deines Franks sowieso nicht und deinen Bernd kenne ich ja kaum. Der wird auch seine eigenen Probleme haben.«

Obwohl sie Lisa innerlich zustimmte, machte sich ein Gefühl von Ratlosigkeit in ihr breit. »Und was empfiehlst du?«

»Mach dich frei von deinen Männern, von dem alten und auch von dem neuen. Mensch, Sabine, du hast deinen Pablo, lebst in einer schönen Wohnung, hast dich selbstständig gemacht. Kümmere dich um deine Existenz statt um den Typen. Ich habe übrigens mein zweites Seminar, du weißt ja, dass ich die inzwischen monatlich anbiete. Komm bitte. Die meisten der Frauen, die du alle so sympathisch fandest, sind auch wieder da. Zumindest bringt es dich auf andere Gedanken.«

Sabine seufzte. Sie hatte auf nichts weniger Lust als auf Lisas Veranstaltung. Gespräche mit Mäusen in Australien brauchte sie momentan eher nicht.

Aber Lisa hatte recht. Sie durfte sich nicht immer wie ein Blatt im Wind von ihren Stimmungen leiten lassen. Eigentlich war nichts passiert. Bernd hatte heute keine Zeit. So what! Bernd hatte kein Interesse. Na und! Also, Krone richten, weitermachen und das kindische Getue ablegen. Sie ging ja nicht mehr in die achte Klasse und heulte sich die Augen aus, weil Ulf aus der 8 b sie nicht beim Handball ausgewählt hatte.

Bewusst aktiv sprang Sabine aus dem Bett und startete den Tag mit dem, was sie am liebsten machte, einem ausgiebigen Spaziergang mit Pablo.

Anschließend bereitete sie ihren E-Mail-Versand vor. Was brachte schon die beste Website, wenn niemand davon wusste. Minutiös hatte sie sich in den letzten Tagen Adressen von allen möglichen Firmen aus dem Netz gesucht, die für ihre Fotos infrage kämen, dazu Hotels, Vereine, Verwaltungsfirmen und Residentenklubs. Jeder, wirklich jeder sollte wissen, dass es auf Teneriffa eine Inselfotografin gab.

***

»Du? Was machst du denn hier? Ich dachte, du hättest keine Zeit?« Sabine wollte gerade noch ein paar Besorgungen erledigen, als sie vor ihrem Supermarkt Bernd quasi in die Arme lief.

Ihr Herz machte einen Riesensatz, aber sie hielt sich zurück. Er sollte durchaus merken, dass sein Verhalten sie sehr verärgert hatte.

»Ich bin auf dem Weg zu dir, Sabine. Wir müssen reden.«

Bernd stand vor ihr und sah etwas angespannt aus. Sein Gesicht wirkte heute unerwartet hart.

»Geht es dir nicht gut?«, erkundigte sich Sabine.

Doch Bernd schüttelte sofort den Kopf. »Nee, alles gut. Weißt du was, ich komme einfach mit zum Einkaufen, dann hast du gleich jemanden, der dir die Tasche trägt.«

Ohne die Antwort abzuwarten, hakte er Sabine unter.

Sabine schmunzelte. »Gute Idee, aber ein Kaffee anschließend zur Stärkung wäre auch gut.«

»Einverstanden!«, stimmte Bernd zu und legte ihr liebevoll den Arm um die Schulter.

Seine Nähe wirkte vertraut wie zuvor. Hatte sie überreagiert? Mit ihrer Hysterie schadete sie sich nur selbst, witterte die schlimmsten Sachen und verfiel in alte Muster.

Wie ein altes Ehepaar fuhren sie mit dem Einkaufswagen durch den Markt, und während sich Sabine Brokkoli, Tomaten und jede Menge frisches Obst in den Wagen packte, erzählte Bernd von einem super Einkaufsdeal für sein Öl, den er bei seinem Deutschlandbesuch eingetütet hatte.

»Das heißt, es gibt dein Öl nun auch in Deutschland?«

»Genau!«, bestätigte er. »Und wenn alles klappt, auch meinen Wein. Na, Sabine, wie findest du das?«

»Großartig«, kommentierte sie mit echter Freude und nahm sich ein Herz, indem sie sich auf die Fußspitzen stellte und Bernd einen Kuss auf die Wange hauchte. »Aber wenn du jetzt die große Karriere machst, hast du ja noch weniger Zeit für mich.«

Bernd schien eine Sekunde lang die Luft anzuhalten, fing sich aber schnell wieder. »Komm, sieh mal da drüben die Bar. Da stärken wir uns.«

Sabine griff seine Hand und hielt sie selig fest. Hand in Hand gingen sie über die Straße und sie genoss den Moment.

»Schatz ...« *O verdammt*, dachte sie. Wie konnte ihr das herausrutschen. »Entschuldige, Bernd.«

Der schüttelte den Kopf. »Kein Problem. Bestimmt eine alte Gewohnheit.«

»Verzeih, aber ich habe mich mit dir so wohlgefühlt …«

»… dass du gleich an deinen Mann gedacht hast. Aber alles gut, komm, wir setzen uns.«

In der Bar wirkte Bernd plötzlich ungewohnt still.

»Ich möchte mit dir reden«, sagte er ohne ein Lächeln.

»Oh, so ernst?«

»Ja!« Bernd nickte. »Liebe ist immer ernst.«

Sabine rührte nervös in ihrem Kaffee.

»Du bist mir wirklich wichtig«, erklärte Bernd. »Ich mag dich sehr.«

Mögen oder lieben, dachte Sabine. *Ich mag auch meine Nachbarin und den freundlichen Tankwart.* Was kam jetzt bloß?

»Deshalb möchte ich mit offenen Karten spielen.«

»Hast du das nicht immer?«

Er nickte. »Bisher ja, und ich würde mich nicht wohlfühlen, wenn es nicht auch dabei bliebe. Ich möchte nicht, dass etwas zwischen uns steht. Du bist mir zu wichtig.«

»Na, nun bin ich aber gespannt«, erwiderte Sabine und versuchte damit, ihre eigene Unsicherheit zu überspielen.

»Als wir uns auf der Singleparty getroffen haben, da war ich Single, wollte aber eigentlich niemanden kennenlernen. Ich bin dort gewesen, weil ich mir so eine Veranstaltung in kleinem Rahmen auch in Verbindung mit einer Weinprobe vorstellen kann.«

»Das heißt, du wolltest spionieren?«

»Nein, nein, Antonio kennt mich und ich hatte ihm gesagt, warum ich vorbeigucken wollte.«

Sabine zählte eins und eins zusammen. »Das heißt, du warst aus rein beruflichen Gründen unterwegs und überhaupt nicht in Kennenlernstimmung, richtig?«

Bernd nickte. »Ja, genau so. Sabine …«

»Bist du verheiratet?«

Bernd schüttelte energisch den Kopf. »Nein, nein, aber ich wollte gar nicht flirten, doch ich fand dich anziehend, deshalb habe ich dich angesprochen und mich an der Bar dann einfach in dich verknallt. So etwas gibt es, Sabine.«

Sie verdrehte die Augen. »Ich weiß das, und bis dahin kann ich dir auch noch folgen. Aber den Rest, den verstehe ich nicht mehr. Wieso schreibst du mir gefühlt Hunderte von WhatsApps und wieso telefonierst du stundenlang und meldest dich dann plötzlich gar nicht mehr?«

Er ergriff ihre Hand, aber Sabine zog sie sofort weg.

Bernd rutschte unruhig hin und her. »Hör mir bitte noch einmal zu. Ich hatte mich wirklich in dich verliebt und konnte mir auch mehr vorstellen als eine Affäre.«

»Konnte? Warum kannst du das jetzt nicht mehr?«

Er räusperte sich, bevor er leise weitersprach. »Ich habe eine andere Frau kennengelernt, in Hamburg.«

»Bitte? Das ging aber schnell. Warst du wieder auf einer Singleparty?«

»Natürlich nicht«, entgegnete Bernd sofort. »Was denkst du denn von mir? Maria ist Spanierin, kommt sogar von der Insel, lebt und arbeitet aber auf einem Weingut in der Nähe von Madrid. Sie saß beim Frühstück im Hotel am Nachbartisch, und Sabine, ich weiß, es klingt abgedroschen, aber ich habe sie gesehen und gewusst, dass sie meine Seelenverwandte ist.«

»Oh, bitte nicht das!«, rutschte es Sabine heraus, und sie entschuldigte sich sofort dafür.

Bernd lächelte. »Schon okay, ich weiß, dass das jeder lächerlich findet. Aber ich empfinde es wirklich so. Ich habe sie gesehen und wusste: Das ist sie.«

»Und Maria bedeutet dir nun mehr als ich?«, wollte Sabine wissen und starrte ihn ungläubig an.

Bernd nickte wie selbstverständlich und Sabine hatte Mühe, ihre Gefühle zu verbergen. Sie war enttäuscht. Enttäuscht von Bernd, der Situation, und enttäuscht, weil sie wieder Single war. »War ich nur ein Spiel für dich?«, fragte sie leise mit ernster Stimme.

»Nein, das ist nicht so. Sabine, was glaubst du, warum ich hier mit dir sitze? Ich bin hier, weil ich mich auch in dich verliebt habe. In der Bodega wollte ich nur mit dir zusammen sein, ich hatte keinen Sex geplant. Aber dann fand ich dich so attraktiv, so begehrenswert, dass ich ... ja, dass es einfach passiert ist. Und glaube mir, ich habe es keine Sekunde bereut.«

»Jetzt jedoch gibt es Maria und wir dürfen uns nicht wiedersehen, nicht wahr?«, fragte Sabine.

»Doch, natürlich dürfen wir das und ich möchte es auch. Ich möchte nichts lieber als das. Aber ich möchte mir etwas mit Maria aufbauen und werde ihr treu sein. Sie hat eine große Familie im Süden der Insel, in der Nähe von Los Cristianos, aber sie ist bereit, das Festland zu verlassen und zu mir zu ziehen. So ist sie bei mir und ihrer Familie.«

»So schnell?« Sabine rührte mit dem Löffel in der fast leeren Tasse.

»Nein, das nicht. Aber sie kann sich alles mit mir vorstellen, genauso wie ich auch.«

»Wie alt ist sie denn?«

»Sechs Jahre jünger als ich. Es passt!«

»Und was sagt sie zu deinen Jungs?«

»Sie liebt Kinder und freut sich auf die beiden. Ich habe auch meiner Ex-Frau bereits von Maria erzählt.«

Sabine hatte genug von so viel Neuigkeiten. Sie fühlte sich, als wäre gerade ein Panzer über sie hinweggerollt. Erst verdrückte sich ihr Mann mit seiner Assistentin auf ihre Hochzeitsreise, und als sie sich just ein bisschen berappelt hatte, entdeckte ihr neuer Lover seine Seelenverwandte am Frühstücksbüfett. Sie hatte genug von Männern und ihren Überraschungen.

Bernd schien ihre Gefühle zu erahnen. Er schaute Sabine durchdringend an. »Wir haben viel gesprochen in der letzten Zeit und du bist mir dabei sehr nahegekommen. Ich finde dich zauberhaft, klug, hübsch, mutig, sexy, alles. Und ich dachte wirklich, ich wäre der glücklichste Mann der Welt, wenn ich dich dauerhaft an meiner Seite haben könnte. Aber Maria hat noch einmal ein ganz anderes Feuer in mir entfacht. Ich will mit ihr leben und das ist keine Wertung gegen dich. Bitte, glaub mir das.«

»Tja, so viele Komplimente, sie bringen allerdings nichts, wenn meine Männer trotzdem alle abhauen«, sagte sie traurig, und es gelang ihr nicht, die Bitterkeit in ihrer Stimme zu unterdrücken.

»Ich weiß und es tut mir auch leid, dass ich dich verletzt habe. Aber war es nicht auch schön für dich, ich meine alles, was wir erlebt haben?«

»Natürlich war es das«, gab Sabine unumwunden zu. »Es war wunderschön und darum tut es ja auch weh.«

Bernd streckte ihr seine Hand entgegen, zog sie aber im letzten Moment wieder zurück.

Sabine spürte, dass ihr die Tränen kamen, und fuhr sich schnell mit der Hand über die Augen. Ihr Herz schmerzte und ihr Magen drückte. Sie war traurig. Mal wieder. Aber sie fühlte sich wie nach einer Impfung. Ihr Herz hatte nach der Erfahrung mit Frank Antikörper gebildet.

»Es ist besser, wenn ich jetzt gehe«, beschloss sie und bemühte sich, dabei zu lächeln. Bernd nahm davon ermutigt erneut ihre Hand und Sabine ließ es auch zu.

»Es tut mir leid«, wiederholte er leise und sah Sabine mitfühlend an. »Ich wollte dir nie wehtun, das musst du mir glauben.«

Sie wusste längst, dass sie ihm glaubte. Aber den Schmerz nahm ihr das nicht.

»Ist schon gut, die Insel lenkt ja ab, zum Glück.«

Als sie aufstand, hielt Bernd sie am Arm fest.

»Moment noch«, murmelte er. »Du bist eine wunderbare Frau!«

Sabine seufzte. »Das ist lieb, danke, dass du das sagst.« Sie lächelte. »Aber wenigstens einer liebt mich völlig ohne Konkurrenz. Ich gehe nach Hause und hole Pablo.«

Sie verabschiedete sich von Bernd mit einem Kuss auf beide Wangen, versicherte ihm noch, dass sie Freunde blieben, und dann machte sie sich, bepackt mit ihren Einkaufstüten, auf den Weg nach Hause. Dort rief sie nach einer kurzen Kuschelrunde mit Pablo als Erstes Lisa an.

»Er hat sich verliebt, am Frühstücksbüfett, sie sind Seelenverwandte«, sprudelte es aus ihr heraus.

»Sabine?«, unterbrach Lisa den Wortschwall. »Sprichst du von Bernd?«

»Ja, ach was, natürlich von Bernd«, stammelte sie irritiert. »Hättest du damit gerechnet?«

»Ganz ehrlich, natürlich nicht, aber dass das mit euch nichts wird, das war mir klar. Es war zu früh, du warst nicht in der Lage, irgendetwas mit Gefühlen einschätzen zu können.«

»Hättest du mich nicht warnen können? Verdammt, ich hatte mich richtig in ihn verknallt und mir vorstellen können, dass ein neues Leben mit meinem neuen Traummann beginnt.«

»Sabine, das gibt es im Fernsehen, aber nicht im Leben. Man merkt, dass du nie wirklich an der Front der Liebe warst. Ein, zwei Jugendlieben auf dem Schulhof, Ehe und aus. Du musst dich an das Leben auf dem heiß umkämpften Singlemarkt erst gewöhnen. Übrigens habe ich dich gewarnt.«

»Ja, aber ich scheine die Spielregeln nicht zu beherrschen.«

»Du nimmst ein paar Komplimente wörtlich und ein biss-chen Herzklopfen hältst du für Liebe. Das kommt aber. Je län-ger du dich in der Szene tummelst, desto gewiefter wirst du. Alles, was du machen musst, ist, dein Herz etwas besser in der Hand zu halten. Gib es nicht mehr so schnell weg.«

Mit der flachen Hand wischte sich Sabine über die Stirn. »Ist das denn nun dein berühmter Brückenmann gewesen?«

»Hoffentlich! Es können auch mehrere sein, meine Liebe. Tut mir leid, aber ich will nicht lügen. Mensch, Sabine, du bist seit fünfundzwanzig Jahren verheiratet, du brauchst Zeit. Stürz dich in Abenteuer, wenn dir danach ist, aber glaub nicht sofort an die große Liebe. Sonst donnert dir das Glück dauernd um die Ohren. Also, tranquila, meine liebe Freundin. Sehe ich dich Ende der Woche bei meinem Seminar?«

»Darf Pablo mit?«

»Aber natürlich, Vierbeiner sind doch bei mir immer willkommen.«

KAPITEL 11

Zu Hause fiel Sabine die Decke auf den Kopf. In ihrem Kopf blitzten die Gedanken nur so auf, allerdings kreuz und quer, es herrschte totales Durcheinander. In ihr tobte eine Mischung aus Wut, Verletztheit und Ohnmacht. Sie fühlte sich mal betrogen und ausgenutzt, ein anderes Mal auch nur dumm und naiv. Heulen half längst nichts mehr. Sie brauchte etwas anderes. In dieser Stimmung packte sie schließlich die Autoschlüssel, rief Pablo und verließ mit schnellen Schritten das Haus.

Es tat ihr gut, der Enge der Wohnung zu entfliehen. Als sie über die kurvige Küstenstraße fuhr, fühlte sie sich ein bisschen wie ein Seevogel, der von oben die Welt betrachtete. Sie schien über allem zu schweben. Der weite Blick auf den Ozean öffnete die Seele.

Aber Sabine kurvte nicht planlos an der Küste entlang, sie hatte ein Ziel: das Hotel Esquina Sur, konkret Antonio.

Sie freute sich darauf, in der grünen Oase auf der Terrasse zu sitzen, einen Café con leche zu trinken und vielleicht, um diese Zeit war in der Regel noch wenig los, ein paar Sätze mit Antonio wechseln zu können. Sie wollte dem feinfühligen Mann ihr Herz ausschütten, weil sie wusste, dass er mit dem Inhalt sorgsam umgehen würde.

Sie fuhr durch das schwere Eisentor und stellte den Wagen unter zwei dichten Lorbeerbäumen ab. Schon beim Aussteigen fühlte sie sich von der friedlichen Stimmung wohlig umfangen.

»Na komm, wir gönnen uns eine Auszeit«, sagte sie zu Pablo und fragte sich, ob sich der kleine Vierbeiner wohl an Antonio und seine leckeren Wohltaten erinnern würde.

Aber als sie auf die noch leere Terrasse ging und in das Restaurant sah, in dem einige der Urlauber einen Snack genossen, wurde ihr wieder schwer ums Herz. Sie dachte an Bernd und diesen einen ausgelassenen Abend. Damals, als sie gerade erfahren hatte, dass ihr Mann sie auf das Übelste betrogen hatte, hatte sie Trost in Bernds wasserblauen Augen gefunden; erst nur für ein paar Stunden, später zumindest für ein paar Wochen, bevor sich alles als Luftschloss entpuppte. Was hatte sie bloß verbrochen, dass sie das Schicksal so mies behandelte?

Sie durfte ja mit Pablo nicht ins Restaurant, aber bei der herrlichen Sonne fühlte sie sich sowieso auf der Terrasse viel wohler. Hinter sich hörte sie Schritte und blickte fast zeitgleich in zwei tiefbraune Augen, die Antonio gehörten.

»Guapa, wie schön, dich zu sehen.«

Mit ausgebreiteten Armen kam er auf sie zu und drückte sie fest an seine Brust. Küsschen rechts, Küsschen links, das übliche Begrüßungsritual, bevor er auch Pablo begrüßte, sie an die Hand nahm und an einen ruhig gelegenen Tisch zog.

»Komm her, lass dich ansehen. Du schaust großartig aus. Wie ist dein neues Zuhause? Lisa hat mir schon berichtet, dass du deine Abreisepläne erst einmal auf Eis gelegt hast.«

»Stimmt!«

»Und sie hat mir auch erzählt beziehungsweise gezeigt, dass du unter die Fotografen gegangen bist. Ich gratuliere dir. Ich kenne viele, die deine Dienste in Anspruch nehmen werden.«

Er zwinkerte ihr kess zu. »Ich habe schon reichlich Werbung für dich gemacht und zwei meiner Kollegen wollen sich bei dir melden. Sie haben Restaurants, aber im Süden. Ist es ein Problem, dorthin zu fahren?«

»Danke, Antonio, natürlich nicht. Ich fahre überall hin. Das ist total lieb. Ich danke dir von Herzen.«

»Doch sag mal …« Antonio musterte sie durchdringend. »So richtig gefällst du mir aber nicht. Was ist denn los? Stimmt etwas nicht?«

Sabine blickte zu Boden. Direkt auf ihren Liebeskummer angesprochen bekam sie prompt feuchte Augen.

»Sabina, pass mal auf. Ich bestelle uns ein Schlückchen leckeren Wein und eine Kleinigkeit zum Essen und dann erzählst du mir alles, was dir auf dem Herzen liegt, okay? Warte nur einen Moment.«

Als Antonio im Restaurant verschwand, schaute sie ihm anerkennend nach. Er war heute ganz in Schwarz gekleidet, was ihm etwas Geheimnisvolles gab. Seine grauen Locken schwangen bei jedem seiner Schritte mit. Sabine konnte nicht verstehen, warum dieser Mann, der garantiert ständig von Frauen umlagert war, noch von keiner weggeschnappt worden war. Sie würde herausfinden, woran das lag.

Wenig später servierte einer der Kellner einen leckeren Salat mit gebratenen Champignons, etwas kross in Olivenöl gebackenes Brot und einen wunderbaren Rioja. Keinen Inselwein, wie Sabine feststellte. Aber das war in der jetzigen Situation auch gut. Sie hatte schon befürchtet, es könnte ein Wein aus Bernds Kellerei sein.

Natürlich wurde auch Pablo bestens versorgt, mit frischem Wasser und einigen Häppchen aus der Küche, fein garniert mit einem Streifen Käse, den Pablo so liebte. Ungeduldig verschlang er die Leckereien, bevor er sich zufrieden zu Sabines Füßen hinkauerte und wie immer aufmerksam beobachtete, was um ihn herum passierte.

»So, wo drückt der Schuh?«, fragte Antonio und hielt ihr sein Weinglas zum Anstoßen entgegen.

»Auf uns«, sagte er und sah ihr fest in die Augen. »Auf dass uns das Leben sorglos bleiben lässt.«

Sabine tippte sanft mit ihrem Glas an seins und lächelte dabei.

Bling!

Und dann genoss sie einen kleinen Schluck und gab ihm recht: Der Wein verlieh der Seele Flügel.

»Also, dann schieß mal los! Was ist seit deinem Auszug bei Lisa passiert?« Antonio lehnte sich zurück und signalisierte deutlich, dass seine ganze Aufmerksamkeit ihr gehörte.

Und Sabine erzählte alles, schonungslos. Sie hatte ein so tiefgehendes Vertrauen zu diesem Mann, dass sie einfach unbekümmert drauflosredete. Den ersten Abend hatte Antonio ja zumindest teilweise mitbekommen. Zum Glück hatte er sie seinerzeit rechtzeitig angeduselt zu Bett gebracht.

Aber sie berichtete auch von den vielen WhatsApp-Nachrichten und Endlos-Telefonaten und von dem Abend in der Bodega, allerdings ohne eine detaillierte Beschreibung des lustvollen Endes. Sabine beließ es bei einem Kuss. Es erschien ihr stimmiger. Als sie fertig war, nahm sie einen großen Schluck Wein und sah Antonio gespannt an.

»Du scheinst dich richtig in Bernd verschossen zu haben. Aber wenn ich deinen Blick sehe, ahne ich, dass kein Happy End in Sicht ist.«

Sabine nickte, während sie sich eine Gabel Salat in den Mund schob und kurz kaute. »Stimmt leider. Aber sag mal, er hat ein Weingut hier. Ihr kennt euch doch, zumindest hat er das erzählt.«

Antonio nickte. »Die Insel ist klein, Sabina. Wir kennen uns alle hier. Bernd ist in Ordnung, genau wie seine Ex-Frau, die auch manchmal zu mir kommt. Er ist eine ›persona buena‹, wie wir hier sagen. Bernd unternimmt trotz der Scheidung viel mit den Kindern. Tolle Jungs hat er.« Antonio trank einen Schluck Wein.

»Anders ausgedrückt: Er ist ein feiner Kerl?«

Er nickte ernst. »Absolut. Ehrlich, fleißig, zuverlässig, typisch deutsch eben. Er ist mir sehr sympathisch, immer hilfsbereit und in der Abwicklung von Geschäften einwandfrei. Ich kann nichts Negatives über Bernd sagen.«

»Ich wollte auch nicht unbedingt etwas Schlechtes hören, ich habe ihm einfach nur geglaubt, dass er es auch ernst mit mir meint.«

Antonio legte mitfühlend seine Hand auf Sabines Arm. »Und, hat er das nicht?«

»Ach, ich weiß nicht. Er war so bemüht um mich, so lieb und hat mich mit seinen Komplimenten richtig gestreichelt. Er tat mir gut und ich habe gedacht, dass mein Leben nun an diesem schönen Ort mit einer spannenden Besetzung wunderbar weitergeht.«

Er streichelte sie aufmunternd und schenkte ihr dann noch ein Wasser nach.

»Da ist aber viel Träumerei dabei, meine Liebe. Wie geht es denn nun mit euch weiter?«

Sabine spielte gedankenverloren mit der Serviette und starrte etwas müde auf den Tisch, aber dann fing sie sich wieder und sah Antonio fest an. »Gar nicht«, erklärte sie mit klarer Stimme. »Bernd war heute früh bei mir und wir haben in einer Bar miteinander geredet. Er hat mir seine Gefühle gebeichtet und die sind für mich nur noch freundschaftlich. Ich verrate nichts, wenn ich dir sage, dass er in Hamburg eine andere Frau kennengelernt hat, die er als seine Seelenverwandte empfindet. Mit ihr, sie stammt übrigens von der Insel, plant er das ganze Paket. Sie soll zu ihm ziehen und mit ihm arbeiten. Ich spiele seitdem keine Rolle mehr. Ist ja auch klar.«

Antonio blickte sie skeptisch an, zog sogar kritisch eine Augenbraue hoch. »Und? Wie hast du reagiert?«

Sabine zuckte mit den Schultern, während sie weiter von ihrem Salat aß und plötzlich genüsslich die Augen verdrehte. »Wow, ist das Dressing lecker. Antonio, du bist ein Meisterkoch.«

»Du glaubst, ich könnte das?« Er lachte. »Eigentlich überlasse ich das alles dem Koch.«

Sie legte das Besteck auf den Teller, wischte sich den Mund ab und nahm erneut einen Schluck von dem Wein.

»Antonio, herzlichen Dank, nach dieser Stärkung fühle ich mich schon viel besser. Aber zu deiner Frage: Nun ja, ich habe zugehört und es akzeptiert. Aber traurig bin ich trotzdem, weil die Gefühle für mich offensichtlich nicht ausreichend stark gewesen waren.«

»Das glaube ich, Sabina, aber für Gefühle kann niemand etwas. Sei einfach froh, dass du schöne Momente mit Bernd hattest und eure Liebelei noch ganz frisch war. Da kommst du schnell durch. Nimm den Schmerz an und du wirst merken, dass er bald vorbei ist.«

Sabine lächelte verzagt. »Und was rätst du mir für die Zukunft?«

»Ein gutes Drehbuch. Ein paar Serienfolgen sind abgedreht, jetzt brauchst du neue Ideen. Schreib dein eigenes Drehbuch, dann weißt du, dass es dir auch gefällt.«

»Aber es fällt mir schwer, die erste Folge der nächsten Staffel zusammenzubekommen«, entgegnete Sabine, indem sie Antonios Metapher aufnahm.

»Und wofür steht das? Genau, für die Zeit. Was du brauchst, ist Geduld. Um beim Thema zu bleiben: Wenn eine Serienstaffel abgedreht ist, benötigt der Autor Luft, bis sich beim Zuschauer alles gesetzt hat. Erst dann weiß er, wie die Reaktionen waren und welche Schauspieler beim neuen Staffelstart wieder mitspielen sollen. So ist es auch im Leben. Wenn etwas zu Ende geht oder bereits ist, müssen wir uns erst mal sortieren. Gleich weiterzuschreiben gelingt nicht. Sieh doch die Erfahrung mit Bernd als Lehrkapitel. Du bist durch deine Trennung in etwas hineingestolpert, das du nicht kanntest. Überleg mal, ein Vierteljahrhundert Ehe, das macht dich auf ein paar Augen blind, zumindest auf dem des Flirtens und der Partnersuche. Das darfst du dir nicht übel nehmen.«

Sabine hatte nach dem leckeren Salat noch von dem Brot geknabbert und fühlte sich von Antonios klugen Worten wie innerlich aufgetankt. Die Trauer wich in klitzekleinen Schritten der Hoffnung.

»Glücklich sein kann man lernen. Am besten geht das mit Geduld und Genießen«, führte Antonio weiter aus.

»Genießen? Den Wein? Den Salat?« Sabine schloss kurz die Augen und genoss es, dass die Sonnenstrahlen in ihrem Gesicht tanzten.

»Alles, alles, was ist. Wenn du es schaffst, im Hier und Jetzt zu leben, wenn es dir gelingt, das schön zu finden, was gerade da ist, dann findest du Glück.«

»Warst du auf einem Seminar?«, fragte Sabine und grinste dabei. »Du klingst wie ein Guru!«

Lächelnd winkte Antonio ab. »Nein, dafür braucht man kein Seminar. Man muss nur aufmerksam gegenüber sich selbst sein. Dann spürt man, was einen glücklich macht. Und das Besondere ist, dass es für alle Menschen gilt, überall auf der Welt. Wer durchs Leben hetzt und dauernd hofft, dass das Morgen besser ist als das Heute, der findet kein Glück, stattdessen Dauerfrust.«

Er zeigte auf den Garten. »Sieh die schönen Pflanzen. Schließ einen Moment die Augen, hör die vielen Tierstimmen und ganz weit entfernt rauscht der Atlantik. Wer hier sitzt und sich in diese Stimmung fallen lässt, der spürt Glück. Und wer in Puerto Taxi fährt und sich daran erfreut, dass er einen netten

Fahrgast im Auto hat, ein schönes Gespräch führt und Geld verdient, der ist auch glücklich. Sabina, das Rezept ist leicht umzusetzen. Versuch es und du wirst erkennen, der Schmerz über deinen Ex-Mann und das Schmerzchen über Bernd überdeckt nichts mehr.«

Sabine lehnte sich entspannt in ihren Korbstuhl. Antonio hatte wirklich recht. Wenn sie dieses fantastische Umfeld betrachtete, dann würden ihre Wunden schnell verheilen. Es hatte sich eine Tür in Deutschland geschlossen, den Schmerz musste sie annehmen und verarbeiten. Für neuen Schmerz war kein Raum mehr. Sie musste sich auf das Wesentliche in ihrem Leben konzentrieren, stark sein für die neue Staffel.

Spontan stand sie auf und ging um den Tisch herum zu Antonio. »Egal, was du bist, mein Guru bist du jedenfalls«, alberte sie, drückte ihm einen dicken Schmatzer auf die Wange und umarmte ihn fest. »Du bist wunderbar!«

»Danke, danke, aber es geht jetzt mal um dich«, wehrte Antonio ab. »Ich hoffe, ich konnte dir helfen.«

»Und wie«, bekräftigte Sabine.

»Und was machst du heute noch? Ich würde gern mit dir spazieren gehen, aber du siehst, Sabina«, er wies auf sein Restaurant, »es wartet die Arbeit.«

»Alles gut, ich danke dir, dass du dir überhaupt Zeit genommen hast. Ich fahre zurück und laufe noch ein bisschen am Strand entlang. Der Meerwind pustet mir den Kopf frei.«

»Genau und denk an meine Worte. Geduld statt Tempo.«

Antonio strich noch schnell Pablo über den Kopf.

»Adiós, ihr beiden, und hasta pronto.«

***

Sabine drehte sich mit dem Handy am Ohr ausgelassen im Kreis und tanzte fröhlich auf ihrer Terrasse herum. »Sonja, du glaubst es nicht! Ich habe zwei Anfragen hereinbekommen. Ich soll einen kleinen Friseursalon fotografieren und eine Hochzeit. Ich bin so froh.«

Sie ließ sich auf den Sessel fallen und streckte die Beine aus. »Es klappt, ich bekomme Aufträge – und das verdanke ich dir, liebe Sonja. Ich herze, küsse und liebe dich, meine wunderbare Freundin.«

»Gern geschehen, aber vergiss nicht, ich habe nur die Website gestaltet. Alles andere ist dein Verdienst. Mit dem Shooting bei Vera hast du dir eine gute Referenz erarbeitet.«

»Aber mein Webauftritt ist so gut, dass mir die Leute die virtuelle Ladentür einrennen.«

»Einrennen ist Auslegungssache«, meinte Sonja trocken. »Ich weiß aber, was du sagen willst.«

Sabine kickte die Sandalen von den Füßen. »Du, Spaß beiseite, das ist doch klasse, findest du nicht?«

»Und ob, aber ich habe ja die Fotos von Vera gesehen. Die sind dir wirklich gut gelungen. Mag sein, dass du länger brauchst als ein dynamischer spanischer Vollprofi, der schon viele Jahre durch die Linse sieht, aber zumindest ist das Ergebnis vergleichbar. Also, was ich dir sagen will: Mir war längst klar, dass du Nachfolgeaufträge bekommst. Und eine Hochzeit zu fotografieren, das ist echt ein Volltreffer. Du ahnst ja nicht, wie viel Ehrgeiz, Planung und Chichi Spanier in eine Hochzeit investieren. Wenn du da ein Bein im Business hast, kannst du finanziell gut über die Runden kommen.«

»Das wäre zu schön. Bitte drück mir die Daumen, dass es klappt. Zum Glück sind es Deutsche. Ich spreche ja nur ein paar Brocken Spanisch. Und es ist auch nicht so eine große Hochzeit, wie du sie vor Augen hast. Aber egal, es ist ein Anfang und ich bin dabei. Ich werde auch noch weitere Hotels anschreiben, ich glaube, dass ich da meine Kunden finde.«

»Zumindest erreichst du einen großen Markt. Die Idee ist gut.«

»Was hältst du eigentlich von einem kleinen Dankeschön-Abend? Den Strandbar-Besuch schieben wir auf. Ich könnte Lisa fragen, und wir gönnen uns zu dritt einen Mädelsausflug.«

»Ich bin dabei«, antwortete Sonja sofort. »Vielleicht locken wir deine Jugendfreundin von ihrer Finca in unser beschauliches Städtchen und wir beide haben endlich Zeit, uns kennenzulernen.«

»Tolle Idee. Ich habe Lisa so viel von dir vorgeschwärmt, dass sie auch schon ganz ungeduldig ist, dich in die Arme zu nehmen.«

»Na, dann sehen wir mal zu, dass wir das diese Woche hinbekommen. Ich freue mich jedenfalls riesig.«

Als Sabine auflegte, sah sie zuerst in ein dunkles Hundeaugenpaar. Pablo saß ihr gegenüber in seinem Körbchen und signalisierte mit einem supertreuen Hab-mich-lieb-Blick, dass er sich dringend Zuwendung wünschte.

»Na, du, dann komme ich mal zu dir, du armes Tier. Aber lass mal das ›Niemand hat mich lieb‹-Theater. Ich bin doch ganz vernarrt in dich.«

Sie setzte sich neben sein Körbchen auf den Boden und bekuschelte ihn innig. »Mein kleiner Freund«, murmelte sie ihm ins Ohr. »Ich kann doch gar nicht ohne dich. Bisher hast du mir mächtig Glück gebracht. Wir beide sind ein richtiges Dream-Team, Freunde fürs Leben eben, und wir verstehen uns auch ohne Worte, nur mit Gedanken. Ich habe bei Lisas Seminar gut aufgepasst!«

***

Die Straßen waren voller Menschen, auf den großen Plätzen der Stadt herrschte munteres Treiben und aus einigen Lokalen schallte fröhliche Livemusik. Samstagabends in Puerto de la Cruz war das Leben ausgelassen und vergnügt.

Sabine, Lisa und Sonja hatten sich für einen Besuch im Restaurant La Plaza entschieden, für zweiundzwanzig Uhr einen Tisch bestellt und genossen dort Gemüse vom Grill mit viel Knoblauch und einem knackigen Salat. Sonja, die einzige Nicht-Vegetarierin, hatte sich einen Bacalao mit Brokkoli bestellt und verzog bei jedem Bissen genussvoll das Gesicht.

»Der Kabeljau ist wirklich ganz hervorragend und zu dem Preis unschlagbar. Ich habe schon lange nicht mehr so gut gegessen.« Zum Nachtisch teilten sich alle drei ein Tiramisu und dazu die zweite Flasche Wein.

»Der Wein geht auf meine Rechnung«, erklärte Sonja plötzlich. »Ich habe nämlich etwas zu feiern und möchte euch als Erste einweihen.«

Sabine und Lisa waren sofort mucksmäuschenstill.

Vielsagend blickte Sonja zwischen Sabine und Lisa hin und her. »Ja, angespornt von Sabines Tatkraft habe ich noch mal Lust bekommen, ein Geschäft auf die Beine zu stellen. Ich habe mir gesagt, wenn, dann jetzt. Mit einundsiebzig Jahren ist es ideal, noch einmal Gründer zu sein.«

»Absolut ideal«, fand Sabine und musterte Sonja wie immer bewundernd. Sie trug heute eine Jeans, kombiniert mit einem schwarzen Pullover. Dazu passten die flachen Silberballerinas perfekt. Sie war ein echter Hingucker.

Auch Lisa sah sie anerkennend an, hatte aber auch gleich noch etwas auf dem Herzen: »Bevor du das Geheimnis lüftest, möchte ich dich gern etwas fragen. Ich hoffe nur, dass du nicht böse bist.«

»Ich bin nie böse«, versprach Sonja und nippte schnell an ihrem Weinglas. »Dann heraus damit. Was möchtest du wissen?«

»Ich bin ja auch nicht mehr die Jüngste«, tastete sich Lisa vorsichtig heran, »aber ich dachte eigentlich, dass man mit siebzig mehr Ruhe braucht und Routinen und keine Lust mehr hat, etwas Neues zu unternehmen.«

Sonja lächelte, stützte ihr Kinn auf die gefalteten Hände und blickte kess in die Runde. »Du, das habe ich auch geglaubt und übrigens schon in eurem Alter manches Mal sogar gefühlt. Ich hatte keine Lust mehr, mich zu entwickeln, wollte immer morgens denselben Weg zur Arbeit gehen, mit den Kollegen um dieselbe Zeit dasselbe essen. Ich weiß, wovon du sprichst. Man ist eingefahren und träge.«

»Und warum ist das bei dir nicht mehr so?«

Sonja lehnte sich zurück und wurde ernst. »Weil sich mein Leben geändert hat. Ich konnte nicht mehr so weitermachen. Das Schicksal hatte andere Pläne. Ich wurde krank, schwer krank. Erst bekam ich einen Burn-out.« Sie blickte zu Sabine und nickte ihr zu. »Du weißt ja schon davon! Und wenig später bekam ich auch noch einen aggressiven Krebs. Damit wurde ich von heute auf morgen aus meiner beschaulichen Welt voller Routinen katapultiert, und zwar in die Welt der Kliniken und Sprechzimmer. Und da gab es plötzlich nur eins: Aktiv werden, kämpfen oder ja, ich kann es so klar sagen, oder sterben. Letzteres wollte ich nicht, also musste ich mich allem Neuen stellen, denn kein Tag war mehr wie der andere. Die Krankheit hat mir richtig Feuer unter dem Popo gemacht, wenn ich es mal so flapsig ausdrücken darf, und auf meine Bequemlichkeit gepfiffen.«

Sabine schaute sie ganz bedrückt an. »Ich hatte keine Ahnung, dass da noch mehr als der Burn-out war. Darüber hast du nie gesprochen. Du hast mir ja von deinem Engagement in der Politik erzählt. Du warst im Landtag und hast gesagt, dass dir alles über den Kopf gewachsen sei.«

»Das stimmt ja auch, aber es war eben doch ein bisschen schlimmer. Ich rede nicht gern über diese Zeit. Wenn wir mal nicht gerade auf einer belebten Straße beim Essen sitzen, zeige ich euch das sichtbare Überbleibsel meiner Erkrankung, eine quer über den Bauch verlaufende Operationsnarbe.«

Sie seufzte tief, setzte aber sofort wieder ein strahlendes Lächeln auf, als sie mit kräftiger Stimme weitererzählte. »Beim Tod meines Mannes war es nicht anders. Ich hatte wieder keine Wahl.« Sonja blickte abwechselnd Lisa und Sabine an. »Wisst ihr, im Grund ist es ganz leicht. Nach so einem Schicksalsschlag gibt es keine Alternative. Man kann sich nur aufgeben und mit ins Grab springen, oder man reißt sich zusammen und versucht, sein Leben weiterzuführen, und zwar so gut, wie es möglich ist. Aber ich will euch nicht mit meinen Gruselgeschichten den Abend verderben.«

»Das tust du nicht«, versicherte Sabine sofort. »Ich bin so froh, dass es dir wieder gut geht, und möchte gern wissen, wie du deine Lebenskrise gemeistert hast. Ich kann doch daraus lernen und einiges auf meine übertragen.«

Sonja blickte Lisa fragend an. »Soll ich wirklich?«

Lisa nickte. »Auf jeden Fall. Du hast alles gemeistert. Es ist gut, wenn du uns daran teilhaben lässt.«

Sonja ließ sich das letzte Stück vom leckeren Bacalao schmecken, dann legte sie das Besteck zur Seite und begann zu erzählen.

»Also ich habe damals das typische Gespräch mit mir selber geführt. Was will ich und was will ich nicht? Was tut mir gut und was tut mir nicht gut? Fragen über Fragen. Herauskam, dass ich nicht mehr für bessere Umsätze schuften wollte, was sich auswirkt mit den üblichen Dingen: eine neue Tasche, ein größeres Auto, eine weitere Reise. Ich habe ja in den Jahren davor schon gemerkt, dass ich das alles nur noch aus Gewohnheit machte und die Freude daran immer nur ganz kurz war. Mit der Krankheit im Nacken wollte ich das tun, was ich mir wünschte, mein Hobby leben, anderen Menschen helfen und – ich wollte die Sonne sehen, jeden Tag, dreihundertfünfundsechzig Tage im

Jahr. Ich war schon gut in den Fünfzigern, als ich auf die Insel kam, und das, was ich jetzt sage, wird euch vielleicht verblüffen: Ich habe seitdem nur noch gemacht, was ich mir gewünscht habe. Ich bin gesund geworden und geblieben und habe zudem noch ganz ordentlich verdient.«

»Kein Wunder, bei so attraktiven Internetseiten!«

»Ja, das ist mein zweites Standbein. Ich gestalte ab und zu mal für Deutsche und mittlerweile auch für Spanier Websites, besonders für kleine Betriebe, die mit Tourismus zu tun haben. Das ist ein florierendes Geschäft.«

»Da musst du aber ständig aktuell sein. Die Entwicklung ist doch rasant«, warf Lisa ein.

»Ja, aber wenn man immer am Ball bleibt, sind die Schritte nachvollziehbar. Ich komme gut zurecht.«

»Ich dachte, das können nur die jungen Leute«, sagte Sabine. »Ich fühle mich schon jetzt nicht mehr fit genug für diesen Bereich.« Sie drehte ihr Weinglas in der Hand.

»Jaja, und vielleicht erzählst du mir noch, dass unsere Hirne das nicht mehr aufnehmen. Alles Unsinn! Wenn du willst, packst du das auch. Du sperrst dich nur dagegen und präsentierst dann diese Ausreden à la: ›Ab vierzig sind die Hirnwindungen nicht mehr dazu in der Lage.‹ Ich bin der Beweis, dass es sehr wohl geht.«

»Du bist eine Ausnahme«, ergänzte Lisa sofort.

»Nichts da, was ich kann, ist kein Buch mit sieben Siegeln, wie man gern etwas besonders Geheimnisvolles umschreibt, das kann jeder, sofern man bereit ist, sich in etwas hineinzuknien. Ich habe übrigens eine andere Theorie. Je mehr man denkt, tüftelt und ausprobiert, desto mehr trainiert man das Gehirn und bleibt im Oberstübchen munter.« Sonja tippte sich an den Kopf. »Mich hat mein Engagement in Sachen PC jedenfalls munter und fit gehalten.«

Der Kellner brachte die neue Flasche Wein.

»Das sieht man, aber wir haben dich mit unseren Fragen abgelenkt. Was war denn eigentlich die Neuerung, wegen der du uns diesen Wein spendierst?« Sabine deutete auf die Weinflasche. »Wir sind ganz davon abgekommen.«

Sonja nickte versonnen. »Ich will euch wirklich nicht weiter hinhalten und euch von meinen Plänen erzählen. Da ich ja im Moment meistens virtuell aktiv bin, soll heißen, körperlich entsprechend inaktiv, möchte ich dieses Defizit ausgleichen.«

»Und wie?« Lisa stützte die Ellenbogen auf den Tisch und legte ihr Kinn darauf.

»Ich lasse mich zur Naturführerin ausbilden. Wie findet ihr das?«

Sabine sah Lisa an, doch die zuckte auch nur ratlos mit den Schultern. »Was müssen wir uns darunter vorstellen?«

»Ganz einfach, ich lasse mich schulen, in Pflanzen- und Tierkunde und Gestein. Das bringt dieses Mal zwar wieder meine kleinen grauen Zellen mächtig auf Trab, aber auch meinen Körper, und ihr wisst ja, was rastet, das rostet. Ich muss mich allmählich auf das Alter vorbereiten. Und wenn ich fit bin und alles weiß, dann nehme ich euch beide mit auf Tour, einverstanden?«

Mit dem Zeigefinger schob Sabine die Gabel hin und her. »Wo nimmst du nur diese Energie her? Das heißt, du lässt dich im Nationalpark ausbilden?«

»Nicht im, aber für den Nationalpark, genauer für den Parque Nacional del Teide, es gibt eine private Schule, die ich besuche. Ich muss viel Theorie büffeln, aber damit habe ich ja kein Problem, und ich werde Touren ausarbeiten und leiten. Wenn alles klappt, bekomme ich eine Art Diplom und werde mit meinen Leutchen losziehen. Ich möchte bestimmte Treffpunkte ansteuern und mich dort mit den Wanderfreunden treffen. Die Vorbereitung auf mein Business habe ich mir von Sabine abgeschaut. Ich brauche einen schönen Internetauftritt und ein bisschen Mail-Werbung. Und außerdem will ich nicht jeden Tag losziehen, aber einmal in der Woche fände ich prima. Ihr wisst von meinem Engagement im Umweltschutz – das passt alles perfekt zusammen. Findet ihr das gut?«

»Und wie«, riefen beide wie aus einem Munde. »Wir sind schon mal dabei!«

Lisa sah auf ihre Oberschenkel. »Ich muss aber etwas trainieren, damit ich mit euch auch mithalten kann.«

»Ja, dann fängst du gleich morgen an und joggst ein paar Runden am Strand. Als Vorbereitung. Und deinen Benny nimmst du mit, damit er nicht noch mehr Speck ansetzt.«

»Findest du Bennylein zu dick?« Lisa zog entrüstet die Augenbrauen nach oben.

»Nun ja, eine zarte Elfe ist er nun gerade nicht, der Racker. Du kannst ihn ruhig häufiger ein bisschen scheuchen.« Sabine zwinkerte ihr zu.

»Damit er den Teideaufstieg packt.« Sonja lachte übermütig. »Wisst ihr was, wir sind ein richtig tolles Trio heute und gemeinsam bringen wir Gutes auf den Weg. Ich hoffe, wir bleiben so ein prima Gespann.«

KAPITEL 12

Der Samstagmorgen graute schneller als gedacht. Später als sonst wurde Sabine wach und stand auf. Bis weit nach Mitternacht hatten sie gestern im Freien gesessen, geplant, erzählt, auch ein bisschen getrunken. Lisa hatte sich den Heimweg gespart und bei einer Freundin übernachtet. Sabine hatte Sonja durch das an diesem herrlichen Sommerabend noch sehr gut besuchte La Paz nach Hause begleitet, war anschließend mit dem Bus nach Los Realejos gelangt und ins Bett gefallen, immer noch von Wohlbehagen erfüllt.

Nach einer schnellen Dusche nahm Sabine Pablo, packte ihn ins Auto und fuhr nach Puerto, um auf den Markt zu gehen. Dort kaufte sie jede Menge Obst und Gemüse. Bevor sie mit ihrem vierbeinigen Begleiter, der aufmerksam an jedem Stand schnüffelte, zurück zum Auto marschierte, führte sie ihr Weg zum Bäcker. Samstagmorgens holte sich Sabine immer ein Baguette. Normalerweise aß sie Müsli zum Frühstück, doch am Wochenende gab es eine Ausnahme, und auch mal eine nicht so gesunde.

»Schade, dass du dich überhaupt nicht mehr gemeldet hast!«

Sabine zuckte zusammen, sah aber aus den Augenwinkeln ein schnittiges weißes Cabrio langsam neben sich herfahren und erkannte auf dem Fahrersitz Francisco, der sie vergnügt anstrahlte.

»Das ist ja eine Überraschung«, rief Sabine ihm zu und meinte es auch wirklich so. Sie hatte sofort ein furchtbar schlechtes Gewissen, denn Francisco hatte ihr gleich nach dem Spaziergang im Botanischen Garten eine WhatsApp geschrieben und das Lokal genannt, in das er sie zu einer Paella hatte einladen wollen. Aber sie hatte nur knapp geantwortet, dass sie sich melden werde, und dabei war es geblieben. Unfreundlicher ging es nicht. Sie hatte schon so oft vorgehabt, ihn anzurufen, aber jedes Mal ihren Plan verschoben, weil sie am PC ihren E-Mail-Versand gemacht, mit Chrissi und Laurenz telefoniert, an Frank und die schönen Zeiten gedacht und Bernd hinterhergejammert hatte. Jedenfalls hatte ihr nie so richtig der Sinn nach einem Treffen mit einem weiteren Mann gestanden. Aber Sabine wusste, dass die Gründe immer bloß vorgeschoben waren. Der wirkliche Grund, warum sie Francisco aus dem Weg ging, war die Angst um Pablo.

Klar hatte er recht, wenn er sagte, sie könnte den Hund nicht seinen rechtmäßigen Besitzern vorenthalten. Aber Pablo war ihr dermaßen ans Herz gewachsen, dass sie sich weigerte, das zu Ende zu denken. Sie konnte ihn unmöglich wieder hergeben. Sie waren vom ersten Tag an ein Traumpaar gewesen. Pablo schien jedes Wort zu verstehen und sie hatten eine ganz bestimmte Art der Kommunikation entwickelt. Seitdem sie das Seminar bei Lisa gemacht hatte, nahm sie zwar nicht alles ernst, konnte sich aber doch einiges davon vorstellen, zumindest, was die Einfühlung betraf.

Sie hatte oft den Eindruck, dass er ihr etwas signalisierte. Wenn sie sich schlecht fühlte und nach der Heimat jammerte, schien Pablo das zu spüren und hüpfte wie ein Äffchen durch die Wohnung, um sie aufzuheitern. Wenn sie weinte, legte er sich sofort zu ihren Füßen, und wenn sie teilnahmslos auf dem Sofa saß, machte er Randale, um sie aus ihren quälenden Gedanken zu holen. Pablo kam ihr vor wie ein weises Wesen aus einer anderen Welt. Er blickte hinter ihre Kulisse, animierte sie dazu, unter Leute zu gehen, wenn er glaubte, dass es ihr guttäte, und stoppte ihr Engagement, wenn er meinte, dass sie Ruhe bräuchte. Dass es ihr mittlerweile wieder recht gut ging, verdankte sie zum großen Teil ihrem vierbeinigen Freund. Durch Pablo kam sie unter Leute, lernte beim Gassigehen ständig jemanden kennen, übte Spanisch und fühlte sich nie einsam. Pablo führte sie in ein neues, schönes Leben, und Francisco könnte das mit einem Satz zerstören. Davor hatte sie Angst und nur deshalb ging sie ihm aus dem Weg. Es war die Furcht vor der unangenehmen Wahrheit.

Aber genau die konnte ihr in diesem Moment blühen. Wenn Francisco ihr mitteilte, dass er diese Heike Schlüter ausfindig gemacht hatte, wusste sie nicht, wie sie reagieren würde. Am besten sagte sie ihm einfach, dass sie keine Zeit hatte, zu einem Job oder sonst irgendwohin unterwegs war. Auf jeden Fall musste sie weg von ihm, ganz schnell.

»Adiós«, rief sie ihm zu und war im Glauben, dass er in Eile war, jetzt Gas gab und durchstartete. Doch Francisco hatte keine Eile. Er steuerte den Wagen schräg in eine Parkbucht, stieg lächelnd aus und streckte Sabine die Hand entgegen.

»Wie schön, dass ich dich hier treffe. Hast du Lust, mit mir zu frühstücken?« Er blickte nach unten zu Pablo und streichelte ihm liebevoll über den Kopf. »Und für dich, kleiner Pablo, organisiere ich auch etwas Leckeres.«

Sabines Knie wurden immer weicher. Bestimmt hatte er sich das Frühstück gerade nur ausgedacht, um ihr dabei schonend die Schocknachricht überbringen zu können. Entschlossen umklammerte sie die Hundeleine. Sie würde Pablo nicht einfach hergeben, niemals. Sollte man den Besitzer ausfindig gemacht haben, wollte sie ihm ein Kaufangebot unterbreiten und ihm sagen, was ihr das Tier bedeutete. Sie würde nichts unversucht lassen, ihren Seelenfreund zu behalten. Notfalls musste sie ihn eben entführen. Sie war sein Frauchen und das musste auch so bleiben!

»Hey, du bist so still. Also, hast du Zeit?«

Sabine schüttelte den Kopf. »Leider heute nicht. Tut mir leid, ich habe gleich ein Shooting.«

»Oh, Shooting, klingt richtig professionell. Schade, ich hätte gern mal wieder mit dir geplaudert.«

»Ich auch«, erwiderte Sabine schnell. »Wir holen das nach. Auch die Paella, wirklich. Sowie ich Luft habe in meinem Kalender, versprochen.«

Kalender? Luft? Sabine wunderte sich selber, dass sie so einen Unsinn erzählte. Die Angst machte sie richtig doof. Was Francisco wohl von ihr dachte? Sie wirkte ja wie eine Aufschneiderin, peinlich.

»Du, ich melde mich. Bitte verzeih, ich muss los«, entschuldigte sie sich hastig, um die merkwürdige Stimmung zu entkrampfen, und dann eilte sie winkend an Francisco vorbei in eine kleine Seitenstraße, den störrischen Pablo hinter sich herziehend.

»Wie sieht's denn nächste Woche aus?«, hörte sie Francisco hinter sich herrufen.

Aber sie wollte nichts mehr sagen. Sie wollte nur noch weg mit ihrem Pablo und zog ihn hektisch hinter sich her, weil er andauernd an irgendwelchen Bäumen stoppen wollte. Zwei Querstraßen weiter atmete sie erst einmal durch und setzte sich in ein kleines Straßencafé, um wieder herunterzukommen.

Doch sie hatte nur ein paarmal tief Luft geholt, als sie schon wieder eine bekannte Stimme vernahm.

»Oh, das ist ja kaum zu glauben, du hier, wie nett!«

Dieses Mal stand allerdings Bernd vor ihr, mit einem Jungen, der offenbar sein Sohn war. Beide hatten Einkaufstüten bei sich, vollgepackt mit Gemüse.

»Können wir kurz Platz nehmen?«, fragte er etwas unsicher.

Sabine nickte. Es versetzte ihr zwar einen Stich, ihn so unerwartet wiederzutreffen, aber sie war vernünftig und wusste, dass sie mit der Situation zurechtkommen musste. Egal, wie verschossen sie war – gewesen war, korrigierte sie sich selbst –, es müsste doch ein freundschaftlicher Umgang möglich sein. Außerdem wirkte Bernd glücklich und entspannt.

»Hattet ihr einen Großeinkauf? Der Markt scheint beliebt zu sein. Und wie heißt du?«, sprach sie den Jungen an.

»Lukas.«

Bernd legte seinem Sohn den Arm um die Schulter. »Er ist mein Ältester.«

»Und das ist Sabine, ebenfalls aus Deutschland. Weißt du?«, stellte er sie seinem Sohn vor und wandte sich dann erklärend an Sabine: »Lukas spielt gleich im Stadion in Puerto. Er ist ein guter Fußballspieler und ich freue mich schon darauf, dass wir die Gegner heute vom Platz fegen werden.«

Er zeigte dabei seine Ellenbogen. »Lukas kann Druck machen, nicht wahr, mein Junge?«

»Auf welcher Position spielst du denn, Stürmer?«, fragte Sabine geübt nach. Immerhin war sie Spielermutter. Laurenz hatte viele Jahre in der Kreisliga gespielt und Sabine gefühlt jedes Wochenende auf Sportplätzen verbracht. Eine tolle Zeit. Sie war heute noch häufig an den Wochenenden traurig, weil sie wehmütig den alten Zeiten nachtrauerte. Aber seitdem Laurenz studierte, hatte sein all die Jahre so lebenswichtiges Training nicht mehr den Stellenwert, und kürzlich war er sogar aus dem Verein ausgetreten.

Bernd bestellte drei Kaffee, die sie bei einem Fachgeplänkel tranken. Sabine kannte sich recht gut aus im Fußball und konnte mithalten. Sie beobachtete, wie stolz Bernd auf seinen Sohn war, und fand, dass er ein wunderbarer Vater zu sein schien. Als Lukas kurz auf die Toilette ging und die beiden allein waren, sprach er aber Sabine noch einmal auf ihre kurze Beziehung an.

»Die Aussage mit ›Lass uns Freunde bleiben‹ fand ich eigentlich saublöd. Aber bei dir möchte ich es gern noch einmal wiederholen. Können wir Freunde bleiben? Mir liegt viel daran.«

Sabine lächelte. Sie hatte die neue Situation akzeptiert. Gut, das Herz schmerzte ein bisschen, speziell in solchen Momenten wie eben. Aber das änderte nichts daran, dass sie eine gute Zeit miteinander gehabt hatten. Sie legte ihre Hand auf seine und drückte sie fest.

»Ja, Bernd, das wünsche ich mir auch. Es gibt manches Mal im Leben Entscheidungen, die man treffen muss, auch wenn sie vielleicht unangenehm sind. Du hast die richtige getroffen. Ich würde mich freuen, mit dir, und noch besser mit euch, befreundet sein zu können.«

»Papa, los, komm, das Spiel. Lass uns fahren!«, sagte Lukas auf Spanisch, und Sabine freute sich, weil sie schon so viel aufgeschnappt hatte, dass sie alles verstand. Lukas sah auf sein Handy. »Komm, wir sind sonst zu spät.« Der Junge war unruhig und setzte sich gar nicht mehr hin. »Adiós, Sabine«, verabschiedete er sich fröhlich, bevor er schon zum Auto vorausging.

»Verdammt, wir haben zu lange gequatscht«, stellte Bernd fest. »Du siehst, wir müssen.« Als Bernd aufstand, gab er Sabine im Vorübergehen noch einen Kuss auf die Wange.

»Adiós, guapa! Du bist eine klasse Frau. Wir sehen uns bald.«

Sabine schaute den beiden nach. Ehrlicherweise gestand sie sich ein, Bernd sein neues Glück zu gönnen, und es fühlte sich wie der Abschluss an, den sie gebraucht hatte.

»Was war das eigentlich gerade?«, hörte sie plötzlich eine sehr bekannte Stimme, die allerdings im Moment einen ziemlich drohenden Unterton hatte. Francisco stand neben ihr und seine Augen funkelten gereizt.

»Ich möchte mit dir einen Kaffee trinken gehen und du gibst mir einen Korb, sitzt aber zwei Minuten später mit deinem Freund hier«, platzte es aus ihm heraus. »Das hat mich schon, sagen wir mal, gewundert. Warum sagst du nicht einfach die Wahrheit? Wir sind keine Kinder.«

»Bist du mir gefolgt?«

»Ich bin einfach mit dem Auto gefahren und kann gucken. Wenn das für dich Verfolgen ist, dann ja.«

»Das hatte nichts zu bedeuten. Ich wollte einfach schnell allein einen Kaffee trinken. Bernd kam zufällig mit seinem ...«

»Zufällig? Ich sehe dich immer mit diesem Herrn.«

»Wie? Wo denn?«

»Erst vor vier Tagen in der Innenstadt, gegenüber vom Supermarkt. Ganz innig, ich wollte nicht stören. Ich wusste ja nicht, dass es so eng ist, dass ihr schon Familienausflüge macht. Aber das kann man offen sagen. Und zum Thema Alleinsein: Ich lasse dich dann jetzt allein.«

Verdammt, dachte Sabine. So war das doch gar nicht gemeint. Sie mochte Francisco, fand ihn ungeheuer sympathisch. Warum hatte sie ihn so blöd behandelt? Sie schämte sich.

»Francisco! Es ist anders, als es aussieht. Francisco? Ich kann dir erklären, warum ich manchmal so abweisend zu dir bin. Gib uns doch ein paar Minuten.«

Aber dieses Mal ließ er sie abblitzen.

»Sorry, ich habe jetzt keine Zeit«, entgegnete er schnippisch und zeigte deutlich, dass er nicht mehr mit ihr sprechen wollte, indem er sich zu zwei anderen Männern, die er offensichtlich gut kannte, an einen benachbarten Tisch setzte. Von nun an würdigte er Sabine keines Blickes mehr. Anscheinend hatte er genug von dem ganzen Theater. Verstehen konnte sie ihn ja, denn er hatte wirklich nicht verdient, wegen ihrer Angst um Pablo so abweisend behandelt zu werden.

»Na du, warum sitzt du denn hier so abseits?«

Sabine konnte nicht glauben, dass sie schon wieder jemand ansprach: Lisa stand an ihrem Tisch, ebenfalls mit zwei vollgepackten Tüten.

»Sieh mal, ich habe den halben Markt leer gekauft. Ich weiß zwar, dass sich gefühlt jeder hier am Samstag tummelt, aber ich wusste gar nicht, dass du auch immer hierherkommst. Aber das passt prima. Dann können wir noch einen Kaffee miteinander trinken.«

Sie stellte die Taschen auf einen Stuhl und setzte sich direkt gegenüber von Sabine. Ohne eine Antwort abzuwarten, redete sie gleich weiter. »War das nicht schön gestern, ach, meine Liebe, das sollten wir öfter machen. Aber vielleicht nicht noch mal direkt vor meinem Seminar. Ich bin etwas müde. Aber zum Glück war ich bereits in Puerto und konnte gleich die Einkäufe erledigen.«

Jetzt stöhnte sie laut auf. »Meine Güte, ist das alles anstrengend.« Dabei nestelte sie nervös an den Tüten herum, kramte unruhig ihr Portemonnaie aus der Tasche und atmete endlich tief durch.

»So, nun mache ich kurz eine Pause. Sag mal, du kommst doch auch? Ich freue mich immer, wenn ich meine Freundin in der Nähe weiß. Francisco wird übrigens auch da sein. Er ist klug, knüpft bei mir Kontakte zu anderen Tierbesitzern und baut sich so am besten seine Praxis auf.«

Sabine zwinkerte ihr zu, schüttelte vorsichtig mit dem Kopf und wies mit dem Finger in Tischhöhe nach hinten. Mit allem, was ihr einfiel, versuchte sie, Lisa zu signalisieren, dass Francisco hinter der Freundin saß. Aber Lisa plapperte unbekümmert weiter.

»Der wäre übrigens etwas für dich. Ein richtig guter Typ. Der steigt auch nicht mit jeder ins Bett. Da lege ich meine Hand für ins Feuer.«

Sabine legte einen Zeigefinger auf die Lippen, rollte mit den Augen und deutete mit dem Daumen der anderen Hand auf den Tisch hinter Lisa.

Lisa ignorierte ihre Gesten. »Ich hätte ihn gern für mich, ich gebe es zu. Aber für meine Freundin verzichte ich. Für dich nur das Beste. Gönn dir diesen Mann, du wirst es nicht bereuen. Und wenn es bloß für eine Nacht ist, sei sicher, der hält, was er verspricht.«

»Lisa, hör auf. Er sitzt direkt hinter dir«, unterbrach Sabine den Redeschwall der Freundin.

»Bitte? Auweia«, entfuhr es Lisa im Flüsterton. »Wirklich?«, fragte sie unsicher und drehte sich um. »O Mann! Das ist ja mehr als peinlich. Verdammt.«

Sichtlich verlegen schloss Lisa die Augen, bevor sie hinüber zu Francisco blickte, der sie grinsend anblinzelte. »Mensch, Bine, warum warnst du mich denn nicht?«

»Was habe ich denn die ganze Zeit getan? Ich hatte doch keine Ahnung, dass sich ganz Teneriffa samstags auf dem Wochenmarkt trifft. Du ahnst nicht, wer gerade auch schon hier war. Bernd!«

»Bernd! Nee, bitte nicht. Aber da läuft doch nichts mehr, oder?«

»Nein, nein, das ist endgültig vorbei.« Sabine schob ihre Kaffeetasse auf dem Tisch hin und her. »Und was machen wir mit Francisco? Ich habe mich auch megadoof verhalten. Du bitte nicht auch noch.«

»Nee, ich bekenne jetzt Farbe. Ich mag den Typen einfach viel zu gern.« Lisa wischte sich ein paar Haarsträhnen aus dem Gesicht, nickte Sabine zu und marschierte dann schnurstracks zu Francisco an den Tisch. Da seine beiden Tischpartner Spanier waren und kein Deutsch verstanden, redete sie offen drauflos.

Mit leicht gedrehtem Kopf, damit sie besser hören konnte, lauschte Sabine, was ihre Freundin sagte.

»So, jetzt weißt du wenigstens, dass ich ein Fan von dir bin. Komm, lass dich drücken. Das Liebesbekenntnis war eigentlich nicht für deine Ohren bestimmt, zumindest nicht im Moment.«

Francisco lachte. »Ich sage nur eins: Mit Brille wäre das nicht passiert. Hast du vergessen, dass du mir vor Kurzem lang und breit erklärt hast, dass du auf der Straße wie ein Blindfisch unterwegs bist, aber aus Eitelkeit nur beim Autofahren eine Brille trägst? Ich hoffe, du lernst daraus. Aber danke für das Kompliment. Ich wusste gar nicht, was für eine Ausstrahlung ich habe. Doch deine Freundin erreichst du damit nicht. Sabine ist in festen Händen und gibt mir ständig einen Korb.«

»Sabine? Das wüsste ich aber.«

Mit zittrigen Fingern legte Sabine Geld für den Kaffee auf den Tisch, schnappte sich ihre Einkäufe und Pablos Leine. Das Ganze war einfach blamabel. Hier half nur die Flucht.

**

»Möchtet ihr lernen, mit Tieren in Kontakt zu treten und sie wirklich zu verstehen? Ich zeige euch Schritt für Schritt, wie ihr mit euren Tieren Gedanken, Gefühle und Bilder austauschen könnt – und das natürlich nicht nur mit euren eigenen.«

Lisa stand dieses Mal an einem hübsch eingedeckten Stehtisch, den Ellenbogen lässig abgestützt, und begrüßte ihre Kursteilnehmerinnen, die heute noch zahlreicher erschienen waren als im vergangenen Monat. Sabine schätzte, dass zwanzig Frauen im Halbkreis auf ihren Stühlen saßen. Aber es gab auch einen Mann, der sich etwas abseits positioniert hatte und aufmerksam zuzuhören schien: Francisco. Sabine war es gar nicht recht, ihn hier zu sehen. Nach ihrem verkorksten Auftritt zuvor hätte sie ihm gern noch in Ruhe ihr Verhalten erklärt. Eigentlich hatte sie vorgehabt, ihm auf dem Weg zu Lisa eine Nachricht zu schreiben, aber dann erschien ihr ein persönliches Gespräch doch angemessener als ein paar getippte Wörter. Nun blieb ihr nur noch die Möglichkeit, ihn in einer Seminarpause anzusprechen, und sie hoffte sehr, dass er ihr dann auch zuhören würde.

Wie sollte sie auf ihn zugehen? Und wie würde er reagieren? Sie spürte förmlich einen Kloß in der Magengegend und machte sich Sorgen, noch mehr falsch zu machen als bisher sowieso schon.

Mit Lisa hatte sie zum Glück bereits alles klären können. Gleich nach ihrem unmöglichen Abgang aus dem Café hatte sie Lisa von zu Hause aus angerufen und sich für ihr Verhalten entschuldigt, ohne näher auf den Hintergrund einzugehen. Aber Francisco brauchte auch dringend ein paar offene Worte. Doch Sabine konnte nicht einfach das Seminar stören. Sie musste später einen passenden Moment finden. Und genau das machte sie unruhig. Hoffentlich ließ er sie nicht wieder abblitzen.

»Ich freue mich sehr, dass ihr heute zu mir gekommen seid«, sprach Lisa weiter und stieg dieses Mal mit einer Supernachricht ein. »Bei mir lernt ihr telepathische Kommunikation, aber wenn es mal schnell gehen soll, könnt ihr auch mit eurem Tier telefonieren. Und glaubt mir: Es klappt. Ich habe einige Modelle bestellt und beim nächsten Mal könnt ihr sie dann hier kaufen.«

»Das Hundetelefon muss super sein. Ich nehme sofort eins. Dann kann ich auch tagsüber mit meinem Luis in Kontakt bleiben. Das ist klasse.«

»Ja, wirklich, eine tolle Erfindung.«

»Und wie funktioniert sie?«

»Ganz einfach, das Tier beißt in einen speziellen Ball, stellt damit den Bildschirm an und sieht Herrchen und Frauchen bei der Arbeit oder sonst wo. Es ist ganz neu in Dänemark entwickelt worden.«

»Das heißt, zur Gedankenübertragung gibt es dann auch die virtuelle Übertragung?«

»Genau, ich veranstalte Tierkommunikation, und die klappt auf vielen Kanälen.«

Sabine nickte zustimmend. Ihre Freundin Lisa war nicht nur klug, sie war auch geschäftstüchtig. Das Tiertelefon würden ihr die Kunden aus den Händen reißen. Sie konnte noch viel von ihr lernen.

Sabine hatte sich allerdings angeboten, den kompletten Service zu übernehmen, und so kam sie kaum dazu, ihr zuzuhören oder wie beim letzten Mal mitzumachen oder gar Fotos zu schießen. Sie brachte Getränke, räumte Geschirr ab, servierte frisches Obst. Lisa hatte sie darum gebeten und sie half der Freundin sehr gern. Allerdings machte ihr Franciscos Anwesenheit die ganze Zeit über mächtig zu schaffen. Sie hatte ihn zwar besonders aufmerksam mit Getränken und klein geschnittenen Ananasstückchen versorgt und ihn jedes Mal besonders liebevoll angesprochen. Aber er reagierte kalt wie eine Hundeschnauze und seine Unnahbarkeit stimmte sie mittlerweile richtig traurig.

Nach drei Stunden und viel zustimmendem Applaus war der erste Kurstag zu Ende und nach und nach leerte sich die Veranstaltung. Zum Schluss waren nur noch Francisco und drei Frauen da, mit denen er sich an einem Stehtisch angeregt unterhielt. Sabine war mit Aufräumarbeiten beschäftigt, beäugte aber die Szene heimlich aus sicherer Distanz. Sie wartete nur darauf, dass die Frauen sich verabschiedeten und sie zu ihm gehen konnte.

»Komm, wir machen mal eine Pause«, hörte sie plötzlich Lisa sagen und spürte im selben Moment den Arm der Freundin an ihrer Schulter. Fast schon energisch schob Lisa Sabine hinter das Haus und führte sie zu einer Bank, die idyllisch unter einem Olivenbaum stand.

»Setz dich bitte und dann erzähl mal. Was ist eigentlich mit euch beiden los? Ihr könnt mir viel weismachen, aber bei euch herrscht dicker Knies«, fragte Lisa unumwunden.

Sabine war richtig erleichtert über Lisas Frage, denn so konnte sie endlich auspacken, was sie so bedrückte.

»Kein Knies, im Gegenteil, ich mag Francisco ja, sehr sogar, aber ich habe Angst, dass er mir Pablo wegnimmt. Ich rede noch mit ihm, versprochen. Er kann ja nichts dafür, dass ich Angst um Pablo habe, und er kann auch nichts daran ändern. Ich weiß ja, dass ich das klären muss.«

Sabine unterbrach selbst ihren Redefluss, lehnte sich zurück und sah Lisa an. »Weißt du, die Vorstellung, Pablo hergeben zu müssen, macht mich richtig verrückt. Aber, ganz ehrlich, am liebsten würde ich mir Pablo schnappen und einfach abhauen, damit mich Francisco nicht darauf ansprechen kann und mir vielleicht schlimme Nachrichten überbringt. Am besten tauche ich ebenfalls ab wie diese Heike Schlüter, dann kann er mich auch nicht finden.«

»Pablo wegnehmen? Was redest du denn da?« Lisa sah Sabine erstaunt an.

»Ach, es ist wegen dem blöden Chip, den Francisco ausgelesen hat. Du hast selbst gesagt, dass er nach seiner Meldung an Tasso nichts mehr machen kann.«

»Und? Gibt es da Neuigkeiten?«

Sabine schüttelte den Kopf »Nein. Der Stand ist wie vorher. Diese Heike Schlüter ist unter der Anschrift nicht mehr auffindbar, offenbar unbekannt verzogen.«

»Was soll er denn auch tun als verantwortungsvoller Tierarzt? Warum bist du dann so grob zu ihm? Er macht doch gar nichts, du hingegen fährst eine Schroffheit auf, die ich so an dir nicht kenne.«

»Es geht doch gar nicht um ihn.« Sabine verschränkte die Arme vor der Brust. »Es geht um meinen Hund. Lisa, der Kleine bedeutet mir so viel. Ich kann es nicht ertragen, ihn auch noch zu verlieren. Ich habe doch nur noch ihn.«

»Vor Francisco wegzurennen löst das Problem nicht. Sprich mit ihm und frag nach Unterstützung.«

»Das will ich ja auch, aber die Angst macht mich manchmal kopflos.«

Sabine fühlte erneut die verdammten Tränen aufsteigen und ärgerte sich über sich selbst. Aber im Moment hatte sie leider zu nah am Wasser gebaut.

Lisa rückte ganz nah an ihre Seite. »Weißt du, du musst auch lernen zu vertrauen. Es sind nicht alle so verlogen wie dein Frank. Wenn Pablo eine Besitzerin hat und sie irgendwann tatsächlich gefunden wird, kannst du mit ihr reden und offen sagen, wie sehr du an dem Tier hängst. Und du solltest auch mit Pablo reden. Er muss ja wissen, wo er leben will. Ich kann ihn fragen? Soll ich?«

»Um Himmels willen, nein, nicht das auch noch. Du sprichst nicht mit meinem Hund, niemals, versprochen.« Mit einem Satz sprang Sabine auf, schnappte sich Pablo und rannte in Richtung Parkplatz.

»Sabine, meinst du nicht, du übertreibst ein wenig?«, rief Lisa ihr kopfschüttelnd nach.

So aufgewühlt konnte sie unmöglich mit Francisco reden. »Ich muss nach Hause.«

»Ich weiß, Aufträge, Kunden, Telefonate, was auch immer. Du brauchst wirklich mal eine Auszeit.«

Aber Sabine hörte nicht mehr hin. Sie stieg in den Wagen, schlug die Autotür zu und bretterte viel zu schnell den Feldweg hinunter.

***

Um sieben Uhr klingelte der Wecker und Sabine war sofort hellwach. Vor Aufregung hatte sie insgesamt schlecht geschlafen, denn heute war ein großer Tag; sie hatte ihr erstes Hochzeitsshooting. Pünktlich um neun Uhr wurde sie am Set, in diesem Fall einem idyllisch gelegenen Berghotel, erwartet. Während sie sich einen Aufwachkaffee gönnte und ihr Equipment zusammenpackte, rief sie schnell Sonja an. Sie wollte sich mit dem Gespräch beruhigen, denn Sabine hatte zwar den Auftrag, diese Hochzeit zu fotografieren, ganz souverän angenommen und sich nicht anmerken lassen, dass sie gerade mutig Neuland betrat, aber in ihrem Inneren sah es ganz anders aus. Sie war mächtig nervös und ganz schön unsicher. In den letzten Tagen hatte sie sich jede Menge Videos über Hochzeitsfotografie angesehen, ach, mehr noch, regelrecht studiert. Mittlerweile wusste sie viel, aber es blieb die Unsicherheit, ob sie das Angesehene auch alles würde umsetzen können. Gut, sie konnte offenbar gut auf Menschen eingehen, das hatte sie in vielen Jahren Buchverkauf gelernt, und sie hatte ein Gespür für Farben sowie Arrangements. Aber reichte das?

»Ich weiß, dass du das hervorragend meistern wirst, und später hast du immer noch deine neuen, guten Bearbeitungsprogramme. Du wirst das packen, ganz sicher«, bestätigte sie Sonja.

»Deine Worte sind wie Streicheleinheiten und helfen mir sehr«, entgegnete Sabine und empfand es auch wirklich so. Sie hatte plötzlich mächtig Muffensausen und musste sich extrem zusammenreißen. *Aufgeben gibt's nicht*, hatte ihr Vater immer gesagt, und dieser Satz machte ihr zusätzlich Mut.

»Daumen drücken und bis heute Abend«, rief sie Sonja noch durchs Telefon zu, beendete dann das Gespräch und machte sich auf den Weg. Unterwegs im Auto brachte sie sich mit spanischer Schlagermusik in Stimmung, und als sie an dem kleinen romantischen Hotel nördlich von Los Cristianos angekommen war, fühlte sie sich bereit, den ganz großen Wurf zu landen. Was dann kam, war zum Glück auch durchgehend positiv. Das Brautpaar war zauberhaft, die angereisten Familien ebenfalls. Sie fühlten sich wohl, weil Sabine eine Landsmännin war und das Alter hatte, in dem man ihr zutraute, die Lage im Griff zu haben.

»Schön, dass Sie unsere Fotografin sind«, hatte die Brautmutter sie gleich wie eine Freundin begrüßt und der Brautvater sie nach einer freundlichen Umarmung ganz vertraulich und leise darauf hingewiesen, dass seine Tochter Anke, die Braut, sehr nervös sei, und Sabine um ein wenig Geduld gebeten.

Die Zuwendung und das offen gezeigte Vertrauen verliehen Sabine Flügel. Sie würde beste Arbeit abliefern, da war sie sich ganz sicher. Und genauso kam es auch. Bei der feierlichen Zeremonie in der kleinen Dorfkirche hatte sich Sabine dezent im Hintergrund gehalten, aber alle wichtigen Momente wunderschön stimmungsvoll festhalten können. Dann hatte es einen kleinen Empfang gegeben, bei dem Sabine die Gäste liebevoll porträtiert hatte, und inzwischen war sie bei dem großen Paarshooting, bei dem sie mit den beiden die Erinnerungsfotos fürs ganze Leben kreieren wollte.

Sabine hatte sich nach Rücksprache mit dem Paar für eine malerische Kulisse entschieden. Es ging an eine auf einer Klippe gelegene alte Mühle mit verwitterten Fensterläden und einer etwas aus den Fugen geratenen Haustür, die wie die Saloontür in einem Wildwestfilm ständig vom Wind leicht hin- und herbewegt wurde. Gerahmt wurde das stimmungsvolle Gemäuer von zwei mächtigen Palmen und den Hintergrund bildete der tiefblaue Himmel, der am Horizont mit dem nur einen Hauch dunkleren Ozean verschmolz. Es erinnerte Sabine an eine Fototapete, wie sie manchmal in Reisebüros zu sehen war, dazu kam das unwirklich schöne Brautpaar, und alles zusammen vermittelte Sabine das Gefühl, zum Ensemble einer großen Hollywoodproduktion zu gehören.

Sabine justierte die Kamera, setzte ein passendes Objektiv auf und legte los. »Ja, gut so. Und bitte noch einmal zu mir sehen. Ja, sehr gut, wunderbar machst du das. Und jetzt, Anke, jetzt blick noch einmal auf das Meer. Nein, nicht so ernst, bitte viel mehr lächeln. Denk daran, dass heute der schönste Tag in deinem Leben ist.«

Anke sah fantastisch aus. Sie trug ein bodenlanges, fein geschwungenes blütenweißes Spitzenkleid mit einem hüfttiefen Rückenausschnitt. Die dunklen Haare waren raffiniert hochgesteckt und mit einem Haarkranz verwoben. An ihren Ohren funkelten Perlen. Eine bildhübsche, stilvolle Braut, die gemeinsam mit ihrem Bräutigam, Mats, einem hochgewachsenen sportlichen jungen Mann, der seinen schwarzen Anzug so trug, als hätte er noch nie etwas anderes angehabt, jedes Hochzeitsmagazin krönen würde.

Sabine war mit ganzem Einsatz dabei. Es ging ihr längst nicht mehr ausschließlich um das Geld, sondern sie wollte Unvergessliches schaffen. Sie wusste, dass jedes gelungene Bild die nächsten Jahrzehnte betrachtet werden und durch unzählige Hände gehen würde. Es würde in Regalen stehen, auf Facebook und Instagram veröffentlicht werden und via WhatsApp in diversen Freundeskreisen landen. Nein, die Gewissheit, etwas Unvergängliches schaffen zu können, war Sabine mindestens ebenso wichtig wie ein paar Hundert Euro, die sie heute verdiente. Und getragen von dieser prächtigen Idee wuchs sie über sich hinaus. Wieder und wieder drückte sie auf den Auslöser, prüfte, wiederholte, probierte neue, noch bessere Ideen aus. Klick, klick, klick. Es spornte sie zu stetig fantasiereicheren Höchstleistungen an. Mit jeder Minute wuchsen zudem die Zuversicht und das Selbstvertrauen, was sie mutiger und experimentierfreudiger machte. Das Lampenfieber wich der Neugier und die Unsicherheit der Tatkraft. Sabine gab den Fotos eine ganz eigene Handschrift und war schließlich so im Flow, dass sie nicht mehr den geringsten Zweifel daran hatte, ihren absoluten Traumberuf gefunden zu haben. Ab heute wusste sie, dass sie alles, was sie vor die Linse bekam, zu etwas Nachhaltigem, Einmaligem machen konnte. Sie war keine Fotografin, sie war eine Fotokünstlerin und wollte für den Rest ihres Lebens die Welt auf Bilder bannen.

»Und? Bist du zufrieden? Kann ich das Ergebnis gleich mal sehen?«, fragte Anke und zupfte im Gehen ihr feines Kleid zurecht, damit sie nicht über die Stoffmasse stolperte.

»Ja, klar, sofort, aber lass uns noch ein bisschen weitermachen. Mats, komm, stell dich bitte mal neben die Palme dort drüben. Und Anke, du lehnst dich an. Genauso ist es richtig. Und noch einmal lächeln bitte, wunderbar, und noch einmal. So ist es prima.«

Sabine nahm die Kamera herunter, schaute auf das Display. »Perfekt. Meine Güte, ihr seid ja richtige Profimodels.«

»Und das bei der Hitze. Ich bin wirklich stolz auf mich«, freute sich Anke. »Hätte ich das gewusst, hätte ich mich allerdings für ein leichteres Hochzeitskleid entschieden.«

»Noch leichter? Das ist doch schon hauchdünn«, erwiderte Sabine lachend. »Mit noch dünnerem Stoff hätte man dich gar nicht in die Kirche gelassen.«

»Mag sein«, alberte Anke. »Aber die Fotos wären zum viralen Hit geworden.«

»Das werden sie so auch, warte es ab«, warf Sabine den rhetorischen Ball zurück.

»Wie lange haben wir denn noch?«, wollte Mats wissen.

»Kommt mal rüber und seht euch das an. Ich glaube, wir haben es geschafft und mehr als ausreichend schöne Aufnahmen im Kasten. Wenn ihr einverstanden seid, machen wir hier Schluss. Ihr könnt euch frisch machen und zurück zu euren Gästen gehen, okay?«

Neugierig beugte sich das Brautpaar über die Kamera und Sabine klickte einige der gemachten Aufnahmen durch.

»Und? Zufrieden?«

»Und wie!«, jubelte Anke. »Oh, sieht das klasse aus, mit dem blauen Wasser im Hintergrund. Das ist wirklich toll.«

»Ja, das reicht doch«, befand Mats nach längeren, prüfenden Blicken. »Ich denke auch, wir hören hier auf.«

»Prima, wisst ihr was«, Sabine linste auf die Uhr, »in einer halben Stunde bin ich dann bei euch und fotografiere die Eröffnung eures Festessens, in Ordnung?«

Anke sah Sabine richtig glücklich an. »Weißt du, das macht richtig Spaß mit dir. Man merkt gar nicht, dass du dauernd alles fotografierst. Du bist einfach da und fertig. Klasse.«

Sabine legte ihre Kamera auf das bereitgestellte Tischchen und nahm erst Anke und dann Mats in den Arm. »Das musste jetzt einfach mal sein«, sagte sie lächelnd. »Ihr seid ein richtig tolles Paar und ihr bleibt bestimmt glücklich. Ich habe schon viele Paare gesehen, aber ihr seid ein ganz besonderes. So, und nun genießt den schönsten Tag in eurem Leben.«

Sie schmunzelte, als die beiden Hand in Hand zurück zum Hotel gingen. Von wegen, einfach da und fertig. Sabine war zwar rundum begeistert von ihrer Arbeit und dem Ergebnis, aber auch ziemlich erledigt. Ihr erstes Hochzeitsshooting machte sie innerlich reich und zufrieden, aber äußerlich matt und ausgepowert. So anstrengend hatte sie sich den Job gar nicht vorgestellt. Zum Glück war die Hochzeitsgesellschaft klein. Eine der typisch spanischen Feiern hätte sie garantiert allein nicht gepackt. Hunderte Gäste und eine aufwendige Zeremonie, nee, das wäre für einen Newcomer, wie sie einer war, keine gute Sache geworden. Sie hätte ein Team gebraucht.

Sie wollte rasch eine Kleinigkeit essen und trinken und sich danach auf den Abend konzentrieren. Irgendwann würde Alkohol ins Spiel kommen und dann war der Job erledigt, denn für angetrunkene Hochzeitsgäste reichten die Handykameras. Doch es wurde tatsächlich fast Mitternacht, bis Sabine sich mit einer erneuten langen Umarmung von Anke und Mats verabschiedete. Beide waren zu diesem Zeitpunkt aufgedreht und nicht mehr ganz nüchtern, aber lieb und zugewandt. »Ihr habt wunderbare Jahre vor euch«, flüsterte Sabine den beiden noch zum Abschied ins Ohr und verschwand unauffällig, um die immer noch fröhlich Feiernden nicht zu stören. Als sie die Ausrüstung im Auto verstaut hatte und sich hinter das Steuer setzte, spürte sie ihre Füße kaum noch. Obwohl sie bequeme Ballerinas angezogen hatte, schmerzten ihre Fußsohlen vom vielen Stehen. Unterwegs rief sie Sonja an, die, wie an einem Samstagabend in Spanien üblich, noch putzmunter unterwegs war und mit einer Freundin in einer kleinen Bar ein paar Tapas aß.

»Es ist richtig klasse gelaufen. Du, Sonja, ich bin jetzt eine Hochzeitsfotografin und sooo glücklich«, rief sie der Freundin fröhlich durchs Telefon zu.

»Na, mit den neuen Fotos als Referenz wirst du gut zu tun haben. Du solltest dich auf deutschsprachige Kunden spezialisieren. Dann hast du die perfekte Marktlücke entdeckt.«

»Nicht nur das«, entgegnete Sabine. »Es ist mehr als ein Beruf, es ist eine Berufung. Ich bin vollkommen happy mit dem, was ich tue. Sonja, es hat einfach nur Spaß gemacht. Ich weiß endlich, dass ich wirklich auf dem richtigen Weg bin.«

»Das freut mich riesig, meine supertolle Inselfotografin. Dann hast du ja die Feuertaufe mit Bravour bestanden.«

Als Sonja auflegte und Sabine auf die Autobahn Richtung Norden fuhr, spürte sie tiefes Glück. Sie war erst so kurz in ihrem neuen Leben angekommen und konnte selber kaum glauben, was sie alles erreicht hatte. Sie düste auf dem Heimweg von ihrem ersten Shooting in der Nacht an der kanarischen Küste entlang. Zu ihrer Seite glitzerte das nachtschwarze Meer und die Sterne spiegelten sich auf der nahezu planen Wasseroberfläche. Der Mond tauchte alles in ein unwirklich schönes Licht. Sabine musste sich kneifen, um zu glauben, dass das hier alles wahr war.

KAPITEL 13

»Was muss ich machen, damit du nicht wieder wegläufst?«

Sabine hatte morgens arglos die Wohnungstür geöffnet und mit allem gerechnet, aber nicht mit Francisco, der mit einem kleinen Blumenstrauß vor ihr stand.

»Versöhnung?«, fragte er lächelnd.

Sabine nickte, ohne zu zögern. »Aber wir haben doch gar keinen Streit!«, sagte sie kleinlaut.

»Wir sowieso nicht. Wenn jemand Ablehnung signalisiert, bist du das. Kann ich übrigens hereinkommen, oder ist deine Abneigung so stark, dass du mich nicht in deinen vier Wänden erträgst.«

»Ach, Francisco, natürlich, entschuldige, aber wenn ich dich treffe, geht bei mir einfach alles schief.« Mit der Hand deutete sie in ihre Wohnung. »Meine Güte, das war am vergangenen Samstag echt peinlich. Ich habe mich unmöglich benommen, dabei mag ich dich wirklich gern. Ich hätte mich auch noch gemeldet, um mich zu entschuldigen. Aber bitte verzeih mir, ja?«

Francisco trat ein und begrüßte Pablo, der wedelnd vor ihm stand. »Schon gut, das musst du nicht sagen.«

»Aber das ist die Wahrheit.« Sie schloss die Tür hinter ihnen. »Du wirst es vermutlich nicht glauben, all diese Dinge, die mir mit dir passiert sind, passieren mir normalerweise nicht. Du machst etwas ganz Komisches mit mir.«

»Jaja, ich verwandele dich in eine Frau, die stets für eine unliebsame Überraschung gut ist.«

»Wie meinst du das denn?«

»Nichts weiter, das war nur Spaß.« Er hielt ihr den Blumenstrauß hin.

Lächelnd nahm Sabine ihn entgegen. »Danke und bitte setz dich.« Sie öffnete die Terrassentür und deutete auf die Sessel. »Jetzt gibt es den Kaffee, den ich beim letzten Mal so ungeschickt ausgeschlagen habe, bei mir.«

»Danke.« Francisco nahm Platz. »Ich habe mit Lisa gesprochen!«

»Und?« Sabine lehnte an der offenen Tür.

»Ich weiß mittlerweile, warum du regelrecht vor mir fliehst!«

»Ach, dieses Mal ist es gut, dass Lisa sich eingemischt hat. Auch wenn ich vermutlich die Folgen nicht gern höre.«

»Welche Folgen? Sabine, wie wäre es, wenn du mich nicht als deinen Erzfeind, sondern als Verbündeten siehst? Wir finden schon eine Lösung, vielleicht vertraust du mir mal.«

Sabine atmete tief durch. »Einverstanden. Du hast recht. Ich habe mich da in etwas hineingesteigert. Aber nun gibt es erst einmal Kaffee und noch eine leckere Tostada mit Tomaten und Olivenöl. Ich liebe dieses Frühstück. Und dann vertraue ich deinen Schlachtplänen.«

Während des Essens verlor Francisco kein Wort über Pablo und darüber, ob er etwas vom Verbleib von dessen Besitzerin wusste. Er war sichtbar gut gelaunt und erzählte viel von sich, von seinem Hobby, dem Windsurfen, und von einem Kurztrip nach La Gomera, den er erst kürzlich unternommen hatte. Er wollte auf die Insel, weil er dort als Kind immer gewesen war.

»Hast du alle Ferien auf den Kanaren verbracht?«

»Nein, nein, mein Vater kommt aus Valencia und meine Mutter aus Köln. Aufgewachsen bin ich deshalb im Rheinland, studiert habe ich in Berlin. Später bin ich mit meiner Frau, einer Berlinerin, zurück nach Köln gezogen, wo auch meine Eltern nach wie vor leben.«

»Frau? Bist du noch nicht geschieden?« Sabine schlug die Beine übereinander.

»Doch, ja, mittlerweile seit einem halben Jahr. Aber ich vergesse immer den Zusatz ›Ex-‹.« Aus der Hosentasche holte er ein Leckerli, was Pablo genüsslich kaute.

»Tja, das wird mir künftig bestimmt auch anfangs so gehen.«

»Lisa hat ein bisschen was angedeutet. Bei dir ist auch die Scheidung in Sicht?«

»Allerdings«, Sabine goss Wasser in ihr Glas, »ich will mich erst noch ein bisschen hier etablieren und dann kümmere ich mich darum, die Trümmer meines alten Lebens zu entsorgen. Ich habe alles noch vor mir. Vielleicht kannst du mir wichtige Tipps geben.«

»Nein.« Er legte den Kopf schief. »Ich glaube, die Situation kann man nicht vergleichen. Bei mir ist noch ein Kind im Spiel. Das sieht ganz anders aus.«

»Ein Junge oder ein Mädchen?«

»Natalie, ein Mädchen. Sie ist dreizehn Jahre alt. Ich bin erst mit Mitte vierzig Vater geworden. Und Trennung und Scheidung mit Kindern ist furchtbar. Wie alt sind deine?«

»Ich habe zwei, Chrissi ist siebenundzwanzig und Laurenz einundzwanzig. Sie stehen, sorry, dass ich das sagen muss, zu der Entscheidung ihrer Mutter.«

»Nun ja, nach dem, was Lisa mir erzählt hat, ist das auch verständlich. Bei dir ist es eindeutig, wer die Schuld hat.«

Wenn Lisa so offen über ihre Situation mit ihm gesprochen hatte, fasste sie den Mut, auch bei ihm weiter nachzufragen. »Bei dir nicht?«

»Nein, nicht wirklich.« Er streichelte Pablo, der sich zu seinen Füßen eingerollt hatte. »Es gibt keine anderen Partner. Unsere Ehe ist an unterschiedlichen Lebensformen gescheitert, aber dafür sind wir ja beide verantwortlich.«

»Und welche sind das?«

»Ich liebe meinen Beruf und arbeite gern, aber ich kann auch genießen. Ich erfreue mich an der Natur, einem schönen Wein, etwas Geselligkeit.« Er lächelte sie an. »So wie jetzt.«

»Und deine Frau, ups, Ex-Frau?« Sie nippte am Glas.

»Die kennt nur eines: arbeiten, immer und überall, am besten auch nachts.«

»Oh, was macht sie denn?«

»Sie hat sich mit einem IT-Unternehmen selbstständig gemacht.«

»Und eure Tochter?« Das Mädchen tat ihr leid in so einer Situation.

»Sie kümmert sich rührend um sie, wirklich. Ich kann ihr nichts vorwerfen. Der Kleinen fehlt es an nichts.« Francisco schmunzelte über sich selber. »Klein ist gut, also: Für mich klein, für andere ist sie bereits ein junges Mädchen.«

»Ich kenne das.« Sabine lachte. »Laurenz bleibt auch immer der Kleine. Ist denn die viele Arbeit tatsächlich der einzige Grund?«

»Ich habe natürlich viel nachgedacht, aber ich glaube, ja. Sie hatte einfach neben Job und Kind keine zeitlichen Reserven mehr. Das ist nachvollziehbar, passt aber nicht, wenn man noch eine Ehe führt. Wir haben uns gar nicht mehr gesehen und irgendwann komplett aus den Augen verloren. Aber als Sara, so heißt meine Ex-Frau, dann die Scheidung wollte, war es mir anfangs auch nicht recht.«

»Warum nicht? Ihr hattet euch doch verloren.«

»Ja, aber ich bin ein gläubiger und ein treuer Mensch. Wir hatten uns das Jawort gegeben, in einer Kirche. Für mich hatte das eine Bedeutung. Sie meinte, sie wolle mir meine Freiheit zurückgeben. Das hat mich besonders getroffen. Ich fühlte mich nicht mehr ernst genommen.«

»Was hätte sie denn anders machen sollen?«

»Um die Beziehung kämpfen, das hatte ich mir erhofft.« Er seufzte, griff nachdenklich nach einem Toast. »Aber es ist genug um mich gegangen. Wir müssen beide neue Lebenssituationen annehmen. Ich bin da nichts Besonderes.«

Sabine sah ihn nachdenklich an. »Wir sitzen in einem Boot. Aber du hast einen meilenweiten Vorsprung. Sieh doch, was du dir alles aufgebaut hast. Ich bin erst ganz am Anfang.«

»Da solltest du von meiner Expertise profitieren. Ich berate dich gern.«

»Ehrlich?« Sabine sah zu Pablo, der aufstand und sich streckte. »Trotz meines doofen Verhaltens?«

»Vielleicht gerade deswegen. Weißt du, mir ist natürlich aufgefallen, dass du mit etwas zu kämpfen hattest, und ich habe viele Parallelen zu mir erkannt. In dieser Phase, nennen wir sie ›Nachtrennungszeit‹, braucht man viel Verständnis und Menschen, die nicht jedes Wort auf die Goldwaage legen. Man steht ziemlich neben sich. Also, wenn du jemanden zum Reden brauchst, ich bin da.«

Sabine konnte gar nicht sagen, wie sehr sie sich über diese Sätze freute. Zumal sie so wahr waren. Sie stand wirklich oft neben sich, und Menschen, die ihr das nicht sofort ankreideten, waren in solchen Krisenzeiten ein Geschenk. »Wollen wir etwas zusammen unternehmen? Dann können wir uns gegenseitig ablenken, was meinst du?«

»Ich brauche das nicht mehr. Vergiss nicht den Vorsprung. Aber ich lenke dich gern ab. Was hältst du davon, wenn wir ans Meer fahren? Morgen ist die Praxis geschlossen. Ich kann um zwölf Uhr bei dir sein.«

»Francisco, du weißt gar nicht, wie ich mich auf diesen Strandtag freue.«

***

Die Sonne strahlte vom wolkenlosen Himmel und bereits morgens zeigte das Thermometer satte fünfundzwanzig Grad. Als Sabine auf der Terrasse ihre Mails checkte, rutschte sie unruhig auf dem Stuhl hin und her. Gleich würde Francisco sie abholen und sie würden schwimmen gehen. Sabine freute sich auf den Ausflug, hatte aber auch ein kleines bisschen Angst davor. Immerhin war Francisco ein attraktiver Mann und sie wusste längst, dass er ihr gefährlich werden könnte. Sie wollte sich nicht wieder leichtsinnig auf eine Liebelei einlassen, fürchtete allerdings, dass ihr Herz dazu eine ganz andere Meinung hatte.

Es klingelte. *Pünktlich auf die Sekunde*, dachte sie. Man merkte, dass Francisco in Deutschland aufgewachsen war. Zum Glück hatte sie sich bereits vorbereitet. Die Strandtasche war gepackt, die Sonnenbrille auf der Nase, Pablo angeleint. Es konnte losgehen.

Sie stellte den Laptop ins Wohnzimmer, verschloss die Terrassentür und sauste mit der Leine in der Hand zum Eingang.

»Ich bin so weit.« Francisco strahlte sie an.

Er sah heute noch besser aus als bei ihrer letzten Begegnung. »Wir können los«, flötete sie und wollte eben die Tür hinter sich zuziehen. Doch Francisco schüttelte den Kopf und zeigte gespielt oberlehrerhaft mit dem Finger zu ihren Füßen.

»So klappt das nicht. Nimm dir bitte auch noch festere Schuhe mit. Sonst wird aus unserem Strandbesuch nichts.«

»Wie? Soll ich Wanderschuhe einpacken?«, wunderte sie sich und sah zu ihren Flip-Flops.

»Besser wäre es, also zumindest etwas mit einer festen Sohle. Ich warte.«

Sabine zögerte. »Was hast du vor?«

»Überraschung. Du steckst doch gerade mitten im Neuanfang. Also, bleib offen für Neues. Immer denselben Weg gehen, nein, das willst du doch nicht mehr. Ich übrigens auch nicht.«

»Jaja, ich bin gleich wieder da«, kokettierte sie ein bisschen und lief schnell noch einmal zurück in ihr Schlafzimmer, um passendere Schuhe zu holen, die sie sich extra für Wanderungen mit Sonja rund um den höchsten Berg der Insel, den Teide, gekauft hatte.

»Und Pablo, packt er das?«, fragte sie sicherheitshalber noch einmal nach, als sie mit ihren festen Schuhen in den Wagen stieg.

»Der hat vier Beine – kein Problem. Und keine Sorge, es geht nicht auf den Mount Everest!«

»Na, da bin ich aber beruhigt, du super Bergsteiger«, neckte sie ihn und tippte ihm mit dem Zeigefinger an die Stirn. »Du sollst mich aber nicht immer auf den Arm nehmen.«

»Mache ich aber gern«, sagte Francisco lachend und ließ den Wagen an. Und dann ging es los zum angeblich besten Strand der ganzen Insel.

Dass es sich dabei um einen absoluten Geheimtipp handelte, verriet er erst, als Sabine schon im Auto saß. Jetzt zuckelten sie gemütlich im Cabrio eine wunderschöne Strecke an der Küste entlang Richtung Norden. Francisco hatte auf Sabines Wunsch Hits von Julio Iglesias angestellt, und so summten und sangen sie zu den berühmten Latin-Hits des Schmusesängers, unterbrachen sich ab und zu, weil einer von beiden etwas besonders Spektakuläres entdeckt hatte, zum Beispiel ein gewagt in die Klippen gebautes Haus oder einen besonders steil abfallenden Berghang, und den anderen darauf hinweisen wollte. Francisco liebte den Ausblick auf den dunkelblauen Atlantik, Sabine erfreute sich an blitzweißen Schiffen, die am Horizont entlangglitten.

Später führte eine kleine Straße durch eine Bananenplantage hindurch zu einer Plattform, auf der man den Wagen gut abstellen konnte. Francisco holte seinen Rucksack aus dem Kofferraum, tauschte die leichten Leinenslipper gegen feste Sneakers und kontrollierte genau, dass Sabine auch in ihre Wanderschuhe schlüpfte. Pablo durfte frei laufen. Anfangs war Sabine unbekümmert, zumal sie sogar ein Hinweisschild zum Strand entdeckte, und war hin und weg, als sie unterhalb der Klippen die kleine Bucht ausmachte. Der Sand war für kanarische Verhältnisse ungewöhnlich hell, das Meer davor saphirblau und die rahmenden Klippen silbergrau.

»Das glaubt mir niemand, dass es so etwas gibt«, sagte sie völlig beeindruckt und blickte fasziniert in die Tiefe.

Francisco legte ihr den Arm um die Schulter. »Und? Zufrieden?«

Sabine nickte. »Aber wirklich, das ist hier ein Traum, der sich zu meinen Füßen ausbreitet. Meine Güte, ist das schön. Und menschenleer.«

»Ja, wenn wir unten sind, weißt du auch warum, es ist etwas steil. Da muss man schon hinwollen.«

»Und ist es gefährlich?« Sabine hielt sich unsicher die Hand vor den Mund und spürte, dass sie vor Aufregung zu schwitzen begann.

»Nein, nicht wenn man achtgibt, wohin man tritt«, beruhigte sie Francisco und hielt sie dabei am Ellenbogen fest, um ihr Sicherheit zu geben. »Aber das schaffen wir, und Pablo wird sich wie eine Gämse in den Alpen bewegen und längst unten sein, wenn wir beide uns noch vorsichtig heruntertasten.«

»Heruntertasten? Erwartest du das? Oh.« Sabine fühlte sich doch etwas beunruhigt.

»Ich dachte, ich mache meinen Ausflug heute mit einem jungen Hüpfer. Was sind das denn für Bedenken?«, zog Francisco sie auf. »Vor ein paar Tagen hast du mir noch in farbenfrohen

Bildern ausgemalt, wie sehr du dich auf Abenteuer freust. Ich zitiere: Weg mit Routine und hinein ins bunte Leben. Das ist doch wohl bunt?«

»Alles klar, los geht's«, erwiderte sie und stieg vorsichtig den schmalen Felsweg hinab.

»Komm, halt dich an mir fest. Das ist wirklich steil hier.« Francisco streckte ihr seine Hand entgegen und zwinkerte ihr aufmunternd zu.

»Bist du sicher, dass wir das packen?« Sabine traute sich gar nicht, nach unten zu sehen. »Du weißt, dass ich Höhenangst habe?«

»Nee, das wusste ich bisher nicht. Aber diese Diskussion sollten wir im Moment nicht führen. Das machen wir mal, wenn du nicht an einer Klippe entlangturnst.« Er nickte ihr zu. »So, nun lass uns gehen, vorsichtig und gleichmäßig. Glaub mir, wenn man aufpasst, wohin man tritt, kann nichts passieren.«

»Wer kam eigentlich auf die Idee, ausgerechnet diesen Strand besuchen zu wollen?«, murmelte Sabine und versuchte, möglichst lässig zu klingen, während sie langsam den Weg entlangging und sich mit jedem Meter sicherer fühlte.

»Ich glaube, du, zumindest hast du meine Entscheidung herausgefordert. Ich wollte dir endlich mal etwas bieten können.«

»Gratuliere, das hast du hinbekommen«, konterte Sabine. »Aber es ist zum Glück unkomplizierter, als es auf den ersten Blick aussieht.«

Ihre Bewegungen wurden stetig leichter und beschwingter. Der Pfad schlängelte sich auf einem knappen Meter Breite das Felsmassiv entlang und man musste genau hinschauen, wohin man trat, um nicht umzuknicken und damit auch abzurutschen. Sabine hatte zahllose Wanderungen in den Alpen hinter sich und kein Problem mit unebenen Wegen. Was ihr hier zusetzte, war lediglich die Tiefe zu ihrer linken Seite, denn es ging an manchen Stellen recht steil bergab. Wer sich davon nicht verunsichern ließ, konnte einen wunderbaren Ausblick genießen.

»Man fühlt sich auf dieser Insel immer wie in einem Flugzeug«, sagte Sabine und blieb kurz stehen, um in Ruhe das Meer zu betrachten. »Sieh mal, da hinten, das ist bestimmt ein Fischerboot. Meine Güte, ist das schnell! Das sieht von hier ein bisschen aus wie Spielzeug.«

»Ich war erst einmal hier und habe damals auch die Schiffe beobachtet und die Aussicht seitdem immer im Kopf behalten. Wenn man so einen Tag erwischt, wie wir ihn heute haben, ist man schier sprachlos vor Faszination.«

Sie brauchten, auch wegen der vielen Pausen, in denen sie nebeneinanderstanden und sich an dem Panorama erfreuten, ziemlich lange für den Abstieg. Francisco behielt recht: Ab der halben Höhe sahen sie Pablo schon schwanzwedelnd am Strand stehen und erwartungsfroh nach oben sehen.

Unten angekommen hatte Francisco noch jede Menge Überraschungen parat. Er öffnete seinen Rucksack und legte ein großes Handtuch in den Sand, hatte aber auch Obststückchen dabei, etwas krosses Weißbrot, Käse, Nüsse, zwei Gläser für frisches Wasser und einen aufblasbaren Ball. »Für später«, sagte er vielversprechend und kickte das kleine Ding in den Sand.

Und sie waren und blieben wirklich allein.

Es war Hochsommer, in Hameln war es laut Wetter-App drückend heiß und Sabine lag stattdessen im würzig-frischen Meerwind an einem einsamen Strand und genoss das wiederkehrende Rauschen der strammen Brandung. In regelmäßigem Rhythmus donnerten die Wellen lautstark auf das Land. Die Gischt spritzte dabei derart hoch, dass in der Luft nicht nur feine Wassertröpfchen tanzten, sondern sich über dem Meer ein weißer Nebel bildete. Am Strand war die Luft kristallklar und so rein, dass man spürte, wie sehr man sich mit jedem Atemzug verwöhnte.

Sie naschten von den Leckereien, schwärmten vom Traumstrand und erzählten sich immer wieder viel über ihre Leben. Beide waren dabei absolut offen. Schnell erfuhr Sabine einiges über den Mann, der ihr bei der ersten Begegnung ein wenig grummelig und freudlos vorgekommen war.

Er hatte wie alle Menschen eben auch eine Geschichte, die nicht nur aus Highlights bestand. Francisco hatte sein ganzes Leben lang kämpfen müssen. Sein Vater war häufig krank und das Geld ausgerechnet zu seinen Studienzeiten knapp gewesen. Aber er hatte sich durchgebissen, viel gejobbt und schließlich alles geschafft, was er sich vorgenommen hatte, inklusive eines Doktors in Tiermedizin. Das hatte ihn stark und zuversichtlich gemacht. Später kniete er sich in den Aufbau einer hochmodernen Praxis und arbeitete eng mit der medizinischen Hochschule zusammen. Dann kamen Sara und schließlich die kleine Natalie und alles schien perfekt zu sein. Er fühlte sich sicher, stürzte sich in seine Arbeit, ließ sich aber genug Zeit, auch das Familienleben zu genießen. Doch Sara spielte nicht lange mit. Sie hatte plötzlich andere Pläne, gründete ihr eigenes IT-Unternehmen und war kaum noch zu Hause. So zerbröselte das schöne gemeinsame Leben nach und nach in traurige Bruchstücke und endete in der Scheidung. Das Ergebnis schmerzte ihn bis heute. Jetzt lebte er allein auf dieser Insel.

»Ich wollte arbeitsmäßig ganz neu anfangen, mich aber schon ein bisschen nach einem Alterssitz umsehen«, vertraute er Sabine noch an. »Strand und Wasser liebt jeder und da dachte ich, ich locke Natalie mit diesem Wohnsitz mehr, als wenn ich nach München ziehe. Und in Köln wollte ich nicht bleiben. Ich hätte es nicht ertragen, in der gewohnten Umgebung ohne meine Familie zu leben.«

»Hast du es versucht?«, hakte Sabine ein.

Er zögerte. Offenbar hatte sie einen wunden Punkt getroffen.

»Du musst nicht darüber sprechen. Verzeih, wenn ich etwas aufgerührt habe.«

»Nein, nein, das ist in Ordnung. Es tut mir gut, darüber zu sprechen. Übrigens bist du die Erste. Nur Lisa habe ich mal etwas erzählt, aber lediglich einen Bruchteil. Um deine Frage zu beantworten: Ich habe es versucht, aber es hat mir furchtbar zugesetzt. Ich habe richtig gejammert. Also wollte ich den Neustart hier auf Teneriffa. Zum einen, um weit weg von der Vergangenheit zu sein, aber auch, um gleichzeitig noch etwas Reizvolles für Natalie haben zu können, damit sie so oft wie möglich bei mir Urlaub macht.«

»Du willst dem Mädchen Attraktionen bieten, richtig?«

»Genau, sie hat sich in den letzten zwei Jahren seit der Trennung sehr von mir zurückgezogen.«

Francisco blickte versonnen ganz kurz in den Himmel, bevor er Sabine wieder ansah. »Wenn ich ehrlich bin: Ich habe furchtbare Angst, meine Tochter ganz zu verlieren. Das habe ich noch niemandem erzählt.«

»Bist du eher ein introvertierter Typ?«, wollte Sabine wissen.

Francisco atmete tief durch, bevor er antwortete. »Vor ein paar Tagen hätte ich noch deutlich und laut Ja gesagt. Aber ich merke seit einiger Zeit, wie gut es ist, sich öffnen zu können. Also sage ich dir heute: Vielleicht bin ich auch ein extrovertierter Typ.«

»Viele Männer können nicht gut über sich reden. Sie müssen das wirklich erst lernen.«

»Ist dein Mann auch so?«

Jetzt zögerte Sabine. »Ich weiß, dass sich das doof anhört. Ich frage dich so vieles und habe auch kaum echte Geheimnisse. Aber ich habe keine Lust mehr, über Frank zu sprechen. Ich habe ihn in fünfundzwanzig Jahren Ehe zu sehr in den Mittelpunkt gestellt. Alles drehte sich unentwegt um ihn. Nun möchte ich mich mehr um mich drehen oder um andere Menschen, aber er, er soll aus meinem Kopf verschwinden. Er hat genug Raum bekommen. Es reicht für ein ganzes Leben.«

»Ich habe die Erfahrung gemacht, dass es guttut, über sein Leben zu sprechen«, bekräftigte Francisco noch einmal.

»Dir tut es gut«, entgegnete Sabine. »Du bist offenbar früher verschwiegen gewesen. Aber ich habe ständig alles herausposaunt, was mich und Frank betraf. Ich war immer offen, aber nicht offen für mich. Und den Freiraum, den Frank in meinem Kopf und in meinem Herzen hinterlässt, den fülle ich mit anderen Dingen: meiner Zukunft, meiner Arbeit, meinen Kindern, meinen Freunden. Ich habe vieles, das Platz braucht.«

»Das klingt so klug«, sagte Francisco noch und seine Stimme wurde dabei stetig leiser, denn kaum hatte er das Wort »klug« ausgesprochen, fielen ihm schon die Augen zu. Sabine hörte ihn leise und gleichmäßig schnarchen.

Sie blieb ruhig neben ihm liegen, genoss die Nähe und dachte daran, wie sehr sie sich doch in ihm vertan hatte. Er war ein liebenswerter, großzügiger und feinfühliger Mensch. Sie würde sich künftig nicht mehr von Vorurteilen leiten lassen, wenn jemand anders reagierte, als sie es erwartete. Und sie würde auch nicht mehr den gesetzestreuen Tierarzt in ihm sehen, der nichts anderes vorhatte, als ihr den Hund zu entreißen. Das war nicht nur kleinkariert, sondern auch dumm gewesen.

Huch, eine kalte Hundenase stupste sie an. Pablo schien den Strand ausreichend erkundet zu haben. Jetzt hockte er sich zu ihr, beobachtete aber weiter wachsam, ob etwas um ihn herum passierte. Es könnte ja sein, dass sein Frauchen in Gefahr war.

Sie tätschelte ihm liebevoll den Rücken und zog ihn neckisch an den Ohren. »Du hast immer alles im Griff. Ich wünschte, ich wäre wie du«, flüsterte sie.

»Na, na, jetzt wirst du aber übermütig«, murmelte Francisco plötzlich.

»Ich denke, du schläfst«, sagte Sabine mit gespieltem Groll.

»Reingefallen«, alberte er, und Sabine knuffte ihn aus Spaß kurz in die Seite: »Was ist eigentlich mit einem Schluck Sekt?«

»Hm, den gibt's nicht. Wir müssen den Aufstieg noch packen und dafür brauche ich eine Partnerin, die nicht benebelt ist. Heute gibt es nur Wasser am Strand.«

»Und den Sekt trinken wir woanders?«

»Genau, der wartet zu Hause auf uns. Aber nun gibt es erst einmal Meerwasser. Komm, lass uns gehen.« Mit einem Satz sprang Francisco auf, zog die völlig überraschte Sabine mit einer Hand aus dem Sand hoch und lief Hand in Hand mit ihr ins Wasser, begleitet von Pablo, der ausgelassen kläffend neben ihnen her hüpfte.

Das Meer war herrlich warm und brachte kaum Abkühlung. Sabine und Francisco ließen sich zeitgleich in die Brandung fallen, gingen aber nicht weit hinein, weil die Strömung häufig tückisch war.

»Ist das herrlich«, jubelte Sabine und genoss es, sich gegen die kräftigen Wellen zu stemmen und ab und zu von der Brandung einfach umgeworfen zu werden. Francisco griff immer wieder ihre Hand und zog sie an sich, um sie vor zu heftigen Stürzen zu schützen und dabei kamen sie sich einige Mal so nah, dass Sabine vor Aufregung das Blut ungewöhnlich kräftig in den Kopf stieg. Sie spürte seine kräftigen Arme, die sie hielten, die muskulöse Brust, die sie schützte. Einmal trafen sich auch ihre Gesichter und für einen Moment schien die Welt stehen geblieben zu sein.

Sabine spürte längst, dass sie sich in letzter Zeit sehr nah gekommen waren, zu nah, um nur Freunde zu sein.

»Mir wird kalt«, bemerkte sie plötzlich und zog Francisco an der Hand an den Strand zurück. Ihr war alles andere als kalt, aber die sich aufbauende Spannung wurde ihr schlichtweg zu brenzlig.

Den Rest des Nachmittags suchten sie erst Muscheln und gruben sich anschließend gegenseitig in den Sand ein. Francisco erklärte ihr dabei die Wirkung von heißem Sand auf Knochen und Muskulatur. Sie sah sein Muskelspiel an den Schenkeln und stöhnte wohlig auf, als er neben ihr kniete, mit seinen geübten Händen heißen Sand auf ihrem Rücken verteilte und sie langsam zu massieren begann. Sie schloss die Augen und spürte nur eine unfassbar angenehme Nähe.

Dieses Mal beendete Francisco die Situation und zog sie mit einem kräftigen Ruck aus dem Sand hoch. »Komm, wir probieren mal den Naturpool aus«, meinte er und zeigte auf den Felsvorsprung in der Nähe.

Flink kletterten sie in das nahezu kreisrunde Wasserloch und setzten sich so, dass sich ihre Füße berührten. Sabine lachte sich kaputt, weil sie bei jeder größeren Welle vom Meerwasser überspült wurde. Erst als ihr eine Monsterwelle auch über den Kopf schlug und sie pitschnass und hustend nach Luft japste, hatte sie genug. Francisco brachte sie heldenhaft in Sicherheit und eng aneinander gekuschelt genossen sie die Entspannung auf dem Handtuch.

»Genug vom Meer«, sagte sie lachend und rieb ihre sandigen Füße neckisch an seinen. »Aber es hat Spaß gemacht, findest du nicht?«

»Und ob!«

Francisco lief noch einmal zum Wasser, um sich den Kopf abzuspülen. Sie sah ihm nach und dachte an etwas ganz anderes als an Baden. Francisco war Ende fünfzig, hatte aber eine Figur wie ein Dreißigjähriger. Er war kräftig gebaut und sehr muskulös und konnte locker die Hauptrolle in jeder Tierarzt-Vorabendserie spielen. Und sie?

Sabine sah an sich herab und war nicht ganz so zufrieden mit dem, was sie sah. Ihr Bauch war ein Stückchen zu rund, die Schenkel ein bisschen zu weich. Frank hätte garantiert schon wieder eine seiner doofen Bemerkungen gemacht wie »Etwas weniger ist manchmal mehr« oder »Ich meine, du solltest mal auf Diät gehen«. Ohne böse Absicht herausgeplappert, sie hatte sich trotzdem immer darüber geärgert. Frank sah längst nicht mehr wie ein Adonis aus, aber sie hatte dazu immer geschwiegen. Und er war offenbar zu doof, um zu realisieren, dass die dreißig Jahre jüngeren Frauen ihm nicht wegen seiner Optik nachliefen, sondern wegen seines Portemonnaies. Kaufen könnte sie sich auch einen Gigolo, wo war da die Kunst? Aber sie suchte einen Partner auf Augenhöhe, einen Mann, der sich für sie interessierte, mit ihr lachte und notfalls auch weinte und mit ihr durch dick und dünn ging. Aber da das beim ersten Mal nicht geklappt hatte, wollte sie in Zukunft vorsichtig sein. Francisco? Ja, er gefiel ihr. Der Tag heute war so schön, dass sie sich viel mehr mit ihm vorstellen konnte. »Was wäre, wenn ...«, mochte sie jedoch nicht mehr denken und auch Frank sollte in ihren Gedanken keine Rolle bekommen, nicht mal mehr eine Nebenrolle. Er hatte das Casting nicht bestanden und stieg ab der zweiten Staffel aus, basta.

»Was hältst du von Fußball«, rief sie Francisco zu, der sich immer noch den Sand aus den Haaren spülte und wie ein in die Jahre gekommener Meeresgott bis zu den Knien in der Brandung stand.

»Ich bin dabei, war übrigens Schulmeister. Ich warne dich also.«

Und dann sprang sie auf, pfiff auf Falten, Dellen und Polster, legte aus zwei zusammengerollten Handtüchern die Torpfosten und fühlte sich in ihrem knappen Bikini so frei und ungezwungen wie schon lange nicht mehr.

Und das Beste: Sie besiegte den Champion, der allerdings kein Problem damit hatte und bei 9 : 10 die überlegene Ein-Personen-Mannschaft fest drückte.

»Du bist echt eine klasse Fußballerin«, bemerkte Francisco und sah ihr tief in die Augen.

Auweia, dachte Sabine, hier stand sie am Strand in den schweißnassen Armen dieses zugegebenermaßen sehr attraktiven Mannes. Das konnte nicht gut gehen.

Sie wand sich fix aus seiner Umarmung, lief zum Handtuch und begann unruhig, die Sachen zusammenzupacken. »Ich glaube, so langsam sollten wir aufbrechen, was meinst du?«

»Ja, leider, was du nämlich nicht weißt: Ich habe heute Nacht Bereitschaftsdienst. Er beginnt um Mitternacht. Wir müssen uns wirklich langsam sputen.«

»Das hast du ja gar nicht gesagt.«

»Es war ja auch bislang nicht wichtig. Ich sage das nur, weil ich ansonsten super gern mit dir ausgegangen wäre. Aber heute muss ich leider passen.«

Sabine war etwas traurig. Sie hatte vorhin in dem Naturpool schon daran gedacht, ihn zu einem schönen Abendessen zu animieren. Bei Juan, in diesem hübschen Lokal in der Innenstadt, gab es wunderbare Tapas. Aber seit dieser aufrüttelnden Umarmung fand sie das gar nicht mehr so schlau. Vermutlich kam sein Bereitschaftsdienst gerade zur rechten Zeit. Sie selbst musste auch aufpassen, ihr Herz ganz fest in den Händen zu behalten.

***

»Die beste Mutter der Welt ruft an, wie schön!«

Sabine hatte ganz spontan die Nummer ihrer Tochter gewählt und war doppelt überrascht, dass sie sie zum einen sofort erreichte und sie darüber hinaus noch so liebevoll begrüßt wurde. Die Folge war ein wunderbares Gespräch, in dem Chrissi seit Langem wieder zum ersten Mal ihren spannenden Psychologen-Alltag schilderte. In der letzten Zeit hatte Sabine bei Telefonaten mit Chrissi in der Regel nur von ihren Krisen berichtet, aber mittlerweile war sie so entspannt, dass sie auch wieder gut zuhören konnte, was die Tochter mitzuteilen hatte. Chrissi liebte ihre Arbeit, hatte einen großen Freundeskreis und fühlte sich pudelwohl, was Sabine als Mutter sehr erfreute.

»Und wie geht es dir?«, wollte sie aber auch noch wissen. »Du hörst dich gut an. Richtig locker!«

»Da hörst du richtig. Es geht mir auch gut. Chrissi, du kannst stolz sein auf deine Mutter. Sie hat es geschafft.«

»Das bin ich und es freut mich sehr, dass dir dein neues Leben und die Insel so guttun. Aber was treibst du denn im Detail, ich meine neben den Fotos?«

»Ich war mit Sonja auf dem Teide, sie macht doch eine Ausbildung zur Naturführerin und hat mich mitgenommen. Es war eine tolle Tour. Du kannst dir nicht vorstellen, wie faszinierend das ist. Du hast das Gefühl, du spazierst über den Mond«, schwärmte Sabine. »Die Landschaft ist überwältigend, wohin man schaut. Dabei blickt man auf den Teide, der übrigens der dritthöchste Vulkan der Erde ist. Der schneebedeckte Gipfel mit den erstarrten Lavaströmen an den Hängen, das ist schon ein ganz besonderes Bild.«

»Das klingt ausgesprochen spannend und ist doch sicher ideal als Fotomotiv.«

»Klar, das bezahlt mir allerdings niemand. Ich habe übrigens mittlerweile jede Woche einen Auftrag, meistens noch klitzekleine, aber es läuft gut an. Tja, und abends bin ich häufig im pulsierenden Nachtleben aktiv.«

»Mit wem denn, mit diesem Tierarzt, von dem du mir erzählt hast, oder gibt es neue Verehrer?«

»Nicht wirklich, aber gestern war Antonio der Hahn im Korb. Ich halte mein Herz eben fest, zumindest versuche ich es, übrigens ein guter Rat von deiner Mutter. Das gilt auch für dich.«

»Ich habe mein Herz seit dem Drama mit Alexander dauerhaft in der Hand«, scherzte Chrissi.

»Alexander ist doch schon zwei Jahre aus deinem Leben verschwunden«, wandte Sabine ein.

»Eben, und mein seitdem festgehaltenes Herz ist mittlerweile davon schon leicht matschig und ziemlich abgegriffen. Ich hätte gern mal wieder jemanden, der es mir abnimmt.«

»Das heißt, du möchtest dich verlieben?«

»Dringend, aber es geht mir nicht wie meiner Mutter, die mehrere interessante Männer um sich hat. Mir läuft niemand hinterher und ich treffe auch niemanden, weil ich kaum aus der Praxis komme. Du siehst, uns trennen nicht nur fast viertausend Kilometer, sondern auch Welten.«

»Na, na, ich glaube, du brauchst mal eine Auszeit. Besuch mich doch endlich hier. Laurenz hat sich auch schon angekündigt.«

»Aber so gern. Wenn du Weihnachten noch da bist, komme ich sofort. Ich habe bereits mit Laurenz telefoniert. Der Gedanke an das Fest unter Palmen gefällt uns super.«

»Und mir erst. Ich bin garantiert noch da. Ich fahre nicht zurück nach Hameln und zu deinem Vater und seiner Neuen. Also, dann plane ich euch bei mir ein. Dann lernst du endlich meine ganzen Inselfreunde kennen, bis auf Lisa, die kennst du ja.«

»Tante Lisa, o ja, an sie erinnere ich mich sehr gut. Sie hat immer Wert auf die ›Tante‹ gelegt. Sie war zwar nie meine Tante, aber in dem Reigen deiner Freundinnen war sie mir die liebste. Obwohl sie später selten zu Besuch war, habe ich sie noch gut im Gedächtnis. Ich würde sie gern wiedersehen.«

»Das wirst du.«

»Aber sag mal, was ist denn nun mit Papa und dir? Ich höre nichts mehr, sehe nichts mehr. Habt ihr nicht irgendetwas geplant?«

»Natürlich, ich schon, aber ich will deinen Vater nicht in seinem Liebesrausch stören und gebe uns beiden ein bisschen Zeit. Ich weiß ja gar nicht, ob die Schöne nicht längst in unserem Haus residiert.«

»Und deine Kleider trägt und mit deinem Schmuck klimpert. Ich weiß, all das würde mir in deiner Situation auch durch den Kopf gehen. Ich habe mit Papa gesprochen. Sie hat das Haus noch nie betreten.«

»Das sagt er«, zweifelte Sabine.

»Und unsere Nachbarinnen zur Linken und Rechten. Ich bin doch nicht doof und habe beide angerufen. Sie wussten übrigens längst, was los ist. Papa hat behauptet, ihr gönnt euch eine Auszeit.«

»Ach, so nennt man das heutzutage!«

»Anscheinend. Und bevor du die Nachbarinnen anzweifelst, Laurenz hat eine Woche mit seinen Freunden zu Hause sturmfreie Bude gehabt. Von einer Olga, oder wie immer sie heißt, gab es keine Spuren, und du kennst Laurenz, der ist sehr akribisch. Zufrieden?«

Sabine grinste, als sie sich vorstellte, wie Laurenz im Waschbeckenabfluss nach langen Haaren suchte. »Ja, auf jeden Fall, danke. Danke auch, dass ihr mich versteht. Hast du sie eigentlich schon gesehen?«

»Nee, Mama, und das möchte ich auch nicht. Papa hat diesen absurden Vorschlag, seine Affäre kennenzulernen, zum Glück noch nicht gemacht. Ich habe ihm gesagt, wie ich zu seinem Verhalten stehe, und dass es schon starker Tobak ist, den er dir da geboten hat.«

»Und was hat er geantwortet?«

»Das, was alle Männer in der Altersgruppe als Entschuldigung herauskramen, wenn sie mit jüngeren Frauen durchbrennen: dass bei euch die Luft raus sei, es eben passiert sei und er Gefühle für die Frau habe und nichts dagegen tun könne.«

»Ach so, und warum er ausgerechnet auf unserer Hochzeitsreise diese Gefühle ausleben musste, hat er dafür auch eine Erklärung?«

»Na ja, er hat mir irgendeinen Quatsch erzählt, aber das war so durcheinander und an den Haaren herbeigezogen, dass ich es mir gar nicht merken wollte. Das mit der Zeit ist gut. Du musst erst zu dir kommen, überlegen, was du willst. Du kennst ja meine Meinung. Du hast dir viel zu viel bieten lassen – und schieb es nicht auf uns Kinder.«

Sabine schüttelte den Kopf, obwohl ihre Tochter das nicht sehen konnte. »Das tue ich auch nicht. Ich weiß, dass du recht hast, und deshalb bin ich auch noch hier und regele in mir, was zu regeln ist. Und die Finanzen und alles andere, was damit zusammenhängt, erledigen wir im neuen Jahr.«

»Traust du Papa zu, dass er bei dieser Olga bleibt? Oder besser umgekehrt: Traust du Olga zu, dass sie sich an Papa hängt?«

Sabine seufzte. »Dein Vater will Olga ausprobieren und mich in der Warteschleife halten und irgendwann entscheiden.«

»Ach, Mama, den Quatsch hat er mir doch tatsächlich auch erzählt und ich habe ihm den Zahn gezogen. Ich habe ihm erklärt, dass du ihm die Entscheidung abgenommen hast und er deswegen nur noch eine ›ausprobieren‹ kann. Aber er hat das nicht wirklich hören wollen. Er denkt wohl, du kannst nicht ohne ihn.«

»Sehr gut sogar!«

»Das höre ich immer deutlicher heraus, wenn wir miteinander sprechen. Meine Mutter erobert den Fotomarkt, klettert auf Berge und macht das Nachtleben unsicher. Nach ängstlich und angepasst klingt das jedenfalls nicht. Ich glaube, Papa hat dich nicht mehr richtig auf dem Film. Er war zu oft und zu lange im Büro und hat zu wenig zu Hause hingeschaut.«

»Ich kann ihm nicht ganz allein die Schuld zuweisen«, sagte Sabine aufrichtig. »Ich habe ihm auch die Chance gegeben, mich so einzuordnen. Ich habe mich einfach nie richtig gezeigt.«

»Quatsch, Mama!«, fuhr Chrissi dazwischen. »Du hast es versucht, aber er hat dich nie gelassen. Ich kann mich an viele Szenen erinnern, in denen er dich mit seiner ganz speziellen Vertriebsmethode immer abgebügelt hat. Freundlich, aber glasklar und keinen Widerspruch duldend. Er hatte ständig seine Wahrheit und nur die galt. Ich habe ihn gut auf dem Film, mein Studium hat mir da sehr geholfen. Er zeigt deutlich narzisstische Züge. Du kannst froh sein, dass es dir heute so gut geht.«

»Das bin ich auch, aber«, sie stockte, »Papa fehlt mir irgendwie ...«

»Das weiß ich und das verstehe ich. Du hast dich an bestimmte Muster gewöhnt und das ist auch völlig normal. Papa wird dich trotz seines Liebesrausches ebenfalls vermissen. Da kannst du dir sicher sein.«

»Ernsthaft, das wünsche ich mir auch. Weißt du, niemand mag nach so vielen Jahren einfach ausgetauscht und abgehakt werden. Das hat so etwas Unwürdiges, Abwertendes. Es tut weh.«

»Ich weiß, Mama, aber du solltest auch bedenken, dass er es niemals so gemeint hat. Papa begreift nicht, wie unmöglich er sich gerade aufführt.«

»Soll das eine Entschuldigung sein?«

»Nein, einfach eine Erklärung.«

Als sich Sabine an diesem Abend von Chrissi verabschiedete, fühlte sie sich viel wohler. Ihre kluge Tochter hatte recht. Sie würde dankbar für das sein, was sie mit Frank gehabt hatte, und sich bemühen, alles andere nicht mehr an sich heranzulassen.

KAPITEL 14

In beiden Händen trug Sabine Einkaufstüten und am Handgelenk baumelte Pablos Leine, als in der Handtasche das Handy klingelte. Sie stand auf der Stufe zu ihrer Wohnungstür, stellte fluchend die Tüten ab, sicherte Pablo und fischte mit einer Hand das Handy aus dem Chaos ihrer Handtasche. Es könnte ja ein Kunde sein, aber es war Lisa.

»Sorry, ich rufe dich zurück«, sagte sie atemlos ins Telefon.

»Nee, bitte nicht. Hör mir schnell zu, aber setz dich vorher, damit du nicht einfach umfällst.«

»Wie, setzen? Was ist denn, Lisa? Du erwischst mich gerade wirklich unglücklich.«

»Macht nichts, es ist besser, glaub mir.«

Sabine schüttelte den Kopf. Was tat man nicht alles für seine durchgeknallten Freundinnen, überlegte sie und folgte etwas genervt der Anweisung. Die rechte Einkaufstüte kippte prompt um und zwei Orangen kullerten die Stufen hinunter. Zum Glück verwechselte Pablo die Apfelsinen nicht mit Bällen und würdigte sie keines Blickes.

»Ich sitze, allerdings nicht sehr komfortabel. Was ist los?«

»Also gut. Du ahnst nicht, wer sich soeben bei mir auf der Terrasse befindet und einen Kaffee trinkt?«

»Nein, also wer?« Sabine war ungeduldig.

»Frank, meine Liebe, und er ist nicht hier, weil er mit mir sprechen möchte.«

»Frank?« Sabine sprang vor lauter Schreck so schnell auf, dass auch die zweite Tasche umfiel und ihre gesamten Einkäufe auf dem Boden landeten. Pablo bellte nervös und Sabine bekam vor lauter Anspannung erst nach längerem Zögern ein Wort heraus.

»Lisa, ganz ruhig, du meinst, Frank ist auf der Insel?«

»Allerdings, und was mache ich mit ihm? Soll ich ihn anlügen und behaupten, dass ich nicht weiß, wohin es dich verschlagen hat? Das wird er mir zwar sowieso nicht glauben, aber das wäre mir egal.«

»Wie? Was willst du ihm sagen?«

»Das, was du willst. Sabine, er wartet auf mich. Kannst du dich bitte entscheiden?«

»Ja, aber … was denn, ich will ihn nicht sehen.«

»Das verstehe ich, aber er ist hier, und wenn du willst, teile ich ihm das auch mit. Aber etwas muss ich ihm sagen. Also bitte, was möchtest du?«

Sabine war völlig perplex. »Ich komme, sag ihm, dass ich komme«, haspelte sie nervös, während sie ihre Einkäufe aufsammelte und kaum einen klaren Gedanken fassen konnte.

Frank war eigens nach Teneriffa geflogen, um sie zu treffen. Was sollte denn das jetzt? Vermutlich ging es um die Scheidung. Aber sie wollte noch keine Entscheidungen treffen, sondern sich erst einmal sammeln und sich später mit ihm über das Haus, die Lebensversicherung und das bisschen Barvermögen einigen. Wer bekam eigentlich den Wagen? Frank nutzte seinen Firmenwagen, aber das Auto, das sie in Deutschland fuhr, gehörte beiden. Ob er es für seine Olga haben wollte? Sie traute ihm alles zu. Sie hatte auch schon überlegt, ob sie sich für Teneriffa einen kleineren Wagen kaufen sollte und ihr Auto

Laurenz gäbe. Der Mietwagen war auf die Dauer zu kostspielig. Aber für all das wollte sie Zeit haben. Sie wollte erst einmal abwarten, wie ihr Geschäft anlief. Vielleicht würde sie sich ein neues Auto auch gar nicht leisten können.

»Verdammt!«, zischte sie. Warum musste er sie jetzt wieder mit den vielen offenen Fragen unter Druck setzen? Die ganzen letzten Jahre war es ständig nur um ihn gegangen. Aber in Zukunft wollte sie nicht mehr nach seinem Zeitplan leben. Sie brauchte Zeit, und dann musste er seine Trulla eben vertrösten. Wahrscheinlich war sie schwanger und machte ihm Druck, deshalb musste die Alte so schnell wie möglich aus seinem Leben verschwinden.

»Nicht mit mir!«, knurrte Sabine kampfbereit, als sie endlich die Tür aufschloss und mit Hund und jeder Menge Lebensmittel im Arm in die Wohnung stolperte. Während sie das Obst in den Kühlschrank legte, rief sie Sonja an.

»Es geht los«, meinte sie knapp. »Du hast die Lebenserfahrung und ich brauche deinen Rat.«

»Oh, was ist denn nun wieder passiert? Ein neuer Mann?«

»Nein, ein alter. Mein Mann ist da und will mich bei Lisa sehen. Was soll ich machen, hast du eine Idee?«

»Das ist ja spannend. Ob ihn die Forderungen seiner neuen Freundin drücken? Du musst auf der Hut sein. Hol das Beste für dich heraus. Sieh mal, im Moment hat er noch ein schlechtes Gewissen und ist wesentlich großzügiger. In ein paar Monaten kämpft er um jeden Kleiderschrank, zumal sich dann auch seine Freundin sicherer fühlt. Also nutze die Gunst der Stunde. Was willst du eigentlich?«

»Genau die Hälfte«, erwiderte Sabine entschlossen.

»Darum brauchst du doch gar nicht zu kämpfen. Das steht dir sowieso zu. Also kannst du mit ihm auch über das Wetter sprechen und musst dich nur noch auf den Zeitpunkt der Scheidung einigen.«

»Darum geht es ja. Er will bestimmt, dass ich sofort aus dem Haus verschwinde und die Scheidung unterschreibe. Mensch, Sonja, ich bin da rausgegangen mit einer Reisetasche! Ich möchte nicht quasi vor die Tür gesetzt werden.«

»Dann gib du das Tempo vor. Wann könntest du so weit sein? In drei Monaten, in sechs? Aber übertreib nicht. Letztlich ist es gut, die Sache schnell hinter sich zu bringen. Das macht frei, glaub mir das.«

»Okay«, antwortete Sabine zustimmend. »Dann ziehe ich mal in den Kampf. Ach, Sonja, ich bin so aufgeregt.«

»Unnötig, denk daran, der Ball liegt bei dir und damit bestimmst du das Spiel.«

***

»Hallo, Frank, was fällt dir ein, hier einfach aufzukreuzen!« Nein, das klang viel zu emotional. »Frank, was gibt's?« Nee, das hörte sich albern an. »Dass du dich überhaupt traust, mit mir zu reden!« Auch nicht.

Auf der Fahrt zu Lisa übte Sabine, wie sie Frank begrüßen wollte, aber alle Varianten, die sie sich überlegte, gefielen ihr nicht. Sie traf gleich ihren Ehemann, der ihr den größten Schmerz ihres bisherigen Lebens zugefügt hatte, und wusste partout nicht, wie sie damit umgehen sollte. Als sie nach knapp dreißig Minuten Autofahrt und diversen Sprechübungen auf Lisas Auffahrt zuhielt, zitterten ihr dermaßen die Hände, dass sie kaum das Lenkrad sicher halten konnte. Sie fuhr rechts ran, parkte den Wagen auf einem Feldweg, holte Pablo aus dem Auto und ging mit ihm ein bisschen spazieren, vorbei an den ausladend wachsenden Olivenbäumen und schimmernden Korkeichen. Sie atmete schwer und hatte wirklich Muffensausen vor der Begrüßung. Gleich stand sie dem Mann gegenüber, mit dem sie bis vor wenigen Wochen durch die Hölle marschiert wäre und von dem sie wusste, dass er sie eiskalt hintergangen und angelogen hatte. Vielleicht sollte sie ihm theaterreif eine Ohrfeige verpassen? Oder eine lautstarke Szene machen? Eigentlich hatte sie das Recht, alles zu unternehmen, was ihr guttat. Aber was das genau war, das wusste sie leider nicht. Sie wusste nichts und lief jetzt deshalb viel weiter als geplant mit Pablo durch die Felder. Sie musste Zeit gewinnen. Doch wofür? Eine Verzögerung änderte schließlich nichts.

Sie blieb stehen.

»Komm, Pablo, wegzurennen ist nie eine Lösung. Man verlängert damit nur den Schmerz. Wir stellen uns jetzt.«

Entschlossen ging sie mit festen Schritten zurück zu ihrem Auto, ließ Pablo auf den Beifahrersitz hüpfen und stieg ein. Noch einmal schloss sie kurz die Augen, dann gab sie beherzt Gas. Noch ein paar Hundert Meter, danach würde sie ihrem Frank, der jetzt Olgas Frank war, gegenüberstehen. Sie war so weit.

Als sie vor die Finca fuhr, sah sie Frank und Lisa am Gartentisch sitzen und angeregt diskutieren. Doch Frank sprang sofort auf und kam in großen Schritten auf das Auto zu. *Was soll das denn*, dachte Sabine. So begrüßte man seine Geliebte, aber nicht die Frau, die man stillos absorviert hatte.

Es war das erste Mal, dass sie ihn nach dem Knall wiedersah, und merkwürdigerweise berührte es sie nicht. Im Gegenteil. Sie langweilte sich. Er sah schlecht aus, viel zu dick, viel zu haarlos. Dazu sein schwerer Gang. Einen Topmanager stellte sie sich anders vor. Offenbar sah sie nach den vergangenen Erfahrungen ihren Superfrank in neuem Licht.

Während Sabine noch Pablo aus dem Auto holte, kam bereits Benny laut bellend angesaust und rannte Frank von hinten fast über den Haufen.

Am liebsten wollte sie darüber laut auflachen, aber sie ließ es, um nicht unnötig zu provozieren.

»Schön, dich zu sehen«, flötete Frank und eilte mit ausgebreiteten Armen auf sie zu. »Du siehst großartig aus. Deine Figur, einfach spitze.«

Sabine war kurz davor, an die nicht vorhandene Decke zu gehen. Noch ein so ein blöder Spruch und sie faltete ihn richtig zusammen!

»Lass dich drücken, mein Liebling. Du wirst es nicht glauben, aber ich habe dich vermisst, sehr sogar.«

Sabine musterte ihren Mann wie einen Darsteller in einem schlechten Kinofilm und verstand nichts mehr. Lisa schien es ähnlich zu gehen, denn sie saß lässig auf dem Bänkchen vor dem Hauseingang und zuckte anlässlich des Spektakels hilflos mit den Schultern.

»Wollt ihr es euch in der Sitzecke gemütlich machen? Oder wo auch immer. Hauptsache, ihr seid ungestört!«, schlug Lisa vor. »Ich fahre in die Stadt und mache ein paar Besorgungen, sofern du auf Benny achtest, Sabine, okay?«

»Nein, nein, du störst nicht, Lisa«, reagierte Sabine sofort auf das Angebot. »Wir haben uns nicht viel zu sagen. Bitte, bleib hier.«

Sabine nahm neben der Freundin Platz und wippte gelangweilt mit dem Fuß. Sie hatte nämlich jetzt bereits genug von dem Zirkus. Frank sollte ausspucken, was er wollte, und wieder verschwinden. Er hätte auch einfach anrufen können.

Sie wies auf den Stuhl neben der Bank. »Setz dich doch«, forderte sie ihn auf und wurde ganz ernst. »Frank, lass mal bitte das ganze Drumherum mit *Schatz* und so. Wir haben uns eigentlich nichts zu sagen. Warum bist du also gekommen?«

»Schatz, äh, Sabine, wir müssen reden. Deshalb bin ich hier. Und natürlich kann Lisa dabei sein.«

Er lächelte verlegen. »Sie ist doch auch meine Freundin.«

Sabine sah Lisa wieder an, doch die zuckte nur erneut mit den Schultern.

»Okay, dann setz dich doch endlich und wir sprechen, aber nicht so lange. Ich habe noch etwas vor.«

»Und ich stelle euch schnell einen frischen Kaffee hin und gehe ins Büro«, rief Lisa.

Sabine fühlte sich gut. Alle Ängste waren verflogen. Sie hatte eigentlich gar keine Lust, sich mit ihm auseinanderzusetzen, und war deshalb völlig entspannt. Er wirkte allerdings aufgedreht wie selten. Sie hätte zu gern gewusst, warum er sich eigentlich die Mühe gemacht hatte, extra auf die Insel zu kommen. Und genau das fragte sie ihn nun erneut, als sie sich am Tisch gegenübersaßen. »Warum bist du eigentlich hier?«

»Binchen, du bist meine Frau, und ganz ehrlich«, er blickte sie durchdringend an, »ich möchte, dass du nach Hause kommst.«

Sabine war überrascht. Er wollte wirklich, dass sie wieder in Hameln war? »Und wo ist Olga?«, fragte sie spitz. »Ist sie schon eingezogen?«

Frank ging auf die Fragen gar nicht ein. Lisa stellte ihnen Kaffee und Wasser hin. Als sie wieder in die Küche ging, bat er noch einmal. »Bitte, komm nach Hause.«

Sabine blieb ganz ruhig. »Ich habe im Moment keinerlei Veranlassung dazu«, erklärte sie und bemühte sich, freundlich zu klingen. »Ich komme später, dann können wir auch unsere finanzielle Aufteilung besprechen. Oder hast du besondere Eile?«

»Ich will keine finanzielle Aufteilung.« Er stand auf und kam auf sie zu, legte seine Hand auf ihren Arm. »Nun komm, Binilein, lass uns wieder vernünftig sprechen. Ich habe einen Fehler gemacht, aber jetzt blicken wir nach vorn.«

Mit einem Ruck schob sie seine Hand von ihrem Arm. »Einen Fehler? Nee, mein Lieber, das war ein Krieg. Sorry, ich habe dir gesagt, dass ich bei deiner Vielweiberei nicht mitspiele.«

»Sabine, es ist ein bisschen anders«, druckste er herum und ging ein paar Schritte zurück, um sich wieder auf seinen Stuhl zu setzen. »Olga und ich, wir haben uns getrennt!«

Wumm! Das war eine Nachricht. Er dachte offenbar ernsthaft, dass sie nun einfach wieder die Lücke füllen würde, quasi als Ersatz, weil es ihm besser in den Kram passte? Sie lehnte sich zurück und fixierte ihn mit einer Spur Spott. »Ihr habt euch getrennt, einvernehmlich, und ihr bleibt Freunde. Natürlich. Wem willst du denn diesen Unsinn präsentieren?«

»Nein, wirklich, es ist aus. Wir sind kein Paar mehr und ich muss auch nichts mehr entscheiden. Ich habe mich entschieden.«

»Verdammt noch mal, ich auch!«, platzte ihr der Kragen. Dieses ganze dumme Herumgerede hielt sie nicht mehr lange aus. Pablo drückte sich an ihr Bein, als spürte er, dass sie kurz davor war, aufzuspringen und sich aus dem Staub zu machen.

Sabine blieb sitzen. »Was fällt dir eigentlich ein«, sagte sie schroff. »Du kommst hierher, um mir zu erzählen, dass Olga weg ist? Warum eigentlich? Wollte sie dich nicht mehr? War ihr unser Haus zu schäbig oder unser Bankkonto? Auf dich komme ich gar nicht erst zu sprechen.«

»Sabine, nun lass doch«, versuchte Frank, sie zu besänftigen. Aber wie Sabine es von ihm kannte, packte er seinen Stolz aus. »Mit mir hatte es nur zweitrangig zu tun. Weißt du, Olga hat ihren Jugendfreund wiedergetroffen und die Liebe zu ihm war stärker als zu mir. Das ist kein Wunder, die kennen sich ewig, haben ein ganz anderes Vertrauen. So wie es bei uns beiden doch auch ist.«

Er sah sie fast schon schmachtend an. »Sabine, ich liebe dich. Ich möchte, dass wir die Zeit zurückdrehen und alles wieder so ist wie früher. Wünschst du dir das nicht auch?«

»Frank, lass das Gesäusel! So läuft das nicht. Du erzählst mir gerade, dass dir die Freundin abgehauen ist und du dich wieder auf mich besonnen hast. Das ist keine Basis.«

»Aber so meine ich das doch nicht. Das gibt nicht den Ausschlag. Ich habe die ganze Zeit daran gedacht, dass ich einen Fehler begangen habe. Bitte, glaub mir das.«

»Ich glaube … ach was, ich weiß, dass du nicht allein sein kannst.«

»Sabine, das ist Quatsch, aber ich weiß, was wir aneinander haben. Wir haben zwei Kinder. Das wirft man nicht weg.«

»Hast du aber, und wie ich mittlerweile weiß, auch nicht zum ersten Mal. Außerdem …«, sie umklammerte vor Wut einen Holzstab in der Sitzbank, »… die *Kinder* sind erwachsen!«

»Das waren dumme Ausrutscher, die nichts mit uns zu tun haben.«

Sabine schüttelte den Kopf. »Du gibst das auch noch zu?«

»Das hatte keine Bedeutung!«

»Für mich schon.«

Sabine atmete tief durch. Sie musste hier eine Grenze ziehen. Das brachte nichts und machte sie nur zunehmend aggressiv.

»Frank, hör mal. Das geht so nicht. Du hast seit mehr als einem Jahr eine Affäre mit dieser Olga, nimmst sie mit auf unsere Silberhochzeitsreise, die ich auch noch geplant habe. Das ist an Geschmacklosigkeit nicht mehr zu überbieten. Dann schlägst du mir ernsthaft eine Ehe zu dritt vor und kommst schließlich angerannt, weil dir deine junge Gespielin den Laufpass gegeben hat. Was erwartest du? Dass ich ›Hurra‹ rufe und mit dir nach Hause fliege?«

»Wir können uns auch erst ein paar Tage in einem schönen Hotel einquartieren und die Insel genießen. Ganz wie du magst.«

»Jetzt reicht's!« Sabine spürte, wie ihr die Zornesröte ins Gesicht stieg. Mit Schwung sprang sie auf und Pablo folgte ihr ins Haus.

»Lisa, bitte komm und sprich du mit Frank. Für mich ist das hier alles zu viel. Ich fahre nach Hause. Und danach schicke ich ihn in die Wüste oder sonst wohin.«

»So schlimm?«, fragte Lisa, die an ihrem PC gearbeitet hatte und nun auf den Flur gekommen war.

»Frank hat wirklich nichts begriffen. Der sieht in mir ein Spielzeug, mit dem er eine Zeit lang nicht spielen wollte und das er deshalb in den Schrank gelegt hat. Jetzt ist ihm langweilig und er kramt es wieder aus dem Schrank hervor. Unfassbar. Ich bin kein Spielzeug, nicht mehr.«

»Was möchtest du, Sabine?«, forschte Lisa ernst.

»Dass er geht und mich in Ruhe lässt. Es ging mir bis zu deinem Anruf ganz gut. Ich war auf dem richtigen Weg. Und plötzlich taucht er hier auf und zieht mich wieder runter. Nein, abschneiden, was einem nicht guttut. Lektion gelernt.«

»Soll ich Frank ein Hotel empfehlen und ihm dabei helfen, ein Ticket zu kaufen?«

»Lieb von dir, aber das kann er wunderbar selbst erledigen. Er ist allein auf die Insel gekommen und er kann sie auch allein wieder verlassen. Mach dir keine Sorgen um Frank, der kommt schon klar.«

Lisa lächelte. »Ich weiß, was er dir angetan hat. Trotzdem möchte ich nicht unhöflich sein.«

»Das spricht für dich, aber Frank muss lernen, dass die Welt nicht aus Marionetten besteht, die er manipulieren kann, wie es ihm gefällt. Er muss lernen, dass sein rücksichtsloses und niederträchtiges Verhalten Konsequenzen hat.«

Sie sahen gemeinsam aus dem Küchenfenster in den Garten. Frank saß ganz fröhlich am Tisch und tippte engagiert Sätze ins Handy.

»Siehst du, er ist nicht so unglücklich, wie er mir vorzugaukeln bemüht ist. Er versucht, mich um den Finger zu wickeln. Aber ich will das nicht mehr. Ich will nach meinem Drehbuch leben. Ich habe inzwischen so schöne Kapitel geschrieben.«

»Ich verstehe dich. Komm mal her.« Lisa nahm sie in den Arm. »Du musst machen, was dir guttut. Pack deinen Pablo ein und fahr nach Hause. Ich komme schon mit Frank klar. Ich quartiere ihn irgendwo ein.«

»Aber nicht bei Antonio. Das hat der nicht verdient. Schick ihn irgendwo in die Stadt, da kann er heute Abend gleich die Mädels beeindrucken.«

»Puh, du bist aber wirklich verletzt.«

»Nein, *verletzt* reicht nicht. Franks Verhalten hat mich wie ein Messerstich getroffen. Mein Herz ist tot. Man kann es nicht wieder in Gang bekommen, mit ein paar blöden Sprüchen schon gar nicht.«

»Mach's gut und wir telefonieren morgen. Am besten fährst du nach Hause und legst dich ins Bett. Es war heute ziemlich anstrengend.«

»Ins Bett nicht, aber vor den PC. Ich will noch einen Kunden überzeugen.«

Als Sabine mit Pablo ins Auto stieg, fühlte sie sich leicht und beschwingt. Sie lenkte den Wagen sicher die schmale Straße entlang Richtung Küstenstraße und erfreute sich auch wieder an dem spektakulären Meerblick.

Ob man es irgendwann nicht mehr sah, wenn man immer hier wohnte, fragte sie sich. Konnte es sein, dass man die Schönheit dieser Insel nicht mehr wahrnahm?

Bilder tauchten plötzlich vor ihr auf. Laurenz' Einschulung. Frank hatte sich eine Riesenüberraschung für den Jungen ausgedacht und ihm einen Rundflug über seine Schule spendiert. Laurenz hatte vor Freude geweint. Oder die erste Flugreise nach Spanien. Die Kinder waren so aufgeregt gewesen und Frank hatte viele Stunden mit ihnen im Sand gespielt. Es fielen ihr zahlreiche Momente ein, in denen er ein absolut toller Vater gewesen war. Ebenso existierten Momente, in denen er sich als ein großartiger Ehemann erwiesen hatte. Immer wenn sie Termine gehabt hatte und mit dem Auto unterwegs gewesen war, hatte sie Nüsse und andere Snacks im Handschuhfach gefunden, und bei jedem ihrer Geburtstage hatte er das Wohnzimmer wie zu einer Gala geschmückt. Was war passiert, dass plötzlich aus dieser scheinbar grenzenlosen Liebe eine gleichgültige Ehefassade geworden war? Erst hatten die Nüsse gefehlt und dann auch rasch alles andere.

Es lag selten nur an einem, wenn Ehen auseinandergingen, da war sich Sabine sicher. Sie war sich auch sicher, dass sie ihre Beziehung wieder in Gang bekommen hätten. Vielleicht wäre sogar so eine Reise ausreichend gewesen, um sie beide wieder zu versöhnen. Zwei Wochen gemeinsam einen Traum erleben, Sabine konnte sich vorstellen, dass danach ein frischer Wind durch ihr Hamelner Haus geweht hätte. Vielleicht hätte er gereicht für den Rest ihres Lebens. Doch Frank hatte das durch Olga und durch die Affären davor, bei denen er sich nicht hatte erwischen lassen, unmöglich gemacht. Er hatte ihrer beider Leben aus den Angeln gehoben und böse aufprallen lassen. Sie war zuerst unsanft aufgeschlagen, mittlerweile hatte es auch Frank erwischt. Bei ihm war die Fallhöhe noch größer. Sie hatten beide Blessuren, aber die würden heilen.

Sabine wischte sich eine Träne aus den Augenwinkeln.

Es war leicht, einfach weiterzumachen. Die Chance hatte sie jetzt. Sie konnte umdrehen, Frank in den Arm nehmen und sagen: »Wir fliegen nach Hause.« Aber damit war nichts gut. Sie könnte ihm nie wieder vertrauen, ihm keinen Satz mehr glauben – und die Nüsse würden ihr auch nicht mehr schmecken. Und es würden neue Olgas, Karinas und Samanthas kommen und ihr Leben zwangsläufig ein quälender Taumel werden.

Sabine gab Gas, als sie auf der gut ausgebauten Küstenstrecke Richtung Puerto de la Cruz fuhr. Nein, Hameln war weit weg. Sie hatte andere Pläne.

***

Noch am Abend rief sie Sonja an. Sie hatte es sich auf dem Sofa bequem gemacht, ein Glas gekühlten Weißwein bereitgestellt und freute sich auf das Telefonat. Die ältere Freundin hatte mit ihrer Lebenserfahrung einen riesengroßen Trumpf im Ärmel. Sabine fragte sie immer wieder gern um Rat oder auch nur um eine Einschätzung.

Jetzt erzählte sie ihr erst ausführlich alles von Franks Überraschungsbesuch und kam dann aber schnell zum Punkt, der sie wirklich beschäftigte: Francisco.

»Zwischen uns knistert es«, vertraute sie ihr an. »Ich glaube, ich habe mich in Francisco verliebt. Wir haben uns in der letzten Woche oft gesehen und es war immer schön mit ihm. Weißt du, dass wir ganz wunderbar miteinander lachen können? Und ich dachte, er wäre so ernst. Jede Minute mit ihm ist einfach großartig. Aber ich weiß nicht, ob ich meinen Gefühlen noch trauen kann.«

»Wegen Bernd? Das ist doch etwas ganz anderes gewesen. Sabine, du warst im Krisenmodus, da hast du eine Schulter gebraucht und die nächstbeste genommen, die da war. Es war vermutlich deutlich sichtbar, dass das nichts für länger sein konnte, aber du hast es nicht wahrhaben wollen. Nun grübele doch nicht darüber.«

»Ich habe Angst, wieder einen Flop zu erleben.« Sie trank einen Schluck Wein.

»Angst gehört zur Liebe«, meinte Sonja. »Wenn du immer die Angst vorschiebst, wirst du allein bleiben, ganz sicher.«

»Kennst du das?«

»Nach Franz' Tod hatte ich viele Jahre lang Angst, wieder einen Menschen, den ich liebe, an den Tod zu verlieren, und bin allen möglichen Avancen aus dem Weg gegangen. Aber vor gut zehn Jahren, ich war damals erst blutjunge sechzig, habe ich Peter kennengelernt. Er war hier als Resident auf die Insel gezogen. Die Liebe zu ihm hat alle Ängste innerhalb weniger Wochen beiseite gewischt.«

»Jetzt machst du mich aber neugierig. Du hast mir nie von ihm erzählt.«

»Er lebt auch nicht mehr. Denn es ist genau das eingetreten, was ich befürchtet habe: Er ist drei Jahre nach unserem Kennenlernen gestorben. Ich weiß, was du denkst: ›Siehste, dann lasse ich es doch gleich.‹ Aber das ist der Fehler. Diese Jahre mit Peter waren wunderbar und ich möchte sie nicht missen. Meine Botschaft ist eine andere. Man muss das Leben wagen, mit Kühnheit angehen und Schlenker zulassen, sonst tröpfelt es vor sich hin. Und wie ich dich verstanden habe, hast du das gerade hinter dir.«

Sabine stellte das Glas zurück auf den Tisch vor ihr. »Ja, aber ich will auch nicht von einer Affäre in die nächste stolpern, das ist nicht, was ich mir unter dem Leben vorstelle.«

»Ich auch nicht, Sabine, aber du musst schon Herz und Kopf einsetzen, um auf der richtigen Spur zu sein. Und genau das machst du. Du steuerst das Schiff doch mit sicherer Hand, oder, um in deiner Metapher zu bleiben: Du schreibst gute Staffeln für dein Drehbuch.«

»Du hast Francisco kennengelernt. Meinst du, er passt zu mir?«

»Ich habe ihn bei Lisa erlebt und er macht auf mich einen wirklich guten Eindruck. Franciscos gibt es nicht wie Sand am Meer und auf dieser Insel sowieso nicht. Und ob er zu dir passt, hast du selbst längst herausgefunden. Du bist gern mit ihm zusammen, lachst mit ihm. Was willst du noch? Hör auf dein Herz. Das weiß, was richtig ist.«

***

»Hast du Zeit für einen Spaziergang am Meer?« Franciscos Stimme klang fröhlich und gelöst. »Ich habe auch wieder eine Überraschung für dich!«

Wohlig streckte Sabine beide Beine aus. »Mit oder ohne Wanderschuhe?«

»Dieses Mal reichen deine Schläppchen!«

»Und wann?«

»Ich mache die Praxis erst später zu, kann aber gegen sechzehn Uhr bei dir sein. Wenn du Zeit und Lust hast, hole ich dich nachher ab.«

»Ich freu mich, ich möchte dir nämlich auch etwas erzählen.«

Als sie aufgelegt hatte, war Sabine ganz aufgeregt. Francisco und sie hatten sich seit dem wunderbaren Strandtag täglich gesehen. Manchmal nur kurz, auf einen Kaffee zwischendurch, oder sie hatte ihn in der Praxis besucht und Hallo gesagt. Aber sie waren auch mehrfach zusammen essen gewesen und hatten in einer seiner langen Mittagspausen einen Spaziergang im Botanischen Garten gemacht. Sie waren dabei ein Herz und eine Seele geworden und vertrauten sich mittlerweile alles an. Er erzählte von seinen manchmal nervigen Patienten, wobei er damit die zweibeinigen meinte; sie berichtete von ihren Aufträgen, die zwar noch unregelmäßig, aber doch immer mal wieder eintrudelten. Es ging auch um ihre Leben, die vielen Verletzungen, die Ängste vor weiteren und den hoffnungsvollen Blick nach vorn. Für Sabine war es längst mehr als Freundschaft. Sie war verliebt und das richtig. Gleichzeitig hatte sie Angst, erneut zu viel in die wachsende Zweisamkeit hineinzuinterpretieren. Alle Warnungen des Kopfes wurden allerdings von ihren Hormonen torpediert. Sabine verspürte längst eine ungeheure erotische Anziehung, wenn sie nur an ihn dachte. Es war nicht allein sein für sein Alter nahezu makelloser Körper, nein, es war sein riesengroßes Herz, das sich immer und überall zeigte, für die Tiere, die Sabine auch so liebte, und für die Menschen. Francisco war einfach ein Guter. Sie konnte sich vorstellen, dass es dieses Mal der Richtige war, aber sie wusste nicht, ob sie das schon fühlen durfte. Genau darüber wollte sie heute mit ihm sprechen.

Wie ein Teenager hüpfte sie vor dem Kleiderschrank herum und versuchte, sich für eines ihrer farbenfrohen Kleider zu entscheiden. Heute war keines gut genug. Sie wollte besonders schön aussehen und fühlte sich irgendwie unscheinbar. In einem Kleid fand sie sich zu dick, in einem anderen zu langweilig, im nächsten zu aufreizend. Durch das viele An- und Ausziehen waren ihre Haare schließlich komplett verwuschelt und sie fühlte sich alles andere als reif für ein Date.

Mal wieder war es Pablo, der die Notbremse drückte. Er sprang mit seinen Vorderpfötchen an ihr hoch und blickte sie so treu und lieb an, dass sie das ganze Kleidertheater zur Seite schob, sich ihren vierbeinigen Freund schnappte und im Garten mit ihm spielte. Die frische Luft und die Ablenkungen taten ihr gut. Später nahm sie einfach ihr momentanes Lieblingskleid, kämmte sich kurz und legte etwas Make-up auf. Sie hatte keine Lust mehr auf Stress. Sie schrieb ihr Drehbuch und sie hatte nichts zu befürchten.

Als Francisco klingelte, war sie wunderbar gelöst und heiter. Das flaue Gefühl im Magen, das immer sofort eintrat, wenn sie ihn sah, genoss sie. Die surrenden Schmetterlinge empfand sie als ein Geschenk des Schicksals. Sie hatte begriffen, dass sie es in der Hand hatte, was mit ihr passierte.

Wie er da so im Türrahmen stand, sah er in ihren Augen auch heute wieder hinreißend aus. Er trug weiße Chinos und ein meerblaues Hemd. Seine eisgrauen Haare bildeten einen schönen Kontrast zu seinem braun gebrannten Gesicht. Er sah keinesfalls jünger aus, als er war. Die Falten signalisierten deutlich sein Alter. Aber die geschmeidigen Bewegungen machten ihn anziehend. Er wirkte drahtig, jugendlich, ungeheuer aktiv.

Sabine hatte sich ein leichtes hellgrünes Sommerkleid übergestreift und eine passende Korbtasche ausgesucht. Mit ihren zarten Riemchensandaletten fühlte sie sich sommerfit.

»Na, bist du so weit?« Sanft drückte er ihr die üblichen Küsse auf die Wangen.

»Hm, du riechst aber großartig!« Sabine schluckte und dachte daran, dass sie am liebsten den Spaziergang sausen lassen und mit Francisco in ihrem Schlafzimmer verschwinden würde. Aber sie wollte sich nicht noch einmal zu leichtsinnig auf einen Mann einlassen.

Frank war vor Kurzem erst von der Insel abgeflogen. In Deutschland warteten eine Scheidung und eine Vermögensaufteilung auf sie. Sie brauchte kein weiteres neues Herzeleid, dafür vielmehr die Sicherheit einer Beziehung – und die wollte sie sich heute holen. Denn dieser selbst auferlegte Liebesentzug ging definitiv nicht mehr lange gut.

»Na los, mein Lieber, lass uns gehen. Ich bin gespannt, was du für eine Überraschung für mich hast.« Sie nahm Pablo an die Leine. »Wir sind zur Abfahrt bereit.«

»Dieses Mal geht's zu einer Bucht, bei der wir parken können, also ganz ohne Abseilaktion«, erklärte Francisco. »Ich muss dir doch dein neues Zuhause auch mal etwas angenehmer näherbringen.«

»Ein kleiner Strand mit Sand, klingt gut.«

»Richtig, und dort können wir herrlich entlanglaufen. Du wirst sehen, es wird dir gefallen.«

Auf der Fahrt dahin wirkten sie wie ein altes Ehepaar. Sabine hatte ein paar gesunde Snacks dabei und fütterte ihn am Steuer damit. Er hatte ihr einen Schal gegeben, damit sie in seinem Cabrio nicht fror. Sie hörten spanische Schlager, sangen teilweise ausgelassen mit und Francisco erklärte Sabine alle Vokabeln, die sie nicht verstand.

»Die Fahrt ist ja zeitgleich eine Unterrichtsstunde«, bemerkte sie ausgelassen.

»Na ja, du weißt ja, am besten lernt man eine Sprache im Bett.«

»Im Bett, was soll das denn?«

Francisco schien die Bemerkung plötzlich peinlich zu sein, denn er sah betont geradeaus.

»Lo siento, tut mir leid, das ist so eine Floskel, die wird gern benutzt. Es soll heißen, dass man eine Sprache am besten versteht, wenn man im Ausland verliebt ist und sich mit seiner großen Liebe in der Muttersprache austauschen muss.«

»Ach ja, das habe ich natürlich in meinem Kaff nie gehört. Aber es macht Sinn.«

»Sorry«, schob er noch nach.

»Wofür? Wir machen doch auch so etwas Ähnliches, bis auf das Bett. Und wer weiß?« Meine Güte, was sagte sie da? Plumper könnte man es wohl kaum andeuten.

»Was habe ich da gerade gehört?«

»Nichts, das war nur der Fahrtwind«, erwiderte Sabine rasch.

Der Strand war ein Traum. Er lag in einer malerischen Bucht Richtung Westen und war heute ungewöhnlich ruhig.

»Für die Spanier ist es zu früh für den Strand.« Francisco lachte. »Die kommen im Sommer erst viel später. Im Moment ist es deshalb noch ruhig. Aber hier sind Hunde erlaubt und deshalb dachte ich: ideal für uns.«

Uns, wiederholte Sabine gedanklich und griff nach dem Aussteigen unvermittelt nach Franciscos Hand. Er hielt sie fest, vertraut und innig. Wie selbstverständlich spazierten sie Hand in Hand durch den warmen Sand, lachten über Pablo, der glücklich mit viel Buddeln eine seiner ganz speziellen Sandburgen baute, und genossen immer wieder den Blick auf den rauschenden Atlantik.

Francisco führte Sabine zu einer kleinen Klippe und bat sie, sich hinzusetzen. Die Brandung war ruhig, der Wind hochsommermild. Pablo schnupperte sich fröhlich durch die vielen kleinen, mit Wasser gefüllten Gesteinslöcher, sprang aber auch immer wieder auf den Strand, um dort spannende Gerüche zu erkunden. Sein Schwänzchen wedelte die ganze Zeit unruhig hin und her, weil es so ungeheuer abwechslungsreich roch. Sabine lehnte den Kopf zurück, um die Sonnenstrahlen auf ihrem Gesicht zu spüren. Ganz selbstverständlich rutschte sie hinüber und lehnte sich an Francisco. Sie genoss die Nähe, die Geborgenheit. Es war wunderschön, mit ihm hier hoch über dem Meer zu sitzen.

»Siehst du, so ist es angenehmer als beim letzten Mal. Ich möchte, dass du es ganz bequem hast, denn ich habe etwas für dich.«

»Einen leckeren Snack? Ich bin aber schon pappsatt. Wir haben die ganze Tüte in uns hineingestopft.«

»Nein, nein, etwas anderes, viel Wichtigeres.«

Sabine stockte der Atem. Unruhig richtete sie sich auf. »Sag nicht, dass sich Tasso gemeldet hat! Francisco, erzähl mir nicht, dass ich Pablo nicht behalten darf. Sind wir deshalb hier?«

»Nun mal ruhig, Sabine. Darf ich bitte mal aussprechen?« Er zog sie mit seinem Arm zurück an seine Schulter. »Entspann dich. Das war so schön eben.«

Sabines Herz pumperte so schnell, dass sie kaum noch Luft bekam, und sie musste sich sehr zusammenreißen, um diese angeblich so entspannte Haltung auszuhalten.

»Du weißt ja, dass die Adresse nicht mehr stimmt, das hatte ich dir bereits berichtet. Pablo ist zwar registriert, aber die Besitzerin verschwunden.«

»Ja, und für mich heißt das, dass ich ihn behalten kann.«

»Warte, diese Heike Schlüter musste ja irgendwo geblieben sein. Da Pablo hier auf der Insel war, habe ich mich auch bei uns nach dieser Dame umgehört und – ich hatte Erfolg.«

Sabine richtete sich erschrocken auf. »Du hast sie gefunden?«

»Nun ja, nicht wirklich. Die arme Heike ist zwar tatsächlich nach Teneriffa gezogen, aber wenig später verstorben.«

»Und Pablo ist aus Trauer weggelaufen?«

»Nein, ganz anders.« Francisco legte erneut den Arm um sie und zog sie fest an sich. »Bleib jetzt hier und es wäre schön, wenn ich mal aussprechen dürfte. Also, Pablo muss ja irgendwo geblieben sein. In ein Heim ist er nicht gekommen, das habe ich recherchiert. Er muss bis zu der Zeit, als du ihn gefunden hast, irgendwo anders gelebt haben, und so, wie er aussah, auch sehr gut.«

»Und was hat das mit mir zu tun?«

»Sabine, lass mich bitte ausreden. Also, ich habe etwas herumtelefoniert und auch einige meiner Patienten angerufen. Eine Dame, die auch aus Bayern kommt, kannte schließlich die verstorbene Ex-Besitzerin von Pablo, also Lucky. Volltreffer! Pablo war von ihrer Freundin übernommen worden. Sie hatte sich schon um ihn gekümmert, als sein Frauchen ins Krankenhaus musste, und nach ihrem Tod ist er ganz bei ihr geblieben. Sie heißt übrigens Hilde Wieners.«

»Und sie will mir nun den Hund wegnehmen und du bringst mich hier an einen Strand, weil du glaubst, ich komme im Sonnenschein besser damit klar«, zischte Sabine, wagte es aber nicht schon wieder, sich aufgebracht hinzusetzen.

Francisco schüttelte den Kopf. »Warte doch erst mal ab! Also, ich habe versucht, diese Hilde anzurufen. Ohne Erfolg. Wieder über zig Ecken habe ich erfahren, dass sie zurück zu ihren Kindern nach Berlin gezogen ist, und zwar vor knapp sechs Wochen. Ihre Tochter ist erkrankt und sie kümmert sich um die beiden Enkel.«

»Und die brauchen bestimmt den süßen, kleinen Pablo.« Erste Tränen bahnten sich den Weg.

»Eben nicht!«

»Wie?« Sie sah Francisco fragend an.

»Ich habe gestern Abend mit Hilde telefoniert. Pablo ist ihr zwei Tage vor ihrer Abreise ausgebüxt. Die Tochter musste ins Krankenhaus, die Kinder warteten auf ihre Oma, da hat sie Freunde beauftragt, ihn zu suchen und vor ihrem Haus zu füttern, und musste schweren Herzens ohne ihn ins Flugzeug steigen.«

»Und wann will sie ihn holen?«

»Ja, das wollte sie, und hat gleich von dem Tierschutzverein gesprochen, der ihr helfen würde. Aber ich habe ihr von dir erzählt, übrigens zwei Stunden lang, und schließlich war sie einverstanden, dass du ihn behältst.«

»Wirklich? Francisco, stimmt das wirklich?« Sabine sprang so plötzlich auf, dass sie fast auf den feuchten Steinen ausgerutscht wäre, wenn Francisco sie nicht blitzschnell festgehalten hätte.

»Mensch, pass auf, sonst hat Pablo kein neues Frauchen mehr«, meinte er besorgt. »Aber Hilde hat ihr Einverständnis an eine Voraussetzung geknüpft. Du sollst ihr regelmäßig Fotos schicken. Ich habe ihre Handynummer und ich musste mich als Veterinär für dich und deine liebevolle Hand verbürgen.«

»Und, hast du?«

Francisco nickte erneut. »Es gibt jetzt einen offiziellen Kaufvertrag. Der liegt im Auto. Den musst du noch unterschreiben. Den Betrag haben Hilde und ich schon dem Tierschutz gespendet und ich habe bereits deine Kontaktdaten bei Tasso eingegeben und einen Halterwechsel veranlasst. Falls der Kleine mal wieder abhaut.«

»Das heißt, Pablo ist mein Hund? Ganz offiziell mit allem Drumherum? Francisco, das ist ja wie Weihnachten, Ostern und Geburtstag zusammen.« Sie schlug vor Freude beide Hände vors Gesicht und weinte hemmungslos.

»Puh, das war nicht leicht. Ich hätte es dir gern am Stück erzählt.«

Sabine sank in seine Arme, in jeder Hinsicht überglücklich. »Ich danke dir so sehr, ich danke dir. Du bist großartig.«

Und als sie dort allein saßen, eng umschlungen, und sich in die Augen blickten, gab es keine Angst mehr. Sie küssten sich, erst zaghaft, dann wild und leidenschaftlich. Sie spürte seine warmen, weichen Hände auf ihrem Rücken und den Schenkeln und wusste, dass sie angekommen war. Alle geplanten Gespräche, Fragen, Bekenntnisse, sie brauchte nichts mehr, weil sie spürte, dass alles echt und wahr war.

»Ich glaube, ich brauche dringend noch mehr Spanischunterricht«, raunte Sabine ihm leise ins Ohr.

»Wie jetzt?«, fragte Francisco ungläubig.

»Es gibt doch da so eine gewagte Theorie. Wie hast du gesagt, wo lernt man eine Fremdsprache am besten?«

Er zwinkerte ihr zu. »Richtig, mit einem Muttersprachler im Bett. Wir sollten fahren. Pablo, komm!«

Ende

FSC
www.fsc.org

MIX

Papier | Fördert
gute Waldnutzung

FSC® C083411

Zeitfracht Medien GmbH
Ferdinand-Jühlke-Straße 7
99095 Erfurt, Deutschland
produktsicherheit@kolibri360.de

Druck:
CPI Druckdienstleistungen GmbH
im Auftrag der
Zeitfracht Medien GmbH
Ein Unternehmen der Zeitfracht - Gruppe
Ferdinand-Jühlke-Str. 7
99095 Erfurt